Dietlof Reiche
Wie Spreu vor dem Wind

Dietlof Reiche

Wie Spreu vor dem Wind

Roman

anrich

Sie finden:

Einbandillustration: Bettina Anrich-Wölfel
Einbandgestaltung: Bettina Anrich-Wölfel
Gesamtherstellung: Bercker, Graphischer Betrieb, Kevelaer
ISBN: 3-920110-61-7

Für Lisa

1

Es war der Sonntag nach Fronleichnam, und Theres spürte den warmen Juniwind im Gesicht. Sie saß gegen die Rinde des Apfelbaumes gelehnt, der hier am Wiesenhang wuchs, hatte die Knie angezogen und die Hände hinter dem Kopf gefaltet. Die Augen hielt sie geschlossen. Sie wunderte sich, daß man traurig sein und doch den Wind spüren konnte.
„Nordwind im Juni weht Korn und Wein ins Land“, sagte er.
Theres sah ihn an. „Aber du mußt fort“, sagte sie leise.
Er lag bäuchlings im Gras, in seinem neuen blauen Uniformrock und der grauen Soldatenhose, und hatte den Kopf in die Hände gestützt. Mit einem Mal wünschte Theres sich Grasflecken auf die Uniform.
„Willst du wirklich schon heut mittag fort?“ fragte sie.
„Ich muß“, sagte er und wälzte sich auf den Rücken.
Theres sah auf sein hageres Gesicht, das von der Sonne beschienen war, und sagte: „So sauber rasiert bist du selten.“
„Vorschrift“, sagte er. Plötzlich richtete er sich auf. „Herrgott, Theres. Ich kann doch nichts dafür. Alle Soldaten müssen aus dem Urlaub zurück. Es steht im Regierungsblatt, hat der Bürgermeister gesagt.“ Er holte seine Stummelpfeife aus der Rocktasche. „Der Kompanieführer hat mich eh nur heim gelassen, weil er mein Zimmerkommandant war, vor dem Soldatenauf-

stand, und bevor wir ihn zum Hauptmann gewählt haben."

„Drei Wochen warst du hier", sagte Theres. „Und wir waren so wenig zusammen." Sie sah zu, wie er die Pfeife stopfte, und dachte: „Wie entfernt er schon jetzt ist." Sie ließ die Arme sinken und sagte: „Schau, Egi, ich mein halt . . ." Plötzlich schlug sie mit der Faust ins Gras. „Wenn doch das Kreuzdonnerwetter die Politik verschlüge."

Egi hob den Kopf. „Welche Politik?" fragte er stirnrunzelnd. Dann aber lächelte er. „Na, jetzt bist du wieder die Theres, die ich kenn." Im Sitzen, sich mit den Händen abstützend, rückte er zu ihr herüber.

„Paß auf, daß es keine Grasflecken gibt", sagte sie. Egi nickte und steckte die Pfeife weg. Dann saß er neben ihr, an den Stamm gelehnt, und nach einer Weile legte er den Arm um ihre Schultern. Still saßen sie beieinander. Theres spürte den vertrauten Geruch nach Tabak, roch den Duft des Wiesensalbeis rundum, und sie hörte von der Wacholderhecke unten am Rain einen Finken locken. Die Hecke schien undurchdringlich, aber Theres wußte, daß es darin freie Stellen gab, wo man sich verstecken konnte. Sie mußte lächeln. „Ich denk grad dran, wie du noch der Hütebub warst."

„Ja", sagte er. „Und du bist in die zweite Klasse gegangen. Keiner hat uns gesehen in der Hecke. Auch vom Weg her nicht."

Jenseits der Wacholderhecke verlief der Weg nach Moosbronn. Nach einer Biegung zog er sich, steil ansteigend, in den Tannenwald. Jetzt, am Sonntagvormittag, war dort niemand unterwegs. Theres ließ den Blick an der Hecke entlang wandern, hinunter zum Heubügel und dann die sanfte Höhe hinauf bis zu den Rebstökken oben. Von jenseits des Hügelkopfes wehte der

Klang der Kirchglocke herüber. Theres schob ihren Arm hinter Egis Rücken und sagte: „Irgendwann schaffen wir es, daß wir heiraten."
Er nickte. „Die Revolution kann ja nicht ewig dauern. Und vielleicht werd ich dann soldatenfrei." Er zog die Augenbrauen zusammen. „Wenn bloß dein Vater ..."
„Dem laß Zeit. Er hat sich halt immer gedacht, daß ich als Wirtstochter wieder einen Wirt heirat. Aber früher oder später läßt er dich gelten." Theres schloß die Augen und rieb ihre Wange an seiner. „Komm du nur gesund wieder."
„Ich hab's vor", sagte Egi. „Aber ..." Er hielt inne, und Theres spürte, wie sich seine Wangenmuskeln bewegten. „Aber?" fragte sie.
„Es muß sein, daß wir kämpfen, Theres. Und nicht nur, weil die neue Regierung es befohlen hat. An der Grenze stehen Reichstruppen und Preußen. Die wollen den Großherzog wieder auf seinen Thron setzen. Und wenn du über Politik fluchst ..."
„Ich hab's nicht so gemeint." Sie sah ihn an. „Das kannst du dir doch denken, Egi. Du weißt so gut wie ich, was es grad für den Vater und die Mutter heißt, wenn der Großherzog mitsamt seiner Regierung zurückkommt." Sie nahm seine Hand. „Also schaut zu, daß ihr die Preußen nicht ins Land laßt." Und ihn fest an sich drückend: „Aber bleib gesund, ja?"

Der Wind war eingeschlafen, als Theres den Pfad am Kirchköpfle hinunterstieg. Über der roten Erde zwischen den Rebstöcken stand die Hitze, und Theres lockerte ihr Halstuch. Es war ein weinseidenes und paßte gut zu ihrem dunkelblauen Sonntagsmieder. Egi hatte ihr das Tuch aus Gernsbach mitgebracht, im März, bevor er zu den Soldaten nach Rastatt einrücken mußte.

Seitdem sie es trug, wußte man in Michelbach endgültig, wie es mit Theres Ruckenbrod, der Tochter des Engelwirts, und Egi Bittmann, dem Flickschusterssohn, bestellt war. Trotzdem verlangte es der Brauch, daß beide so taten, als kannten sie sich nicht. Theres sah hinunter ins Dorf. Der Platz vor dem Kirchhof lag menschenleer in der Sonne, und auch auf der Dorfstraße zwischen der Kirche und dem Engel war niemand zu sehen: Der Meßgottesdienst dauerte noch. Das war günstig, und Theres beeilte sich. So kam sie ungesehen ins Haus und gab den Leuten keine Ursache, darüber zu schwätzen, daß sie während der Kirchzeit im Sonntagsstaat vom Feld kam. Über die Engelwirtsleut zerrissen sich die Michelbacher das Maul ohnedies seit dem Brand im vergangenen Jahr.
Ein Blitzschlag hatte das Dach des Engels entzündet. Zwar konnte das Feuer mit der neuen Spritze der Gemeinde schnell gelöscht werden, aber der mittlere Teil des Dachstockes war zerstört, auch die Gerümpelkammer dort. An Mobiliar waren lediglich ein wackliger Tisch und ein zerschlissener Ohrensessel verbrannt.
Wie vorgeschrieben, gab es eine Untersuchung. Der Amtmann vom Bezirksamt in Gernsbach schloß Brandstiftung aus. Infolgedessen würde die staatliche Brandkasse die Kosten für die Instandsetzung des Gebäudes tragen. Soweit lag der Fall klar. Jedoch hatte das Ehepaar Ruckenbrod bei der französischen Phönix, einer privaten Gesellschaft, Mobiliar im Werte von 2980 Gulden versichert. Der Vertrag datierte von 1839, und der Gemeinderat hatte seinerzeit ordnungsgemäß bescheinigt, daß Ruckenbrods dies Mobiliar besaßen. Jetzt, bei der Untersuchung, stellte sich heraus, daß der Wert des Ruckenbrodschen Mobiliars höchstens 850 Gulden betrug. Und in der Dachkammer war lediglich Gerümpel

verbrannt; der zugezogene Brandsachverständige stellte es zweifelsfrei fest.
Die Gemeinderatsmitglieder sagten unter Eid aus, daß es mit der damaligen Bescheinigung seine Richtigkeit gehabt hätte. Die Ruckenbrodschen Eheleute waren nicht geständig, insbesondere gaben sie keine Erklärung darüber ab, wo das in Frage stehende Mobiliar verblieben war. Es mußte davon ausgegangen werden, daß sie es verkauft hatten und aus der nun überhöhten Versicherungssumme betrügerischen Gewinn ziehen wollten.
Im Herbst 1848 verurteilte das Großherzogliche Hofgericht des Mittelrheinkreises den Engelwirt Ruckenbrod und seine Ehefrau, geborene Wunsch, wegen gemeinschaftlich verübten Betruges zu je neun Monaten Arbeitshaus. Anfang Mai 1849 bestätigte das Oberhofgericht die Urteile. Wegen der revolutionären Ereignisse seit dem 13. Mai kam es jedoch nicht zum Strafantritt.

Die Fensterläden waren halb geschlossen, und die Gaststube lag dämmrig und kühl. Sie war leer. Aus der schrägen Falltür neben dem Eingang drang gedämpftes Rumpeln: Der Vater räumte wohl im Keller. Im Oberstock wirtschaftete die Mutter, Theres hörte ihre Schritte. Wahrscheinlich hatte sie den kleinen Jockel bei sich. Von den Zwillingen war nichts zu merken, vermutlich stellten sie im Hof oder Garten etwas an. Einen Augenblick lang war Theres versucht, nach dem Rechten zu sehen, dann aber ging sie durch die Gaststube und setzte sich an den Tisch, der hinten, neben der Tür zur kleinen Stube stand.
Theres saß still mit gefalteten Händen, und eigentlich hatte sie an Egi denken wollen. Aber mit einem Male wurde ihr bewußt, wie ungewöhnlich das war: Da saß

sie ruhig und ungestört, und keiner wollte etwas von ihr. Kein Vater, der sie fragte, ob sie den Kuhstall schon ausgemistet hätte, keine Mutter, die sie nach Endivien in den Garten schickte, kein Jockel, der sich den Kittel vollgemacht hatte, und keine Zwillinge, die sie um ein Musbrot angingen. Theres saß in der stillen Gaststube und kam sich regelrecht fremd vor. So mochte sich hier ein Gast fühlen, der auf den Wirt wartete. Sie versuchte, die vertraute Umgebung mit fremden Augen zu sehen: Die vom Eingang unter den Fenstern umlaufende Bank, die beiden großen Tische an der Längsseite, den quer dazu stehenden, an dem sie saß, die Hocker davor, den großen, moosgrün gekachelten Ofen an der Wand den Fenstern gegenüber, und daneben, an der Küchentür, den Schanktisch.

Theres fand, daß es eine Gaststube war, wie sie sein sollte, und machte es sich bequem. Sie streifte die engen Sonntagsschuhe von den Füßen (werktags ging sie in Holzschuhen oder barfuß) und zog die Haarnadeln aus dem Zopfkranz; ihr hellbraunes Haar trug sie gewöhnlich zu einem straffen Zopf geflochten. Sie begann gerade, ihre Taftschürze sorgfältig zusammenzulegen, als von der Kellerstiege unter der Falltür der leichte Tritt des Vaters kam. Sie hörte, daß er seine Lederpantoffeln trug und je zwei Stufen auf einmal nahm: Ihm pressierte es immer. Theres machte sich klein. Auch den Vater wollte sie als eine Fremde sehen.

Einer der Flügel der Kellertür hob sich, fiel krachend zur Seite, und der Engelwirt Ruckenbrod erschien. Auf dem schwarzen Kräuselhaar eine runde Wirtskappe, ein Kugelkopf mit Backenbart und ein außergewöhnlich dicker Hals. Es war kein schiefer Kropf, aber ein Blähhals, und das rote Tuch konnte ihn nicht verbergen, das der Engelwirt darumgeschlungen hatte. Mit

beiden Händen trug er eine augenscheinlich volle Bierkanne, und nun versuchte er, mit dem Fuß den umgeschlagenen Türflügel zu heben, um die Kellertür zu schließen. Das gelang nicht, und der Engelwirt hüpfte, die volle Kanne balancierend, auf einem Fuß, während er mit dem anderen nach der Falltür angelte. Theres konnte sich nicht halten und prustete los. Der Engelwirt erstarrte. Dann sah er zu Theres herüber. „Jessas“, sagte er. „Hab ich mich erschrocken.“ Er stellte die Kanne auf dem Schanktisch ab. „Was, zum Kreuzdonnerwetter, hockst du da? Gibt's für dich nichts zu schaffen?“ Und kopfschüttelnd: „Hockt die heimlich im Eck und erschreckt ihren Vater.“
Theres faltete die Hände hinter dem Kopf. „Ich hab so getan, wie wenn ich fremd hier wär.“
„Was? Wie?“
„Ich hab versucht, dich so zu sehen wie eine Fremde.“
„Aha?“ Der Vater kam näher. „Und? Wie seh ich aus? Was?“ Er zupfte an seinem Halstuch.
Theres lächelte. „Akkurat wie ein Wirt.“
„Das hört man gern“, sagte er und strich sich über den Backenbart. Dann ließ er sich am Tisch nieder. Forschend sah er sie an. „Aber jetzt: Was ist los? Die Kirch ist noch nicht aus, oder?“ Den Kopf hebend, hörte er zu den Fenstern. „Nein“, sagte er dann. Und, das Gesicht von Theres abgewendet: „Du warst also nicht in der Meß.“ Jetzt sah er sie an. „Theres, ich sag dir eines. Mit dem Egi Bittmann, diesem Flickschuster, daraus wird nichts. Meine Tochter ...“
„Da bin ich anderer Meinung.“
„Du bist still, wenn ich red.“ Der Engelwirt rückte an seinem Käppchen. „Meine Tochter heiratet keinen Flickschuster. Aus. Punktum.“ Er stand auf.
„Und ich heirat den Egi doch.“

„Kreuzdonnerwetternochmal: Nein!“ Er schlug mit der Faust auf den Tisch. „Nein, nein und wieder nein! Mein letztes Wort.“ Sein Hals war rot angelaufen.
„Also schön“, sagte Theres und ließ die Hände sinken, „dann eben nicht.“
„Was? Wie? Was soll denn das nun wieder heißen?“ Der Engelwirt setzte sich und sah sie scharf an. „Jetzt hör mir gut zu. Du spekulierst drauf, daß ich mich mit der Zeit an den Bittmann gewöhn, was? Und daß ich dann ja sag, wie?“
Theres schwieg.
Sich vorbeugend, sagte er, jedes Wort betonend: „Das wird niemals geschehen.“ Und indem er sich aufrichtete: „Hast du verstanden? Niemals.“
Theres schwieg noch immer. Sie hatte jetzt die Arme vor der Brust verschränkt. Der Engelwirt nahm sein Halstuch ab und fuhr sich damit über die Stirn. Darauf atmete er tief ein und aus. „Schau, Theres“, begann er. Dann hielt er inne. „Also paß auf“, fuhr er fort. „Ich sag dir jetzt, wie's ist. Wenn du nicht, hör gut zu, wenn du nicht einen mit Geld ins Haus bringst, dann sind wir am Ende.“
Theres starrte ihn an. „Was . . . Was soll das heißen?“
„Wie ich's sag. Der Dachbrand letztes Jahr . . .“
„Aber, aber . . .“ Theres schüttelte den Kopf und versuchte, ihre Gedanken zu ordnen. „Jetzt müßt ihr doch nicht mehr ins Arbeitshaus. Ich versteh das nicht.“
„Schon richtig. Wegen der Revolution ist die Strafe hinfällig. Aber der Brand kostet uns fast zweitausend Gulden.“
„Was? Wieso? Das zahlt die Brandkasse. Oder nicht?“
„Auch richtig.“ Der Engelwirt wischte sich mit dem Halstuch die Hände. „Und die eine Hälfte vom Geld hab ich dies Frühjahr gekriegt. Nur: Die andere Hälfte

gibt's erst, wenn alles wieder so hergerichtet ist, wie's war. Und ich weiß nicht, woher ich dafür das Geld nehmen soll."

„Es geht also um tausend Gulden, die du nicht vorlegen kannst." Theres sah ihn an. „Und nur deswegen soll ich ..."

„Nur?" Der Blähhals begann sich wieder zu röten. „Ja, da hört sich doch alles auf! Tausend Gulden! Zwölf Stück Rindvieh kriegt man dafür!" Der Engelwirt fuhr mit der Hand durch die Luft. „Und die sagt ‚nur'!" Dann setzte er ruhiger hinzu: „Außerdem geht's nicht bloß um den Brandschaden. Das Haus ist bis auf den letzten Dachziegel beliehen. Das 45er Jahr, wo die Kartoffeln auf den Äckern verfault sind, dann, Anno 46, ist die Frucht am Halm vertrocknet ... Aber das weißt du ja. Kurz: Wir brauchen Kapital. Und wenn wir keins kriegen, ist's aus mit dem Engel." Er beugte sich vor und senkte die Stimme. „Schau, Theres. Ich denk mir das so. Du heiratst einen aus einer Bierbrauerfamilie ..."

„Hast du etwa schon jemand in Aussicht?"

„Nein", gab er zu, und Theres unterdrückte ein ‚Gott sei Dank'.

„Aber den finden wir, verlaß dich drauf. Bierbrauer suchen immer Wirtshäuser zum Einheiraten. Weil –" der Engelwirt hob den Zeigefinger, „– weil auch die neue Regierung keine zusätzlichen Wirtschaftsgerechtigkeiten ausgibt. Man kann nicht so ohne weiteres ein Wirtshaus aufmachen, und wer ..."

„Das ist mir bekannt", sagte Theres. Sie überlegte. Vom Egi lassen? Nie. Schon der Gedanke daran machte sie elend. Aber an ihr hingen Sein und Nichtsein des Engels – wenn sie dem Vater glaubte. Was meinte eigentlich die Mutter dazu? Mit ihr mußte sie reden, und

zwar ohne den Vater. Theres sagte: „Ich werd über die Sache nachdenken, Vater. Laß mir ein wenig Zeit.“ Sie erhob sich. „Ich will mein schlechtes Zeug anziehen. Der Stall muß ausgemistet werden.“
„So ist's recht.“ Erfreut rückte der Engelwirt sein Käppchen. „Bist ein braves Mädle.“

Theres war sieben gewesen, als ihre leibliche Mutter starb. Der Engelwirt Ruckenbrod heiratete, nachdem die Genehmigungen vom Bezirksamt und vom bischöflichen Ordinariat vorlagen, die Schwester seiner verstorbenen Frau. Die kleine Theres bekam als Stiefmutter also ihre Tante. Zudem war die ihre Patin, und Theres hatte bei der Taufe den Namen der Patentante erhalten. Damit es keine Verwechslungen gab, nannte der Engelwirt seine zweite Frau nicht beim Vornamen, sondern ‚Wirtsfrau‘, und manchmal, weil sie eine geborene Wunsch war, auch ‚Wunschfrau‘, wobei er gewöhnlich verschmitzt grinste. Theres sagte von Anfang an ‚Mutter‘ zu ihr.
Theres war jetzt im Oberstock, und aus der Schlafstube der Eltern kam das Jockele gerannt. Er stampfte mit seinen dicken Beinchen über die Dielen und jubelte: „Theres! Da, schau.“ Er hielt ihr ein Gänsefederchen entgegen, und Theres hob ihn auf. „Hemdenmatz“, sagte sie und rieb ihre Nase an seiner. Jockel strampelte, und sie stellte ihn auf den Fußboden. Sofort sauste er in die Schlafstube. Lächelnd folgte Theres. Jockel war zweieinhalb, und alle mochten das Kittelscheißerle, selbst die Zwillinge gingen zart mit ihm um.
Die Mutter saß am Fenster und nähte. Sie sah kurz auf, mit freundlichen grauen Augen, nickte Theres zu, und blickte wieder auf ihre Arbeit. Sie besserte einen Kis-

senbezug aus. Theres ließ sich auf der Truhe an der Tür nieder.
Das Jockele stand in der Stubenmitte und blies die Feder in die Luft. Er hatte das Ruckenbrodsche schwarze Kraushaar, wie alle drei Kinder aus der zweiten Ehe. Bei Theres war das Erbteil der Wunschfamilie durchgeschlagen.
„Der Vater sagt", begann sie unvermittelt, „daß ich einen Bierbrauer heiraten soll."
„So?" sagte die Mutter, ohne aufzusehen. „Das ist nicht neu. Ob Wirt oder Bierbrauer, bleibt sich gleich."
„Aber er sagt, wenn ich's nicht tu, sind wir am Ende."
Die Mutter sah auf. „Was?"
„Wir brauchen Kapital, sagt er."
„Na, das ist auch nicht neu." Die Mutter biß den Faden ab.
„Fort", sagte das Jockele. Er lag bäuchlings auf dem Fußboden und spähte in das Dunkel unter dem Schrank. „Mein Federle ist fort."
„Jockel", sagte die Mutter. „Willst du zu den Zwillingen? Die sind drunten im Hof."
Jockel rappelte sich hoch und rannte aus der Stube. Theres hörte, wie er, Stufe für Stufe, die Stiege hinunterkletterte. Die Mutter hielt den Kissenbezug in das Licht und betrachtete die gestopfte Stelle. Dann begann sie, den Bezug zu falten.
„Mutter", sagte Theres. „Ich muß das wissen. Sind wir am Ende?"
„Und wenn es so wäre?" Die Mutter sah sie an. „Wenn es wirklich so wäre? Tätst du dann vom Egi lassen?"
Theres blickte vor sich auf ihre Zehen. Nach einer Weile hob sie den Kopf. „Nein", sagte sie.
„Na, also. Damit ist die Sach ja entschieden."
„Aber ... Steht's denn wirklich so schlimm?"

„Hör zu, Theres.“ Die Mutter strich den gefalteten Bezug auf ihren Knien glatt. „Du hast dich entschieden. Jetzt verlang nicht, daß ich Honig draufschmier.“ Dann sagte sie ruhig: „Ja, es steht schlimm. Und wir wären aus allem heraus, wenn du einen mit Geld heiratest.“ Sie erhob sich und legte den Bezug in ein Schrankfach. Dann nahm sie einen anderen heraus und schüttelte ihn auseinander. „Das ist das eine“, sagte sie, während sie das Leinen musterte. „Das andere ist: Mit ein wenig Glück werden wir es schaffen. Wir sind alle gesund und können arbeiten.“ Und sich setzend: „Aber die Hauptsache ist: Der Vater und ich müssen nicht ins Arbeitshaus.“ Sie hielt die Nadel gegen das Licht und fädelte ein. „Wenn wir das gemußt hätten, dann wär's freilich aus gewesen.“

Theres nickte. Sie nahm ihr Halstuch ab und faltete es. „Die Soldaten müssen aus dem Urlaub zurück.“

Die Mutter warf ihr einen raschen Blick zu und sah dann wieder auf ihre Arbeit. Nach einer Weile sagte sie: „Es wird ihm schon nichts geschehen.“

Theres saß mit gesenktem Kopf und blickte auf das Halstuch, das gefaltet in ihrem Schoß lag.

„Wenn alle so verläßlich wären wie der Egi“, sagte die Mutter, „dann wär mir nicht bang.“

Theres sah hoch. „Ist dir denn bang?“

„Ein wenig.“ Die Mutter hob das Leinen und betrachtete es. „Ich möcht ja gern glauben, was im Volksführer und in der Abendzeitung steht. Daß man mit freudiger Zuversicht in die Zukunft sehen kann. Und daß der Feind es nicht wagen wird, die Grenzen zu überschreiten.“ Sie nähte jetzt wieder, ruhig und stetig. „Aber wenn ich daran denke, wie das nach dem Offenburger Sonntag gegangen ist . . . Na, du hast's ja erlebt.“

Theres nickte. Im Mai, nach der großen Volksversamm-

lung in Offenburg, wo man die Revolution beschlossen hatte, waren aus Michelbach und dem Nachbardorf fünfzig Bauernburschen nach Karlsruhe gezogen. Es war die Zeit, wo man den Mist auf die Brachfelder führen mußte. Trotzdem gingen sie, weil sie in der neuen Volkswehr für die Republik kämpfen wollten. – Nach fünf Tagen waren alle wieder daheim. In Karlsruhe ginge es drunter und drüber, erzählten sie. Großes Geschrei in den Wirtshäusern, aber von einer Volkswehr keine Rede. Niemand hätte von ihnen etwas wissen wollen, und im Wirtshaus hocken, das könnten sie auch daheim. „Aber", sagte Theres jetzt, „in der Zwischenzeit gibt es die neue Regierung. Und in Gernsbach, wo sie den Amtmann fortgejagt haben, ist neuerdings ein Zivilkommissär, so sagt man. Ich glaub schon, daß eine Ordnung in die Revolution gekommen ist."
„Geb's Gott", seufzte die Mutter.
Theres sah zu, wie sie nähte, und dachte daran, daß man im Dorf von der Zuchthausstrafe der Engelwirtsleut redete. Aber das war falsch, ein Arbeitshaus war kein Zuchthaus, der Vater hatte es ihr erklärt. Im Arbeitshaus gab es keine Zuchthauskleidung, man durfte nicht geschlagen werden, und das Wichtigste, so der Vater: Man verlor seine staatsbürgerlichen Rechte nicht. Theres erschien dies bedeutungslos. Eingesperrt war eingesperrt. Und wenn sie sich vorstellte, daß die Mutter, so wie sie dort saß ... Theres schüttelte den Kopf. Besser nicht daran denken.
„Was ist?" fragte die Mutter.
„Ich hab an ... an die Versicherung denken müssen und ..." Theres hielt inne. Plötzlich schlug sie mit der flachen Hand auf die Truhe. „Was müßt ihr auch eine so heidenmäßige Dummheit machen!"
„Theres!" Die Mutter saß aufrecht. „Wie redest du

denn?“ Und dann: „Darüber steht dir kein Urteil zu.“
„Das steht mir wohl zu. Weil's auch mich betrifft.“
Die Mutter schwieg. Nach einer Zeit sagte sie: „Hast recht. Und alt genug bist du auch, mit deinen siebzehn Jahrn.“ Die Hände übereinandergelegt, sah sie vor sich hin. „Sicher“, fuhr sie fort, „es war eine Dummheit. Aber damals ... Ein Mittag im Sommer ist's gewesen, heiß war's, so wie heut. Trotzdem hat der Versicherungsagent sich eine gebackene Forelle kommen lassen. Mit dem Einspänner war er vorgefahren. Na ja, wie's so geht, man redet mit dem Gast, und nach einer Zeit waren wir dabei, eine Fahrnisversicherung zu unterschreiben, ‚Mobiliarversicherung‘ hat der Agent gesagt.“ Die Mutter begann wieder zu nähen. „Schau, Theres. Der Engel war schuldenfrei, wir hatten grad geheiratet und große Pläne im Kopf. Den Heuboden zum Tanzboden umbauen, die Gaststube neu herrichten ... kurz, der Herr Agent hat uns vorgerechnet, daß es günstig wäre, wenn wir gleich so hoch abschließen, wie wir's vielleicht später mal brauchen. Natürlich haben wir gewußt, daß sowas verboten ist. Aber, haben wir gedacht, im Falle, es brennt wirklich, was tut es einer Versicherungsgesellschaft, wenn sie für nichts zahlen muß? Noch dazu war es eine französische. Und dann: Viele im Dorf haben das so gemacht. Warum also nicht auch wir?“
„Und der Gemeinderat?“ fragte Theres. „Der hat anstandslos bescheinigt, daß ihr so hoch versichern könnt?“
„Freilich. Heut helf ich dir, morgen hilfst du mir, so geht's doch. Zudem hat's der Vater schon damals gut gekonnt mit dem Bürgermeister. Und für den und die Gemeinderäte war das kein Risiko. Das hat man ja gesehen, nach dem Brand. Einer wie der andere haben sie

sich hingestellt und geschworen, daß alles seine Richtigkeit hatte."
„Und wenn ihr jetzt beim Amt gesagt hättet, daß die falsch geschworen haben?"
„Aber Theres, denk doch nach. Erstens hätt's der Amtmann nicht geglaubt, und zweitens: Den Engel hätten wir dann zumachen können. Wir hätten sogar fortgemußt, so feind wären uns die Bauern hier gewesen. Also."
Theres nickte. „Na", sagte sie dann, „wir sind ja davongekommen." Sie stand auf. „Ich muß in den Stall."
„Drunten werden jetzt Leut sein. Sag dem Vater, daß ich gleich hinunterkomm." Die Mutter horchte zum Fenster, das auf den Hof ging. „Die sind ja so still. – Theres, tu mir die Lieb und schau nach den Zwillingen. Die sollen sich einen Korb nehmen und auf der Spatzenwies Kümmel schneiden."

Theres hatte Hemd und Mieder gewechselt, den halblangen Werktagsrock angezogen – man sah ihre braungebrannten Waden – und ging hinunter in die Gaststube. Dort saß lediglich der Bürgermeister. Er schien gerade gekommen zu sein, denn der Vater fragte: „Heut einen Schoppen Wein, Bürgermeister?"
„Ach was", brummte der. „Schnaps und Bier."
„Genau das Richtige heut." Der Vater langte den Branntweinkrug vom Bord. „Der Schnaps zieht die Hitze in den Magen, und dort löscht man sie mit Bier. Hab ich recht?"
„Schon möglich." Bürgermeister Weber saß zurückgelehnt und kratzte in seinem Stoppelbart. Der war dicht und schwarz und paßte nicht zu dem grauen, kurzgeschorenen Kopfhaar.
„Was gibt's Neues?" fragte der Vater und goß Schnaps

in einen Becher. Der Bürgermeister bemerkte Theres und nickte ihr zu. „Grüß Euch Gott, Bürgermeister", sagte sie. Und zum Vater: „Die Mutter kommt gleich herunter." Dann ging sie in die Küche und wollte gerade die Tür zum Flur öffnen, als sie den Bürgermeister sagen hörte: „Der Bittmann Egi hat wieder einrücken müssen." Theres blieb stehen.

„Aha?" sagte der Vater. „Das hört man gern . . . Hier. Zum Wohl. Es scheint, daß die Regierung Ernst macht, was?"

„Wird auch Zeit", brummte der Bürgermeister. Dann ließ er ein lautes „Ah!" heraus; er hatte seinen Schnaps drin. „Und mit dem Aristokratenpack muß man endlich aufräumen." Alle, die gegen die neue Regierung waren, nannte der Bürgermeister ‚Aristokraten'. Auch der Vater benutzte gewöhnlich diesen Ausdruck. Theres hörte, daß der Vater durch die Stube ging. „Na endlich", sagte er. „Die Meß ist aus. Jetzt kommt bald der Lehrer." Dann setzte er hinzu: „Der hat's weiß Gott nicht leicht. Sonntag für Sonntag muß er dem Pfarrer mit der Orgel aufpfeifen. Und dabei möcht er dem am liebsten an die Gurgel."

„Wer möcht das nicht?" fragte der Bürgermeister und rülpste.

Der Hof lag still in der mittäglichen Hitze, als Theres aus dem Hausflur trat. Drüben, in der Suhle am Gartenzaun, im Schatten des Birnbaumes, döste die Muttersau, umschnüffelt von ihren drei diesjährigen Jungen, und ein wenig entfernt davon, im Gras unter dem Nußbaum, pickte und scharrte das Hühnervolk, der Gockel inmitten seiner Hennen. Der Haustür gegenüber, im Schatten des Wagen- und Geräteschuppens,

lag Däsch, der struppige Spitzhund, und blinzelte schläfrig.
Theres seufzte. Wenn die Zwillinge sich im Schuppen versteckt hatten, würde es dauern, bis sie ihren Auftrag loswurde. Der Schuppen erstreckte sich bis an den Lattenzaun, der den Ruckenbrodschen Hof vom Pfarrhof trennte. Dort kratzten die Pfarrhennen nach Futter, schwere, große Normandiehühner, wie der Pfarrer sie nannte. Unter der Hand hatte er verlauten lassen, sie wären hervorragende Futterverwerter, und im Dorf hatte man mal wieder die Köpfe geschüttelt: Daß der Pfaff es nicht lassen konnte, mit seinem neumodischen Kram die Bauern zu belehren.
Theres entschloß sich, erstmal im Hausgarten hinter dem Schuppen nachzusehen. Während sie den Hof durchquerte, hörte sie vom Garten her Gegacker. Das waren sicher die beiden Kapaune, die der Pfarrer in seinem Garten hielt. Jedes Frühjahr kastrierte er zwei junge Gockel und mästete sie über's Jahr in einem gesonderten Stall, den er am Ruckenbrodschen Gartenzaun hatte bauen lassen, dazu einen schmalen, eingezäunten Auslauf. Das Gegacker verstärkte sich. Ob da eine Katze am Auslauf war? Und dann hörte Theres das jubelnde Geschrei des Jockele. Sie begann zu rennen.
An der Ecke des Schuppens blieb sie stehen. Drüben, vor dem Gartenzaun, hatte sich Louis am Stall postiert und Louise am Ende des Auslaufs. Beide stocherten sie mit Bohnenstangen durch den Zaun, und die Kapaune rannten, verzweifelt gackernd, hin und her. Vor der Mitte des Auslaufs hüpfte das Jockele und jauchzte.
„Louis!" schrie Theres. „Louise!"
Die Zwillinge hielten inne. Dann ließen sie die Stangen fallen und versteckten die Hände hinter dem Rücken.

Theres ging zu ihnen. Die Zwillinge waren etwas über acht, und Louises Kraushaar war fast so kurz wie das von Louis.
„Was, zum Kreuzdonnerwetter", sagte Theres, „denkt ihr euch bei sowas? Durch die Hechel müßt man euch ziehn. Wenn jetzt der Pfarrer gekommen wär? Was das wieder für einen Ärger gegeben hätt. Zieht die Stangen da raus."
Die Zwillinge taten es. Die beiden Kapaune hatten sich durch den Schlupf in ihren Stall gerettet.
„Ihr wißt genau, daß die Viecher fett werden sollen", sagte Theres. „Deshalb darf man sie nicht hetzen."
„Aber wir haben so getan, wie wenn sie Aristokraten wärn", sagte Louis.
„Und die muß man hetzen", ergänzte Louise.
Das Jockele nickte eifrig. „Ariskater hetzen."
„Da schaut, was ihr dem Jockel für einen Blödsinn beibringt. Schluß jetzt. Ihr holt euch einen Korb und ..." Theres hielt inne. Der Pfarrer eilte durch seinen Garten. Vor den schwarzen, langen Priesterrock hatte er eine grüne Schürze gebunden, und seine Hamsterbäckchen zitterten. Die Zwillinge wollten flüchten, aber Theres hielt sie fest. „Wenn ihr rennt, ist er sich gewiß, daß ihr was angestellt habt."
Jetzt war der Pfarrer heran, und Theres und die Zwillinge sagten im Chor: „Grüß Gott, Herr Pfarrer." Das Jockele schaute nur.
Der Pfarrer nickte kurz. Über den Gartenzaun hinweg sah er sie scharf an, aus kleinen Augen mit dicken Tränensäcken darunter. Dann blickte er zum Stall, und darauf wieder zu Theres und den Zwillingen. „Von euch war keiner im Gottesdienst. Wieder einmal."
Theres und die Zwillinge schwiegen. Das Jockele bohrte in der Nase.

Der Pfarrer öffnete die Gattertür am Auslauf und ging zum Stall. In der einen Hand trug er einen Branntweinkrug, in der anderen ein Leinenläppchen. „Komm, komm, komm“, lockte er mit sanfter Stimme. Zögernd kamen die Kapaune aus dem Schlupf. Der Pfarrer bückte sich nieder und träufelte Branntwein auf das Läppchen. Dann begann er, den Tieren vorsichtig den Kopf einzureiben. Das Jockele schaute mit offenem Mund.
„Schnaps hilft gegen den Pips“, erklärte ihm Louis. Und Louise ergänzte: „Wenn sie den Rotz kriegen, sind sie hin.“

Durch die Küchentür sah Theres, daß die Gaststube jetzt voll war. Die Bauern tranken Kartoffelschnaps und Bier, unterhielten sich laut, schlugen die Karten auf die Tische und schwitzten in ihren dicken Sonntagsjoppen. Die runden, schwarzen Strohhüte hatten sie ins Genick geschoben. Die Mutter lief mit Krug und Kanne umher und schenkte nach. Dann sah sie Theres und kam zu ihr. „Theres, mach dem Lehrer was zu essen. Die Frau Lehrer liegt mal wieder mit Hauptweh im Bett. Kraut, geröstete Kartoffeln ...“ – „Engelwirtin! Noch einen Schnaps!“ – „Gleich!“ rief die Mutter. Und zu Theres: „Darfst auch ein Stück Rauchfleisch dazutun. Der Lehrer kann's brauchen.“
„Wo ist er denn? Ich seh ihn gar nicht.“
„Grad ist er mit dem Vater und dem Bürgermeister in die kleine Stube gegangen, eine Gemeindesach besprechen.“ Die Mutter eilte davon, die Küchentür hinter sich zuziehend.
Theres öffnete die Klappe an der Durchreiche zur kleinen Stube. „Grüßt Euch, Herr Lehrer.“

Lehrer Frey sah hoch und sein Spitzmausgesicht lachte. „Grüß dich, Theres." Er sprang auf und steckte den Kopf in die Durchreiche. „Wie geht's? Alleweil munter?" Und indem er flink die Augen durch die Küche wandern ließ: „Machst mir was Gutes?" Sein struppiges Schnauzbärtchen war frisch gestutzt.

Lächelnd nickte Theres, und Frey setzte sich wieder. Auf die Ärmel seines schwarzen Gehrockes waren Flikken genäht. In der Schule war manchmal Stroh an dem Rock gehangen, wenn der Lehrer grad seine Geißen versorgt hatte, und die Buben auf den hinteren Bänken kicherten dann, aber nur heimlich, denn der Lehrer konnte bös fuchtig werden. Theres hatte immer auf einem der vorderen Plätze gesessen. Sie legte jetzt ein Scheit im Herd auf, trug den Topf mit den gekochten Kartoffeln an den Tisch vor der Durchreiche und begann, Schalen abzuziehen.

„Was machen Eure Bienen?" fragte der Vater. „Schon ein Schwarm raus?"

Frey schüttelte den Kopf. „Aber es kann jederzeit passieren, und dann muß ich heim. Deshalb gleich zur Sache. Ich war also, wie besprochen, gestern abend in Gernsbach und hab dem Zivilkommissär die Angelegenheit vorgetragen." Er nahm einen Schluck Bier.

„Und?" fragte der Bürgermeister. „Der Bescheid?"

„Eins nach dem anderen, Bürgermeister. Ich hab ihm also die Lage der Gemeinde geschildert. Daß wir einen Schuldenstand von 9060 Gulden haben. Wegen dem Hungerjahr 47, wegen der neuen Feuerspritze, wegen der neuen Brücke über den Michelbach und so weiter. Daß wir aus der Gemeindeumlage kaum den Schuldzins bezahlen können. Und daß wir überhaupt zu den ärmsten Gemeinden im Bezirk gehören. Wegen dem trockenen, roten Boden und ..."

„Das weiß der Zivilkommissär doch alles“, sagte der Vater.
„Freilich. Aber so ein Antrag will ordentlich begründet sein. Ich als Ratsschreiber . . .“
„Weiter!“ brummte der Bürgermeister.
„Ja, also, dann hab ich vorgetragen, wie es um den Michelbacher Heiligenfond bestellt ist. Und über den –“ wendete sich der Lehrer an den Vater, „– hat der Zivilkommissär nicht so gut Bescheid gewußt. Deshalb hab ich's genau erklärt. Nämlich, daß der Heiligenfond eine Kasse ist, aus der alles bezahlt wird, was die Kirche braucht. Kerzen, Meßgewänder, Reparaturen an der Kirche und so weiter. Und dann –“ Frey hob den Zeigefinger „– hab ich die Finanzverhältnisse des Heiligenfonds dargelegt. Und ich muß sagen, man hat gesehen, daß der Zivilkommissär beeindruckt war. Als ich ihm erklärte, daß der Heiligenfond ein Kapital von über 30000 Gulden hat, und daß der Heiligenwald 440 Morgen groß ist, da . . .“
„Herrgott, Lehrer.“ Ärgerlich schüttelte der Bürgermeister den Kopf. „Jetzt möcht ich's endlich wissen. Dürfen wir die Gemeindeschulden aus dem Heiligenfond bezahlen oder nicht?“
Frey sah auf seinen Bierkrug.
Dann sagte er: „Nein.“
Die drei schwiegen, und Theres goß einen Löffel Leinöl in die eiserne Pfanne. Dann ging sie zum Herd. Mit dem Schürhaken nahm sie die Herdringe ab und setzte die Pfanne auf das Feuer.
„Das hab ich mir doch gleich gedacht“, hörte sie jetzt den Vater. „Sonst hättet ihr nicht drumherumgeredet, Lehrer.“
„Ich hab es ausführlich erzählt, damit Ihr nicht denkt, ich hätt's dumm angefangen.“

„Schon recht“, sagte der Bürgermeister. „Wie hat er’s begründet?“
„Der Zivilkommissär sagte, daß die Kirchenfonds im Land von Alters her nur für Kirchensachen sind. Und einen solch uralten Brauch könnte man nicht von heut auf morgen umkrempeln. Auch wenn Revolution wäre, müßte Ordnung herrschen.“
„Hat er recht“, brummte der Bürgermeister. „Aber nicht beim hiesigen Heiligenfond. Das ist was anderes.“
Theres schüttete die geschnittenen Kartoffeln in die Pfanne, und es zischte. Dann hörte sie den Vater sagen: „Na, da hat der Paff wieder was zu lachen.“
„Abwarten, Engelwirt“, sagte der Bürgermeister. „Den kriegen wir noch.“

Pfarrer Kleinmann hatte in seiner Studierstube die Fensterläden auf der Sonnenseite zugezogen, und saß nun, die Füße auf einem gepolsterten Fußbänkchen, in seinem Lehnsessel. Geruhsam sog er an der langen Pfeife mit dem Meerschaumkopf und blätterte in einem Band der Werke Johann Peter Hebels. Die drei Bände waren gestern vom Buchbinder geliefert worden, und Pfarrer Kleinmann hatte sich im ‚Schatzkästlein des Rheinischen Hausfreunds‘ festgelesen. Er mochte diese heiter-lebensklugen Kalendergeschichten.
Es war Nachmittag, und Pfarrer Kleinmann hätte schon längst die Non des Sonntagsoffiziums beten müssen – das Brevier lag aufgeschlagen auf dem Betpult drüben in der Ecke. Aber an das regelmäßige Brevierbeten hatte sich Kleinmann noch immer nicht gewöhnt. Er war 1829 zum Priester geweiht worden, in einer Zeit, als die Kirchenoberen der Badener Diözese dieses ‚geistlose Rezitieren‘ aus dem Brevier ablehnten. Es war die Zeit, da in Freiburg Professoren der katholischen

Theologie gegen den ‚mittelalterlichen Aberglauben' der Teufelsaustreibung wetterten und die lateinischen Sakramentsformeln ‚heidnische Geheimnistuerei' nannten. Es war die Zeit, da man hoffen konnte, daß der Zölibat fallen würde. – Wie viele Priester seiner Generation hatte sich Kleinmann nur schwer in die römische Rechtgläubigkeit finden können, die das bischöfliche Ordinariat nun seit einigen Jahren wieder vom Klerus forderte.

Es klopfte, und Kleinmann legte das Buch auf das Beistelltischchen neben die silberbeschlagene Tabaksdose. „Ja", sagte er. Johanna Meier kam mit dem Kaffeetablett. Sie war eine adrette Person, Anfang dreißig, und schon seine Haushälterin gewesen, als er noch die Pfarrei in Ebersteinburg verwaltet hatte. „Wo wollen Sie den Kaffee nehmen, Herr Pfarrer?" fragte sie. „Am Schreibtisch?"

„Nein, hier." Kleinmann schob Tabaksdose und Buch beiseite, und Johanna setzte Kanne, Tasse, Sahnetöpfchen und Zuckerdose auf das Tischchen. Sie sah auf den Hebel-Band und warf einen kurzen Blick hinüber zum Betpult. Natürlich wußte sie, daß er das Brevier noch nicht gebetet hatte. Es war unmöglich, vor ihr Geheimnisse zu haben. Kein Pfarrer konnte vor seiner Haushälterin etwas verbergen. Aber im Gegensatz zu manchen anderen brauchte Kleinmann nicht zu befürchten, daß ihn seine beim Ordinariat anschwärzte.

Er hob den Deckel der Kaffeekanne und schnupperte. „Sagen Sie selbst, Johanna. Der ist besser als der bisherige."

„Freilich", nickte sie. „Das Pfund um 48 Kreuzer, dafür kann man ja wohl einen guten verlangen." Sie goß Sahne in die Tasse, tat zwei Löffel Zucker hinzu und füllte mit Kaffee auf. „Man kann nur hoffen", sagte sie, während sie umrührte, „daß der Lieferantenbote nicht geschwätzt hat. Sonst heißt's wieder im Dorf: Der Pfarrer lebt in Saus und Braus." Kleinmann winkte ab. Aber Johanna fuhr fort: „Und der Frey schreibt wieder an das Ordinariat."

„Soll er doch." Kleinmann schlürfte Kaffee. „Der hat ja gemerkt, daß man dort nichts gibt auf die Denunziation eines wildgewordenen Dorfschullehrers."

„Ich mein ja nur", sagte Johanna. „Jetzt muß ich wieder in die Küche." Sie zog die Tür hinter sich zu.

Kleinmann schlug den Hebel-Band auf, legte ihn jedoch nach Kurzem wieder beiseite. Johanna hatte natürlich recht. Den Klatsch im Dorf sollte man nicht provozieren. Er seufzte. Seinem Vorgänger hätten die Michelbacher nie einen 48-Kreuzer-Kaffee übelgenommen, selbst wenn der den getrunken hätte. Aber der hatte als Bauer unter Bauern gelebt. Und der hatte auch anstandslos das Rindvieh gesegnet, damit es den Milzbrand nicht bekam. Kleinmann segnete nicht, sondern riet, den Viehdoktor regelmäßig zu holen. Der neue Pfarrer galt den Bauern als Stadtmensch, wie Kleinmann gut wußte, und daran änderte auch seine Liebe zum Landbau nichts. Dabei hatte er, anders als in Ebersteinburg, in Michelbach geschickt begonnen: Still, und ohne die mißtrauisch blickenden Bauern zu belehren, hatte er die Pfarräcker nicht mit Mist, sondern mit Knochenmehl gedüngt, einem sehr kostengünstigen Verfahren, wie im landwirtschaftlichen Lehrbuch vorgerechnet wurde. Leider war seine erste Ernte, Anno 45, mißraten, genauso wie die der Bauern. Gegen Regen im Übermaß half der beste Dünger nichts. Das hatten die Bauern sogar eingesehen, und möglicherweise hätten sie, nach und nach, das neumodische Zeug des Stadtpfarrers gelten lassen.

Kleinmann sah hinüber zur Wand am Schreibtisch, wo seine Jagdflinte hing. Es war ein Zwilling mit Schrotlauf und gezogenem Kugellauf. Er hatte ihn, neben einigem Geld, von seinem Lieblingsonkel geerbt und pflegte ihn sorgfältig. Als der Michelbacher Förster Kunz beim neuen Pfarrer Besuch machte, bewunderte er die Flinte und lud den Herrn Pfarrer zur Hasenjagd. Kleinmann hatte nicht widerstehen können. – Später war ihm zugetragen worden, wie man im Dorf darüber dachte: Ausgerechnet mit dem Großherzoglichen Förster tat sich der Pfarrer zusammen, mit dem Förster Kunz, der die Bauern wegen des kleinsten Holz- oder Wildfrevels anzeigte. Und überhaupt: Den Bauern war von Gesetzes wegen grundsätzlich verboten zu jagen; selbst wenn sie das Geld gehabt hätten, eine Jagd zu pachten, hätten sie es nicht gedurft. Und ihr Pfarrer ging zur Treibjagd? – Er hatte es nie wieder getan, aber es war zu spät gewesen. Hinfort galt er als ein Büttel der Regierung.

Kleinmann goß Kaffee nach und lehnte sich zurück. Sollten sie reden, die Bauern. Und seinen Kaffee ließ er sich nicht nehmen. Er durfte keine Familie haben, also hielt er sich an Mokkakaffee, holländischen Tabak und hin und wieder ein Kirschwässerchen. Zum Glück gab es im Dorf auch Gutgesinnte, die ihm diese unschuldigen Genüsse nicht neideten.

Kleinmann hatte gerade wieder zu lesen begonnen, als Johanna klopfte. „Was gibt's denn?" fragte er. Sie sah herein. „Der Rieger will Sie sprechen, Herr Pfarrer."

„So? Na schön." Kleinmann erhob sich und ging hinüber zum Schreibtisch. Rieger war Kleinbauer und ständiger Taglöhner auf dem Pfarrhof.

„Grüß Gott, Herr Pfarrer." Mit klobigen Fingern drehte Rieger seinen Strohhut vor der Brust. Kleinmann unterdrückte ein Lächeln. Wie Rieger dort stand, groß und ungeschlacht, traute man ihm nicht zu, daß er einen Federhalter in die Hand nehmen konnte, ohne ihn zu zerbrechen. Aber Rieger führte das Kassenbuch des Heiligenfonds.

„Was gibt's?" Kleinmann wies auf den Stuhl neben der Tür.

Füßescharrend nahm Rieger Platz. Dann räusperte er sich. „Gestern bin ich in Gernsbach gewesen", begann er. Darauf schwieg er.

Kleinmann wartete. Von Rieger bekam man die Nachrichten immer nur häppchenweise.

„Da hab ich den Lehrer gesehen. Ich bin ihm nachgegangen."

„Ah ja?" sagte Kleinmann jetzt. „Und wohin ist er gegangen, der Lehrer?"

„Zum Zivilkommissär."

„So, so." Kleinmann ließ sich am Schreibtisch nieder. „Nun, es ist ja bekannt, daß der Lehrer zur Revolutionspartei gehört."

„Man sagt", fuhr Rieger bedächtig fort, „der Bürgermeister, der Lehrer und der Engelwirt haben eine Sitzung gemacht. Heut nach der Kirch, in der kleinen Stub vom Engel."

„So?" Kleinmann hob die Augenbrauen. Es war möglich, daß Rieger sich täuschte, wenn er die beiden Ereignisse zusammenbrachte. Aber dessen Instinkt trog selten. Kleinmann fragte: „Was wißt Ihr sonst noch?"

„Ja, also ..." Rieger drehte den Hut. „Gestern den Mittag ist der Lehrer zu mir gekommen."

„Und? Was hat er gewollt?"

„Er hat sich einen Auszug gemacht."

„Was?" Kleinmann erhob sich. „Aus dem Kassenbuch? Und das habt Ihr zugelassen?"

„Er hätt ein Recht dazu, sagt er, als Aktuar vom Heiligenfond und ...“

„Ja, ja, schon gut.“ Kleinmann sah vor sich hin. Die Revolutionspartei des Dorfes plante einen neuen Anschlag auf den Kirchenfond! „Und der Vorstand?“ fragte er. „Hat der Bürgermeister mit den Leuten schon geredet?“

Rieger hob die Schultern. „Ich glaub nicht.“

„Na, ist ja egal.“ Was der Vorstand beschließen würde, das war leider vorauszusehen.

Den Heiligenfond verwaltete ein Vorstand, in dem Pfarrer Kleinmann den Vorsitz führte, und dem der Bürgermeister und vier gewählte Vertreter der Kirchengemeinde angehörten. Alle Ausgaben für die Kirche mußte der Vorstand beschließen. Aber damit waren sie keineswegs genehmigt. Das konnte nur die Kreisregierung. Seit es das Großherzogtum Baden gab, verwaltete der Staat das Kirchenvermögen. Dennoch hatte immer der Grundsatz gegolten: Gelder aus Kirchenfonds durften nur für kirchliche Zwecke verwendet werden. Das war von Alters her so, und kein Michelbacher Bauer war jemals auf den Gedanken gekommen, daß dies für den hiesigen Heiligenfond nicht gälte. Noch 1847 beschloß der Vorstand fast einmütig, bei der Kreisregierung 700 Gulden für neue Altarbilder und 1650 Gulden für eine neue Orgel zu beantragen. Lediglich Bürgermeister Weber stimmte dagegen. Frey war als Protokollführer nicht stimmberechtigt.

Dann, während der Märzrevolution 1848, wurde Kleinmann zugetragen, daß die Bauern gegen die neue Orgel murrten, die, nebenbei bemerkt, noch gar nicht genehmigt war. Und im April 48, als der Terrorist Hecker im Oberland sein Unwesen trieb, kam Weber mit seinem Antrag, die Michelbacher Gemeindeschulden aus dem Fond zu bezahlen. Und alle Bauern im Vorstand stimmten dafür! Zum Glück gab es damals noch die großherzogliche Regierung, und der Antrag war nicht genehmigt worden.

Kleinmann legte die Hände auf den Rücken und begann, in der Studierstube auf und ab zu gehen. Wie die jetzige Regierung über einen neuen Antrag entscheiden würde? Einerseits war sie eine Unrechtsregierung, durch Aufruhr und Gewalt an die Macht gekommen. Was sollte die davon abhalten, den Heiligenfond zur Plünderung freizugeben? Andererseits herrschte seit einigen Wochen eine erstaunliche Ordnung im Land. Sogar Steuern wurden eingezogen. Offenbar waren sich auch Frey, Weber und Ruckenbrod nicht sicher, und Frey hatte beim Zivilkommissär vorgefühlt. Kleinmann blieb stehen. Sich jetzt den Kopf zu zerbrechen, hatte keinen Sinn. Er mußte abwarten.

„Habt Ihr die Abrechnung vom Vorjahr fertig?" fragte er.

Rieger nickte. Dann sagte er: „Bloß noch zusammenzählen."

„Und? Wie hoch ist der Erlös für das Holz aus dem Heiligenwald?" Und als Rieger nicht gleich antwortete: „Und die Kapitalzinsen? Was haben die Zinsen gebracht?"

Angestrengt starrte Rieger in die Luft. Dann schüttelte er den Kopf. „Es geht nicht. Ohne Papier geht's nicht."

„Na ja, ist jetzt nicht so wichtig. Was gibt es sonst?"

Rieger dachte nach. „Man säet die Brachrüben."

„Zu früh", sagte Kleinmann. „Und weiter?"

„Der Bittmann Egi hat wieder zu den Soldaten gemußt."

Kleinmann nickte. Daß das Militär aus dem Urlaub geholt wurde, wußte er aus dem Regierungsblatt.

„Und die Tochter vom Engelwirt ist über Feld gewesen. Im Feiertagsgewand."

„So, so." Vermutlich hatte die sich da draußen mit dem Bittmann getroffen. Na, die beiden sollten mal versuchen, das Aufgebot zu bestellen. Denen würde er schön was erzählen.

„Jetzt weiß ich nichts mehr."

Kleinmann sagte: „Wieder mal sehr brav, Rieger", und der verließ, füßescharrend und mit einem „Grüß Gott auch, Herr Pfarrer", die Studierstube.

Kleinmann wollte zu seinem Lehnsessel, zögerte aber und ging dann zum Betpult.

2

Kühlgrauer Morgendämmer schob sich über die Schwärze des Waldes neben der Chaussee, und durch den dumpf knirschenden Marschtritt hörte man die ersten Vogelrufe. Egi marschierte, den Blick auf den Tornister des Vordermannes geheftet, spürte die Länge des Schrittes in der Leistenbeuge, und jeder Tritt brannte in den Fersen. Keine halbe Stunde mochte es her sein, daß die Kompanie abmarschiert war, aber schon jetzt merkte Egi, wie der Tornister zerrte, und wie ihm die kreuzweise über die Brust geschnallten Riemen die Luft nahmen. Zudem begann er zu schwitzen: Den schweren Mantel hätte er gleich auf den Tornister schnallen sollen. Aber alle Kameraden hatten ihren angezogen, als sie, noch in der Dunkelheit, fröstelnd und vor Müdigkeit taumelnd, angetreten waren.
Es war jetzt merklich heller geworden, und Egi, sich seitwärts beugend, blickte an der Kolonne entlang, auf die Soldaten in den grauweißen Mänteln, sah, wie sie beim Marschieren die Arme schwenkten, und wie die hohen Lederhelme mit den Kugelspitzen sich gleichmäßig auf und nieder bewegten. Er hoffte, daß die Kameraden den gleichen Schritt eine Zeitlang hielten, denn so marschierte sich's leichter. Egi wechselte das Gewehr auf die andere Schulter und fragte seinen Nebenmann: „Geht's?"
Der nickte stumm, wobei er den Blick geradeaus ge-

richtet hielt. Er war klein – ein halber Zoll weniger, dann hätte er nicht zu den Soldaten gemußt –, und er hatte sein Säbelgehenk mit einem Strick hochgebunden, damit die Scheide nicht schleifte. Den Helm hatte er ins Genick geschoben, und sein blondes Haar quoll unter dem Augenschirm hervor. Er hieß Scholze Franz, und unter den vierzehn Mann auf der Kasernenstube waren Egi und er die beiden einzigen diesjährigen Rekruten. Er kam aus Balsbach im Odenwald, dem ‚Mainzer Land', wie er sagte, und nach dem, was er erzählte, ging es in seinem Heimatdorf noch knapper her als in Michelbach.

Durch den Marschtritt hindurch hörte Egi jetzt Gesprächsfetzen – die Soldaten hatten sich wach marschiert. Neben ihm sagte der Scholze Franz: „Ich hab schon ganz anderes durchgestanden. Und so wie gestern wird's nicht, das kannst du mir glauben."

Egi schwieg. Gestern war der erste Marschtag gewesen, in sengender Hitze, die Kompanie war weit auseinandergefallen, und die Soldaten waren truppweise im Biwak bei Linkenheim eingetroffen. Egi war bei den letzten gewesen. Er hatte den Scholze Franz nicht verlassen wollen, obwohl der immer wieder gesagt hatte: „Ich schaff's schon allein." Aber das war Unsinn, dazu hatte der einfach nicht genug auf den Rippen. Für die letzten Wegstunden hatte Egi ihm das Gewehr abgenommen. Es war leichter als das von Egi; dem Scholze Franz hatte der Hauptmann eine der wenigen Büchsen der Kompanie gegeben, eine der genau schießenden mit gezogenem Lauf. Denn von fünfmal traf der Franz viermal ins Schwarze. Alle konnten sich denken, warum, aber Egi wußte es vom Franz selbst: Bei ihm daheim war das Wildern nicht bloß Schlingenlegen auf Hasen, sondern richtige Jagd auf Hirsche, im Tiergarten des

Fürsten von Leiningen, und wenn es sein mußte, schoß man sich mit den Jagdaufsehern.
„Wenn wir so weiter marschieren“, sagte Franz, „dann sind wir morgen bei mir daheim.“ Und nach einer Weile: „Ich möcht bloß wissen, wo's hingeht.“
„Hast doch gehört, was der Hauptmann gesagt hat. Vor drei Tagen hat's Gefechte gegeben. Die Unsrigen waren gegen die Hessen und die Mecklenburger siegreich, bei Hirschhorn und Ladenburg. Irgendwo dorthin wird's gehen.“
„Kannst du mir mal sagen, was wir dort wollen, wenn die Unsrigen siegreich waren? Und warum wir rennen müssen wie die Narren?“ Und als Egi schwieg: „Warum fahren wir eigentlich nicht auf der Eisenbahn, was? Von Rastatt nach Heidelberg geht die Eisenbahn. Auf der bin ich gefahren, wie ich hab einrücken müssen. Warum rennen wir hier über die Chaussee, wenn doch die Eisenbahn ...“
„Du redst zu viel“, sagte Egi. „Spar dir die Luft.“
Eine Zeitlang war Franz still. Dann fing er wieder an: „Ich wüßt trotzdem gern, wo genau es hingeht.“
„Herrgott, Franz“, sagte Egi. „Das ist doch egal. Was hast du jetzt davon, wenn du das weißt?“
„Ja, das sieht dir gleich.“ Franz schob den Helm nach vorn. „Für die Revolution marschieren, ohne zu fragen wohin. Aber ich sag dir was. So Leute wie du, die marschieren auch für den Großherzog, ohne zu fragen wohin.“
„Halt's Maul, du Arsch!“
„Wollt ihr wohl still sein da vorn?“ Das kam von hinten, drei Rotten weiter, wo der Feldwebel den Schlußmann machte.
Egi marschierte. Es war wirklich egal, wo es hinging. Ob sie bei Hirschhorn oder Ladenburg oder sonstwo

auf die Reichstruppen stießen, machte keinen Unterschied. Und doch: Daß man es ihnen nicht sagte, das war nicht egal. Nicht zuletzt war der Soldatenaufstand gegen den alten Gamaschengehorsam gegangen. „Weißt du was?“ sagte er zu Franz. „Jetzt frag ich nach.“

„Und bei wem? Der Feldwebel weiß es doch auch nicht . . . Also, hör mal, so war das nicht gemeint, Egi. Jetzt bleib doch hier.“

Aber Egi hatte sich schon aus der Kolonne gelöst. Es dauerte eine Zeit, bis er sich an die Spitze der Kompanie vorgearbeitet hatte, wo der Hauptmann Schritt machte.

Vor der Revolution war Hauptmann Studinger Feldwebel gewesen. Die Soldaten hatten ihn dann zum Offizier gewählt, weil er, wie die alten Soldaten sagten, ein Unteroffizier war, der beim Exerzieren selten geprügelt hatte. Als Egi einrückte, war das Prügeln schon seit einem Jahr verboten. Egi gab Studinger seine Stimme, weil der Feldwebel ein Zimmerkommandant war, mit dem man reden konnte, und weil er die Stiefel, die Egi ihm schusterte, anstandslos und ordentlich bezahlte.

Hauptmann Studinger marschierte mit langen, ruhigen Schritten, den Kopf leicht nach vorn geneigt, wegen seiner Furunkel unter dem hohen Uniformkragen.

„Herr Hauptmann“, begann Egi, „ich möcht Sie was fragen.“

Hauptmann Studinger wendete steif den Kopf, und auf seinem zerknitterten Gesicht mit dem Sergeantenschnauzer lag der Staub vom gestrigen Marschtag. Er nickte kurz.

„Ich hätt gern genau gewußt, wo’s hingeht, und auch, warum wir nicht auf der Eisenbahn fahren.“

Schweigend marschierte der Hauptmann. Nach einer

Zeit sagte er: „Man muß Befehle ausführen. Auch, wenn man nicht genau weiß, wozu sie gut sind. Man muß darauf bauen, daß die Oberen wissen, was sie tun. Sonst ist alles verloren. Kapiert?"
„Ja, aber ... Warum kann man uns nicht sagen, wo's hingeht?"
„Was mich betrifft: Ich weiß es selber nicht. In Heidelberg krieg ich neuen Befehl." Der Hauptmann rückte an seinem Offizierssäbel. „Und warum wir nicht auf der Eisenbahn fahren können, weiß der Henker. Bei den anderen ist's jedenfalls gegangen."
Egi nickte. Die anderen drei Kompanien des Bataillons waren schon letzte Woche ausgerückt, per Eisenbahn, und auch das zweite Bataillon des Regiments hatte fahren dürfen. „Vielleicht", sagte er, „daß man die Strecke freihalten will. Möglich auch, daß ..."
„Tritt gefaßt, ihr Sackermenter!" brüllte der Hauptmann. Man hörte hastiges Getrappel, als die Soldaten versuchten, wieder gleichen Schritt aufzunehmen.
„Hör zu, Soldat Bittmann", sagte der Hauptmann. „Wir sind hier nicht im Hauptquartier zu Heidelberg, sondern auf der Landstraße. Kapiert? Ab jetzt, auf deinen Platz."
Egi trat zur Seite, und ließ die Soldaten an sich vorüberziehen. Mit dem gleichen Schritt war es vorbei, das war mal sicher. Er blickte hinüber zum Wald, über den gerade die Sonne stieg. Er als Hauptmann würde halten lassen, damit die Soldaten ihre Mäntel ausziehen konnten. Sonst riß die Kompanie schon jetzt auseinander und ... „Ach, leck mich doch", murmelte er plötzlich.
Die zweite Abteilung der Kolonne zog vorüber, und Egi konnte den Schlußmann sehen. In einiger Entfernung hinter der Kompanie rollte jetzt ein Fuhrwerk, ein mit vier Pferden bespannter, breitgleisiger Lastwagen.

Die Rotte mit dem Scholze Franz kam heran, und Egi reihte sich ein.
„Und?“ fragte Franz. „Was hat er gesagt?“
Egi hob die Schultern. „Er weiß es selber nicht.“
„Sauber“, sagte Franz. Dann schwieg er. Auch die anderen Soldaten waren still. Das Fuhrwerk war inzwischen herangekommen – man hörte den Hufschlag und die über den festgefahrenen Schotter rollenden Räder. Franz sah nach hinten. „Heh, Gevatter!“ schrie er. „Wo hinaus?“
Der Fuhrmann, oben auf seinem Sitzbrett, zeigte mit der Peitsche und rief: „Heidelberg.“
„Hast's gehört?“ freute sich Franz. „So ein Glück.“ Und er rief: „Läßt uns aufsitzen?“ Der Fuhrmann nickte, und Franz blieb stehen. „Dann rauf.“ Auch die Soldaten hinter ihnen waren stehen geblieben.
„Wollt ihr wohl marschieren, ihr Spitzbuben?“ brüllte der Feldwebel. „Aufsitzen gibt's nicht.“
„Aber warum nicht? Wo er doch nach Heidelberg ...“
„Weil's unkameradschaftlich ist. Entweder es können alle fahren oder keiner. Marsch jetzt. Zur Kompanie aufschließen.“
„Das seh ich nicht ein. Wenn ich ...“
„Komm weiter.“ Egi zog Franz mit sich. „Wenn wir nicht gleich aufschließen, schaffen wir's nicht mehr.“
Widerstrebend folgte Franz. „Ich seh das nicht ein. Warum sollen wir nicht aufsitzen?“
„Hast's doch gehört. Weil's unkameradschaftlich ist.“
„Versteh ich nicht. Was schadet es den Kameraden, wenn ich fahr, was? Erklär mir das mal.“
„Ach, laß mir die Ruh.“ Egi konnte es nicht erklären. Warum sollte der Scholze Franz nicht fahren? Noch dazu, wo er zu den Kleinsten gehörte. Das wäre nur vernünftig. Aber was der Feldwebel gesagt hatte, war

auch richtig, selbst wenn man nicht sagen konnte, warum. Bei den Soldaten gab es eine Menge Dinge, von denen man fühlte, daß sie richtig waren, die einem aber zugleich unvernünftig erschienen. Einmal hatte er versucht, mit Theres darüber zu reden. Sie hatte es nicht verstanden. „Wie soll denn das gehen?“ hatte sie gefragt. „Richtig und falsch zugleich? Für eins muß man sich doch entscheiden.“ Bei ihr mußte immer alles klar sein. Egi atmete tief ein. Der Sonntag vor acht Tagen, Theres unter dem Apfelbaum bei der Wacholderhecke ... der Wind, der über die Wiese ging. Und wie traurig sie war ... Nein, nicht daran denken. Egi trat fest auf den Chausseeschotter.

Gerade da fing einer der Soldaten an zu singen. „So herzig wie mein Liesel, ist halt nichts auf der Welt ...“ „Aufhören!“ schrie Egi. Er sah den erstaunten Blick des Scholze Franz und rief: „Das Lied vom Aufstand!“ Und er begann: „Aristokraten werden gebraten, Fürsten und Pfaffen werden gehenkt ...“

Das Hauptquartier des Obergenerals befand sich in der Heidelberger Universität. Der Adjutant des Generals hatte in der Kanzlei der juristischen Fakultät sein Büro. Es bestand aus drei Tischen, bedeckt mit Papieren und Landkarten, sowie zwei Stühlen. An der Wand neben der Tür hing eine aus dem Gymnasium requirierte Karte von Baden. Es mochte gegen sieben Uhr abends sein, und der Generalsadjutant, an dem quer zum Fenster gestellten Tisch sitzend, schrieb Befehle aus. Er hieß Sigel und war ein junger Mann mit einem dicklichen, bartlosen Gesicht und sauber geschnittenem Haar. In der alten badischen Armee war er Leutnant gewesen. Nach einer Affäre im Sommer 1847 nahm er den Abschied – er hatte sich für einen jüngeren Kameraden, den er aus seiner Kadettenzeit kannte, mit dem Bataillonsadjutanten duelliert. Im April 48 kämpfte er zusammen mit Hecker und wurde populär. Jetzt war er Oberst und die rechte Hand von General Mieroslawski.

Das Fenster der Kanzleistube war geschlossen, und Sigel schrieb in Hemdsärmeln. Sein blauer Oberrock, ohne Schulterstücke, hing hinter ihm über der Stuhllehne. Nach einer Zeit legte Sigel den Federhalter ab und wischte mit dem Hemdsärmel über die Stirn. Dann stand er auf und öffnete das Fenster. Draußen auf dem Hof lagerte noch immer die Volkswehrkompanie, obwohl es längst Zeit zum Abendexerzieren war. Aber die Männer warteten auf Gewehre und Ausrüstung – sie waren noch nicht mal mit blauen Volkswehrkitteln versehen. Daß die keine Lust zum Exerzieren hatten, konnte Sigel verstehen. Die Gewehre für die Kompanie wurden zur Zeit bei den Heidelberger Bürgern requiriert. Warum keine Kittel beikamen, wußte Sigel nicht; er konnte sich nicht um alles kümmern. Sich nachdenklich die Nase reibend, ging er zum Tisch zurück. Immerhin sollte er mal vom Kriegskommissär einen Bericht anfordern, wie der sich die Bewaffnung der neuen Volkswehrbataillone dachte. Es war geplant, in jedem Bezirk ein Bataillon aufzustellen. Da es an Offizieren fehlte, würde man auf Stabsoffiziere des Hauptquartiers zurückgreifen müssen. Keiner dieser Herren stammte aus Baden, auch der Oberkommandant der Volkswehr nicht, und Sigel hatte es übernommen, die zukünftigen Bataillonsführer einzeln in die jeweiligen örtlichen Verhältnisse einzuweisen. Die Unterlagen hatte er sich schon heut nachmittag kommen lassen.

Die Tür wurde geöffnet, und der Ordonnanzsoldat Essig sah herein. „Der Major Dortu ist draußen, Herr Oberst.“

Sigel griff nach dem Rock. „Soll reinkommen. Und, Essig, hol mir was zu essen. Kalten Braten, Käse, irgendwas. Laß es anschreiben.“ Essig nickte und zog sich zurück.
„Ich melde mich zur Stelle, Bürger Oberst.“
Sigel, mit der einen Hand den Rock zuknöpfend und mit der anderen nach der Mappe ‚Gernsbach‘ suchend, sagte: „Nehmen Sie Platz, Dortu.“ Dann sah er hoch. „Und lassen Sie doch die Förmlichkeiten.“
Dortu errötete. Er wurde leicht rot, was bei seiner reinweißen Haut und den großen, dunklen Augen besonders auffiel.
Sigel sah zu, wie Dortu sich auf den Stuhl neben dem Tisch niederließ. Ein hübscher Kerl, dieser Dortu, kaum über zwanzig, außerordentlich groß und kräftig, und das kleine Schnurrbärtchen im vollen Gesicht stand ihm gut. Sigel wußte, daß Max Dortu der Sohn eines angesehenen Justizrates in Potsdam war. „Sie können sich denken, worum's geht, Dortu?“
„Nein, Bürger Oberst“, sagte Dortu mit einer angenehm sonoren Stimme. Er saß aufgerichtet, und sein Rock mit den Majorsepauletten war sauber gebürstet. Erwartungsvoll sah er Sigel an.
„Hm. Also, um es kurz zu machen, Dortu: Sie kriegen ein Bataillon.“
„Was?“ Dortu sprang auf. „Wirklich?“ Er war rot geworden. „Und wo?“
„Tja, hm. Na, nun setzen Sie sich erstmal.“
Dortu ließ sich nieder.
Sigel griff nach dem Federhalter und drehte ihn zwischen den Fingern. Dortu tat ihm leid. Er mußte ihm schonend beibringen, daß er kein Linienbataillon, sondern bloß ein Volkswehrbataillon bekam. „Was ist Ihre Dienststellung?“ fragte er.

Erstaunt sah Dortu ihn aus seinen dunklen Augen an. „Ich bin Bürochef des Oberkommandanten der Volkswehr, Bürger Oberst. Aber das wissen Sie . . .“
„Und Ihre militärische Ausbildung?“
„Ein Jahr Freiwilligenausbildung, beim 24. preußischen Landwehrregiment. Ich bin . . . Ich war Unteroffizier der Reserve.“
„Eben“, nickte Sigel. Und als Dortu mit, wie es schien, ängstlicher Spannung schaute: „Machen Sie mir's nicht so schwer, Dortu. Ihre Ausbildung, Ihre bisherige Dienststellung . . . Kurz: Ein Linienbataillon kommt nicht in Frage. Sie übernehmen eins der Volkswehrbataillons, die neu . . .“ Er hielt inne.
Dortu hatte sich zurückgelehnt. „Gott sei Dank.“
„Bitte?“
Dortu richtete sich auf. „Ich dachte schon, ich sollte ein Linienbataillon übernehmen. Und ich hatte mir so sehr gewünscht, eines der neuen Volkswehrbataillone aufbauen zu dürfen.“
„Ach?“ Sigel legte den Federhalter auf den Tisch. „Nun ja.“ An sich hätte er sich das denken können. Dortu gehörte zu den Schwärmern vom ‚Klub des entschiedenen Fortschritts‘ um Struve, zu den Radikalen also, die die unbedingte rote Republik wollten. Wogegen durchaus nichts zu sagen war. Nur: Alles zu seiner Zeit. „Tja, also. Nun gut, Dortu. Sie ziehen das erste Aufgebot des Bezirks Gernsbach zusammen und . . .“
„Gernsbach? Das liegt am Rande des Schwarzwaldes, nicht wahr? An der Murg?“
„So ist es.“ Sigel zog die Mappe ‚Gernsbach‘ heran. „Und ich möchte Ihnen einige Sachverhalte über den Bezirk, die Einwohner . . .“
„Wenn Sie gestatten, Bürger Oberst . . . Es wäre für mich als Führer des Gernsbacher Aufgebotes sehr wich-

tig, zunächst einen Überblick über die neue Entwicklung der großen Kriegslage zu erhalten."
Sigel sah ihn an. „Ich glaube, Sie verkennen Ihre Aufgabe ein wenig. Es geht lediglich darum . . ."
„Bitte, Bürger Oberst. Sehen Sie, als Bürochef . . . Man ist nicht immer auf dem Laufenden. Was die große Lage angeht, meine ich."
„Zweifellos, Dortu, zweifellos." Sigel versuchte, Ironie in seine Stimme zu legen. „Soll ich die politische Entwicklung in Frankreich, Italien und Ungarn mit einbeziehen?"
„Nein, danke. Darüber bin ich informiert. Daß von Frankreich keine Hilfe zu erhoffen ist, das dürfte endgültig sein. Und auch Ungarn . . ."
„Ja, ja, schon gut." Sigel nahm den Federhalter auf. Manchmal war er versucht, wie der letzte Schwarzwälder Bauer all die Fremden, diese großmäuligen Reisenden in Sachen Revolution zum Teufel zu wünschen. Aber Dortu, wie er dort saß, gerade aufgerichtet und ihn erwartungsvoll anblickend, war einer von denen, die mit Ernst und Fleiß für die Sache arbeiteten. „Na schön." Sigel erhob sich und ging zur Wandkarte. Dortu hatte sich auf seinem Stuhl mitgedreht.
„Also, Dortu, so arg viel Neues gibt es nicht." Sigel schwieg, während er auf die Karte blickte. Dann sagte er: „Es steht nicht allzu schlecht. Natürlich sind die grundlegenden Fehler vom Anfang des Feldzuges nicht mehr zu bereinigen." Und mit dem Federhalter auf die Karte klopfend: „Marschieren . . . Wir hätten von Anfang an marschieren müssen, gleich nach dem Offenburger Sonntag. Nach Hessen, Frankfurt, Württemberg. Damals hätten wir die Revolution nach außen tragen können. Das war unsere Chance." Er ließ den Arm sinken. „Nun gut. Wir haben uns gegen Brentano und sei-

nen Landesausschuß nicht durchsetzen können und jetzt ..."

„Gestatten Sie mir eine Bemerkung, Bürger Oberst ... Wenn der Klub des entschiedenen Fortschritts vor zehn Tagen wirksame Unterstützung bekommen hätte, dann wäre es mit der Regierung Brentano und ihrer lauen Politik ..."

„Keineswegs zu Ende gewesen." Sigel fuhr mit dem Federhalter durch die Luft. „Dummes Zeug!" Und als Dortu rot wurde: „Entschuldigen Sie, Dortu, aber das war wirklich dummes Zeug, diese aufgeregte Adresse Ihres Klubs an die Regierung: Wir verlangen energische Maßnahmen! Die Folgen? Hätte ich Ihnen voraussagen können: Großes Geschrei der Bürger und Angst vor der roten Republik. Im Mai hätten Sie die vielleicht noch für eine richtige Republik begeistern können. Aber jetzt? Glauben Sie mir, ich kenne meine Badener. Die sind heilfroh, daß alles seine Ordnung hat. Die sind mit Brentano zufrieden."

Dortu schwieg.

„Na schön", sagte Sigel. „Ob Sie das nun glauben oder nicht, eines ist jedenfalls sicher: An eine Offensive ist zur Zeit nicht zu denken. Hier, schauen Sie ..." Er zeigte mit dem Federhalter auf die Karte, wo sich die blaue Linie des Rheins schlängelte. „Das erste preußische Armeekorps ist durch die Pfalz bis an den Rhein vorgerückt." Sigel zeigte jetzt auf den Neckar. „Das zweite preußische Korps steht frontal zu unserer Neckararmee." Der Federhalter fuhr nach rechts. „Und das dritte Korps, bestehend aus Reichstruppen, ist in die Gegend des Odenwaldes gerückt. Übrigens ..." Sigel drehte sich um, „der Oberbefehlshaber des gesamten Vereins ist der Prinz von Preußen. Ihr Kartätschenprinz."

„Das ist nicht mein Kartätschenprinz."
„Ein Scherz, Dortu. Ein schwacher, zugegeben. Aber weil Sie . . ."
„Ich habe diesen Ausdruck nicht geprägt."
„So?"
„Nein. Ich gebrauchte ihn bei einer Volksversammlung in Berlin. Aber damals war der Ausdruck schon in aller Munde."
„Na schön. Jedenfalls gelten Sie als der Urheber. Gleichviel –" Sigel drehte sich wieder zur Karte „– die Absicht des Feindes ist klar: Frontalangriff auf die Neckarlinie, dazu Angriff durch das Gebirge auf unsere rechte Flanke, gleichzeitig Rheinübergang und Angriff gegen unseren Rücken. Eine hübsch ausgedachte Umarmung." Sigel sah auf die Karte. Dann sagte er: „Was würden Sie als General tun?" Als Dortu schwieg, fügte er hinzu: „Die Kräfteverhältnisse sind etwa: 60000 Soldaten der Feind, 20000 wir."
„Ich würde", begann Dortu jetzt zögernd, „unsere Hauptmacht am Neckar konzentrieren."
„Begründung?"
„Weil dort der Hauptangriff zu erwarten ist. Gleichzeitig kann so dem Angriff auf die rechte Flanke am besten begegnet werden."
„Und was machen Sie mit dem Feind im Rücken?"
„Am Rhein plaziere ich schwache Kräfte, die aber genügen, den Flußübergang des Feindes zu verzögern. Sobald der Feind den Übergang erzwungen hat, werfe ich die Hauptmacht der Neckararmee nach Süden. Wir haben den Vorteil der kurzen, inneren Linie. Zudem die Eisenbahn, mit der die Truppen genügend rasch vor Ort geschafft werden können."
„Hervorragend, Dortu." Sigel drehte sich um. „Genau das ist unser Plan. Und ich glaube . . ." Er kratzte sich

mit dem Federhalter am Kopf, „ich glaube, er wird gelingen. Selbst wenn man bedenkt, daß höchstens die Hälfte unserer Truppen brauchbar ist."
Dortu nickte. „Die Disziplin läßt wirklich zu wünschen übrig. Diese Kompanie, draußen auf dem Hof . . ."
„Na, die nun nicht gerade. Aber Sie haben recht. Es ist eine Frage der Disziplin. Die Offizierswahl hätte man nie zulassen dürfen. Zum Glück ernennt die Regierung wenigstens die Offiziere vom Major an aufwärts. Dabei will ich den Soldaten der Infanterie noch nicht mal guten Geist absprechen. Auch der Artillerie nicht. Aber die Dragoner, Dortu, die machen mir Sorgen. Reaktionär und feige, vom letzten Stallburschen bis zum Oberst. Überhaupt: Die höheren Offiziere aus der alten Armee. Hier, schaun Sie . . ." Sigel faßte sich an die Schulter. „Ich schick den Major von Rochlitz mit einem Auftrag zu den Truppen im Odenwald. Damit er mehr Autorität hat, geb ich ihm meine Epauletten mit. Was macht der Kerl? Geht zum Feind über! Mit schriftlichen Befehlen und meinen Epauletten. Tja, so sieht's aus, Dortu." Sigel ging zu seinem Stuhl und ließ sich nieder. „Ich will noch nicht mal davon reden, daß der General kein einziges Wort Deutsch kann."
„Das halte ich für ein schwerwiegendes Problem, Bürger Oberst. Ein Truppenführer muß seine Männer ansprechen können."
„Gewiß, das auch. Aber wir haben hier einen zweisprachigen Schriftverkehr, französisch und deutsch. Und machen wir uns nichts vor. Wenn was schief geht, wird's heißen: Was kann man von einem Polackengeneral schon erwarten. Dabei ist der Mann fähig, ohne Zweifel. Die 30000 Gulden sind gut angelegt, mit denen die Regierung ihn eingekauft hat." Sigel griff zur Mappe ‚Gernsbach'. „So. Zur Sache. Zunächst . . ."

Die Tür wurde geöffnet, und Ordonnanzsoldat Essig sah herein. „Ich hab einen Gockel, Herr Oberst. Einen gebratenen, jungen Gockel. Ich hab ihn in Ihrer Stube zugerichtet."
„Sehr schön, Essig." Sigel blätterte die Mappe auf.
„Aber er wird kalt, Herr Oberst."
„Ach so. Ausgezeichnet ... Na?" sagte er zu Dortu. „Haben Sie Lust? Essen Sie mit?"
„Danke, Bürger Oberst, ich habe schon zu Abend gegessen. Ich würde mich jetzt gern in die Unterlagen einarbeiten."
„Na schön." Sigel sah in die Mappe. „Hm. Vielleicht vorweg etwas zum Zivilkommissär in Gernsbach. Der Mann heißt Trüssler. Als Stand ist hier Schiffer angegeben. Wissen Sie, was ein Gernsbacher Schiffer ist?"
„Nun ... Ich habe mich über das Land informiert, und ich weiß, daß auf der Murg eine starke Flößerei betrieben wird. Der Zivilkommissär Trüssler wird den harten und gefahrvollen Beruf des Flößers ... Nein?"
Sigel gluckste vor Vergnügen. „Wenn ich mir vorstelle, Dortu, Sie wären mit dieser Meinung auf den Mann getroffen ..." Und als Dorte errötete: „Na, nichts für ungut. Die Sache ist einfach die: In Gernsbach gibt es eine Handelsgesellschaft. Holzhandel, bis nach Holland hinunter. Und diese Gesellschaft nennt sich ‚Schifferschaft'. Der Herr Trüssler ist ein reicher Holzhändler." Sigel erhob sich. „Sie sehen also, Dortu: Vorsicht. Gernsbach ist nicht Potsdam."

Der letzte zarte Glockenschlag der Stutzuhr auf der Vitrine war verklungen, und Henriette Trüssler, eine zierlich wirkende Frau von Anfang vierzig, wendete sich wieder ihrer Stickerei zu. Neun Uhr schon. Vor einer Stunde hatte sie, wie gewohnt, den Eßtisch gedeckt. Seit

Trüssler nicht nur Bürgermeister, sondern auch Zivilkommissär war, kam er spät und zu unregelmäßigen Zeiten aus dem Rathaus. Und dabei lag ihm viel am pünktlichen Nachtessen zusammen mit der Familie; in häuslichen Dingen war er zäh konservativ. Aber die Familie war ohnedies nicht mehr vollständig. Sohn Karl, Hauptmann einer Volkswehrkompanie, stand seit einigen Tagen in Heidelberg, und Kathi ging in letzter Zeit ihre eigenen Wege. Wenn man ihr glauben durfte, besuchte sie gerade eine Freundin. Das hatte es vor der Revolution auch nicht gegeben, daß ein achtzehnjähriges Mädchen nach neun noch außer Haus war. Mehr oder weniger hatte die Revolution das Leben aller verändert.

Henriette Trüssler drehte den Docht der Lampe höher, die neben ihr auf dem Nähtischchen brannte. Nur ihr Leben war gleich geblieben. Nein, das war nicht richtig. Sie war womöglich noch einsamer geworden. Dreiundzwanzig Jahre lebte sie nun in dieser Stadt – wenn man einen Marktplatz mit einigen Gassen drumherum überhaupt so bezeichnen konnte –, aber noch immer kamen ihr die Leute vor wie Bauern. Sicher, es gab Ausnahmen – Trüssler zum Beispiel. Er war weit gereist, mehrfach nach Holland, in seiner Jugend sogar auf dem Floß. Nicht, weil dies von dem angehenden Holzkaufmann verlangt worden wäre, sondern weil er sich den Wind um die Nase wehen lassen, weil er ‚in de wereld rondkijken' wollte, wie er sagte. Er ließ hin und wieder holländische Brocken einfließen.

Henriette Trüssler lächelte, als sie jetzt daran dachte, wie er damals in die Gesellschaftsabende der stillreichen Frankfurter gepoltert war, mit dröhnendem Baß Flößergeschichten erzählte und Kanaster aus einer Tonpfeife rauchte. Er war wegen einer Kapitalsanleihe

für die Gernsbacher Schifferschaft in Frankfurt; vermutlich, weil Henriettes Vater, der Bankier Hinckel, Teilhaber eines Karlsruher Bankhauses war; genau wußte sie das nicht. Sie hatte Trüssler geheiratet, ohne darüber nachzudenken, wie ihr Leben in einem Landstädtchen aussehen würde. Als ihr klar wurde, wie sehr sie an Theater und Oper, an Klavier- und Ballabende gewöhnt war, da war es zu spät gewesen. Noch jetzt gab es Tage, an denen sie vor Heimweh hätte aus dem Fenster springen mögen. Heute war so ein Tag, und sie hatte zum Nachtessen Frankfurter Grüne Soße gemacht.
Henriette Trüssler hob den Kopf und lauschte. Ja, das war er. Sie legte den Stickrahmen zur Seite und ging mit der Lampe zur Tür.
„Henny!" dröhnte er draußen im Flur. „Wo bist du?"
Sie öffnete die Tür. „Schrei nicht so, Trüssler." Und die Lampe hebend: „Hier bin ich, wie jeden Abend."
Er hatte den Gehrock abgelegt und zog gerade seinen Schlafrock über. Noch immer war Trüssler ein stattlicher Mann. Das Gesicht war etwas grob geschnitten, zugegeben. Und wenn sie ihn doch überreden könnte, seinen Backenbart abzunehmen, dieses bis unter das Kinn wuchernde Monstrum, das ihm das Aussehen eines Schiffskapitäns gab.
„Na?" Sich die Hände reibend kam er auf sie zu. „Hast du dich gut amüsiert den Tag über?"
„Amüsiert? Kannst du mir bitte verraten ..."
„Hab ich einen Hunger." Er strich ihr flüchtig über das Haar, und betrat, an ihr vorbei, die Stube. Sie folgte ihm mit der Lampe, und er musterte den Eßtisch. „Hm. Kalter Braten. Und sonst?" Er hob den Deckel der Terrine. „Alle duivels! Wieder dieses kalte Geschlamps. Henny, du weißt doch, daß ich was Ordentliches brauch, was Warmes und ..."

„Kannst dich ja an das Fleisch halten. Und warmes Essen, so unpünktlich, wie du kommst? Aufgewärmt magst du es auch nicht. Also bitte.“
Er ließ sich nieder. „Den ganzen Tag Ärger im Rathaus, und daheim . . .“
„Komm, komm, Trüssler. Laß deine Laune nicht an mir aus.“ Sie legte drei Scheiben Fleisch auf seinen Teller und schöpfte Soße aus der Terrine.
„Nicht über das Fleisch“, sagte er. Und während er das Fleisch zu schneiden begann: „Wo ist die Kathi?“
„Bei der Babette.“
„Bist du sicher?“
„Sie sagte es. Hast du einen Grund, ihr zu mißtrauen?“
„Sicher hab ich den. Sie ist meine Tochter.“ Er kaute. „Wenn das meisje schwanger wird, dann . . .“
„Ach geh. So dumm ist die nicht.“ Henriette Trüssler hatte sich ihm gegenüber gesetzt. „Hast du heut besonderen Ärger gehabt?“
„Hm.“ Dann nickte er. „Ich hab einen Brief aus Heidelberg bekommen. Unser Wehrausschuß darf nicht weiterarbeiten.“
„Aber wieso denn? Und wer organisiert jetzt die Volkswehr im Bezirk?“
„Vom Hauptquartier soll ein Offizier kommen. Unserm Wehrausschuß fehle die gesetzliche Grundlage, weil er sich freiwillig gebildet hat.“ Trüssler stippte ein Stück Fleisch mit der Gabel in die Soße. „Das Ganze ist natürlich nonsens. So treibt man den Leuten hier unfehlbar die Begeisterung aus. Hoffentlich ist dieser Offizier wenigstens umgänglich. Was man uns bisher geschickt hat, war nichts Gescheites.“
„Du meinst den Amtsverwalter? Den Wänker?“
Trüssler nickte. „Ein Beamter vom alten Kaliber. Ein Klotzkopf. Zudem hab ich ihn im Verdacht, daß er mit

unserem Ex-Amtmann unter einer Decke steckt." Er schob ein Stück Fleisch in den Mund. „Ich glaube sogar, daß unsere Aristokraten einen geheimen Klub gebildet haben. Der Oberlehrer, der Diakon, der Bezirksförster, na ja, die ganze reaktionäre Bagage eben. Leider fehlt mir der Beweis, daß sie gegen die Regierung konspirieren." Er kaute. „Sonst würde ich die glatt verhaften lassen."

„Du lieber Himmel, Trüssler, was sind das für Pläne? Unsere Honoratioren willst du verhaften? Das gibt böses Blut in der Stadt."

„Voor mijn part. Bis die Lage sich stabilisiert hat, gehören die hinter Schloß und Riegel. Am besten nach Rastatt in die Festung. Und der Ex-Amtmann Dill als erster."

„Die arme Frau Amtmann."

„Wie soll ich das verstehen?"

„Wie ich es sage. Wenn du ihren Mann verhaftest, sitzt sie mit zwei kleinen Kindern allein." Henriette Trüssler tat Fleisch auf ihren Teller. „Außerdem, und das muß auch mal gesagt werden, gehören der Amtmann Dill und seine Frau zu den wenigen in der Stadt, die wirklich Kultur haben."

„Ja, ja, ich weiß. Er macht ja soo gefühlvolle Gedichte. Und noch gefühlvoller spielt er die Orgel."

Sie sah ihn an.

„Hör mal, Henny." Er zeigte mit der Gabel auf sie. „Hast du vergessen, wie der Mann mich jahrelang geärgert, was sag ich: geschurigelt hat? Mich, den ersten Bürger dieser Stadt? Wie den letzten Amtsdiener hat er mich behandelt. Noch kurz vor dem Offenburger Sonntag bestellt er mich auf's Amt und nörgelt an den städtischen Kassenbüchern rum. Verstehst du? Es ging ihm nicht um die Abrechnung, sondern um Kleinkram, ge-

rade Striche und sowas. Die reine Schikane ... Ach, was soll's. Jedenfalls ist dein Mitleid für diese Leute fehl am Platze."
Henriette Trüssler schwieg.
„Henny. Du weißt genau, daß es mir nicht nur um persönliche Kränkungen geht." Trüssler hob die Gabel. „Hier geht's um Grundsätzliches. Seit es die neue Gemeindeordnung gibt, seit 1831, versucht die Staatsbürokratie, sie zu unterlaufen. Erinnere dich daran, wie der Kreisdirektor in Mannheim eine legale Gemeindeversammlung auseinandergejagt hat, durch Truppen! Gut, das war ein krasser Fall, aber ein bezeichnender. Und durch die vorjährige Revolution hat sich daran nichts geändert. Im Frühjahr 48 hat die großherzogliche Bürokratie sozusagen nur den Kopf eingezogen, und im Spätjahr war sie so frech wie zuvor. Wenn wir die Burschen jetzt nicht in den Griff kriegen, war diese Revolution wieder umsonst." Er schwieg und kaute gedankenverloren. „Na", sagte er dann, „das Bezirksamt hab ich als Zivilkommissär unter Kontrolle. Schade, daß neue Beamte nicht auf Bäumen wachsen. Der Amtsverwalter Wänker gehört eigentlich abgelöst."
„Dagegen sage ich ja nichts. Aber daß du die Leute verhaften willst, also das ..."
„Wenn es stimmt, daß der Ex-Amtmann rumläuft und erzählt, der Großherzog käme bald zurück, dann wird es notwendig sein."
„Ich denke, du hast nichts gegen den Großherzog?"
„Hab ich auch nicht. Nur gegen die vorige Regierung. Wenn der Großherzog den Brentano als Ersten Minister akzeptierte, könnte er meinetwegen zurückkommen. Brentano ist wohl der gleichen Ansicht. Jedenfalls", sagte Trüssler und zog die Platte mit dem Fleisch zu sich, „wenn der Großherzog denkt, daß er uns mit

Preußen und Reichstruppen kommen kann, dann hat er sich geschnitten."

„Hoffentlich", sagte Henriette Trüssler. „Meine Schwester schreibt, in Frankfurt glaube man, daß wir den Einmarsch nicht verhindern können."

„Je nun, die Frankfurter. Von hier sieht's halt anders aus. Wir können uns halten, wenn wir nicht die Dummheit machen und in die Offensive gehen, wie's diese Fremden, diese revoltiemaker, gewollt haben. Die Revolution nach außen tragen! Das nenn ich nonsens verkopen." Er schöpfte Soße aus der Terrine. „Hier in Baden wird die Sache entschieden, und nirgendwo sonst."

Es hatte zu regnen begonnen, unvermittelt und heftig, und das Pflaster glänzte im Schein des Lichtes, das aus den geöffneten Fenstern fiel: Nach der Hitze des Tages versuchten die Bürger, etwas Regenkühle in die Stuben zu ziehen. Ludwig Dill, seit Mai vom Dienst suspendierter Amtmann, hatte den Kragen seines Radmantels hochgeschlagen und die Krempe des Filzzylinders ins Gesicht gezogen. Er ging eilig, hielt sich in der Mitte der Schloßgasse, konnte aber nicht vermeiden, einigemale in Lichtflecken zu geraten. Hin und wieder wischte er Regentropfen von den ovalen Gläsern seiner Brille; das glattrasierte, kantige Gesicht war naß. Er befand sich auf dem Weg zu Schloß Eberstein, dem Sommersitz des Großherzogs, eine halbe Stunde von Gernsbach entfernt und hoch über der Murg gelegen. Dill hoffte, daß die Herren, die er eingeladen hatte, sich durch den Regen nicht verhindert fühlten, und daß sie die gestaffelten Zeiten ihrer Ankunft in der Wohnung des Schloßinspektors einhielten.

Ludwig Dill, jetzt an der Bogenmühle, dem Ausgang der Stadt, lächelte, als er daran dachte, daß die Organi-

sationserfahrung auch eines suspendierten Amtmannes zu etwas nutze war. Die neue Regierung hatte sie nicht nutzen wollen, bitte, das war ihr Recht, besser: ihre Macht, aber er gedachte nicht, sich zur Ruhe zu setzen. Zumindest mußte er die Rechnung mit diesem Flößer Trüssler begleichen. Denn der hatte seine Suspendierung betrieben, ohne Zweifel. Wenn Leute wie der Wänker im Dienst bleiben durften, dann war die Amtsenthebung eines Ludwig Dill auf spezielle Machenschaften zurückzuführen.
Dill ging nun in der Dunkelheit bergan, zwischen Tannen, auf der schmalen, geschotterten Straße zum Schloß. Nichts gegen Wänker übrigens. Er war ein Studienkamerad von Dill, etwas einfältig zwar, aber gerade deshalb jetzt brauchbar. Wänker hatte noch kein Amt geleitet und kam mit den komplizierten Vorgängen im Amt Gernsbach nicht zurecht. Er war dankbar, daß sich Kommilitone Dill seiner annahm, und der behielt auf diese Weise die Kontrolle über das Bezirksamt.
Wänker hatte an der Versammlung auf dem Schloß teilnehmen wollen, sich aber von Dill überzeugen lassen, daß dies unklug wäre. Falls der sogenannte Zivilkommissär Trüssler davon Wind bekam, ließ er Wänker ablösen. Dann war eine Nachrichtenquelle über die Absichten der Aufständischen versiegt. Die Beschlüsse der Versammlung würde Dill dem Amtsverwalter Wänker mitteilen.
Worüber jetzt auf dem Schloß zu beraten war, hatte Dill sich genau überlegt. Man mußte versuchen, einen Keil zwischen die revolutionäre Partei und die Bevölkerung zu treiben. Dabei war behutsam vorzugehen. Keinesfalls wollte Dill zum Widerstand gegen die neue Regierung aufgerufen wissen. Dazu war es zu früh. Aber man konnte der Bevölkerung durch Flugblätter und

durch Mund-zu-Mund-Nachrichten einflüstern: Daß der Großherzog zurückkehrte, war so unwahrscheinlich nicht. Für diesen Fall wäre es klüger, sich jetzt passiv zu verhalten und die Revolutionspartei nicht zu unterstützen. Dill stellte sich vor, auf den geplanten Flugblättern die einschlägigen Gesetzesparagraphen zu zitieren. Dann konnte sich jeder ausrechnen, wie lange er später wegen Hochverrats im Zuchthaus sitzen würde.

Beim Nachtessen vorhin hatte er seiner Frau Rosa diesen Plan erläutert. Wie immer hörte Rosa aufmerksam zu und fand seine Überlegungen ausgezeichnet. Daß sie sich ängstigte, merkte er, als er seinen Mantel anlegte. „Die Engel des Himmels mögen dich behüten", hatte sie gesagt, und Ludwig Dill, in der Dunkelheit auf der Straße zum Schloß, dachte gerührt an seine sanfte und dabei so tapfere Rosa mit ihrer pietistischen Frömmigkeit. Auch er fand Trost im Glauben. Der 35. Psalm begleitete ihn seit seiner Jugend. „Herr, hadere mit meinen Haderern; streite wider meine Bestreiter." Besonders während der Studienzeit – er studierte Jura auf Wunsch des Vaters – hatte ihn dieser Psalm getröstet, neben Orgelspiel, Komponieren und Dichten.

Dill blieb stehen und wischte die Brille mit dem Taschentuch trocken. Der Regen rauschte in der Dunkelheit, und gerade als Dill weitergehen wollte, hörte er fernen Gesang. Er lauschte. Da grölten mehrere das Heckerlied. Dazwischen johlten und lachten sie, und sie kamen näher. Dill trat seitlich hinter einen Baumstamm. Das Schloß sicherte die Pforzheimer Freischar gegen Plünderer, und er wußte, daß um 10 Uhr die Wache abgelöst wurde. Jetzt sah er oben, wo die Straße eine scharfe Biegung machte, das Licht einer Sturmlaterne. „Wir sind keine Knechte, wir sind alle gleich", hörte er. Es waren zwei Freischärler, mit breitkrempi-

gen Heckerhüten und geschulterten Gewehren, und sie schwankten die Straße hinunter. Beide hatten sie Krugflaschen bei sich. „Reißt die Konkubine aus des Fürsten Bett“, grölten sie, während sie vorbeitappten. „Schmiert die Guillotine mit der Pfaffen Fett . . .“
Als Dill weiterging, lächelte er verächtlich. Die hatten natürlich schon während der Wache gesoffen, diese disziplinlosen Maulhelden. Er, als Freischarenoffizier, würde dergleichen nicht dulden. Er würde überhaupt einiges anders machen, stünde er auf der anderen Seite. So betrieb man keine revolutionäre Politik. Schon, daß man das Schloß unangetastet ließ, war eine Dummheit. Was konnte das Volk da anderes denken, als daß man den Großherzog fürchtete. Zudem gab es dort Zinn- und Silbergeschirr die Fülle, aus dem man Kugeln gießen konnte. Und Tischwäsche für Verbandszeug. Revolutionäre, die den Erfolg wollten, durften nicht zögern, Hand an das Gut der Besitzenden zu legen. Siegreiche Revolutionen waren immer terroristisch, und zwar gegen beide Seiten. Das ganze Volk hätte man unter Waffen pressen und mit abschreckenden Strafen zu Gehorsam und Disziplin zwingen müssen. Die Offiziere der alten Armee gehörten beim geringsten Zweifel an ihrer Gesinnung davongejagt, besser eingesperrt. Wie überhaupt alle, die man als Reaktionäre oder gar als Konterrevolutionäre verdächtigte. Ein Zivilkommissär Dill hätte einen Ex-Amtmann Trüssler schon im Mai nach Rastatt bringen lassen.

Mittlerweile war Ludwig Dill auf dem letzten Anstieg zum Schloß, und er sah den flackernden Schein des Wachfeuers, das unter dem Torgewölbe brannte. Er hielt sich auf der linken Seite der Straße und bog dann in den Weg ein, der zum Haus des Schloßinspektors an der Burgmauer führte. Vorsichtig folgte er dem schma-

len Pfad, aufmerksam in die Dunkelheit horchend, obwohl er wußte, daß die Freischärler keine Posten ausschwärmen ließen. Als er behutsam an die Haustüre klopfte, wurde ihm sofort geöffnet. Er trat ein und schloß die Türe. Vor ihm stand der Schloßinspektor Vogt, ein über siebzigjähriger Mann, der aber jetzt im Licht der Flurlampe sehr viel jünger wirkte. „Guten Abend, Herr Amtmann“, sagte Vogt. „Alle Herren sind bereits eingetroffen.“
„Sehr schön.“ Dill nahm seinen Zylinder ab. „Dann können wir ja anfangen.“

3

Die Luft im Heuboden war schwül und von Staub durchsetzt, und der Engelwirt nahm hustend sein Halstuch ab. Er hatte den Rest des vorjährigen Heues umgeschichtet und die Bodendielen gefegt, wo er das diesjährige lagern wollte. Sich die Stirn wischend, blickte er zur Fruchtecke, wo das Korn lose aufgehäufelt lag. Wenn er schon hier oben war, konnte er das gleich wenden. Das Halstuch in die Hosentasche steckend, ging er hinüber und griff nach der hölzernen Schaufel, die an der Wand lehnte. Im Sommer mußte die Frucht wenigstens zweimal die Woche umgeschlagen werden, damit sie nicht muffig wurde und sich der Kornwurm nicht einnistete.

Eigentlich hatte Ruckenbrod für heute vorgehabt, den Klee an den Oberen Steinäckern zu mähen, sich aber anders besonnen nach dem Regen, der bis in die Morgenstunden angehalten hatte. Jetzt war es Mittag, und draußen brannte die Sonne wie all die Tage vorher. Vielleicht würde er doch noch mähen, denn der Klee blühte, und es war hohe Zeit für den ersten Schnitt. Der Klee stand gut dies Jahr. Trotzdem: Mehr als eine Fuhre würde Ruckenbrod nach dem Trocknen nicht einbringen können, denn der Esper gab nichts her, verglichen mit anderen Kleesorten. Vor Jahren hatte es Ruckenbrod mit rotem Klee probiert, aber der gedieh

nicht auf dem trockenen, mageren Boden um Michelbach.
Ruckenbrod richtete sich auf und rieb sein Kreuz. Wenn die Gastwirtschaft mehr abwürfe, hätte er diesen mühseligen Ackerbau schon lange eingeschränkt. Ja, wenn man ihm den Tanzboden genehmigt hätte ... Auf die Schaufel gestützt, ließ er den Blick durch das dämmrige Licht des Heubodens wandern. Eine Fläche von zweiunddreißig mal achtundzwanzig Fuß war das, er hatte sie ausgemessen. Dort drüben, durch die Brandmauer, hätte er eine Türe brechen lassen. Dahinter führte die Stiege vom Oberstock hinunter in den Hausflur, und so hätte man bequem von der Gaststube auf den Tanzboden gelangen können. Bodendielen und Tragbalken waren solide genug, ein Gernsbacher Zimmerermeister hatte es Ruckenbrod schriftlich gegeben. Seinen ersten Antrag lehnte das Bezirksamt ab wegen ‚Gefährdung der sittlichen Wohlfahrt der Öffentlichkeit'. Jahre später, als man darüber nicht mehr so streng dachte, stellte Ruckenbrod einen neuen Antrag. Inzwischen war der Kleinmann hier Pfarrer geworden, und das Amt hatte den Antrag zurückgeschickt mit dem Vermerk, daß ‚nach Anhörung des örtlichen Pfarrherrn die Tanzlokalität wegen der Nähe des Pfarramtes nicht gestattet werden könne'. Ruckenbrod, auf die Schaufel gestützt und die kahle Brandmauer betrachtend, sagte laut: „Hurenpfaff". Dann lehnte er die Schaufel an die Wand und ging zur Bodenluke, durch die man hinunter in den Stall kam.
Er hatte gerade einen Fuß auf die Leiter gesetzt, als er ein unterdrücktes Kichern hörte. Ruckenbrod lauschte. Da war es wieder, und es kam von oben, vom Dachboden. Jetzt sah er, daß drüben hinter dem Haberstroh die Leiter zum Dachboden aufgestellt war. Gewöhnlich lag

die, denn der unausgebaute Dachboden wurde nicht genutzt. Ruckenbrod ging zur Leiter, und während er hochkletterte, dachte er: „Na wartet."
Der Dachboden war vollkommen leer. Durch die beiden Mansardenfenster, die vor dem Brand die Fenster der Gerümpelkammer gewesen waren, fiel genügend Licht, so daß Ruckenbrod die Länge des Bodens von einer Giebelseite zur andern überblicken konnte. Der freistehende Kamin, zum Dach hin sich verjüngend, war zu schmal, um sich dahinter zu verstecken. Sicherheitshalber sah Ruckenbrod nach. Nichts. Er schüttelte den Kopf. Die konnten doch nicht davongeflogen sein.
Und da hörte er ein Wispern. Das kam von den beiden Fenstern her. Die waren senkrecht in das Dach eingelassen, und zwischen Fensterunterkanten und Fußboden hatte man eine Verschalung aus Brettern angebracht. Dahinter, zwischen Verschalung und Dach, dort mußten sie sein. Leise ging Ruckenbrod hinüber und spähte, sich vorsichtig bückend, hinter die Brettverkleidung. Eine richtige Höhle war das hier, und da lagen sie, bäuchlings nebeneinander, die Krausköpfe am gegenüberliegenden Höhleneingang.
„Ha!" machte Ruckenbrod, und die Köpfe fuhren hoch. Mit einem Bums stieß Louise gegen den Dachsparren über ihr.
„Raus da", sagte Ruckenbrod, während er zum anderen Ende der Verschalung ging. Er hörte Louis: „Hättst das Maul gehalten, hätt er uns nicht erwischt." Das war richtig, und Ruckenbrod mußte lächeln.
Die Zwillinge kamen aus der Höhle gekrochen, und Louise rieb sich den Kopf. „Euer Vater erwischt euch immer", sagte Ruckenbrod. „Merkt euch das." Er versuchte, einen strengen Ton anzuschlagen. „Hab ich euch den Dachboden nicht verboten? Durchprügeln

müßt ich euch.“ Die beiden senkten zerknirscht die Köpfe. „Ihr wißt auch warum.“ Er zeigte auf die Falltür, die vor dem Brand nach unten in den Oberstock geführt hatte. „Wenn ihr da durchfallt, brecht ihr euch das Genick.“

„Wir gehn doch nicht durch eine Falltür, wo keine Stiege mehr drunter ist“, sagte Louis. Louise nickte. „So dumm sind wir nicht.“

„Verboten ist verboten.“ Ruckenbrod sah sich auf dem leeren Dachboden um. „Was wollt ihr überhaupt hier?“

„Wir haben uns Röhrle gemacht“, sagte Louis. „Zum Blasen mit Erbsen. Und wie wir über die Straß zum Kirchhof haben schießen wollen, da haben wir's nicht geschafft.“

„Und da haben wir gedacht, vielleicht geht's von droben, vom Dachfenster.“

„Und dann warst du drunten auf dem Heuboden, und wir haben still sein müssen.“

„Aber dann haben wir lachen müssen.“

„Weil du gesagt hast: Hurenpfaff.“

„So. Hm.“ Ruckenbrod nahm sein Käppchen ab. „Sowas sagt man nicht, also, das heißt ... Jedenfalls ihr dürft das nicht sagen. Merkt euch das.“ Er setzte das Käppchen auf. „Jetzt nehmt euren Kram und ab hier.“ Louise kroch in die Höhle und holte die Holunderröhrchen.

„Wenn ich euch nochmal hier droben seh“, sagte Ruckenbrod, „dann setzt's wirklich was. Und ich erwisch euch, verlaßt euch drauf. Euer Versteck kenn ich ja jetzt.“

Als Ruckenbrod aus dem Stall kam, saß allein der Lehrer Frey in der Gaststube; die Wirtsfrau war wohl in der Küche. Erstaunt sah Ruckenbrod, daß Frey einen

Becher vor sich hatte. Der Lehrer trank selten Schnaps und mittags schon gar nicht.
„Wollt Ihr was essen?" fragte Ruckenbrod, während er sich einen Bierkrug füllte.
„Die Wirtin macht mir grad was." Der Lehrer sah ihn trübe an aus seinen Mäuseaugen. „Ich steh hübsch in der Kreide bei Euch, wie?"
Ruckenbrod winkte ab. „Krieg ich halt dies Jahr mehr Honig. Mit Euren Bienen ist's doch gut gegangen."
Der Lehrer nickte. „Aus einem von meinen Völkern ist schon ein Nachschwarm gekommen." Er wirkte jetzt lebhafter.
„Seht Ihr?" Ruckenbrod setzte sich Frey gegenüber. Dann sagte er: „Aber es ist eine Schand, wie der Staat euch Lehrer bezahlt. Mit 200 Gulden Gehalt im Jahr kann niemand bestehen."
„Na ja. Ihr dürft das Schulgeld von der Gemeinde nicht vergessen. Das sind hier immerhin 160 Gulden jährlich. Zudem hab ich freie Wohnung. Und meine Geißen dürfen auf die Gemeindewies. Irgendwie kommt man schon rum. Nur, meine Frau drückt's halt arg."
Ruckenbrod nickte. Die Frau Lehrer war die Tochter des früheren Steinbruchpächters und hatte sogar einige Zeit eine Privatschule in Rastatt besucht. Ein fast städtisches Haus führten der alte Bopp und seine Tochter. Nach Bopps Tod stellte sich heraus, daß alles Schwindel war. Keine drei Batzen hinterließ der Alte. Ruckenbrod sagte: „Wenn die Revolution in die Reih gekommen ist, wird man Euch mehr bezahlen."
„Ich hoffe es. Aber das ist nicht die Hauptsache. Das ganze Schulwesen muß neu geordnet werden, die Lehrpläne, die Aufsichtsbehörden, alles." Frey griff nach dem Becher. „Heut morgen zum Beispiel . . ." Er stürzte Schnaps hinunter. „Da kommt der Pfaff in die Schule

und sagt, er wäre nach wie vor der örtliche Schulinspektor. Was leider richtig ist. Und nun wolle er sehen, ob der Lehrplan auch eingehalten würde. Der Religionsunterricht sei ja wohl noch immer der wichtigste Gegenstand der Volksschule. Und dann examiniert er die Kinder aus der Bibel, den ganzen Vormittag über. Besonders mit dem verlorenen Sohn hat er's gehabt. Widerlich." Frey trank den Becher leer. „Jedenfalls", sagte er dann, „das ist das wenigste, was die Revolution bringen muß: Ein Schulwesen, in dem die Kirche kein Sagen mehr hat."

„Wird schon werden", meinte Ruckenbrod. „Aber erst müssen wir den Preußen und dem anderen Pack zeigen, daß sie bei uns nichts verloren haben." Er nahm einen Schluck Bier. „Hört mal, Lehrer. Wie ich auf die Lateinschul in Gernsbach gegangen bin, es waren bloß zwei Jahre, aber da haben wir in Erdkunde die topographische Karte durchgenommen. Habt Ihr sowas vielleicht daheim?" Und als Frey nickte: „Bringt die doch mal mit. Ich möcht mir ansehen, wie das . . ." Er hielt inne und lauschte. „Ja, spinnt der? Jetzt um die Mittagszeit? Die Leut sind doch alle auf den Feldern."

Er erhob sich und öffnete das Fenster.

Draußen, im flimmernden Sonnenlicht, stand der alte Ortsdiener Kraft und schwang seine Schelle. Nach und nach traten aus den Türen der Häuser um den Kirchplatz einige Bäuerinnen, sich die Hände an den Schürzen wischend, und drei, vier Männer. Auf den Steinstufen vor dem Pfarrhaus standen Kleinmann und die Pfarrmagd. Der alte Kraft läutete noch ein Weilchen, und zog dann seine Brille aus der Rocktasche. Nachdem er sie umständlich aufgesetzt hatte, las er von einem Zettel mit wie gewöhnlich kaum verständlicher Nuschelstimme: „Den Ortsbürgern zur Kenntnis und zur Nachachtung: Für heute nach dem Abendläuten befiehlt man alle ledigen Männer von achtzehn bis dreißig Jahren zum Bürgermeisteramt. Unterschrift: Der Bürgermeister Weber." Der alte Kraft steckte Brille und Zettel ein und schlurfte die Dorfstraße hoch zu den Gehöften an der Straße nach Rotenfels.

Ruckenbrod und Frey sahen sich an. „Oha", sagte Ruckenbrod. „Wie's scheint, wird's ernst."

„Was gibt es denn?" Die Wirtsfrau stand hinter ihnen. Ruckenbrod sagte es ihr.

„Na", meinte sie, „es muß ja recht pressant sein, daß der Bürgermeister das jetzt schon ausschellen läßt." Und zum Lehrer: „Laßt's Euch schmecken." Sie hatte den Teller mit einer Bratwurst, Röstkartoffeln und Gemüse auf den Tisch gestellt. Frey machte sich darüber her. Die Wirtsfrau sagte: „Ich geh in den Garten, der Theres helfen." Sie verließ die Gaststube. Nach einer Weile sagte Ruckenbrod: „Ledige von achtzehn bis dreißig ... Das ist das erste Aufgebot, nicht?"

Frey, eine Gabel mit Kartoffeln und Gemüse einschiebend, nickte. Schweigend kaute er.

„Also", sagte Ruckenbrod jetzt, „ich tät schon gern wissen ... Na, wer sagt's denn." Der Bürgermeister hatte die Gaststube betreten.

„Jetzt verratet mir mal, Bürgermeister", begann Ruckenbrod, „warum Ihr ..."

„Ja, ja, ich weiß." Der Bürgermeister legte einen Packen Papiere auf den Tisch und nahm seinen Strohhut ab. „Da, seht selbst. Das oberste Papier." Sich mit dem Schnupftuch die Stirn wischend, ließ er sich am Tisch nieder. Ruckenbrod griff nach dem Papier.

„Lest vor, Engelwirt." Frey schnitt an seiner Bratwurst.

„Hm", sagte Ruckenbrod. „Seit wann gibt's in Gernsbach ... Also, hier heißt's: Hauptquartier Gernsbach,

19. Juni 1849. Der Kommandant des Gernsbacher ersten Aufgebotes an das Bürgermeisteramt von Michelbach. Befehl. Sie erhalten in der Anlage ein Paket Proklamationen an die Wehrmänner. Sie lassen einige Exemplare an die Straßenecken kleben ..." Ruckenbrod sah auf. „An die Straßenecken kleben? Seit wann klebt man ..."
„Ich laß es ausschellen heut abend", brummte der Bürgermeister.
Ruckenbrod las weiter. „Die übrigen Exemplare verteilen Sie an die Wehrmannschaft, die Sie sofort zusammenrufen lassen ..." Er schüttelte den Kopf. „Und ‚sofort' ist unterstrichen. Ja, wissen die denn nicht, daß um die Zeit keiner daheim ist?"
Der Bürgermeister hob die Schultern. „Sofort ist sofort. Ich hab jedenfalls getan, was ich konnt."
Ruckenbrod nickte. Dann las er: „Die weiteren Verhaltungsbefehle werden Sie in Kürze von mir erhalten. Max Dortu, Major."
„Max Dortu?" fragte der Lehrer. „Von dem hab ich gehört. Der hat den Prinz von Preußen den Kartätschenprinz genannt. Hm. Und der ist also Kommandant in Gernsbach." Er nahm von dem Packen eine der gedruckten Proklamationen und begann, mit flinken Augen zu lesen.
„Auf alle Fälle geschieht jetzt was", sagte Ruckenbrod. „Ob das dieser Dortu ist oder ein anderer, ist doch gleich."
„Nicht unbedingt", sagte Frey. Und während er las, fragte er: „Ist der nächste Befehl schon gekommen, Bürgermeister?"
„Ja, grad eben. Durch einen Botenreiter." Der Bürgermeister holte ein zusammengelegtes Papier aus der Rocktasche. „Ich hab's noch nicht durch." Er entfaltete

das Papier und fing an, es zu studieren. „Listen soll ich machen“, brummte er. Dann schüttelte er den Kopf. „Hier steht: Ist alles Geld der Gemeindekasse gemäß ihrer gesetzlichen Verpflichtung zur Ausrüstung der Wehrmannschaft zu verwenden ... Na, der hat eine Ahnung von unserer Kasse.“
„Jawohl“, sagte Frey. „So könnt's gehen.“ Ruckenbrod sah ihn erstaunt an, und der Bürgermeister kratzte sich im Stoppelbart.
„Hört zu.“ Frey sah auf die Proklamation. „Nur ein paar Stellen daraus. Hier heißt es: Es gilt, eure Freiheit gegen die andringenden Preußenhorden zu verteidigen. Dann hier: Blutdürstiger Preußenkönig. Aber jetzt: Ist es unbedingt notwendig, daß nur einer befiehlt, und daß seine Befehle unbedingt befolgt werden.“ Frey hob den Kopf. „Merkt Ihr was?“ Und ohne eine Antwort abzuwarten, las er weiter: „Also Gehorsam! Dann: Strenge werde ich gegen Widerspenstige, Meuterer und Unruhstifter verfahren. Und zuletzt: Das Gernsbacher Banner muß sich auszeichnen, in den vordersten Reihen der Kämpfer stehen und zum Schrecken der Feinde werden. Der Kommandant. Max Dortu, Major.“ Frey sah sie an. „Und? Was sagt Ihr?“
„Scheint ein harter Hund zu sein, dieser Dortu“, meinte Ruckenbrod.
Frey nickte. „Und er braucht Geld für Waffen und Ausrüstung.“
„Jetzt versteh ich.“ Der Bürgermeister hatte sich aufgerichtet. „Ihr meint, wir sollten ...“
„Genau das meine ich.“ Frey wedelte mit der Proklamation. „Mit dem Max Dortu packen wir den Heiligenfond.“

Der Bürgermeister und der Lehrer waren gegangen, und Ruckenbrod wollte den Nachmittag nun doch nutzen, um den Klee zu mähen. Aber vorher mußte er einen Happen essen, und er ging in die Küche. Wie allgemein üblich, gab es bei Ruckenbrods zwei Mahlzeiten am Tag, das Morgen- und das Nachtessen. Der hungrige Lehrer mit seinen Mittagsmahlzeiten schien eine Ausnahme zu sein. Jedoch hatten ihn die Engelwirtsleute im Verdacht, daß er so das Nachtessen einsparte. Ruckenbrod holte aus seiner Westentasche den Schlüssel zum Speisschrank und sperrte auf. Auch die Wirtsfrau und die Theres trugen ihre Speisschrankschlüssel bei sich. Nur so konnte der Küchenvorrat vor den Zwillingen gesichert werden, besonders Brot und Zwetschgenmus. Ruckenbrod schnitt vom Brot eine Scheibe, schmierte Mus darauf und verschloß den Speisschrank. Zum Glück waren die Zwillinge im Hof. Er hätte nicht gut unter ihren Augen essen können, ohne auch ihnen etwas zu geben. Aber zu Zwischenmahlzeiten für alle langte es nicht.

Während Ruckenbrod aß, studierte er noch einmal die Proklamation des Majors Dortu; der Bürgermeister hatte einige Exemplare dagelassen. „Wollte jeder von euch nach seinem Kopfe handeln“, las er, „der eine rechts, der andere links laufen, so würdet ihr eben auseinanderlaufen, und die Preußen, die durch eine eiserne Disziplin zusammengehalten sind, würden bald in euren Dörfern und Städten sein.“

Ruckenbrod nickte und schob den letzten Bissen in den Mund.

Als er weiterlas, hörte er draußen im Hausflur das Jokkele rennen, dazwischen die Schritte der Wirtsfrau. Dann wurde die Tür aufgestoßen, und der Kleine stand auf der Schwelle. Sein Gesicht war rot verschmiert von

Johannisbeersaft. „Heh, Jockel", sagte Ruckenbrod und lachte, „du bist ja ein Roter." Er liebte den Kleinen zärtlich und war stolz, daß der so prächtig gedieh. Den Jockel betrachtete er als seinen Stammhalter, obwohl Louis das eigentlich war. Aber den konnte man sich nur zusammen mit Louise denken. „Na, komm zum Vater." Ruckenbrod breitete die Arme aus.

Aber das Jockele blieb stehen und schaute aus großen Augen.

Fragend sah Ruckenbrod die Wirtsfrau an. „Was hat er?"

„Jockel, weißt du was?" sagte die Wirtsfrau und stellte einen Korb mit Johannisbeeren auf den Tisch. „Geh wieder zur Theres. Helf ihr Beerle zupfen." Das Jockele drehte sich um und rannte davon.

„Hör zu, Ruckenbrod. Ich weiß, du brauchst mehr und mußt zwischendurch essen. Aber wisch dir das Mus von der Backe."

Ruckenbrod tat es und fragte: „Weg?" Sie sah ihn an und nickte. Dann nahm sie eine Schüssel vom Bord und fing an, die Johannistrauben abzubeeren.

„Hier, Wirtsfrau." Ruckenbrod legte ihr die Proklamation neben die Schüssel. „Es geschieht was." Sie begann zu lesen, während sie zupfte.

Nach einer Weile sagte Ruckenbrod, sich die Hände reibend: „Klingt gut, wie? Mit Leuten wie dem Dortu ist die Sach so gut wie gewonnen. Der weiß, was er will."

„Na ja." Sie sah ihn aus ihren grauen Augen an. „Nimm's mir nicht übel, Ruckenbrod, aber großes Zutrauen macht mir das nicht. Das klingt . . . wie wenn ein Schulbub vor der Prügelei sich großtut, und insgeheim hofft, daß es damit sein Bewenden hat."

„Schulbub? Der Dortu? Du bist nicht gescheit. Der hat

im Gefängnis gesessen für seine Überzeugung, sagt der Lehrer."
„So, so. Na, ich bau lieber auf Leute wie den Egi."
Ruckenbrod wehrte mit den Händen ab. „Bleib mir bloß mit diesem Flickschuster weg."
„Dieser Flickschuster", sagte die Wirtsfrau ruhig, „hält für uns den Kopf hin. Vergiß das nicht, Ruckenbrod. Für uns, damit wir nicht ins Zuchthaus müssen."
„Ins Arbeitshaus, wenn schon." Ruckenbrod spürte seinen Hals heiß werden. „Und für mich braucht kein Flickschuster seinen Kopf hinhalten."
„Ach geh, Ruckenbrod. Das sind doch Sprüch. Freilich brauchen wir das. Für uns hängt alles daran, wie der Egi und seine Kameraden kämpfen."
„Wenn's drauf ankommt", sagte Ruckenbrod und lokkerte sein Halstuch, „kann ich selber kämpfen."
„Du?" Die Wirtsfrau zupfte Johannisbeeren. „Du kannst noch nicht mal ein Gewehr anlegen, bei deinem Hals."
Jäh drehte sich Ruckenbrod um und ging hinaus in die Gaststube. Er nahm den Branntweinkrug vom Bord und goß sich einen Schnaps ein. Das hätte sie nicht sagen dürfen. Wegen des Blähhalses war er soldatenfrei geworden, worüber andere sich gefreut hätten. Als er aber von der Aushebung in Gernsbach heim nach Ottenau gekommen war, da hatte der ältere Bruder gelacht und gesagt: „Freilich, blähhalsige Ungeheuer können sie nicht brauchen." Ruckenbrod war auf ihn losgegangen, aber der Vater trennte sie. Immer hatte der Bruder ihn, den jüngeren, geduckt und verhöhnt. Zwischen ihnen war Streit, seit Ruckenbrod denken konnte. Nach dem Tod des Vaters sollte der Ältere die Brauerei bekommen und den Jüngeren auszahlen. Gegen das Testament war Ruckenbrod gerichtlich angegangen –

warum durfte der Bruder Bierbrauer sein und er nicht? – aber vergeblich. Von seinem Erbteil hatte er dann den Engel in Michelbach gekauft. Ruckenbrod, jetzt mit dem Branntweinkrug am Tisch neben der Eingangstür sitzend, trank den Becher aus.

Als er nachschenkte, ging die Küchentür. Die Wirtsfrau blieb neben dem Schanktisch stehen und sagte: „Ich hab das nicht dahergeredet, Ruckenbrod. Gern hab ich's nicht gesagt, glaub mir. Aber wir müssen aufhören, uns was vorzumachen. Mit der Fahrnisversicherung damals, mit dem Tanzboden, mit der Tochter, die einen Bierbrauer heiraten soll ... Und jetzt machst du dir vor, daß du kämpfen kannst. Da tu ich nicht mit, Ruckenbrod. Was derzeit geschieht, muß man sehen, wie es ist. Zu viel hängt davon ab." Ohne eine Antwort abzuwarten, ging sie in die Küche zurück.

Ruckenbrod sah auf den Schnapsbecher. Machte er sich etwas vor? Zugegeben, es war einiges schief gelaufen. Aber die Sache mit der Fahrnisversicherung war einfach Pech gewesen. Und den Tanzboden hatte der Pfaff zu Fall gebracht. Außerdem: Wenn die Revolution endgültig gewonnen war, würde Ruckenbrod einen neuen Antrag stellen. Und die Pläne mit der Tochter? Als er vorletzten Sonntag mit der Theres geredet hatte, war sie am Ende so gut wie einverstanden gewesen. Sobald die Geschäfte im Land wieder im gewöhnlichen Gang waren, würde er sich auf die Suche nach einem Bierbrauerssohn machen. Also. Ruckenbrod trank einen Schluck.

Zum Kämpfen drängte er sich weiß Gott nicht. Aber wenn es sein mußte, würde er seinen Mann stehen. Trotz Blähhals, zum Kreuzdonnerwetter. Was bloß in die Wirtsfrau gefahren war? Vermutlich hatte sie Angst. Von Amts wegen waren die neun Monate Arbeitshaus noch nicht vom Tisch, und es war wirklich keine Kleinigkeit, mit einem solchen Urteil auf den Rippen herumzulaufen. Bisher hatte sie darüber nicht geklagt. Auch sonst klagte sie nicht. Sie war ruhig, fleißig und verständig – eine bessere Frau hätte er nicht kriegen können. Das mußte man auch mal sehen. Ruckenbrod blickte auf seinen Schnapsbecher. Dann erhob er sich, trug Becher und Krug zum Schanktisch und öffnete die Küchentür. Die Wirtsfrau stand wie vorhin und zupfte Beeren. Da stand sie, groß und schlank, und nun sah sie ihn ernst und forschend an.

„Ich wollt bloß ..." Er räusperte sich. „Ich wollt dir bloß sagen, daß du eine gute Frau bist."

Jetzt lächelte sie. „Alles in allem, Ruckenbrod, bist du auch ein guter Mann."

Er ging zu ihr hinüber und legte die Hände auf ihre Hüften. „Nicht, Ruckenbrod, ich muß die Beeren ..."

Er ließ seine Hände wandern.

„Na, Ruckenbrod, du ... doch nicht am hellichten Mittag ... Nicht hier in der Küche."

Max Dortu hatte ein Zimmer im Gasthof zum Bock bezogen. Auf seinen Wunsch war das zweischläfrige Bett durch eine schmale Liege ersetzt worden, und man hatte zwei Tische aufgestellt. Dortus Zimmer war gleichzeitig sein Büro und Hauptquartier. Der Zivilkommissär und Bürgermeister Trüssler hatte vorgeschlagen, das Hauptquartier in den Badischen Hof zu legen, weil der als Sitz der örtlichen Revolutionspartei galt. Dortu hatte abgelehnt. Zwar mußte ein Truppenführer das Vertrauen seiner Männer genießen, aber er durfte sich mit ihnen nicht gemein machen.

Es war abends gegen acht, und Max Dortu, in seinem

Zimmer am Tisch gegenüber der Tür sitzend, schrieb. Sein Rock mit den Majorsepauletten hing an einem Haken neben der Tür, dicht bei der Wandkarte von Baden, die aus der Gernsbacher Lateinschule stammte. Dortu hatte die Hemdsärmel aufgerollt, denn es war schwül im Zimmer, und man sah seine muskulösen, weißhäutigen Unterarme. Das Fenster war geschlossen, und das Singen und Schreien der Freischärler, draußen auf dem Marktplatz und in den umliegenden Wirtsstuben, drang nur gedämpft herein.
Vorhin hatte Dortu den dritten Befehl an die Gemeinden fertiggestellt, worin er für die Wehrpflichtigen der Ortschaften Exerzierübungen anordnete, morgens von 5 bis 7 und abends von 5 bis 7. Benedikt Kaufmann, ein strebsamer, junger Handlungsgehilfe, den Dortu als Bürochef engagiert hatte, brachte den Befehl gerade zu einem suspendierten Beamten, der ihn binnen drei Stunden neunzehn mal zu kopieren hatte.
Jetzt schrieb Dortu einen Bericht an den Oberkommandanten der Volkswehr. „Der hiesige Wehrausschuß", schrieb Dortu in seiner kleinen, sauberen Handschrift, „hatte für Verzeichnisse der Wehrpflichtigen und deren Ausrüstung Sorge getragen. Indessen sind seine Listen unbrauchbar, da weder übersichtlich noch genau. Die Beschaffung der Ausrüstung habe ich dem Wehrausschuß belassen und ihn in allen seinen Handlungen mir verantwortlich gemacht. Er hat sich mir mit der größten Bereitwilligkeit untergeordnet."
Dortu dachte nach. Dann tauchte er die Feder in das Tintenfaß und schrieb: „Der Zivilkommissär Trüssler scheint ein Anhänger Brentanos zu sein, wie nicht anders zu erwarten war. Jedoch ist auch ihm guter Geist nicht abzusprechen. Zudem habe ich ein für mich glückliches Verhältnis vorgefunden. Der Zivilkommis-

sär ist gleichzeitig Bürgermeister und als solcher mir untergeordnet."

Den Kopf hebend, lauschte Dortu auf das Geschrei der Freischärler draußen. Er schrieb: „Das Bataillon hoffe ich in Kürze zusammenzuziehen. Ich hege die feste Überzeugung, eine vollständige militärische Disziplin einführen zu können. Da jedoch Mut und Geist einer bewaffneten Mannschaft sehr viel höher anzuschlagen sind als einer wehrlosen, so stelle ich das dringende Ansuchen, mir schleunigst 600 Gewehre, 600 Patronentaschen nebst Bajonettscheiden, 8 Trommeln, 4 Signalhörner sowie 4000 Pakete Patronen zukommen zu lassen. Gleichzeitig ersuche ich Sie, mir mindestens 1000 Gulden, besser 3000 zu schicken. Ich bedarf ihrer zur Bezahlung von Kittelblusen, Schuhen, Brotbeuteln und Leibriemen sowie zur Besoldung der Wehrmänner. Max Dortu, Major."

Er überlegte, ob er den Bericht in das Befehlsbuch kopieren sollte, das er angelegt hatte, um alle ausgehenden Schreiben dokumentieren zu können, beschloß aber, daß dies Sache des Bürochefs bleiben müsse. Er legte den Bericht beiseite, und lehnte sich zurück. Nun hatte er alles erledigt, was er zur Zeit erledigen konnte. Es bestand kein Grund, jetzt nicht zu tun, was getan werden mußte. Er richtete sich auf und griff nach einem neuen Bogen Papier. Nach kurzem Nachdenken begann er zu schreiben.

„Meine lieben Eltern! Heute nur einige Zeilen, da ich mit Arbeit überhäuft bin, und das Wichtigste zuerst: Denkt Euch, ich bin Führer eines Bataillons geworden! Leider kann ich keine Details mitteilen, denn, anders als Du, lieber Papa, glaube ich nicht an die Gesetzestreue der preußischen Behörden und vermute, daß Briefe aus Baden geöffnet werden. Jedoch kann ich soviel verraten: Es ist ein idyllisches Städtchen, in dem ich mich befinde (Du, liebe Mama, wärest von ihm entzückt), in einer blühenden Gegend, die von einem prächtigen Menschenschlag bewohnt wird. Der Bürgermeister des Städtchens erinnert mich übrigens stark an Dich, lieber Papa, obschon er ein wenig grobe Manieren hat. Aber er ist von bestem Geist erfüllt, wie überhaupt die Bevölkerung hier, und ich sehne den Tag herbei, an dem ich die Wehrmänner um mich scharen und in die Schlacht führen werde. Du, Papa, als alter Landwehroffizier während der großen Freiheitskriege, wirst mich verstehen ..."

Max Dortu hielt inne und zupfte an seinem Schnurrbärtchen. Eigentlich hätte der Vater ihn nicht verstehen dürfen, als zwar liberaler, aber doch königstreuer Preuße. Aber die Eltern zeigten Verständnis für alles, was ihr Sohn tat. Max Dortu führte dies auf sein Brustübel zurück, an dem er während seiner Kindheit gelitten hatte, und das die ständige Sorge seiner Eltern war, auch später, als er sich durch turnerische Übungen gekräftigt hatte. Ja, noch als er sich anschickte, seiner Militärpflicht zu genügen, schlugen die Eltern vor, mit Hilfe des Brustübels eine Freistellung zu erwirken. Dabei konnte von einer Krankheit keine Rede mehr sein, wie sich während der Berliner Militärzeit und des nachfolgenden Jurastudiums in Heidelberg gezeigt hatte.

Max Dortu tauchte die Feder ein und schrieb: „Liebe Eltern, ich weiß, Ihr sorgt Euch um mich. Jedoch muß ich tun, wozu es mich drängt, und falle ich auf dem Schlachtfelde, so tue ich es in dem Bewußtsein, für die Befreiung des Volkes gekämpft zu haben. Dieser Sache, die ich als richtig erkannt habe, muß ich treu und redlich dienen. Indessen bin ich Eures wie immer liebevollen Einverständnisses gewiß. Euer treuer Sohn Max."

Dortu faltete den Bogen als Brief und erhitzte ein rotes Lackstängchen an der Flamme der Siegelkerze. Zwar konnten die Polizeiagenten in der preußischen Post jedes Siegel ohne merkbare Spuren lösen, aber allzu leicht sollte man es ihnen nicht machen. Er war gerade dabei, den Brief zu adressieren, als es klopfte. Dortu, in der Annahme, es wäre sein Bürochef, sagte kurz: „Herein." Er schrieb die Adresse zu Ende, während die Tür geöffnet wurde. Als er den Kopf hob, stand Trüssler im Zimmer. Dortu sprang auf, er wollte seinen Rock holen.

„Aber behalten Sie doch Platz", dröhnte Trüssler und setzte sich auf den Stuhl neben dem Tisch. „Machen Sie ruhig zu Ende, Dortu. Ich hab's nicht so eilig."

Langsam ließ Dortu sich nieder, wobei er die Hemdsärmel herunterkrempelte. Er wußte, daß er errötet war. „Ich bin gerade fertig geworden", sagte er. Er räusperte sich. „Im übrigen besitze ich einen militärischen Rang. Was führt Sie zu mir?"

„Einen militärischen Rang . . ." Trüssler rieb seine fleischige Nase. „Wel, waarom niet? Also, Major . . . richtig so? Schön. Nur auf ein Wort wegen Ihrer Ansprache heut nachmittag." Er lehnte sich zurück und schlug die Beine übereinander. „Schaun Sie, Major. Die Mitglieder des Wehrausschusses sind alle gestandene Leut, und sie haben gut gearbeitet." Er fügte hinzu: „Bis jetzt."

„Für die geleistete Arbeit habe ich dem Ausschuß meine Anerkennung ausgesprochen." Dortu saß aufgerichtet. „Tatsächlich jedoch sind die Listen unbrauchbar."

„Mann, Dortu." Trüssler schüttelte den Kopf. „Unbrauchbar – wie sich das anhört. Was liegt schon dran, wenn der eine oder andere nicht auf der Liste steht,

was? Wichtig ist doch, daß Sie überhaupt ein Bataillon auf die Beine kriegen."
Dortu verschränkte die Arme vor der Brust. „Daran ist unter keinen Umständen zu zweifeln."
„So, so." Trüssler setzte das übergeschlagene Bein wieder auf den Fußboden. „Hören Sie, Major." Er beugte sich vor. „Glauben Sie mir, ich kenne die Leute hier . . ."
„Und ich kenne meinen Auftrag."
Schweigend sah Trüssler ihn an. „Na, schön." Er lehnte sich zurück. „Dann eben nicht." Und nach einer Weile: „Darf man wissen, wohin Sie mit dem Bataillon zu marschieren gedenken, wenn Sie es beisammen haben?"
„Dies wird sich nach den Befehlen des Oberkommandos richten." Dortu überlegte. Eigentlich war jetzt die beste Gelegenheit, reinen Tisch zu machen. „Da Sie mich jedoch fragen", fuhr er fort, „möchte ich Ihnen meine Einschätzung der Kriegslage erläutern." Es war dämmrig geworden, und Dortu zog die Öllampe auf dem Tisch heran. Als er sie an der Siegelkerze entzündet hatte, ging er mit der Lampe hinüber zur Wandkarte. „Das dritte Armeekorps des Feindes", begann er, „steht in den Ausläufern des südlichen Odenwaldes. Man rechnet damit, daß es die rechte Flanke der Neckararmee angreifen wird. Ebensogut ist jedoch möglich, daß dieses Armeekorps nach Süden rückt." Er hob die Lampe. „Und zwar nach Württemberg hinein. Von dort kann es einen Angriff gegen den Rücken unserer Armee führen."
„Nonsens. Württemberg hat sich als neutral erklärt."
„Selbst wenn es der Regierung in Stuttgart ernst damit ist, fehlen ihr die Truppen, um Neutralitätsverletzungen zu verhindern. Sollte der preußische Oberbefehlshaber

den Einmarsch in Württemberg für richtig halten, so wird er sich um dessen Neutralität einen feuchten Schmutz kümmern." Dortu sah Trüssler an. „Man muß", sagte er, „ihm zuvorkommen."
„Was? Alle duivels, Sie wollen . . ."
„Das Oberkommando überzeugen, daß wir jetzt die Revolution nach Württemberg tragen müssen. Und ich werde mit meinem Bataillon . . ."
„Nichts werden Sie!" Trüssler erhob sich. „Wel alle duivels! So ein Wirrkopf muß ausgerechnet hier . . ." Er hielt inne.
Die Tür hatte sich geöffnet, und Benedikt Kaufmann trat ein. „Grüß Gott, Bürger Trüssler", sagte er. „Ist der Bürger Major nicht . . ." Jetzt sah er Dortu. „Auftrag ausgeführt, Bürger Major. Der Dill war sehr bereitwillig. Er wird den Befehl wie angeordnet kopieren."
„Hab ich da eben richtig gehört?" Trüssler starrte Dortu an. „Sie haben dem Ex-Amtmann . . ?" Er ließ sich auf seinen Stuhl sinken. „Wel allemachtig! Der erzählt den doch gleich . . ." Und mit erhobener Stimme: „Das können Sie sich nicht denken, wie, daß der nicht ohne Grund suspendiert ist, was? Der ist der Hauptreaktionär am Ort."
„Deshalb soll er kopieren", sagte Dortu kühl. „Solche Herren muß man in Trab halten." Und zu seinem Bürochef: „Sie können jetzt zu Abend essen, Kaufmann. Ich erwarte Sie in einer Stunde zurück." Benedikt Kaufmann verließ mit einem „Jawohl, Bürger Major" das Zimmer.
Dortu ging zum Tisch und setzte sich. „Der Inhalt des Befehls ist kein Geheimnis."
„So. Na schön." Trüssler rieb seine Nase. „Dann frag ich mich, warum der Dill so bereitwillig kopiert. Dahinter steckt doch was."

„Nun, ich habe es ihm befohlen."
Trüssler, der gerade sein Schnupftuch hervorzog, lachte. „Sie haben es befohlen ... Verehrter Major, Sie kennen unseren Ex-Amtmann nicht. Der ist ein abgefeimter Bürokrat. Wenn der nicht wollte, hätt er einen Dreh gefunden, wie er Ihren Befehl umgehen kann." Er wischte sich über Stirn und Nacken. „Hm. Ich überlege gerade ..." Er steckte das Schnupftuch weg. „Hören Sie, Major. Tatsächlich ist dieser Dill gefährlich." Er machte eine Pause. Darauf, sich vorbeugend: „Major, ich wünsche, daß Sie als örtlicher Truppenkommandant den Mann verhaften."
„Ach?" Dortu lehnte sich zurück.
„Ja. Und zwar auf der Stelle."
„Nun, also ... Das kommt etwas plötzlich. Was liegt gegen ihn vor? Er ist ein Reaktionär, gut. Aber das sind viele. Ich meine: Was können Sie ihm konkret vorwerfen?"
„Konkret, konkret ..." Trüssler fuhr mit der Hand durch die Luft. „Der Mann hat mich jahrelang geschurigelt. Und ich hab ihn im Verdacht, daß er gegen die Regierung konspiriert. Das reicht ja wohl."
„Nein." Dortu hatte sich aufgerichtet. „Persönliche Feindschaft kann nie ein Verhaftungsgrund sein, Bürger Trüssler. Und ein bloßer Verdacht reicht nicht."
„Soll das heißen, daß Sie den Mann nicht einsperren wollen?"
„Genau dieses. Ich bin für harte Maßnahmen. Aber auf gesetzlicher Grundlage. Solange Sie keine Beweise ..."
„Hören Sie zu, Dortu. Als Zivilkommissär bin ich Ihr Vorgesetzter. Ich kann es Ihnen befehlen."
Dortu schüttelte den Kopf. „Nicht, wenn der Befehl ungesetzlich ist. Zudem kann man durchaus der Auffassung sein, daß Sie den Verhaftungswunsch als Vertreter

der örtlichen Polizeibehörde vorgetragen haben. Und als Bürgermeister sind Sie mir untergeordnet."
„Advokatengewäsch." Trüssler erhob sich. „Ihr letztes Wort?"
„Wenn Sie Beweise beibringen . . ."
„Sie –" Trüssler stach mit dem Zeigefinger nach ihm „– Sie mach ich verantwortlich. Für alles, was der Mann anrichtet." Er drehte sich um und stapfte zur Tür. Dort hielt er inne. Dann ging er zur Wandkarte. „Nach Württemberg!" Und, mit dem Handrücken darauf klatschend: „Sie marschieren nicht!"
„Zu militärischen Anordnungen sind Sie in keiner Weise befugt." Dortu begann seine Hemdsärmel hochzukrempeln. „Wenn Sie mich jetzt entschuldigen wollen?"
Gerade da pochte jemand an die Tür.
„Herein", sagte Dortu.
Ein Bauer stand in der Tür. Er hatte einen schwarzen, dichten Stoppelbart, und als er jetzt den Strohhut abnahm, sah man kurzgeschorenes, graues Haar.
„Sie wünschen?" fragte Dortu.
„Ich möcht zum Major Dortu."
„Dann sind Sie hier richtig."
Der Bauer nickte. „Das ist seine Stube, hat man mir gesagt. Seid Ihr der Schreiber? Wo ist der Major?"
„Der sitzt vor Ihnen."
„Was?" Der Bauer schüttelte den Kopf. „Ihr seid der Major Dortu? Der Kommandant?"
„So ist es." Dortu versuchte ein ironisches Lächeln. „Mit Ihrer Erlaubnis. Nun, was wünschen Sie?" Er drehte den Lampendocht höher.
Noch immer den Kopf schüttelnd, kratzte sich der Bauer im Stoppelbart. Und nun sah er Trüssler. „Grüßt Euch Gott, Bürgermeister."

Trüssler nickte. „Grüß Gott, Weber. Was führt Euch her?"
„Ich wollt ... Ich wollt mit dem Herrn Major reden, wenn's recht ist."
Dortu sagte zu Trüssler: „Ich will Sie nicht aufhalten, Bürger Trüssler."
Doch der stand an seinem Platz. „Ich bleib hier." Und als Dortu etwas sagen wollte: „Als Zivilkommissär. Machen Sie was dagegen."
Dortu spürte, daß er rot wurde. Er räusperte sich. „Also schön", sagte er zu dem Bauern. „Was gibt es? Wer sind Sie?"
„Ich bin der Bürgermeister Weber von Michelbach. Und ich komm wegen dem Heiligenfond."
„Aha. Weswegen?"
„Wegen dem Heiligenfond. Von unsrer Kirch. Also, was soll ich sagen ..." Der Bauer kratzte seinen Bart.
Dortu vermied es, zu Trüssler hinüberzusehen, aber der sagte jetzt: „Das ist ein örtlicher Fond, aus dem Ausgaben für die Kirche bestritten werden. Ich wiederhole: Für die Kirche. Und dabei bleibt es, bis die Verwaltung des Kirchenvermögens gesetzlich neu geregelt ist. Und Euer Antrag", sagte er zu dem Bürgermeister, „die Gemeindeschulden aus dem Fond zu bezahlen, ist abgelehnt. Ich denke, das hab ich Eurem Lehrer deutlich genug gesagt."
„Wenn Sie die Güte hätten", sagte Dortu zu Trüssler, „und ließen den Bürgermeister sein Anliegen vortragen?" Er zeigte auf den Stuhl. „Bitte setzen Sie sich, Bürger Weber. Und nun erzählen Sie in Ruhe."
Der schien sich inzwischen gesammelt zu haben. Als er Platz genommen hatte, sagte er: „In Eurem Befehl hat was wegen der Ausrüstung der Wehrmänner gestanden. Das können wir nicht. Die Gemeinde ist die ärmste

vom Bezirk. Aber der Heiligenfond, der ist reich. Über 30000 Gulden Kapital. Und man hat beschlossen", sagte der Bürgermeister, während er es offensichtlich vermied, Trüssler anzusehen, „daß man die Ausrüstung aus dem Fond beschafft." Er hielt inne. Dann sagte er: „Man kann sich Geld auf Borgfrist nehmen. Wenn man es später zurückzahlt, tut man keinem weh."

„30000 Gulden?" fragte Dortu. „Man könnte also ohne weiteres 1000 oder sogar 3000 Gulden herauslösen?"

Der Bürgermeister nickte.

„Hören Sie, Dortu", sagte Trüssler. „Die Ausgaben des Fonds genehmigt die Kreisregierung. Weil die zur Zeit nicht arbeitsfähig ist, bleibt alles, wie es ist. Ich, als Zivilkommissär, bin dafür verantwortlich."

„Und ich für die Ausrüstung meines Bataillons. Ich brauche Geld. Wir sind im Krieg, und dieser Fond kann uns ruhig einen Kredit geben. Wer verwaltet den Fond am Ort?" fragte er den Bürgermeister und griff nach einem Bogen Papier.

„Der Heiligenvorstand."

„Ich protestiere", dröhnte Trüssler. „Das ist ungesetzlich. Vorhin haben Sie . . ."

„Ihren Protest nehme ich zur Kenntnis." Dortu tauchte die Feder ein. „Eines ist allerdings erforderlich", sagt er, während er zu schreiben begann. „Dieser Heiligenvorstand, Bürger Weber, muß in seiner Gesamtheit einverstanden sein."

„Was? Einstimmig? Aber . . . aber der Pfarrer ist im Vorstand. Der auch?"

„Auch der." Dortu sah hoch. Bürgermeister Weber kratzte seinen Stoppelbart.

„Aber Bürgermeister", sagte Dortu. „Sie . . . Ihr seid ein gestandener Mann. Ihr werdet doch Euren Pfarrer überreden, daß er uns was borgt, wie?"

Der Marktplatz lag fast menschenleer in der Dämmerung, als Trüssler aus dem Gasthof zum Bock trat; die Freischärler hatten ihr Treiben in die Wirtshäuser verlagert. Lediglich drüben auf dem Brunnenrand saßen welche und schäkerten mit einigen Mädchen, die, etwas entfernt von ihnen, miteinander gickelten. Trüssler ging näher. Nein, die Kathi war nicht dabei. Er wendete sich in Richtung Obere Stadt, wo sein Haus lag. Wieder einmal kam er nicht pünktlich zum Nachtessen und gab Henny Grund zu spitzen Bemerkungen. Noch dazu nach diesem unersprießlichen Gerede mit dem Wirrkopf Dortu. „Dat is allemaal niks", murmelte Trüssler, während er den Marktplatz hinaufging. Daß der Kerl hier alles durcheinander brachte und den Wehrausschuß verprellte, war noch das Wenigste. Und daß er den Michelbacher Heiligenfond bestehlen wollte, schön, ein glatter Rechtsbruch, trotzdem war das so tragisch nicht. Aber daß er sich weigerte, den Dill zu verhaften, dafür gehörte diesem preußischen Justizratssöhnchen was auf die Backen gehaun.
Selbstverständlich konnte Trüssler als Zivilkommissär den Ex-Amtmann und die anderen Reaktionäre auf eigene Verantwortung verhaften lassen. Aber erstens hatte er tatsächlich keine Beweise, und zweitens waren die Herren Reaktionäre leider auch Honoratioren. Und er, Trüssler, stünde dann in der Stadt als terroristischer Revoluzzer da, ganz abgesehen davon, was er von Henny zu hören bekäme. Dortu dagegen würde nach der Revolution hier verschwinden; er war ein Fremder, zudem ein Preuße, also bitte, was schadete so einem, wenn er als Terrorist verschrien war? Aber Dortu weigerte sich. „Loop naar de duivel", murmelte Trüssler, und da blieb er stehen. Warum eigentlich nicht? Trüssler rieb seine Nase. Sich den Kerl vom Hals zu schaffen

– das konnte nicht schwer halten. Freilich durfte er Dortus Ablösung nicht beim Heidelberger Oberkommando betreiben, das ihn hergeschickt hatte. Sondern in Karlsruhe. Wenn er der Regierung steckte, daß Dortu plante, nach Württemberg zu marschieren, dann war der hier fort, ehe er papp sagen konnte. Trüssler wendete sich um und ging den Marktplatz hinunter. Den Brief würde er im Rathaus schreiben. Dann konnte er gleich den Befehl hinterlassen, daß morgen in aller Frühe ein Bote losreiten sollte. Wenn der ab Rastatt auf der Eisenbahn fuhr, war er in gut drei Stunden in Karlsruhe. Abends konnte er mit der Antwort zurück sein.

Das Rathaus lag dunkel, auch das Bezirksamt daneben. Lediglich oben, hinter den geschlossenen Läden eines der Fenster, schimmerte Licht. Trüssler blieb stehen. Dort war die Stube des ersten Beamten. Aber gewöhnlich ging der Amtsverwalter Wänker pünktlich nach Hause. Wenn der plötzlich fleißig wurde, hatte das einen Grund. Trüssler ging zur Eingangstür des Amtshauses. Abgesperrt. Nun, für solche Fälle hatte man sich als Zivilkommissär einen Schlüssel beschafft. Leise tastete sich Trüssler die dunkle Stiege hinauf, dann über den Gang, und da hörte er die Stimme des Ex-Amtmannes Dill. Vorsichtig schlich er zur Tür der Amtsleiterstube.

„Und auch dieser Vorschlag“, hörte er Dill sagen, „wurde gut geheißen. Wir können uns also an die Arbeit machen. Übrigens waren alle neun Herren erschienen, die ich eingeladen hatte. Der Schloßverwalter war als Gastgeber ohnedies dabei.“ Es trat eine Pause ein. Dann fragte Dill: „Und wie sieht's hier im Amt aus? Kommst du zurecht, Wänker?“

„Je nun, Dill.“ Das war die schleppende Stimme des Amtsverwalters. „Was heißt zurechtkommen? Ich kenn halt die Vorgänge nicht. Hier, schau ... Kannst du dich an den erinnern?“ Man hörte Papier rascheln, und Wänker sagte: „Wenn ich das richtig sehe, ist die Sache abgeschlossen. Aber was mach ich damit, wenn die Leute nicht zum Strafantritt erscheinen? Das Urteil ist doch nach wie vor gültig, oder?“

„Selbstverständlich ist es gültig.“ Trüssler glaubte, Verachtung aus Dills Stimme zu hören. „An den Fall Rukkenbrod kann ich mich gut erinnern. Ziemlich finstere Geschichte.“

Darauf war eine Zeit Stille. „Also paß auf, Wänker“, sagte Dill dann. „Du machst einen Bericht an die Kreisregierung ...“

„Aber die ist doch derzeit ...“

„Natürlich nicht an die jetzige, sondern an die kommende. In dem Bericht erklärst du, warum die Sache jetzt erst – verstehst du? – jetzt erst abgeschlossen werden kann. Datum und Unterschrift läßt du offen. Außerdem machst du die Verhaftungsbefehle fertig. Ebenfalls ohne Datum und Unterschrift. Hast du das verstanden?“

Wänker schien genickt zu haben, denn Dill sagte: „Schön. So verfährst du mit allen ähnlich gelagerten Vorgängen. Dann sind wir sofort arbeitsfähig, wenn es soweit ist. Und im übrigen: Hinhaltenden Widerstand leisten.“

„Wie, äh, soll ich das verstehen?“

Dill seufzte, und Trüssler, draußen vor der Tür, grinste. „Ich will es an einem Beispiel erläutern“, sagte Dill. „Vor einer guten Stunde schickt mir der sogenannte Major Dortu durch seinen sogenannten Bürochef einen Befehl an die Gemeinden. Ich sollte ihn binnen drei

Stunden neunzehnmal kopieren. Natürlich habe ich meine allergrößte Bereitwilligkeit ausgedrückt."
„Äh . . . natürlich?"
„Natürlich werde ich den Teufel tun, den Befehl zu kopieren. Nach Ablauf der drei Stunden kriegt dieser Dortu den Befehl zurück, mit einem Brief von mir, in dem etwa steht: Sonst gern bereit, gefällig zu sein und so weiter, scheint Ihnen nicht bekannt zu sein, daß ich Amtmann hier war. Deshalb wird mir Ihre Humanität nicht zumuten wollen, Abschriften von meiner Hand an die mir bisher untergebenen Bürgermeister hinausgehen zu lassen. Verstehst du? Die Befehle an die Gemeinden gehen drei Stunden später raus. Eine Kleinigkeit, aber immerhin."
Trüssler, auf dem dunklen Gang, nickte.
„Und du meinst", fragte Wänker, „das läßt dir dieser Major durchgehen, das mit der Humanität?"
Trüssler lauschte.
„Freilich. Diese sogenannten Revolutionäre sind doch durch die Bank Humanitätskasper."
Trüssler dachte: „Na warte."
„Auch die Leute, von denen ich weiß Gott was anderes erwartet hätte."
Trüssler richtete sich auf.
„Dieser Flößer Trüssler zum Beispiel . . ."
Mit einem Satz war Trüssler im Zimmer. „Das reicht!" brüllte er.
Wänker, am Tisch, sprang auf. Scheppernd fiel die Federbüchse auf den Fußboden. Dill, vor dem Tisch, blieb sitzen, aber selbst im Lampenlicht sah man, daß er erbleicht war.
„So, meine Herren", sagte Trüssler. „Jetzt hab ich Sie." Er blickte zwischen den beiden hin und her. „Das kommt Sie teuer zu stehen."

Dill räusperte sich. „Was bitte?“ fragte er. Er schien sich schon wieder zu fassen.
„Ihre Konspiration natürlich.“ Trüssler ging zum Tisch, und Wänker wich zurück.
„Konspiration?“ fragte Dill und richtete sich auf. „Ich muß doch sehr bitten. Herr Wänker ist ein Studienkamerad von mir. Ich bin politisch nicht einer Meinung mit ihm. Aber man wird sich doch unterhalten dürfen.“
„Ja, ja, reden Sie nur.“ Trüssler blätterte in der Akte Ruckenbrod. „Das hilft Ihnen nichts. Jetzt sind Sie dran.“
„Es gibt auch jetzt Recht und Ordnung.“
Trüssler sah Dill an. Dieser Hund von Ex-Amtmann hatte sich vollständig gefangen, und seine Brillengläser funkelten im Lampenlicht.
Dill sagte: „Ihre Feindseligkeit gegen mich wird man zu berücksichtigen wissen. Ich halte das . . .“
„Das Maul halten Sie!“ brüllte Trüssler. „Sie haben mich lang genug geschurigelt!“
„So? Ich hatte nicht zu hoffen gewagt, daß Ihnen dies so nahe gehen würde.“
„Hinaus! Oder soll ich Ihnen zeigen, wo die Tür ist?“
„Danke, danke.“ Dill erhob sich. „Ich kenne mich hier aus.“ In der Tür blieb er stehen. „Übrigens: Wer schreit, behält unrecht.“
Trüssler bückte sich nach der Federbüchse, aber da hatte Dill die Tür schon geschlossen.

Die Vormittagsschule dauerte noch, und Bürgermeister Weber, der mit dem Lehrer und dem Engelwirt zum Pfarrer gehen wollte, wartete im Schulgarten auf der Bank unter dem Nußbaum. Er saß im Schatten des Baumes, hatte die Arme auf die Lehne der Bank gelegt und fühlte sich ruhig: Die Arbeit für heute – den restlichen Teil der Brachäcker mit Mist zu beführen – schaffte der Augustin, sein Hofknecht, auch allein. Weber hoffte, daß nach Johannis die Revolution entschieden war. Denn dann mußte die Wintergerste geschnitten werden.

Die Fenster der Schulstube standen offen, und Weber hörte auf die Leseübung der mittleren Klasse, wozu der Lehrer Flugblätter mit den Beschlüssen vom Offenburger Sonntag benutzte. „Es muß ohne allen Verzug", las gerade stotternd der Eisele Bernd, „die Volksbewaffnung auf Staatskosten ins Leben gerufen werden." Weber kräuselte die Mundwinkel. Ohne allen Verzug – im Mai beschlossen, und der Juni war bald um.

Er griff in die Joppentasche und zog den Befehl heraus, den er heute morgen bekommen hatte, und der vom Major selber geschrieben war; Weber hatte ihn mit der Vollmacht verglichen, die ihm Dortu gestern ausgefertigt hatte. Warum stellte der Mann keinen Schreiber ein? Weber sah auf den Befehl und wiegte den Kopf. Exerzierübungen, hier im Dorf. Das würde ein Juchhe geben, wenn die Männer in Holzschuhen über den Kirchplatz schlockten und Formationsmarsch markierten. Gesetzt, er konnte überhaupt einen der gedienten Bauern überreden, den Exerziermeister zu machen. Weber hatte nicht gedient. Er war freigekommen, weil sein Bruder Karl gefallen war, Anno 12 in Rußland für den Franzosenkaiser. Bürgermeister Weber steckte den Befehl ein. Hoffentlich befahl der Major die Wehrmänner bald nach Gernsbach und gab ihnen Gewehre, damit die begriffen, daß ernst gemacht wurde mit der Volkswehr, wenigstens hier im Bezirk. Dieser Dortu war der Mann dazu. Das sah man daran, wie er mit dem Trüssler umsprang.

Drinnen in der Schulstube erklärte der Lehrer jetzt

Punkt fünfzehn der Beschlüsse. „Abschaffung des alten Steuerwesens, hierfür Einführung einer progressiven Einkommensteuer. Das heißt: Die Reichen zahlen mehr, die Armen weniger. Es heißt nicht: Die Bauern bezahlen überhaupt keine Steuer."
Bürgermeister Weber, auf der Bank unter dem Nußbaum nickte. Es hatte schwergehalten, den Leuten das klarzumachen, und viele sahen es noch immer nicht ein. Nach dem Offenburger Sonntag hatten die Bauern sogar die Gemeindeumlage verweigert: „Immer hat's geheißen, die Republik ist eine wohlfeile Regierung. Die hat man jetzt, also zahlen wir nichts mehr." Und als Weber fragte, woher er das Geld für die Gemeindeausgaben nehmen sollte: „Von der Regierung. Und die kann sich's von den reichen Stadtleuten holen." Schließlich hatten sie doch gezahlt, hauptsächlich weil der Zivilkommissär mit den Gendarmen drohte.
Zudem beklagten sie sich bei Weber: „Es hat geheißen, wir kriegen die alten Rechte wieder. Wie steht's mit der Holzgerechtigkeit der Gemeinde? In der alten Zeit hat man im Domänenwald frei Holz schlagen dürfen." Das wußte jeder im Dorf, und viele konnten noch davon erzählen. Weber, 1803 geboren, hatte es nicht mehr erlebt. Er war aufgewachsen in der Zeit nach der großen Veränderung, als manches, was seit Menschengedenken so unverrückbar schien wie das Gebirg, von einem Jahr zum anderen nicht mehr galt. Er erinnerte sich, daß lange Zeit die Leute abends beim Flachsbrechen davon erzählten, wie die Nonnen aus dem Kloster Frauenalb verschwunden waren, mit einem Mal, und keiner wußte warum. Und der Vater hatte sich nie beruhigen können, daß es keinen Markgrafen mehr gab, sondern einen Großherzog. Das landesherrliche Amt in Gernsbach hieß plötzlich Bezirksamt. Was war der Bezirk? War

der dasselbe wie die frühere Grafschaft Eberstein? Die neuen Beamten waren fremd und hochfahrend und pochten auf Gesetze, die keiner kannte. Vieles hatte sich verändert, und das meiste, wie die Bauern sagten, zum Schlechten. Jetzt, wo wieder eine Zeit der großen Veränderung war, jetzt sollte es endlich zum Guten sein. Das Mindeste war freies Holzschlagen. Aber wie zu großherzoglichen Zeiten bewachte den Domänenwald der Förster Kunz mit seinen Waldhütern.

Aus der Schulstube kam Füßescharren: Die Klasse stand auf zum Schlußgesang. „Unsern Ausgang segne Gott", schrien die Buben und Mädchen, „unsern Eingang gleichermaßen . . ."

Zu Webers Zeiten hatte man noch das Paternoster gebetet, wie sich's gehörte. Auch eine Veränderung. Und von der wußte man genau, woher sie kam. Der Pfaff Kleinmann hatte diesen Schlußgesang eingeführt. Und den Rosenkranz im Meßgottesdienst abgeschafft. Das paßte zu dem Knochenmehl, mit dem er die Pfarräcker verseuchte. Gut, der Dünger war seine Sache. Aber der Pfaff mischte sich in Gemeindeangelegenheiten. Was er sich im Hungerjahr 47 geleistet hatte, das würde Weber ihm nicht vergessen: Der Gemeinde waren 200 Gulden aus der Staatskasse bewilligt worden, damit die Frau des Gemeinderats Trück täglich Suppe für die Ortsarmen kochen konnte. Und der Kleinmann wollte bestimmen, wer Suppe bekommen dürfte. Weber ließ ihn abfahren. Da hatte der Pfaff das Bezirksamt aufgehetzt, und Weber mußte sich vor dem Amtmann rechtfertigen und nachweisen, daß die Suppe unparteiisch ausgeteilt worden war. Seither war gewiß, daß der Kleinmann für das Bezirksamt den Aufpasser machte. Viele hatten das schon vermutet, als er mit dem Förster auf Hasenjagd gegangen war.

„Und mach uns zu Himmels Erben“, sangen die Kinder zu Ende. Dann hörte man sie aus der Schulstube stürmen, und Frey erschien am Fenster. „Ich komm gleich“, sagte er, und Weber nickte. Er dachte daran, wie er und die anderen Bauern im Heiligenvorstand, der gleichzeitig der Schulvorstand war, sich gegen den Schlußgesang gesperrt hatten. Zu ihrer Überraschung stellte sich der Lehrer auf die Seite des Pfarrers. Frey erklärte Weber später, das Lied wäre eigentlich von den Protestanten, und er begrüße alles, was den dumpfen römisch-katholischen Geist erhelle. Bei aller Feindschaft wäre er hierin mit dem Pfarrer einig. Weber fand das nicht gut. Feindschaft war Feindschaft, ohne Abstriche.

Am Gartentor winkte jetzt der Lehrer, und Weber erhob sich.

Sie gingen die Dorfstraße hinunter, am Michelbach entlang, und Weber sagte: „Daß der Engelwirt mitgeht, schmeckt mir nicht.“

„Wieso?“

„Schwätzt mir zu viel“, brummte Weber. „Bei der Sach kommt's auf jedes Wort an.“

„Ich hab mehr Angst, daß er sich vom Pfaff reizen läßt“, sagte der Lehrer. „Kaltes Blut braucht es bei der Sache. Aber er muß mit. Die hiesige Revolutionspartei muß dem Pfarrer geschlossen gegenübertreten.“

Ruckenbrod erwartete sie schon vor dem Engel, und als Weber die Klingel am Pfarrhaus zog, sagte Frey: „Also, wie besprochen. Erst gehen wir auf's Ganze und probieren es ohne Vollmacht. Und kein Wort über die Gemeindeschulden. Heut geht's um die Volkswehr. Und laßt Euch nicht reizen.“

„Was ist los, Lehrer?“ fragte der Engelwirt. „Das erzählt Ihr uns schon zum dritten Mal.“

„Ich will ja nur . . .“
Die Pfarrmagd Johanna Meier hatte geöffnet.
„Zum Pfarrer“, sagte Weber.
„Ja, also . . . Ich weiß nicht . . .“
„Aber ich weiß, daß er daheim ist.“ Der Engelwirt betrat, an der Pfarrmagd vorbei, den Hausflur.
„Bitte“, sagte die und öffnete die Tür zur Amtsstube. „Ich geb dem Herrn Pfarrer Bescheid. Wenn die Herren derweil Platz nehmen wollen?“ Sie verschwand in der Studierstube. Der Engelwirt grinste. „Wenn die Herren . . . Das ist Lebensart, was?“
„Dieser Stadtpfaff“, brummte Weber. „Daß man uns grad den ins Pfarrhaus gesetzt hat.“
„Also, ich sag's nochmal.“ Der Lehrer hatte die Arme vor der Brust verschränkt, und man sah die Flicken auf den Rockärmeln. „Laßt Euch ja nicht reizen.“
Johanna Meier kam. „Der Herr Pfarrer bittet Euch in die Studierstube.“ Weber ging voran. „Grüß Gott, Herr Pfarrer.“
„Grüß Gott, Bürgermeister.“ Der Pfarrer saß im Lehnsessel, die Füße auf einem Fußbänkchen, und machte keine Anstalten, sich zu erheben. In der Hand hielt er die lange Pfeife mit dem gelben Kopf. „Was führt Euch her?“
Neben Weber hatte sich mit verschränkten Armen der Lehrer aufgestellt. Der Engelwirt stand etwas abseits und betrachtete die Flinte des Pfarrers, die an der Wand über dem Tisch hing.
„Es geht um den Heiligenfond“, fing Weber an.
Der Pfarrer nickte. Er tat einige Züge aus der Pfeife und sah hinter den Rauchwölkchen her.
Weber begann von neuem. „Es ist an dem . . .“
„Laut Befehl des Majors Dortu“, sagte der Lehrer und stellte ein Bein vor, „laut Befehl des Kommandanten

des Gernsbacher ersten Aufgebotes hat der Heiligenfond der Bewaffnung des Volkes zu dienen."

„Was?" Der Pfarrer hatte die Füße vom Bänkchen genommen.

Der Lehrer trat einen Schritt vor. „Der Heiligenfond ist hiermit beschlagnahmt."

„Beschlagnahmt?" Der Pfarrer hatte sich halb im Sessel erhoben.

„Ja, da schaut Ihr, was?" Der Engelwirt stand jetzt neben dem Lehrer. „Beschlagnahmt. Wißt Ihr, was das heißt? Es heißt, daß wir ..." Er brach ab. Der Lehrer hatte ihn angesehen und kurz den Kopf geschüttelt.

„So, so, beschlagnahmt." Pfarrer Kleinmann ließ sich in den Lehnstuhl sinken. Er sah von einem zum anderen. Dann lehnte er sich zurück. „Tja, meine Herren. Da ist wohl nichts zu machen." Er sog an der Pfeife. „Kann ich, bitte, den Befehl dieses Majors sehen?"

„Das könnt Ihr noch früh genug", sagte der Lehrer. „Jetzt verlangen wir, daß unverzüglich der Heiligenverrechner Rieger geholt und die Kassentruhe geöffnet wird."

Langsam schüttelte der Pfarrer den Kopf.

„Was?" Der Lehrer beugte sich vor, und Weber sah, daß sich rote Flecke in seinem Gesicht bildeten. „Ihr wagt es, einen Befehl des Kommandanten ..."

„Diesen Befehl möchte ich erstmal sehen." Der Pfarrer lächelte. „Das werdet Ihr doch verstehen, verehrter Lehrer."

Jetzt sagte Weber: „Schaut her, Pfarrer." Er griff in die Joppentasche, und der Pfarrer lächelte nicht mehr. Weber zog die Vollmacht hervor, und während er den Pfarrer beobachtete, faltete er sie umständlich auseinander. Der Pfarrer saß gerade aufgerichtet. Seine Pfeife hatte er gegen die Armlehne des Sessels gestellt.

„Das hättet Ihr nicht gedacht, wie?“ ließ sich der Engelwirt vernehmen. „Wir haben tatsächlich einen Befehl. Und der Bürgermeister wird Euch den jetzt vorlesen.“
Nun lächelte der Pfarrer wieder. „Nicht doch. Ich kann selbst lesen. Bitte.“ Er streckte den Arm aus, und Weber reichte ihm die Vollmacht. Als der Pfarrer zu lesen begann, warfen sich Weber und der Lehrer einen Blick zu. Dann sahen sie zum Engelwirt, doch der merkte es nicht. Er betrachtete wieder die Flinte.
„Aber, meine Herren“, sagte der Pfarrer jetzt. „Da habt Ihr mir ja eine schöne Komödie vorgespielt. Das ist lediglich eine Vollmacht, aus dem Fond 3000 Gulden zu entnehmen. Und der Vorstand muß in seiner Gesamtheit einverstanden sein. Mein Einverständnis –“ er reichte Weber das Papier „– habt Ihr natürlich nicht.“
„Ich hör wohl nicht recht?“ Der Engelwirt baute sich vor dem Pfarrer auf. „Ihr wollt nicht? Na, das würde ich mir nochmal gut überlegen. Ich kann Euch nämlich verraten, daß der Major Dortu zu ganz harten Maßnahmen greift.“
„Dieser Major“, sagte der Pfarrer und lehnte sich zurück, „scheint im Gegensatz zu Euch noch einen Funken von Rechtsgefühl zu besitzen. Ich sehe seinen Maßnahmen gefaßt entgegen.“ Er griff nach der Pfeife. „Und außerdem merke ich genau, wohin der Hase läuft. Erst Geld für die Volksbewaffnung und dann um so leichter für die Gemeindeschulden. Nicht mit mir.“
„Darüber ist kein Wort gefallen“, sagte der Engelwirt. „Es geht einzig um die Volksbewaffnung.“
Lehrer Frey schob den Engelwirt beiseite. „Hört zu, verehrter Pfarrer.“ Frey hatte sich auf die Armlehnen des Sessels gestützt, und sein mageres Gesicht, mit roten, scharf abgegrenzten Flecken, war dicht vor dem

des Pfarrers. „Ihr meint wohl, Ihr sitzt hier sicher auf Euren Pfründen? Ihr denkt wohl, die 600 Gulden jährlich könnt Ihr bis an Euer Lebensende kassieren, was?“ Frey richtete sich auf. „Daß Ihr Euch nicht täuscht. Wenn die Gemeinde eine Eingabe in Karlsruhe macht . . .“
Der Pfarrer schnaubte durch die Nase. „Wollt Ihr wieder einen Brief schreiben, Herr Denunziant?“
„Jawohl!“ Frey schrie jetzt. „Euer Lebenswandel, aufwendig und . . .“
Bürgermeister Weber hatte die Hand auf Freys Schulter gelegt. „Laßt Euch nicht reizen.“ Der Lehrer wendete sich ab, und der Pfarrer lächelte. „So, Pfarrer“, sagte Weber. „Jetzt erzähl ich Euch was.“ Und ruhig: „Ich sag's ehrlich: Ich weiß noch nicht wie. Aber man wird einen Weg finden, daß man Euch zwingt.“
„Mich zwingen?“ Der Pfarrer sah ihn scharf an. „Mein Einverständnis zu dieser Vollmacht könnt Ihr nicht erzwingen. Die kriegt Ihr nicht.“ Er legte die Füße auf das Bänkchen. „Noch nicht mal, wenn der Major mich einsperren ließe.“

Von der Rathausuhr, drüben auf der anderen Seite des Marktplatzes, schlug es zwei Mal – es war halb neun Uhr abends –, und Max Dortu, der in Hemdsärmeln auf der Liege saß und seine Stiefel schmierte, dachte, daß er mit dem heutigen Tag zufrieden sein konnte. Am Vormittag hatte er einen Aufruf an die Gernsbacher Schuster und Sattler erlassen, obwohl der Wehrausschuß sich wenig davon versprach. Der Erfolg gab Dortu recht: Innerhalb von zwei Stunden fanden sich sieben Interessenten, die sich verpflichteten, binnen acht Tagen 300 Paar Schnürschuhe und 200 Sätze Lederzeug zu liefern. Das war ein guter Anfang. Zwar hat-

ten die Lieferanten erst unterzeichnet, nachdem ein ordentlicher Preis vereinbart worden war – 2 Gulden 36 Kreuzer für das Paar Schuhe und 2 Gulden 40 Kreuzer für den Satz Lederzeug –, aber Max Dortu war zuversichtlich, daß er würde zahlen können. Er hatte diesbezüglich ein zweites Schreiben nach Heidelberg geschickt, und zudem erwartete er Geld aus diesem Michelbacher Fond. Dortu verschraubte das Döschen mit der Schmiere und stellte die Stiefel beiseite. Wenn er nicht zahlen konnte, war das kein Unglück. Die Herren Lieferanten würden später, wenn der Krieg gewonnen war, schon zu ihrem Geld kommen.
Dortu wischte sich an einem Lappen die Finger sauber und ging mit der Lampe hinüber zur Wandkarte. Es war hohe Zeit, nach Württemberg zu marschieren. Heute nachmittag war ein Trupp Studenten aus Tübingen eingetroffen, die für die Freiheit kämpfen wollten. Die hatten erzählt, daß überall in Württemberg die Reaktion das Haupt erhebe. Dortu hatte die Studenten zur Kerntruppe seines Bataillons erklärt, wodurch zunächst die leidige Schreiberfrage gelöst war.
Er ging zum Tisch. Wirklich ein erfolgreicher Tag. Selbst der Zivilkommissär Trüssler war freundlich und umgänglich gewesen. Dortu überlegte, ob er jetzt den täglichen Bericht an das Oberkommando schreiben sollte. Aber den konnte er nach dem Abendessen abfassen, wenn Benedikt Kaufmann zurück war. Dortu hatte ihm aufgetragen, Käse, Brot und eine Karaffe Wasser mitzubringen.
Er setzte sich. Also schön. Während die Schmiere in das Stiefelleder zog, würde er den Aufruf an die Gernsbacher Frauen entwerfen. Sein Bataillon brauchte eine Fahne. Blutrot dachte Dortu sie sich, darauf, in Gold gestickt, das Gernsbacher Wappen – die Ebersteiner

Rose mit zwei Flößerstangen – und drumherum, ebenfalls in Gold, der Schriftzug ‚Das Gernsbacher I. Aufgebot'. Natürlich konnte man die Fahne bei einer Stikkereibutike in Auftrag geben. Aber das kostete Geld. Und wenn die Gernsbacher Frauen sie stickten – Dortu stellte sich ein fröhlich singendes Kränzchen vor – so kam damit eine schöne Verbundenheit des Volkes mit seinen Kriegern zum Ausdruck.
Er griff nach einem Bogen Papier. Es mußte ein flammender Aufruf werden. Nur: Was zog bei Frauen? Er hatte keine Erfahrung. Wodurch würde Mama zu begeistern sein? Nachdenklich zupfte Dortu am Schnurrbärtchen. Dann tauchte er die Feder ein. „Edle deutsche Frauen von Gernsbach", schrieb er. „Eure Söhne und Brüder, die ich um mich scharen und in die Reihen der Kämpfer führen werde, bedürfen eines Banners, das ihnen in die Schlacht vorangetragen wird, und dem sie sich nachstürzen in den Feind zu dessen Vernichtung. Edle deutsche Frauen von Gernsbach! An euch wende ich mich deshalb, an euch ..." Er hielt inne. Es hatte geklopft, leise und, wie ihm schien, zaghaft. „Herein", sagte er.
Die Tür öffnete sich, und Dortu sprang auf. Da stand eine junge Dame, nein, ein Mädchen, oder doch irgendwas dazwischen, und die lächelte und fragte: „Entschuldigen Sie, aber bin ich hier richtig bei Major Dortu?"
Der war im Begriff, nach seinem Rock zu springen, nein, das ging nicht, er hatte keine Stiefel an, und er stand und wußte, daß er tiefrot geworden war. Er ließ einen Räusperer heraus, nickte dann aber nur.
Das junge Fräulein fragte: „Darf ich hereinkommen?"
Dortu nickte wieder und zeigte mechanisch auf den Stuhl vor seinem Tisch. Das junge Fräulein schloß die

Tür und nahm Platz. Sie trug ein Schultertuch, aber nichts um den Hals, und die Ärmel ihrer Bluse waren gepufft. Langsam ließ Dortu sich nieder. Das junge Fräulein sah sich neugierig im Zimmer um. Sie stützte sich auf ein Tändelschirmchen und fragte: „Sind Sie allein hier?"

Dortu hatte sich inzwischen gesammelt. „Wie Sie sehen", sagte er knapp. „Womit kann ich dienen?"

„Oh, ich habe vergessen, mich vorzustellen. Ich bin die Kathi Trüssler." Sie zog einen Brief aus ihrem Handbeutel. „Mein Vater schickt mich. Das war heute abend in seiner Post. Aber er ist an Sie gerichtet." Sie reichte ihm den Brief, und Dortu sah, daß ihre Bluse in der Achselhöhle feucht war.

Er besah kurz den Brief und legte ihn zur Seite. Stille. Er hatte das Gefühl, etwas sagen zu müssen. „Warum schickt Ihr Vater gerade Sie?" fragte er. Dann merkte er, wie er wieder errötete.

„Warum nicht?" Sie lächelte. Darauf sagte sie: „Wenn Sie's genau wissen wollen: Ich hab's ihm abgetrotzt." Sie sah ihn an. „Weil . . . Ich habe noch nie einen Major bei der Arbeit gesehen."

„Aha. Wie bitte?"

„Na, was Sie so machen und so."

„Nun ja." Dortu legte die Hände flach auf das Papier vor sich. „Dies und das." Er merkte, daß sie seine Hände betrachtete, und zog sie, mitsamt dem Papier, zurück.

Sie sah ihn an. „Darf ich mal eine Frage stellen?" Und als er nickte: „Warum wollen Sie den Amtmann Dill nicht verhaften?"

„Was?"

„Warum Sie den Amtmann nicht verhaften wollen. Traun Sie sich etwa nicht?"

„Wie kommen Sie darauf?“
„Na ja.“ Sie drehte das Schirmchen am Knauf. „Der Vater, auf alle Fälle, traut sich nicht.“
„Ach? Warum?“
„Das ist doch klar. Der Dill ist ein angesehener Mann. Bei vielen jedenfalls. Glauben Sie, mit denen will sich's mein Vater verderben?“ Sie lächelte. „Und dann: Meine Mutter würde ihm schön die Hölle heiß machen.“
„Das ist ja hochinteressant.“
„Nicht wahr? Ich dachte mir, daß Sie das nicht kalt lassen würde.“
Dortu merkte auf einmal, wie schwül es im Zimmer war. Und da fiel ihm ein, daß Benedikt Kaufmann jeden Augenblick in der Tür stehen konnte. Er stand auf. „Wenn Sie mich jetzt entschuldigen wollen?“ Er zeigte auf den Tisch. „Die viele Arbeit. Sie verstehen?“
„Aber sicher.“ Sie erhob sich. Dann fragte sie lächelnd: „Darf ich Sie wieder besuchen?“
„Mich besuchen? Nun . . . Wieso?“
Sie sah ihn an. „Tja. Wieso eigentlich?“ Sie drehte sich um und ging zur Tür. „Gute Nacht, Herr Major.“ Und in der Tür: „Schlafen Sie recht gut, Herr Major.“ Dann war sie draußen.
Dortu stand und blickte auf die geschlossene Tür. Dann ging er zur Liege und zog seine Stiefel an. Im Zimmer hing ein stickiger Parfümgeruch, und Dortu öffnete das Fenster. Er setzte sich und legte das Papier wieder vor sich auf den Tisch. „Edle deutsche Frauen . . .“ Der Brief. Die hatte ja einen Brief mitgebracht. Dortu wollte ihn öffnen, hielt dann aber inne und besah das aufgeklebte Papiersiegel. ‚Kriegsministerium‘ stand darauf. Ein Brief von der Regierung in Karlsruhe? Vielleicht wegen der Gewehre? Endlich. Er

riß den Brief auf und begann zu lesen. „Was?“ sagte er laut. Er schüttelte den Kopf und las von vorn. Dann erhob er sich, ging zum Fenster, darauf wieder zum Tisch, aber da stand nach wie vor: „Das Kriegsministerium, Karlsruhe, 20. Juni 1849. An den Bürger Major Max Dortu in Gernsbach. Da sämtliche ersten Aufgebote in die Zuständigkeit des Unterzeichneten fallen, so hört Ihre Funktion auf und haben Sie sich unverzüglich zu Ihrer Dienststelle zurückzubegeben. Der Beauftragte für die Volksbewaffnung, Doll.“

Dortu setzte sich. Jetzt mal in Ruhe. Also. Warum war nicht mehr das Heidelberger Oberkommando beauftragt, sondern der Doll in Karlsruhe? Seltsam. So schnell wechselten die Zuständigkeiten denn doch nicht, selbst in diesem Land und in dieser Revolution nicht.

Dortu stand wieder auf und ging zum Fenster. Der Marktplatz lag still, und Dortu hörte den Brunnen plätschern. Möglich, daß es sich um eine Intrige handelte. Vielleicht ein Hieb der Regierung gegen ein Mitglied vom Klub des entschiedenen Fortschritts? Dortu wendete sich um. Er beschloß, den Befehl als ungültig zu betrachten. Er ging zum Tisch und setzte sich. Aber wenn Doll doch zuständig war? Gehorsamsverweigerung konnte Standgericht bedeuten. Schön, das mußte er riskieren. So schnell gab ein Max Dortu sein Bataillon nicht her. Er würde einen Brief nach Heidelberg schreiben und sich erkundigen. Bis die Antwort eintraf, war er jedenfalls hier der Kommandant. Dortu faltete den Brief. Dann ging er zur Liege und steckte ihn unter die Matratze. Gott sei Dank wußte in Gernsbach niemand von dem Befehl. Trüssler zumindest, so freundlich er sich heute gegeben hatte, würde ihm sonst Schwierigkeiten machen.

Dortu setzte sich wieder vor den angefangenen Aufruf. Er las: „Edle deutsche Frauen von Gernsbach! An euch wende ich mich deshalb, an euch ..." Er tauchte die Feder ein und schrieb: „... von denen ich weiß, daß ihr mich keine Fehlbitte tun laßt. Wenn die Freiheit errungen ist, dann führe ich das Banner des Murgtales in eure Mitte zurück, und ihr werdet an den Kugellöchern sehen, daß eure Söhne und Brüder euch Ehre gemacht haben. Max Dortu, Major."

4

Es war kühl hier im Wald; die Buchenkronen schirmten vor der Sonne, und Egi, der auf dem Rücken lag, den Tornister unter dem Kopf, blickte nach oben in das sonnengefleckte Laubgrün und wünschte sich, es möge abgehen, ohne daß sie aus dem Wald mußten, hinüber zum Dorf, in dem, wie es hieß, die Preußen sich festgesetzt hatten. Draußen war es ruhig geworden; das Geschützfeuer hatte aufgehört, und man hörte nur noch vereinzelte Gewehrschüsse.

Neben ihm sagte der Scholze Franz: „Wenn wir ins Feuer müssen, gut. Wenn nicht, noch besser. Aber nicht wissen, was kommt – grad narrisch könnt man werden.“

Egi schwieg. Er hoffte, daß der Franz ihm das ruhige Gefühl nicht verdarb, das sich in ihm auszubreiten begann. Seit dem Morgen schob die Kompanie im Wald hierhin und dorthin, mal im Geschwindschritt, zur Kolonne formiert, dann wieder in aufgelockerter Schützenformation, Gewehr im Arm, weil es hieß, die Preußen wären nah. Mal gab es scheinbar nur die Kompanie Studinger in diesem endlosen Wald, dann wieder schien er vollgestopft mit Badischen, und immer lärmte es von draußen, wie wenn daheim über dem Tal ein Gewitter sich austobte, dazwischen krachte Gewehrfeuer, manchmal quäkten Signaltrompeten, rollte Trommelschlag, und man wußte, daß wieder eine Kolonne an-

griff. Schließlich war hier unter den Buchen Halt befohlen worden, und Hauptmann Studinger ging von einem Kompaniezug zum anderen und sagte, die Lage wäre undurchsichtig, auch für ihn, man müßte Vertrauen haben, und die Kompanie wäre jetzt Reserve. Ehe der Feldwebel, ihr Zugführer, es befehlen konnte, hatten alle schon die Tornister abgeworfen und sich lang gelegt.
„Wie daheim“, sagte Franz jetzt. „Das ist wie am Sonntagmorgen.“
„Was?“ Egi wendete den Kopf. Franz lag auf dem Bauch und rupfte Sauerklee. Gedankenverloren kaute er die Blätter. „Wie am Sonntag morgen“, sagte er. „Wenn wir in den Leiningschen Tiergarten gezogen sind, bis zwanzig Mann stark. Manchmal haben uns die Gendarmen aufgelauert. Wenn's uns vorher jemand gesteckt hat, war's gut. Dann sind wir halt woanders hin. Oder wir sind zu den Gendarmen und haben ihnen einen runden Gutenmorgen gewünscht.“
„Einen was?“
„Na, mit der Kugel.“ Franz klopfte auf den Schaft seines Gewehres, das neben ihm lag. Dann sagte er: „Schlimm war's, wenn du in den Wald gezogen bist und hast nicht gewußt, ob sie dich abpassen oder nicht. Kennst du das?“
Egi nickte. „Seit heut.“ Zuletzt, nach dem stundenlangen Hin und Her, war er soweit gewesen, sich die Preußen herbeizuwünschen. Den frühen Morgen und die vergangene Nacht hatte er fast neugierig erlebt. Gestern abend – Egi und Franz saßen mit ihren Neckarhausener Quartiergebern in der Stube, und Egi erzählte den Bauersleuten gerade vom Soldatenaufstand – da trommelten die Tamboure Generalmarsch. Das Bataillon mußte im Karree antreten, und der Major hielt eine

Rede: Die Preußen wären über den Rhein gekommen, und jetzt gelte es. Sie marschierten eine Viertelstunde, zur Eisenbahn, und bestiegen in der Dunkelheit einen Zug, der auf freier Strecke hielt. Er führte bloß offene Transportwagen, auf denen man die Schläge der Schienenstöße bis in die Knochen spürte, aber Franz hielt sein Gesicht in den Wind, lachte und schrie durch den Lärm, daß er sich so den Krieg gefallen ließe. Bei der Station Walldorf mußten sie herunter. Sie marschierten über einen Karrenweg – der Mond stand vor dem letzten Viertel, und man konnte sehen, wohin man trat – und dann über die Chaussee.

Einmal hielten sie an, und sie mußten die Chaussee räumen. Dann hörten sie ein Rauschen, das, näherkommend, sich zum Hufschlag einer Unzahl von Pferden auflöste. „Die Stinkstiefel", dachte Egi. So nannten die Infanteristen die Dragoner, und wenn die das hörten und in der Überzahl waren, zogen sie blank. Ein hochnäsiges Volk waren die Dragoner; der letzte Stallbursche stolzierte daher wie ein aufgeschwänzter Offizier. Beim Soldatenaufstand hatten die Herren Dragoner einige Zeit gebraucht, um zu kapieren, woher der Wind wehte.

Als sie jetzt auf der Chaussee herankamen, sagte Franz: „Diese Großmäuler. Heut können sie zeigen, daß sie nicht von Schreckhausen sind." Dann schwieg er, auch die anderen Soldaten waren still. Die Dragoner ritten Schritt, und durch den Hufschlag hörte man Pferde schnauben und Sattelzeug knarren. Die Raupenhelme zeichneten sich scharf gegen das Mondlicht, und über die Mantelsäcke hinter den Sätteln ragten die Kolben der Karabiner, die mit der Mündung nach unten in Futteralen steckten. Die Eskadrone folgten in Abständen, und Egi zählte mit. Es waren zehn. Also etwa tau-

send Dragoner. Die gesamte badische Kavallerie mußte das sein.
Das Bataillon trat wieder an, und sie marschierten hinter den Dragonern her. Im Morgengrauen kamen sie durch einen Ort, den sie vor zwei Tagen in der anderen Richtung passiert hatten. An das Dorf, das sie als nächstes erreichen würden, konnte Egi sich gut erinnern: Es gab da, wie daheim, ein Gasthaus zum Engel. Das Dorf hatte nur ein halbes Dutzend Häuser, aber eine große Kirche. Möglich, daß es ein Wallfahrtsort war. Außerdem mußte dort ein reicher Mann wohnen: Vor dem Dorf war ein Gebiet von wenigstens fünfhundert Schritt im Geviert mit einer über mannshohen Mauer eingefriedet, und dahinter lag ein Haus wie ein Schloß, außerdem mehrere Gebäude, die wie Ställe aussahen. Aber dafür schienen sie zu hoch. Und als Scheunen waren sie zu massiv gebaut. Egi wollte sie sich jetzt im Vorbeimarschieren genauer ansehen, aber vorher schwenkte das Bataillon links ab in den Wald, und dort, tief drinnen, durften die Soldaten sich lagern. Später hörte man von der Chaussee her Räder rollen, und Kameraden, die zum Waldrand gegangen und nachgesehen hatten, sagten, die Artillerie wäre gekommen. Und dann, plötzlich, fielen zwei Donnerschläge, die Soldaten sprangen auf, jetzt hörte man aus Gewehren schießen, und da hatten sie begriffen: Die Preußen waren da.
Jetzt, nach dem stundenlangen Hin und Her im Wald, lag Egi auf dem Rücken und hoffte auf ein ruhiges Gefühl. Er schloß die Augen, aber da fragte der Scholze Franz: „Hast du Angst?“
„Hör mal, Franz“, sagte Egi. „Wie wär's, wenn du jetzt das Maul hältst?“
„Du hast also Angst.“

„Und wenn?“ fragte Egi. Dann sagte er: „Aber ich hab keine.“ Und er dachte: „Das stimmt sogar.“ Ziehen im Magen, das ja. Aber keine Angst.
„Ich auch nicht“, sagte Franz. Und nach einer Weile: „Bloß eins darf nicht passieren: Daß man eine Kugel abkriegt, und man kann nicht mehr weg. Dann haben sie einen. Die Preußen, mein ich. Lieber gleich tot.“
Unter den Soldaten liefen eine Menge Gerüchte darüber um, was die Preußen mit ihren Gefangenen anstellten; etwa die Geschichte über die siebzehn Freischärler, die sie an die Wand gestellt hatten. Und es hieß, daß im Gefecht die Preußen Verwundete mit dem Bajonett erstachen. Egi sagte zu Franz: „An sowas denkt man besser nicht.“
„Hast recht.“ Franz setzte sich auf. „Ich werd jetzt was essen.“ Er zog seinen Brotbeutel heran. „Ein Glück, daß uns die Bauersleut noch schnell was zugesteckt haben. Mit dem Bröckchen Kommißbrot, das wir heut morgen . . .“ Er hielt inne. In einiger Entfernung erscholl eine Signaltrompete.
Egi richtete sich auf. Zwischen den Baumstämmen hindurch sah man auf einen geschotterten Weg, und dort, aus dem jenseitigen Wald heraus, trat jetzt ein Bataillon an. Vermutlich gehörte es zum zweiten Regiment, denn die Männer trugen noch die alte Uniform mit Tschako und Soldatenfrack. Dieses Regiment war während des Aufstandes im Oberland stationiert gewesen, und die Soldaten hatten sich nicht mit den neuen Waffenröcken und badischen Pickelhauben versorgen können, die die frühere Regierung im Rastätter Zeughaus gelagert hatte. Egi erhob sich. Vor Hauptmann Studinger stand ein Ordonnanzsoldat, und nun winkte der Hauptmann seinen Signalbläser herbei. „Es geht los“, sagte Egi. Und da kam auch schon das Signal ‚Antreten‘.

Die Kompanie formierte sich auf dem Weg, wie das Bataillon in Linie zu drei Gliedern. Hauptmann Studinger stand vor der Front, den Kopf nach vorn geneigt und die Hand am Säbelgriff. „Soldaten!“ rief er. „Generalangriff. Am linken Flügel sind wir, mit den Kameraden zusammen.“ Er zeigte zum Bataillon. „Wir haben Befehl, die Preußen aus dem Hof zu jagen.“ Und nach einer Pause: „Um den Hof geht eine hohe Mauer. Schaut zu, daß ihr dicht unter die Mauer kommt. Dann nach oben sichern. Wenn die Kameraden das Tor genommen haben, sofort nachziehen. Im Hof ist ein früheres Schloß vom Großherzog, außerdem eine Zuckerfabrik. Da drin können überall Preußen sitzen, also Obacht. Die Kompanie behält die Formation bei und rückt zum Waldrand vor. So wird auch angegriffen. Gewehre nachsehen.“

Rundum klapperte es, und auch Egi, im ersten Glied stehend, schob den Ladestock zum Prüfen in den Gewehrlauf, obwohl er wußte, daß er geladen hatte. Mechanisch sah er nach, ob das Zündhütchen richtig saß, kontrollierte den Sitz des aufgestecken Bajonetts und dachte: „Es geht los. Jetzt geht es los.“ Er wunderte sich, daß er nur dies dachte, und mit einmal merkte er: Das Ziehen im Magen war weg. Er fühlte sich ruhig, aber doch gespannt. Es war wie auf dem Schießstand vor dem ersten Schuß. Er sah auf den Scholze Franz neben sich. Der blickte geradeaus, die Unterlippe hatte er zwischen die Zähne gezogen.

Jetzt kam das Signal ‚Vorrücken‘, und gerade als sie die Stelle passierten, wo sie gelagert hatten, fielen die ersten Donnerschläge, vereinzelt erst, dann aber feuerten die Geschütze in dichter Folge, und nun hörte man auch Gewehrfeuer.

Als die Frontlinie die Büsche am Waldrand erreichte,

wurde Halt geblasen, und die Soldaten suchten Dekkung. Egi lag hinter einem Erlenstrauch. Vorsichtig schob er sich nach vorn und spähte nach draußen in das Sonnenlicht. Da war sie. Jenseits eines frisch gepflügten Ackers zog sich die Mauer parallel zum Waldrand, und sie war über mannshoch, wie sie Egi in Erinnerung hatte. Durch das Gittertor sah man das Schloß, und vom Tor weg, zum Wald hin, führte ein Weg. Über der Mauer hing Pulverqualm. Aber dann sah Egi die Preußen. Er sah die Spitzen, die hohen Helme, die Gesichter darunter als helle Flecken, und die reihten sich in regelmäßigen Abständen auf der Mauerkrone. Die Preußen schossen. Sie standen erhöht hinter der Mauer, schossen darüber hinweg, und mit einmal wurde Egi klar, daß sie auf den Waldrand zielten. Er zog den Kopf zurück und duckte sich hinter den Stamm des Erlenstrauches. Und da war das Ziehen im Magen wieder, stärker als vorhin, und jetzt merkte Egi, daß er vorher besser nochmal gepißt hätte. Aber das ging jetzt nicht. Er hörte auf das Getöse der Kanonen und fragte sich, wohin die überhaupt feuerten. Möglicherweise auf das Dorf. Den Preußen hinter der Mauer taten sie jedenfalls nichts. Egi mußte jetzt unbedingt pissen, aber er konnte doch nicht aufstehen, wenn die Preußen hierher schossen. Er sah zum Scholze Franz. Der lag zwei Schritte entfernt hinter einem Baumstamm, auf der Seite, und kontrollierte sein Gewehr.
Egi blickte wieder nach draußen. Ungefähr 300 Schritt waren es bis zur Mauer. Wie sollten sie das schaffen? Und erst ab 200 hatte es überhaupt Sinn, mit dem Schießen anzufangen. Egi merkte, daß die Preußen die Gewehre nach links gerichtet hatten. Er schob sich vor. Und da sah er die Freischärler. Sie lagen am Feldrain, gut gedeckt, und feuerten auf die Preußen, offenbar mit

genau schießenden Büchsen, denn Egi sah einige Male, wie von der Mauerkrone Brocken wegspritzten. Die Freischärler trugen einheitlich graue Turnerjacken, vermutlich waren es die Hanauer. Während Egi sie beobachtete, spürte er, wie das Ziehen im Magen nachließ, aber er mußte immer noch pissen. Er blickte hinter sich, und gerade als er begann, sich zurückzuschieben, wurde es still. Das Geschützfeuer war weg.

Lediglich Gewehrschüsse hörte man, und dann, nur wenig entfernt, gellte die Signaltrompete. Egi sprang hoch. Und nun kam von hinten der Trommelschlag, Sturmschritt, Sturmschritt, und Egi marschierte los, hinaus in das Sonnenlicht, neben ihm war der Scholze Franz, die Linien marschierten über den Acker, vor ihnen der Hauptmann mit gezogenem Säbel, der Signalbläser dicht hinter ihm. Egi marschierte, Sturmschritt trommelte es, und dazwischen, wie entferntes Knattern, das Gewehrfeuer. Er marschierte quer zu Ackerfurchen, merkte, wie die Füße schwer wurden, und da hob der Hauptmann den Säbel, der Signalbläser setzte an, Feuern, und Egi blieb stehen, legte an, suchte ein Ziel, aber da war nur Pulverqualm, ringsum krachten die Schüsse, Egi zog den Abzug, und der Kolben schlug gegen die Schulter. Marsch, marsch, tönte es, und Egi begann zu rennen, vor ihm spritzte Erde hoch, er rannte weiter, ein Schlag am Helm, der Kinnriemen zerrte, und da warf er sich hin. Er riß den Helm vom Kopf, im Leder oben war eine Furche, und Egi starrte darauf. Plötzlich merkte er, daß er fortwährend murmelte: „Das war knapp."

Er blickte um sich. Auch die anderen Soldaten hatten sich hingeworfen. Dort von lag der Hauptmann mit dem Signalbläser, und schräg hinter Egi war Franz. Und der grinste. Er grinste herüber, Egi sah es staunend. Jetzt richtete Franz sich auf und legte sein Gewehr an. Der hatte vorhin nicht geschossen, denn es dauerte, bis dessen Büchse neu geladen war. Egi blickte nach vorn, Franz schoß, aber im Qualm konnte Egi nichts erkennen. Als er hinter sich sah, hielt Franz einen Daumen hoch und lachte wieder. Dann griff er in die Patronentasche. Zum Laden mußte er aufstehen. Der wollte hier im Feuer aufstehen und sein Gewehr laden. Aber jetzt erklang das Signal ‚Langsam zurück', und Egi sprang auf.

Gerade da hörte er das Hurrageschrei. Es kam von der Hofseite, die dem Dorf zu lag. Laut und deutlich hörte man das Hurra – die mußten dort gestürmt haben. Und nun drang aus dem Hof ein Signal, das galt den Preußen, und Egi sah, wie einer nach dem anderen hinter der Mauer verschwand. Die Preußen gingen zurück. Egi stand unschlüssig. Aber da rannte Franz an ihm vorbei, und der schrie: „Hurra! Drauf!" und Franz rannte und schrie und im Rennen warf er die Arme hoch und stand. Im vollen Lauf blieb er stehen, wie gegen eine unsichtbare Mauer gerannt, Gewehr und Helm fielen zu Boden, und dann fiel er.

Als Egi dort war, lag Franz auf dem Rücken, die Arme ausgebreitet, die Augen groß, wie erschrocken, und den Mund geöffnet, als schrie er. Aber da kam kein Ton, und die Augen waren starr. Jetzt sah Egi das Loch im Brustriemen, und daß sich das Tuch darunter dunkel färbte. Egi setzte sich nieder. Er sah auf den Franz, wie er da lag, hörte, daß die Soldaten Hurra schrien, hörte das Signal zum Sturm, aber er blieb sitzen.

Man hatte die Kompanie wieder der Reserve zugeteilt, und Hauptmann Studinger war es recht. Mit dem Angriff am Mittag hatte er für heute genug geleistet. Die

Soldaten lagerten auf der Wiese zwischen Chaussee und Zuckerfabrik, ein Teil unten am Bach, und Studinger saß gegen den Stamm einer Chausseepappel gelehnt, den Helm neben sich und den Rock aufgeknöpft. Noch immer herrschte eine viehmäßige Hitze, obwohl es auf vier Uhr nachmittags zuging. Nicht weit von Studinger lag der Soldat Bittmann im Gras und schien zu schlafen. Studinger hatte ihn zu seinem Ordonnanzsoldaten gemacht, nachdem man ihn neben der Leiche vom Scholze Franz gefunden hatte. Und der Soldat Bittmann sah so leer und abwesend vor sich hin, daß Studinger beschloß, ihn von seinen Kameraden zu trennen. Er kannte das. Wer so schaute, verdarb anderen Soldaten den Kampfgeist. Für den Bittmann war die Sache mit dem Scholze natürlich ein Schlag; die beiden hatten immer zusammengehangen. Aber so, wie Studinger den Bittmann Egi kannte, würde der sich wieder fangen.

Der Angriff gegen die Hofmauer war ein Irrsinn gewesen, und Studinger wunderte sich, daß ihm die Soldaten aus dem Wald gefolgt waren. Aber er verstand, daß es notwendig gewesen war, die Preußen dort an der Mauer festzuhalten, während durch das Dorf der Hauptangriff geführt wurde. Nur: Sowas sollten beim nächsten Mal gefälligst andere machen. Ein Wunder, daß die Kompanie nur sieben Ausfälle hatte.

An sich konnte Studinger nicht klagen. Allein, daß die Kompanie getrennt vom Bataillon eingesetzt wurde, war ein Glück. Dem Bataillonskommandeur, dem Major Lang, traute er für keinen Dreibätzer was zu. Wie Studinger war Lang vor der Revolution Feldwebel gewesen. Mit dem Unterschied, daß der Lang noch nicht mal einen Zug zum Kommißbrotfassen führen konnte, ohne ein heilloses Durcheinander zu veranstalten. Die

Soldaten hatten Lang zum Hauptmann gewählt, schön, aber warum die Regierung den auch noch zum Major ernennen mußte, war Studinger schleierhaft.
Er faßte sich in den Nacken und befingerte vorsichtig die Furunkel. Die waren mal wieder soweit. Bei Gelegenheit mußte er zum Barbier und sie schneiden lassen. Los wurde er die Dinger wohl nicht mehr. Fast achtzehn Jahre mit scheuernden Uniformkragen hinterließen eben ihre Spuren.
Als er zwanzig war, hatte Studinger einrücken müssen. Er war einer der wenigen, die es traf und jährlich aus der Zahl der Dienstpflichtigen ausgelost wurden. Studinger kam aus einem Dorf bei Villingen, war unehelich geboren und hatte sich als Knecht durchgebracht. Nach einer Zeit der Gewöhnung gefiel es ihm bei den Soldaten. Gehorchen hatte er von früh auf gelernt, das Kommißessen war nicht schlechter, als was ihm die Bauern hingestellt hatten, jetzt erhielt er sogar Löhnung, außerdem reine Kleidung, und vor allem: Die viehmäßige Plackerei vom Morgengrauen bis in die Nacht war er los. Und wem es gelang, sich einen Korporal oder gar einen Feldwebel günstig zu stimmen, der war zudem einigermaßen sicher vor Quälereien durch andere Unteroffiziere. Studinger hatte die gesamte sechsjährige Dienstzeit abgeleistet, obwohl er sich nach einem Jahr hätte beurlauben lassen können. Danach war er als Freiwilliger geblieben und befördert worden. Wie die meisten langdienenden Unteroffiziere schloß Studinger Einsteherverträge ab: Wen bei der Aushebung das Los traf, durfte einen anderen für sich dienen lassen, vorausgesetzt, er war vermögend genug, um sich einen Einsteher kaufen zu können. So hatte Studinger einige tausend Gulden verdient, mit denen er später sein karges Ruhegeld aufzubessern gedachte. Leider

hatte die großherzogliche Regierung Anfang 1849 das Einsteherwesen abgeschafft. Aber die Löhnung der Unteroffiziere war nicht erhöht worden. Studinger, unter der Chausseepappel sitzend, blinzelte in die Sonne. Jetzt war er halt Hauptmann und kam auch auf sein Geld. Und nach der Revolution war es unter Garantie mit der Offizierswahl vorbei. Dann durften ihn die Soldaten nicht abwählen, und er hatte seinen Hauptmannsrang sicher. Allerdings mußte er bis dahin beweisen, daß er eine Kompanie führen konnte. Na, für's erste hatte er das heute getan.
Und das Gefecht schien so gut wie entschieden. Nachdem das Dorf genommen war – Waghäusel hieß es, wie Studinger aus der Lagebesprechung am frühen Morgen wußte – da hatte die Hauptmasse den Feind nach Philippsburg verfolgt. Die Preußen waren in guter Ordnung zurückgegangen, das mußte man sagen. Hatten trotz des Artilleriefeuers immer wieder Front gemacht, danach tadellos sich zur Kolonne formiert – Studinger bezweifelte, daß badische Truppen sich ähnlich geordnet zurückgezogen hätten. Aber die hatten tapfer angegriffen. Gott sei Dank schien das Gerücht falsch zu sein, das unter den Offizieren umging: Danach sollten alle preußischen Truppen mit dem neuen Zündnadelgewehr ausgerüstet sein, aus dem fünf Schuß in der Minute gefeuert werden konnten, statt höchstens zwei, wie bei einem normalen Gewehr. Hier, bei Waghäusel, hatte jedenfalls keine preußische Einheit das Wundergewehr besessen. Sonst wäre einiges anders gelaufen.
Studinger richtete sich auf. Die Artillerie feuerte wieder. Sie war auf der Chaussee nach Philippsburg in Stellung gegangen, etwa eine halbe Wegstunde von hier entfernt, und Studinger sah, wie die Kanoniere an den Geschützen sich bewegten. Nördlich davon zog sich

Wiesengelände auf einen Hügel, und der schien wie blau gepunktet: Dort lagerte ein Reservebataillon. Südlich der Chaussee, am Rand eines Wäldchens, standen dicht aneinandergereiht die Pferde der Dragoner.

Studinger lauschte. Der Geschützdonner kam nicht nur aus Westen von der Philippsburger Chaussee. Er erhob sich. Südlich war das, ganz klar, da feuerten Kanonen auch im Süden. Er kniff die Augen zusammen. Ja, bei Wiesental, da stieg Pulverqualm auf. Dort lag der Oberst Sigel mit seinen Truppen. Und der mußte mit Preußen aneinandergeraten sein. Aber ... dann waren die von Süden gekommen. Au verflucht. Hoffentlich hielt der Sigel stand. Wenn die Preußen von Süden her durch den Wald hinter Waghäusel gelangten, dann war die badische Hauptmacht in der Zange, einschließlich Studingers Kompanie.

Er blickte sich um. Seine Soldaten saßen und lagen friedlich auf der Wiese. Sie hatten nicht bemerkt, was sich bei Wiesental zusammenbraute. Auch die Volkswehrkompanien waren ruhig. Sie biwakierten längs der Chaussee, die nach Neulußheim führte, Richtung Norden. Vor zwei Stunden waren sie eingetroffen, als Reserve, was sie hoffentlich auch bleiben würden, so wie die bewaffnet waren, mit Sensen und Dreschflegeln. Dafür trugen ihre Offiziere schöne schwarz-rot-goldene Schärpen. Den Train hatte man auch schon nachgezogen: Zwei dutzend Bauern, die auf Leiterwagen Munition und Kommißbrot nachführten. Sie hatten ihre Wagen dicht hintereinander am Chausseerand aufgefahren und größtenteils, entgegen ausdrücklichen Befehls, die Ochsen und Pferde abgeschirrt. Die Bauern saßen im Chausseegraben und spielten Karten.

Studinger blickte wieder nach Süden. Der Pulverqualm über Wiesental hatte sich verdichtet. Und jetzt blitzte

Geschützfeuer, mehrmals hintereinander, an der Chaussee, die nach Waghäusel führte. Waren das preußische Kanonen? Soweit Studinger wußte, hatte aber auch Sigel Geschütze bei sich. Nun sah er Kavallerie auf dem freien Feld vor dem Dorf, winzig wirkten die Reiter von hier aus, etwa eine Eskadron mußte das sein. Sie bewegte sich in geschlossener Formation auf die Chaussee zu, schwenkte dann aber und verschwand hinter einer leichten Anhöhe. Was ging dort vor? Jedenfalls hatten die Sigelschen Truppen bös mit den Preußen zu tun, und die Lage hier konnte sich schnell ändern.
Studinger ließ den Blick über die Soldaten auf der Wiese wandern. Wo war der Signalbläser? Der hatte sich zum Waschen abgemeldet. „Bittmann", sagte Studinger. Der richtete sich auf, und Studinger fragte: „Alles in Ordnung?" Bittmann nickte langsam. Er schien sich halbwegs wieder gefangen zu haben.
„Schaff mir den Signalbläser bei", sagte Studinger. „Der ist irgendwo am Bach." Und als Bittmann sich erhoben hatte: „Aber unauffällig. Ich will keine Unruhe unter den Soldaten." Bittmann nickte und ging los.
Anscheinend wurde jetzt in ganz Wiesental gekämpft, Studinger hätte gern ein Fernglas gehabt. Während er in Richtung Süden blickte, bemerkte er aus den Augenwinkeln Bewegung. Und er sah, daß am Wäldchen, das gegen Philippsburg lag, die Dragoner aufsaßen. Jetzt ritten sie los, am Waldrand entlang, ein schier endloser Zug von Reitern. Sie ritten eskadronsweise, und Studinger zählte neun Eskadrone. Eine Masse von neunhundert Reitern war das. Nach einer Zeit löste sich die Spitze vom Wald, der Reiterzug folgte, und es war klar, daß sie auf Wiesental zuhielten. Sie ritten jetzt hinter hohem Korn, aber offenbar auf einem Weg, denn sie zogen Staubfahnen hinter sich her. Nun begannen sie

zu traben, und bald war die Kolonne in eine dichte Staubwolke gehüllt, lediglich die Spitze war deutlich zu sehen.
„Zur Stelle, Herr Hauptmann", hörte er den Signalbläser neben sich sagen. „Gut", nickte Studinger, ohne den Blick von den Dragonern in der Ferne zu nehmen. „Und macht mir ja kein Aufsehen ..." Er hielt inne und blickte um sich. Die Soldaten auf der Wiese, die Volkswehrleute an der Chaussee, die Bauern neben ihren Wagen, sie alle standen und beobachteten die Staubwolke, die sich auf Wiesental zubewegte. Und worum es ging, schienen sie auch zu wissen, denn der Signalbläser sagte: „Die reiten die Preußen zu Klump, Herr Hauptmann." Studinger schwieg. Wenn die Preußen sich nur nicht im Dorf verschanzt hatten. Aber schließlich konnten Dragoner auch abgesessen kämpfen.
Die schienen sich mittlerweile auf dem Weg und rechts und links davon zur Attacke formiert zu haben, denn die Spitze hatte sich zur Front verbreitert. Und nun wurde sie deutlich schneller. Wahrscheinlich galoppierten die Dragoner. Bis zum Dorf mochten es noch fünfhundert Schritt sein. Studinger verstand nichts von Kavallerie, aber der Galopp schien ihm zu früh angesetzt.
Vor dem Dorf hing noch immer Pulverqualm, und gerade als Studinger blinzelnd versuchte, Einzelheiten zu erkennen, blitzte es. Es blitzte vier mal kurz hintereinander aus dem Qualm, und davor, auf dem Weg, verdeckte die Staubwolke jetzt auch die Frontlinie: Die Dragoner hatten angehalten. Nach einer Weile bewegten sie sich wieder, kamen aus dem Staub heraus und schwenkten ab. Sie ritten in das Korn. Und sie ritten schräg hinüber zur Chaussee, die hierher nach Waghäusel führte. Angestrengt blinzelte Studinger. Vermutlich

versuchten sie ein Umfassungsmanöver. Nun waren die ersten auf der Chaussee und begannen zu galoppieren, Studinger konnte es deutlich erkennen. Und die Dragoner galoppierten in Richtung Waghäusel. Er blinzelte, schüttelte den Kopf, aber da war kein Zweifel: Die Dragoner attackierten nicht. Sie rissen aus. In dicht aufgeschlossener Kolonne galoppierten sie heran. Und hier würden die nicht Halt machen.
„Antreten!" brüllte Studinger. „Sofort antreten! Los, Signal!"
Noch während der Signalbläser ansetzte, rannte Studinger auf die Wiese. Er postierte sich mit Blick auf die Hofmauer, so daß die Kompanie nach dem Antreten mit dem Rücken zur Mauer stehen mußte. Und er brüllte: „Antreten, ihr Sackermenter! Antreten!"
Als die Soldaten sich aufgebaut hatten, zum Teil in Hemdsärmeln, fast alle ohne Helm, so wie sie auf der Wiese gelagert hatten, kommandierte Studinger: „Stillgestanden!" Dann rief er: „Die Zugführer zu mir." Und als die beiden Feldwebel bei ihm waren: „Sie stellen sich an die linke Seite, Sie an die rechte Seite der Kompanie. Daß sich keiner der Soldaten rührt. Was auch immer geschieht." Einer der Feldwebel wollte etwas sagen, aber Studinger brüllte: „Ab! Auf Ihren Platz!"
Inzwischen hörte man den Hufschlag der galoppierenden Kolonne. Studinger warf einen Blick hinüber zu den Volkswehrleuten und den Bauern. Die standen, einschließlich der Offiziere, und wußten nicht, wohin sie schauen sollten: auf die anrückenden Reiter oder auf die Kompanie, die sich so seltsam aufführte.
Und dann waren die Reiter heran. An der Spitze eine Gruppe von Offizieren, ein Oberst war dabei, und dann die Dragoner, die mit donnerndem Hufschlag über die Chaussee tobten und schrien: „Platz! Platz!" Andere

schrien: „Wir sind umgangen!“ Und das schrien sie immer wieder. „Wir sind umgangen!“
Noch während die Dragoner vorbeipreschten, fingen die Volkswehrleute an zu rennen. Die meisten stürmten sofort los, einige rafften noch ihre Brotbeutel auf, aber alle rannten sie ohne Sensen und Dreschflegel, und Studinger sah, wie einer der Offiziere, der mit ausgebreiteten Armen stand, zu Boden gestoßen wurde. Die Bauern liefen zu ihren Pferden und Ochsen, eines der Bauernpferde riß sich los, setzte über den Chausseegraben und verschwand zwischen den Reitern.
Studinger richtete jetzt den Blick auf die Kompanie. Die Soldaten starrten aus weiten Augen auf die vorbeitobende Jagd. Noch standen sie, aber die ersten sahen nach ihren Röcken und Brotbeuteln auf der Wiese. Und da, hinten im dritten Glied, duckten sich welche und wollten davonschleichen. „Stillgestanden!“ brüllte Studinger so laut er konnte. Als sie nicht sofort standen, riß er den Säbel heraus. Auch die Feldwebel zogen blank, und die Soldaten hinten reihten sich wieder ein.
Hinter Studinger flaute der Hufschlag ab. Dann hörte er, wie die letzten Dragoner über die Brücke am Dorf ritten. Drüben an der Chaussee fluchten die Bauern beim Anschirren, und mit Peitschenknallen und lautem Schreien trieben die ersten ihre Gespanne an. Studinger sah, daß die Volkswehrleute in wilden Haufen auf der Chaussee nach Norden rannten, wohin die Dragoner verschwunden waren.
Er wendete sich an die Kompanie. „Soldaten! Die Dragoner haben uns verraten. Wir sind nicht umgangen. Der Oberst Sigel hält die Stellung bei Wiesental.“ Er hielt inne. Es war klar, daß die Soldaten ihm nicht glaubten. Er hob den Säbel. „Wer ausreißt, kriegt’s mit mir zu tun.“ Er war entschlossen dreinzuschlagen. Ihm

rannte keine Kompanie davon. Und wenn es ihm gelang, die Soldaten am Platz zu halten, bis der letzte Volkswehrmann und der letzte Bauer verschwunden waren, hatte er gewonnen.
Studinger blickte sich um. Und da sah er, daß in der Ferne, auf der Chaussee von Philippsburg, sich Haufen von Soldaten heranwälzten. Das Reservebataillon vom Hügel! Die Soldaten dort hatten das Fluchtchaos gesehen. Wenn dieses Bataillon vorbeistürmte, konnte er die Kompanie nicht mehr halten. Er schob den Säbel in die Scheide. „Soldaten!“ rief er. „Die Preußen dürfen euch nicht einzeln erwischen. Die Kompanie geht geschlossen zurück. Ausrüstung aufnehmen und wieder antreten.“ Die Soldaten rannten zu ihren Sachen auf der Wiese und begannen aufzupacken. Während Studinger zur Chausseepappel ging, an der er vorhin gesessen hatte, überlegte er. Mit den Leuten durfte er keinesfalls nach Norden marschieren. Wenn das flüchtende Reservebataillon sie einholte, rannte seine Kompanie mit, das war klar. Nein, er würde mit den Soldaten stracks nach Osten marschieren. Das weitere würde sich zeigen.
Studinger setzte den Helm auf und hakte den Offizierstornister ein. Mit einmal merkte er, daß die Artillerie vor Philippsburg nicht mehr feuerte. Und da begriff er: Das Gefecht bei Waghäusel war endgültig verloren.

5

Max Dortu stand am offenen Fenster seines Bürozimmers und sah zu, wie der Regen auf das Pflaster des Marktplatzes pladderte. So goß das jetzt den zweiten Tag. Es war fünf Uhr nachmittags, und Max Dortu hoffte, daß der Regen über Nacht nachlassen würde. Denn für morgen, Sonntag, hatte er die Wehrmänner aus den Dörfern und der Stadt hierher vor den Gasthof zum Bock befohlen. Zunächst sollte eine Ausscheidungskommission darüber befinden, wer kriegstauglich war. Dann wollte Dortu die Truppeneinteilung vornehmen, und daran sollten sich Exerzierübungen der Kompanien anschließen. Möglicherweise konnte er schon am Nachmittag das Bataillon im Verband exerzieren: Entwicklung aus der Marschkolonne in die Angriffskolonne hatte sich Dortu vorgenommen zu üben. Ein Jammer, daß er noch immer keine Gewehre hatte. Aber er war nun schon den fünften Tag in Gernsbach und durfte nicht länger zögern, sein Bataillon zusammenzuziehen. Geld war auch nicht gekommen, noch nicht mal eine Antwort auf seine Gesuche. Es war, als gäbe es kein Hauptquartier in Heidelberg. Und aus Michelbach hatte er ebenfalls nichts gehört; die Sache mit diesem Kirchenfond schien sich zerschlagen zu haben. Bei Gelegenheit würde Dortu nachfragen; aber Geld war nicht so wichtig. Wenn nur morgen die Sonne schien. Für die

Moral einer völlig ungeübten Truppe war dieser Regen die Pest.
„Die Befehle sind auf dem Weg, Bürger Major." Benedikt Kaufmann war in das Zimmer getreten. „Gut." Dortu schloß das Fenster. Benedikt Kaufmann setzte sich an seinen Tisch und blätterte das Befehlsbuch auf.
„In der Gaststube habe ich einen Bekannten getroffen, Bürger Major. Der ist Handlungsreisender und gestern von Karlsruhe gekommen."
„Aha."
„Ja. Und der erzählt, vorgestern hätt's bei Philippsburg eine Schlacht gegeben."
„Tatsächlich?" Dortu ging zur Wandkarte. Vermutlich hatten die Preußen den Rheinübergang bei Germersheim versucht. „Und?" fragt er. „Was erzählt der Mann noch?"
Benedikt Kaufmann hob die Schultern. „Er hat bloß Gerüchte gehört. Die einen sagen, daß die Unsrigen einen großen Sieg errungen haben, die anderen reden von einer kompletten Niederlage."
„Na ja." Dortu sah auf die Karte. Wenn er nur wüßte, warum das Oberkommando nichts von sich hören ließ. Er ging zu seinem Tisch und setzte sich. „Wie auch immer", sagte er. „Morgen wird exerziert."
Benedikt Kaufmann, der gerade zu schreiben begonnen hatte, hielt inne. „Das hätte ich beinah vergessen: Ein Bürger will zu Ihnen. Seidenhändler Grötz. Weswegen, hat er mir nicht gesagt. Aber sein Sohn ist bei ihm."
„Grötz? Seidenhändler? Na, holen Sie den Mann rein."
Bürger Grötz, in froschgrünem Frack und geblümter Weste, verbeugte sich in der Tür, und kam dann, sich wiederholt verbeugend, näher. „Grötz der Name, Herr Major."
Dortu nickte. „Was führt Sie zu mir?" Seidenhändler

Grötz hatte seinen Regenschirm über den Unterarm gehängt, und Dortu sah mit Mißfallen eine Tropfenspur auf dem Fußboden.
„Es handelt sich um meinen Sohn Franz.“ Der hatte sich hinter seinem Vater ins Zimmer geschoben und stand nun, groß und kräftig, gegen den Türrahmen gelehnt. „Er gehört zum ersten Aufgebot“, sagte Bürger Grötz.
„Sehr gut.“ Dortu musterte den jungen Mann.
„Traurigerweise“, fuhr Seidenhändler Grötz fort, „leidet er seit seiner Jugend unter starkem Nasenbluten. Das wiederholt sich mehrmals täglich.“
„Tatsächlich?“
„Ja.“ Grötz sah betrübt aus. „Sie können sich vorstellen, Herr Major, was dies für einen hoffnungsvollen jungen Mann bedeutet. Er muß jede anstrengende Arbeit meiden. Starken Märschen zum Beispiel ist er keinesfalls gewachsen.“
„So, so.“ Dortu betrachtete den jungen Mann, der sich grinsend an der Tür lümmelte.
„So ist es, Herr Major“, sagte der Seidenhändler Grötz. „Dafür kann ich beliebig viele Zeugen beibringen.“
„Beliebig viele. So, so.“ Dortu ertappte sich bei dem Gedanken, dem jungen Mann einen Nasenstüber zu verabreichen.
Grötz trat näher. „Ich möchte Sie deshalb bitten, Herr Major . . .“
„Bürger Grötz. Über die Kriegstauglichkeit der Wehrpflichtigen befindet morgen die Ausscheidungskommission.“
„Natürlich, Herr Major. Das ist mir bekannt. Aber möglicherweise . . .“ Seidenhändler Grötz blickte zu Benedikt Kaufmann hinüber. Dann sagte er: „Herr Major, wenn wir vielleicht unter vier Augen . . .?“

„Bürger Kaufmann ist mein Bürochef. Reden Sie."
„Nun ..." Grötz stellte sich mit dem Rücken zu Benedikt Kaufmann. „Ich hatte mir vorgestellt, die Angelegenheit auf einer weniger offiziellen Basis regeln zu können. Sie verstehen?"
Dortu sah ihn an.
„Unter Geschäftsleuten gewissermaßen", sagte der Seidenhändler Grötz, und Dortu sah, daß er Daumen und Zeigefinger gegeneinander rieb.
„Herr!" Dortu sprang auf. „Was erlauben Sie sich!"
Grötz war zurückgewichen. „Ich dachte ja nur ..."
„Hinaus!" Dortu zeigte zur Tür. Und er hielt den Arm ausgestreckt, bis Seidenhändler Grötz und sein Sohn Franz das Zimmer verlassen hatten. Dann ließ er sich langsam nieder. „Der wollte mich tatsächlich bestechen."
„Hab ich mir gleich gedacht." Benedikt Kaufmann tauchte die Feder ein. „Das dürfen Sie dem nicht übelnehmen, Bürger Major. So einer meint halt, mit Geld läßt sich alles regeln." Dann sagte er: „Und jetzt eben, das hat der nicht als Bestechung gemeint, sondern als einen Handel."
„Widerlich." Dortu saß aufgerichtet. „Mit der Pflicht zur Verteidigung der Freiheit handeln zu wollen. Bei gesetzlichen Verpflichtungen hört der Handel auf. Von moralischen ganz zu schweigen." Er erhob sich und trat ans Fenster. Der Vorfall sollte ihm eine Lehre sein. Morgen bei der Ausscheidung würde er scharf darauf sehen, daß die gesetzlichen Vorschriften bis aufs Tüttelchen eingehalten wurden. Er blickte auf den menschenleeren Marktplatz. Wenn doch dieser Regen endlich nachließe.
Drüben am Rathaus wurde die Tür geöffnet, und der Zivilkommissär Trüssler trat auf die Stufen. Er spannte

einen Schirm auf, und nun kam er, quer über den Marktplatz, herüber zum Gasthof Bock. Dortu zupfte am Schnurrbärtchen. Seit der Auseinandersetzung am Dienstagabend hatte Trüssler ihm keine Schwierigkeiten gemacht. Dortu schloß den Kragen seines Uniformrockes und ließ sich am Tisch nieder.
Trüssler klopfte kurz und war im Zimmer, bevor Dortu ‚Herein' sagen konnte. „Ein Sauwetter ist das." Trüssler stellte den zusammengefalteten Schirm an die Wand neben der Tür. Dann nahm er auf dem Besucherstuhl Platz. „Auf ein Wort, Major."
„Kaufmann, stellen Sie bitte den Schirm des Bürgers Trüssler auf den Flur."
Benedikt Kaufmann erhob sich, und Trüssler sagte: „Sie können gleich draußen bleiben, Kaufmann. Ich hab mit dem Major unter vier Augen zu reden."
„Hören Sie." Dortu spürte, daß er wieder mal rot wurde. „Dies dürfte denn doch meine . . ."
„In Ihrem Interesse, Major." Trüssler sah ihn scharf an.
„Nun . . ." Dann griff Dortu nach einem eng beschriebenen Doppelblatt. „Kaufmann, bringen Sie das Exerzierreglement zu den Tübinger Studenten, und lassen Sie es fünfmal kopieren."
„Jawohl, Bürger Major." Benedikt Kaufmann verließ mit Papier und Schirm das Zimmer.
„Gleich zur Sache." Trüssler schlug die Beine übereinander. „Es geht um die Verhaftung des Ex-Amtmannes."
Dortu nickte. „Das dachte ich mir. Haben Sie inzwischen Beweise? Ausreichende, meine ich?"
„Ich weiß nicht, was Sie unter ausreichend verstehen. Mir genügt's jedenfalls. Ich habe Informationen, wonach der Ex-Amtmann einem reaktionären Klub vorsteht. Es hat mich ein paar Tage Arbeit gekostet, aber

jetzt habe ich die Namen dieser sauberen Herren beisammen."

„Mehr haben Sie nicht?" Dortu lehnte sich zurück. „Bester Bürger Trüssler. Für ein gesetzmäßiges Vorgehen genügt mir das keinesfalls." Er beugte sich vor. „Zudem habe ich Informationen, warum Sie die Verhaftung nicht auf Ihre Kappe nehmen wollen."

„Wel so? Und von wem?" Trüssler fixierte ihn. Und als Dortu errötete: „Von der Kathi, was?" Er lachte. „Na, dem duiveltje werd ich was erzählen." Er setzte das übergeschlagene Bein auf den Boden. „Aber das ändert nichts daran, daß Sie den Dill verhaften werden."

Dortu erhob sich. „Ich weise Ihr Ansinnen in aller Form zurück. Und nun muß ich Sie bitten zu gehen."

„Gemach, gemach, junger Freund." Trüssler besah seine Fingernägel. „Schauen Sie ... Zufällig kenne ich den Inhalt des Briefes, den Ihnen die Kathi gebracht hat."

Langsam ließ Dortu sich nieder.

„Überrascht?" Trüssler sah ihn an. „Aber Dortu. Daß die Regierung mich als Zivilkommissär unterrichten würde, konnten Sie sich doch denken. Und ein klein wenig, Dortu, muß ich mich wundern. Der Befehl ist vom Mittwoch. Heut haben wir Samstag. Und Sie spielen hier noch immer den Kommandanten?"

Dortu hatte sich etwas gefaßt. „Die Zuständigkeiten ..."

„Sind eindeutig." Trüssler zog ein bedrucktes Blatt aus der Rocktasche. „Sie sollten hin und wieder ins Regierungsblatt schauen. Der Doll ist zuständig, ohne Zweifel. Wollen Sie's sehen?" Und als Dortu den Kopf schüttelte: „Schön. Damit sind unsre Verhandlungspositionen klar."

Dortu sah ihn an.

„Ich will ehrlich sein, Dortu." Trüssler schlug wieder die Beine übereinander. „Erst habe ich Sie zum duivel gewünscht. Inzwischen ist mir egal, wer hier Kommandant ist. Von mir aus können Sie bleiben. Unter einer Bedingung. Sie wissen, welche?"
Dortu nickte langsam. „Ich soll diesen Dill verhaften."
„Nein."
„Nein ..?"
„Sie sollen nicht nur den Dill verhaften." Trüssler zog ein weiteres Blatt aus der Tasche. „Sondern die anderen zehn Klubmitglieder auch."
„Was?" Dortu war aufgesprungen. „Elf Mann? Nie!"
„Schade." Trüssler steckte das Papier weg. „Es wäre ein Handel gewesen. Sie verhaften, ich halte still." Er stand auf. „Tja. Damit dürften Sie hier die längste Zeit Kommandant gewesen sein. Noch heute abend geht eine Nachricht nach Karlsruhe ..."
„Warten Sie. Bitte setzen Sie sich." Und als Trüssler wieder Platz genommen hatte: „Solch ein Handel, Bürger Trüssler ... Sie bringen mich in Gewissenskonflikte ..."
„Nonsens. Ja oder nein?"
Dortu zupfte am Schnurrbärtchen. Dann richtete er sich auf. „Aber nur, weil ich überzeugt bin, daß unserer Sache am besten gedient ist, wenn ich hierbleibe."
„Warum Sie's tun, ist mir schnurz. Sie machen's? Gut." Trüssler holte das Papier wieder hervor. „Hier stehen Namen und Wohnungen drauf. Sie verhaften morgen nacht, zwölf Uhr. Dann sind die Herren alle daheim." Er stand auf. „Und nebenbei bemerkt, Dortu: Diese Leute haben's wirklich verdient. Das sollten Sie auch mal sehen."
Dortu blickte auf die Liste. „Na ja ... Im Prinzip bin ich durchaus für harte Maßnahmen." Er hob den Kopf

und lauschte. „Was ist denn das?“ Er ging zum Fenster. Trüssler trat neben ihn. „Wel allemachtig“, sagte der. „Wo kommen die denn her? Das ist ja eine ganze Kompanie.“

Sie waren zwei Tage in strömendem Regen marschiert. Egis Mantel, der Waffenrock darunter, das Hemd hatten sich bis zur letzten Faser vollgesogen, und der lederne Helm war schwer wie durchweichter Filz. Egi stand neben dem Hauptmann, sah auf die vertraute Häuserfront des Marktplatzes, und was er während der zwei Tage immer wieder zurückgedrängt hatte, das Bild einer trockenen, warmen Stube, stieg jetzt so deutlich auf, daß ihm elend wurde.
„Wo ist das Rathaus?“ fragte der Hauptmann. Sein Sergeantenschnauzer troff von Nässe.
Egi zeigte hinüber. „Dort.“
„Gut.“ Der Hauptmann ließ den Blick über den Marktplatz wandern, über die Soldaten, die im Regen auf ihren Tornistern saßen, besah rundum die Hausfronten, aus deren Fenstern neugierig die Bürger schauten, und sagte: „Ob die Leutchen ihre Stuben freiwillig hergeben oder nicht: Hier wird Quartier gemacht.“
„Da ist der Bürgermeister.“ Egi zeigte zum Gasthaus Bock, aus dem Bürgermeister Trüssler gekommen war und einen Regenschirm aufspannte. Neben ihm stand ein großer schöner Mensch mit Majorsschulterstücken auf dem Waffenrock. Für einen Major erschien er Egi arg jung. Hauptmann Studinger ging auf die beiden zu, und Egi folgte.
Der Hauptmann legte die Hand an den Helm. „Hauptmann Studinger mit der dritten Kompanie vom ersten Regiment. – Sie sind der Bürgermeister?“ Und als Trüssler nickte: „Ich will meine Kompanie ...“

„Bürger Hauptmann!“ Der junge Major hatte ein rotes Gesicht bekommen. „Der Kommandant bin ich hier. Nach militärischen Gepflogenheiten haben Sie mir Meldung zu machen.“
„Hab ich doch, Herr Major. Aber wenn ich Quartier will . . .“
„Ob Sie hier Quartier nehmen dürfen, entscheide ich.“ Der junge Major hatte die Arme vor der Brust verschränkt, und vom Regen war sein Gesicht mit dem Schnurrbärtchen naßglänzend. „Woher kommen Sie?“
„Heut von Durlach. Vorgestern bin ich von Waghäusel abmarschiert.“
„Waghäusel?“ Der junge Major runzelte die Stirn. „Das liegt bei Germersheim, Philippsburg, wie?“
„So ist es. Dort waren wir im Gefecht mit den Preußen.“
„Und jetzt, zwei Tage später, erscheinen Sie hier in Gernsbach? Mit einer vereinzelten Kompanie? Das ist ja außerordentlich merkwürdig.“
„Herr Major!“ Hauptmann Studinger hatte die Hand am Säbelgriff. „Was wollen Sie damit sagen?“
„Zunächst gar nichts. Sie kommen jetzt mit in mein Büro und erklären mir, was vorgefallen ist.“
Der junge Major drehte sich um und ging in den Bock, Hauptmann Studinger und der Bürgermeister folgten ihm.
Egi kehrte zu seinem Tornister neben dem Brunnen zurück und setzte sich. Er sah auf seine Stiefelkappen, auf das gequollene Leder und hoffte, daß sie heute anständiges Quartier bekamen. Gestern abend, in Durlach, hatten die Leute einfach die Haustüren abgesperrt. Sie hätten lang genug Einquartierungen aushalten müssen. Die Soldaten waren dann in Ställen und Scheunen untergekrochen. An Trocknen war nicht zu denken. Die

Nacht davor hatten sie im Freien biwakiert, aber da war das Wetter noch gut gewesen.
Egi dachte daran, wie in Waghäusel die Dragoner vorbeigeprescht waren. Wie die Ochsen, wenn sie durchgingen. Erst hatte Egi nicht verstanden, was geschah, durcheinander wie er den Nachmittag über war. Als er begriff, daß die Dragoner ausrissen, fegte die Wut alle Benommenheit aus dem Hirn. Die rissen aus, und der Scholze Franz war gegen die Preußen gestürmt. Recht hatte der Hauptmann; mit dem Säbel gehörte allen was übergezogen, die sich davonmachen wollten. Aber Egi verstand auch, daß die Soldaten anders nicht beisammen zu halten waren als durch geschlossenes Abrücken. sie marschierten zuerst durch den Wald, wo sie mittags vor dem Angriff gelagert hatten, schwenkten dann aber, als sie eine preußische Ulanenpatrouille sahen, nach Norden. Egi, der als Ordonnanzsoldat mit dem Hauptmann marschierte, wußte immer genau, wohin es ging. Jetzt hätte der Scholze Franz nicht zu ihm sagen können: „Das sieht dir gleich. Für die Revolution marschieren, ohne zu fragen wohin.“ Sie marschierten durch Walldorf, dann über die Eisenbahn nach Osten, und nach fünf Stunden Eilmarsch biwakierten sie bei einem Dorf nahe Sinsheim. Die Nacht war lau, und die Bauern, von neugieriger Freundlichkeit, hatten sie mit Proviant versorgt.
Am nächsten Morgen, es hatte zu regnen begonnen, marschierten sie nach Süden und nach der Mittagsrast in Richtung Westen. Hauptmann Studinger wollte die Kompanie nach Karlsruhe führen. „Denn“, so hatte er vor der angetretenen Kompanie gesagt, „die Regierung braucht uns jetzt.“ Und die Soldaten nickten. An Ausreißen schien keiner mehr zu denken. Wohl auch, weil niemand in diesem trostlosen Regen allein umherirren

wollte, und der Hauptmann machte einen Schritt, bei dem alle mitkamen. Andere badische Truppen sahen sie keine unterwegs.

Abends, in Durlach, erfuhr der Hauptmann, daß Pfälzer Freischaren in Karlsruhe und Umgebung gelegen hätten. Die wären nach Norden abgezogen. Und ein Fruchthändler aus Karlsruhe erzählte, die Bürger dort hielten schon weiße Tücher bereit, um den Preußen zu winken, wenn sie einmarschierten, und es ginge das Gerücht, die Regierung wolle sich nach Freiburg absetzen. Daraufhin requirierte der Hauptmann beim Schullehrer eine Landkarte, die er, im Schein einer Stallaterne, lange studierte. Dann sagte er, die Kompanie würde jetzt nicht in Karlsruhe gebraucht, sondern an der Murg.

Am folgenden Tag zogen sie Richtung Süden, aber nicht nach Rastatt, wie Egi angenommen hatte, sondern nach Gernsbach. Vor zwei Stunden waren sie durch Rotenfels marschiert. Und Egi, für den Ausreißen doch wirklich nicht in Frage kam, hatte immer wieder denken müssen: „Wenn ich hier abschwenke, bin ich in einer halben Stunde daheim bei der Theres.“ Egi, im Regen am Marktbrunnen sitzend, hoffte, daß unten im Tornister der Lederbeutel mit Tabak und Zündhölzchen der Feuchtigkeit widerstanden hatte. Er sehnte sich nach einer Pfeife im Trockenen.

Nun trat der junge Major aus der Tür des Gasthofes, hinter ihm der Hauptmann und Bürgermeister Trüssler. Egi nahm seinen Tornister auf und ging hinüber.

„Hier in der Stadt geht's wirklich nicht“, sagte gerade Trüssler unter seinem Schirm. „Wir haben Einquartierung durch Pforzheimer Freischaren, und morgen gedenkt der Herr Major sein Bataillon zusammenzuziehen. Aber auf meine Autorität als Zivilkommissär kön-

nen Sie bauen, Hauptmann. Das Dorf gibt Ihnen Quartier, wenn ich es befehle."
„Na gut." Der Hauptmann blickte über den Marktplatz. „Ich hätt den Soldaten den Marsch gern erspart." Dann wendete er sich an Trüssler. „Und binnen zwei Tagen ist die Stadt ohnehin vollgestopft mit Truppen. Das dürfte doch klar sein."
Jetzt sagte der junge Major: „Dies ist Ihre Privatmeinung, Bürger Hauptmann. Ihre Annahme, das Unterland werde aufgegeben, und die Neckararmee ziehe sich auf die Murglinie zurück, ist geradezu abenteuerlich. Nicht zu verwundern allerdings, wenn man berücksichtigt, mit welcher Eile Sie das Schlachtfeld geräumt haben."
„Sackerment, Herr Major!" Hauptmann Studinger wendete ihm steif den Kopf zu. „Ich hab Ihnen doch erklärt, wie's gelaufen ist."
„Sie haben erklärt, daß man Sie der Reserve zugeteilt hatte. Das war ein Befehl. Und Befehle sind immer und unter allen Umständen zu befolgen."
„Na, na, Major", sagte Trüssler unter seinem Schirm, und Egi sah, daß er breit grinste. „Manchmal gibt's Lagen, wo man ein wenig flexibel sein muß, wie?"
Der junge Major wurde rot und schwieg.
„Gut", sagte der Hauptmann. „Ich marschier jetzt ab." Er richtete sich auf und brüllte über den Marktplatz: „Kompanie – antreten!"
Als die Soldaten sich aufgebaut hatten, rief er: „Soldaten! Wir rücken jetzt ins Quartier ab. Da gibt's zu essen, und es ist trocken." Er machte eine Pause, während ihn die Soldaten erwartungsvoll anblickten. „Ihr seid tapfer marschiert", fuhr er fort. „Und die kurze Strecke zurück schafft ihr auch noch. Wir nehmen in Rotenfels Quartier."

Das Gras am Wiesenhang war unter der Sonne getrocknet, und Theres, in ihren Sonntagskleidern, hatte sich unter den Apfelbaum gesetzt. Am Heubügel unten schrie ein Kuckuck, und Theres, die gerade an Egi gedacht hatte, vermied es mitzuzählen. Eigentlich glaubte sie nicht, daß man aus Kuckucksrufen die Lebensjahre abzählen konnte, aber als er nun unentwegt und eifrig rief, da lächelte sie.
Vor genau vierzehn Tagen hatte Egi fortgemußt. Daß ihm etwas geschehen war, konnte sie sich nicht vorstellen; das durfte nicht sein. Aber von Tag zu Tag war sie unruhiger geworden. Sie versuchte jetzt, sich auszumalen, wo Egi sich gerade befand. Vielleicht in Heidelberg? Dort hatte er einige Zeit gearbeitet, in einer Schusterbutik, wie er sagte, und er hatte ihr von der großen Brücke und dem alten Schloß erzählt. Theres war in ihrem Leben nicht weiter als bis nach Gernsbach gekommen, aber Egi kannte aus seiner Wanderzeit die Städte im Unterland.
„Schau, Theres, schau." Das Jockele kam aus der Wacholderhecke gekrochen und rief: „Komm, Theres, schau." Sie ging zu ihm hinüber. Er hatte einen Igel aufgestöbert, einen jungen, dessen eines Bein blutig war. „Vielleicht hat ihn ein Iltis gebissen", sagte Theres. „Aber der wird wieder gesund. Wir müssen ihn nur in Ruhe lassen."
Das Jockele nickte und folgte ihr zum Apfelbaum. Dort stellte er sich vor sie hin. „Mach Käferle flieg", bat er. Theres lächelte. Sie hob ihn mit beiden Händen an den Hüften hoch. „Käferle, Käferle, flieg", sagte sie und bewegte ihn im Rhythmus hin und her. „Der Hecker ist im Krieg. Der Hecker ist im Unterland –" sie ließ das Jockele zu Boden sinken „– der Hecker ist im Oberland", und mit einem Ruck stemmte sie ihn hoch. Das

Jockele jauchzte. „Nochmal.“ Theres tat es. Dann sagte sie: „So, Jockele. Jetzt schau, was du noch in der Hecke findest.“ Er sauste davon.

Theres wollte einen ruhigen Vormittag haben, an Egis und ihrem Platz, und sie war froh, daß nur das Jockele mitgekommen war. Die Zwillinge waren in der Kirche. Der Vater hatte sie auf dem Dachboden erwischt, in ihrem Versteck hinter der Fensterverschalung. Er ohrfeigte sie, und weil es gerade läutete, schickte er sie in den Meßgottesdienst. Vermutlich traf sie diese Strafe härter als die Ohrfeigen. Inzwischen ging es auf Mittag zu, und die beiden waren wohl erlöst.

Am frühen Vormittag hatte es überraschend Betrieb gegeben in der Gaststube: Die Bauernburschen, die nach Gernsbach zum Exerzieren befohlen waren, hatten sich vorher ausgiebig mit Schnaps gestärkt. Als sie abrückten, glaubte Theres nicht, daß der Major viel Freude an ihnen haben würde.

Auch deshalb mochte sie Egi: Nie hatte sie ihn so betrunken gesehen wie andere Burschen im Dorf; das Schnapsbeißen, wie sie es nannten, bis zum heidenmäßigen Rausch, gehörte für viele zum Sonntag. Und häufig gingen sie dann mit offenen Klappmessern gegeneinander los.

Egi war besonnen und ruhig. Vielleicht kam das daher, weil seine Eltern kurz nacheinander gestorben waren. Ein Vierteljahr vor seiner Schulentlassung war das gewesen. Egi lernte dann die Schusterei bei einem Onkel in Gernsbach. Das wenige Land, das den Bittmanns gehörte, bewirtschaftete Bürgermeister Weber, als Egis Vormund, und das Häuschen mit der Flickschusterswerkstatt bewohnte Egis Großmutter, eine scheue Frau, die man selten im Dorf sah. Während seiner Wanderzeit schickte Egi ihr regelmäßig Geld. Vergangenes Jahr starb sie, und Egi kam zurück. Er übernahm die Äcker, begann zu schustern, aber dann hatte er einrücken müssen. Jetzt sorgte der Bürgermeister wieder für die Äkker, und das Häuschen am Dorfende lag verlassen mit geschlossenen Fensterläden.

Theres blickte hinüber zur Wacholderhecke, in der das Jockele raschelte, und lächelte. Schön war es da drinnen gewesen. Wie junge Kälbchen hatten sie sich beschnuppert, die noch gar nicht wußten, wozu das gut war. Aber spannend war's. Später, als Egi zu den großen Buben gehörte, wollte er nichts mehr von ihr wissen. Und während der Jahre, die er fort war, dachte Theres nur manchmal und beiläufig an den Hütebub Egi.

Dann kam er zurück, saß abends in der Spinnstube, erzählte den Burschen und Mädchen von den Städten im Unterland oder rauchte schweigend seine Pfeife. Er hätte Theres auch gefallen, wenn er nicht der Egi aus der Hecke gewesen wäre. Schon am ersten Abend sah er zu ihr herüber. Bald saßen sie nebeneinander, und so hielten sie es den Winter über. Außerhalb der Spinnstube mußten sie so tun, als kannten sie sich nicht, obwohl das Dorf natürlich Bescheid wußte.

Während seines Urlaubs trafen sie sich hier draußen unterm Apfelbaum. Das erste Mal wurde etwas schwierig für Theres, weil Egi da weitermachen wollte, wo sie damals in der Hecke aufgehört hatten. Aber wenn Theres ein Kind bekam, war alles verdorben. Der Vater würde Egi trotzdem nicht als Schwiegersohn wollen, und sie saß da mit einem Bankert. Egi, vernünftig wie er war, sah das ein. Nur manchmal, wenn sie hier beieinandersaßen, vergaß er sich, und Theres mußte immer ein wenig auf der Hut sein und einen klaren Kopf behalten. Das war ärgerlich, und schon deshalb sollten sie so bald wie möglich heiraten. Wenn bloß der Vater von seinem Plan mit dem Bierbrauer ließe; geradezu vernarrt schien er in den zu sein. Es war schon ein Kreuz, daß sie noch nicht volljährig war. Und soviel sie wußte, konnte er auch dann noch Einspruch erheben.

Die Sonne stand jetzt hoch, und es war heiß. Theres nahm ihr Halstuch ab und öffnete das Mieder. Mit einmal fiel ihr auf, daß sie das Jockele nicht hörte.

„Jockele?" sagte sie. Und als er nicht antwortete: „Jokkel. Wo bist du?"

„Hier", kam es aus der Hecke, und sie hörte, daß er drückte.

„Paß auf", sagte sie. „Sau dich nicht ein." Aber da kam er schon gerannt und hatte sich natürlich eingesaut. Theres seufzte. Er brachte es nicht fertig, den Kittel zu heben, bevor er sich niederhockte. Man konnte meinen, er machte es absichtlich. Vorsichtig zog sie ihm den Kittel über den Kopf, und während das Jockele nackt auf der Wiese umherhüpfte, wischte sie den Kittel mit Gras sauber.

„Pfaff", hörte sie ihn plötzlich sagen. „Da ist der Pfaff." Er zeigte hinüber zum Weg nach Moosbronn. Der Pfarrer erstieg gerade das steile Stück, das hinauf in den Tannenwald führte, und er schien sie nicht gesehen zu haben. Theres war erleichtert.

„Pfaff!" schrie da das Jockele. „Pfaff! Pfaff!" und er hüpfte und schrie.

„Jockel!" rief Theres. Aber Pfarrer Kleinmann war schon stehen geblieben und drehte sich um. Er beschattete die Augen und drohte dann mit erhobenem Zeigefinger. Darauf ging er weiter.

Sauber. Das nackte Jockele höhnte ihn, und sie stand mit offenem Mieder dabei. Ein Punkt mehr im Sündenregister der Ruckenbrods. Und es würde sie nicht wundern, wenn er wußte, daß sie sich hier mit dem Egi getroffen hatte. Falls sie jemals dazu kamen, das Aufgebot zu bestellen, hatte unter Garantie der Pfaff Einwände. Fehlende Sittlichkeit oder sowas. Plötzlich warf Theres den Kittel ins Gras. Zum Kreuzdonnerwetter! Was war das für ein Elend. Daß sich heiraten konnte, wer wollte – dafür gehörte mal eine Revolution gemacht.

Es war Nachmittag, und Kleinmann saß im Moosbronner Pfarrhaus am Bett von Pfarrer Goering. Der lag schwitzend unter der Federdecke und sagte: „Die beiden Regentage, Kleinmann, die haben mich wieder umgeworfen. Ich kann mich wahrhaftig nicht rühren. Mein Hüftrheumatismus, na, du weißt ja. Jedenfalls danke ich dir, daß du gekommen bist."
„Aber nur dir zuliebe, Goering. Ein anderer würde mich nicht hierher kriegen."
Goering nickte. Sie gehörten zum gleichen Priesterjahrgang, waren zusammen auf dem Freiburger Seminar gewesen und wußten, wie sie miteinander dran waren. Goering hatte damals zu den wenigen Seminaristen gehört, die leidenschaftlich für den Zölibat eintraten. Und nach Kleinmanns Ansicht paßte zu ihm, daß er sich um die Pfarrei des Wallfahrtsortes Moosbronn beworben hatte. Kleinmann hielt nichts von Wallfahrten. Als ob Gebet und Beichte an einem besonderen Ort wirksamer sein konnten als anderswo. Aber die Kirche und Pfarrer wie Goering bestärkten die Leute in dieser Meinung. So kamen sie zu Hauf nach Moosbronn, um sich die Beichte abnehmen zu lassen. Und wenn Goering sich nicht rühren konnte, mußte er, Kleinmann, über eine Stunde durch den Wald laufen, um sich hier in den

Beichtstuhl zu setzen. Noch dazu, wo er insgeheim die Ohrenbeichte ablehnte. In seiner früheren Pfarrei Ebersteinburg hatte er – obgleich die Bauern murrten – die allgemeine, öffentliche Beichte praktiziert. Aber diese Form der Beichte war schon vor Jahren vom Bischof verboten worden. „Also, Goering", sagte Kleinmann, „ich tu's wirklich nur, weil wir uns so lang kennen."

„Und ich danke dir." Darauf schwieg Goering.

Auch Kleinmann schwieg. Er betrachtete die Vitrine, die an der Wand neben Goerings Bett stand. Die gläsernen Regale waren angefüllt mit Madonnenköpfen. Seit Jahren sammelte Goering Madonnenköpfe, vom billigen Gipsabguß bis zur Elfenbeinschnitzerei, in allen Größen, aber immer in Weiß. Diese Sammlerleidenschaft erinnerte Kleinmann an Goerings Eifern für den Zölibat. Und die Sammlung fand er abstoßend. Er hatte nichts gegen Madonnenfiguren. Aber die Gottesmutter wünschte er sich vollständig.

Goering sagte plötzlich: „Hast du den Eid auf die Verfassung abgelegt?"

Kleinmann nickte. Dann sagte er: „Warum nicht? Und du?"

„Ich habe dem Zivilkommissär geschrieben, ich könne wegen eines rheumatischen Anfalls nach der Fronleichnahmsprozession nicht nach Gernsbach kommen. Das war eine Notlüge, die mir wohl verziehen wird." Goering versuchte, sich aufzurichten, stöhnte dann aber und blieb liegen. „Und du hast geschworen? Das verstehe ich nicht, Kleinmann. Mit dieser Rebellenregierung kannst auch du nicht einverstanden sein."

„Bin ich ja nicht." Kleinmann schüttelte den Kopf. „Nein, wahrhaftig nicht. Aber die Reichsverfassung stammt nicht von ihr, sondern vom Frankfurter Parlament. Zudem, Goering, haben sie viele deutsche Staaten abgelehnt, Preußen als erster. Sie ist also nichts als ein Papierwisch. Außerdem weißt du so gut wie ich: Wenn sich die jetzige Regierung auf sie beruft, dann ist das der reine Hohn. Mit der liberalen Reichsverfassung haben diese radikalen Revoluzzer nie etwas im Sinn gehabt."

„Um so weniger verstehe ich, daß du den Eid geleistet hast."

Kleinmann hob die Schultern. „Warum soll ich den Märtyrer spielen? Den Eid habe ich unter Zwang abgelegt. Verschwindet diese Regierung, ist er null und nichtig. Bleibt sie, woran ich nicht glaube, dann wirst auch du nicht umhin können zu schwören. Mit der staatlichen Macht muß man sich arrangieren."

„Ich weiß. Der weltlichen Obrigkeit gegenüber hast du deine Pflichten seit je treu erfüllt."

Kleinmann schwieg.

„Willst du noch immer eine Staatskirche?" fragte Goering. „Eine, die unabhängig ist von unserer römischen Mutterkirche?"

Kleinmann sah vor sich hin. Dann sagte er: „Weißt du, mit der Zeit bin ich ruhiger geworden."

„Zu deinem Glück. Wenn ich mir vorstelle, du wärest einer dieser Unseligen, die zur Revolution übergelaufen sind..." Goering schüttelte den Kopf. „Der Pfarrer Damm soll sogar Präsident der revolutionären Landesversammlung sein. Ich nehme an, er ist schon exkommuniziert. Also sei froh, daß du ruhiger geworden bist."

Kleinmann lächelte. „Ich glaube, du verkennst mich, Goering. Zum Revoluzzer hab ich nie getaugt." Dann sagte er: „Ein wenig siehst du mich noch als den Seminaristen, der gegen den Zölibat gewettert hat, wie? Aber auch das ist vorbei."

„Keine Anfechtungen?" Forschend sah Goering ihn an. „Ich nehme dir gerne die Beichte ab, wenn du willst."
Kleinmann schüttelte den Kopf. „Nein, laß nur." Er sah auf die Glasvitrine an der Wand und erhob sich. „Nein danke, wirklich nicht." Mit einmal fühlte er sich sehr allein.

6

Der Regen vom vergangenen Freitag und Samstag hatte die Murg anschwellen lassen, und Lehrer Frey, der auf der Talstraße nach Gernsbach ging, spürte, wie es kühl vom Fluß herüberwehte. In Weste und Hemdsärmeln – seinen schwarzen Gehrock trug er über dem Unterarm – ging er an den bunt blühenden Flußwiesen entlang und genoß seinen ersten freien Vormittag in diesem Sommer.

Gestern, Sonntagabend, hatte der Michelbacher Schulvorstand beschlossen, die Ferien dies Jahr schon nach Johannis beginnen zu lassen: Die Wintergerste stand zum Schnitt, auch die ersten der zweimahdigen Wiesen, und bald würde man die Schulkinder brauchen, um den Roggen einzubringen. Zudem hatte der Schulvorstand sich entschlossen, keine Halbjahresprüfung abzuhalten. Denn, so Bürgermeister Weber, man wisse auch ohne Prüfung, daß der Lehrer den Buben und Mädchen das Rechte beigebracht habe. Frey blinzelte vergnügt, als er sich erinnerte, wie der Pfarrer protestiert hatte, blaß vor Wut und mit zitternden Hamsterbacken.

Frey durchwanderte jetzt ein Dorf, und danach sah er jenseits des Flusses die Stadt, deren Häuser aneinandergeschachtelt einen Hügel hinaufgebaut waren. Frey blieb stehen und hielt die Hand über die Augen. Über die Brücke, zur Vorstadt auf dem diesseitigen Ufer hin, bewegte sich eine dichtgeschlossene Kolonne, und von

hier aus schien es, als ragten aus ihr dünne Stiele: Die Volkswehrleute mußten das sein, denen vom Major befohlen worden war, zum heutigen Exerzieren Sensen, Mistgabeln und Dreschflegel mitzubringen. Sie marschierten vermutlich zu den Bleichwiesen, die als Exerzierplatz dienten. Frey ging weiter.
Gestern, am späten Abend im Engel, hatten die Bauernburschen schwer geflucht über die stumpfsinnige Hin- und Herdackelei auf der Wiese, und Frey wollte den ersten Ferientag nutzen, um sich das mal anzusehen. Außerdem hatten die Burschen Gerüchte aus der Stadt mitgebracht, wonach im Unterland eine Schlacht verloren gegangen war. Frey hoffte in Gernsbach Genaueres zu erfahren.
Als er zum Bleichplatz kam, der sich eingangs der Vorstadt zwischen Fluß und Straße hinzog, schien das Exerzieren schon begonnen zu haben. Jedoch war Frey nicht klar, was geübt wurde: Auf der Wiese herrschte ein wogendes Hin und Her von rennenden, dann wieder stehenden Männern, und darüber hing vielstimmiges Kommandogeschrei. Frey blieb stehen. Allmählich erschloß sich ihm das Durcheinander, und er erkannte, daß jeweils etwa fünfzig Mann zusammengehörten. Frey ging näher, und nun sah er die Michelbacher. Sie hatten sich nebeneinander in einer Linie aufgebaut, mit geschulterten Sensen, Mistgabeln und Dreschflegeln, und vor ihnen stand Peter Bastian, von dem Frey wußte, daß er gedient hatte. Gerade schrie Bastian: „Zum Fluß weg, marsch, marsch“, und die Bauernburschen drehten sich um und rannten los. Die einen hielten ihre Gerätschaften geschultert, andere trugen sie quer vor der Brust, und dieses Rennen mit den spitzen und scharfen Geräten erschien Frey ungemein gefährlich. „Achtung!“ schrie Bastian. Die Burschen hielten

an und wendeten sich ihm zu. „In Linie zu zwei Gliedern antreten.“ Frey verstand, daß Antreten geübt wurde; bei den anderen Gruppen auf der Wiese ging es ähnlich zu.

In einiger Entfernung, auf der Straße, stand ein großer, junger Mann mit Quasten an den Schulterstücken, der die Übungen beobachtete: Das mußte der Major Dortu sein. Jetzt ging er auf die Wiese und sprach mit einem der Kommandierenden.

Frey ließ sich an der Böschung des Straßengrabens nieder, legte seinen Rock neben sich und blickte neugierig umher. Auf der anderen Straßenseite saßen ebenfalls welche am Grabenrand, Freischärler, wie Frey an den Heckerhüten sah. Es war eine Gruppe von zehn, zwölf Männern, und mit einmal wurde Frey bewußt, daß sie alle zu ihm herüberblickten. Er sah wieder zur Wiese.

Der Major stand jetzt vor den Michelbachern, neben ihm Peter Bastian, und als der nun kommandierte: „Nach links weg, marsch, marsch“, nahmen alle Burschen, bevor sie zu rennen begannen, ihre Geräte von der Schulter. Der Major ging zur Straße zurück, und Frey bemerkte, daß die Freischärler ihn noch immer beobachteten. Jetzt erhob sich sogar einer, mit einem dunklen Vollbart, und fixierte ihn. Frey war drauf und dran, hinüberzurufen, was dies denn solle, sah dann aber weg. Er wußte, daß die Pforzheimer Freischaren sich in Gernsbach nicht immer zum Besten aufführten. Vermutlich langweilten sie sich und suchten Streit wie die Schulbuben.

Das Antreten der Michelbacher klappte schon merklich besser, und Frey kam es vor, als wären die Bauernburschen mit Eifer bei der Sache . Der Major hatte sie wohl eben ins Gebet genommen. Auch waren sie heute morgen losgezogen, ohne sich vollaufen zu lassen.

„Was gibt's denn hier zu glotzen?“ Der Freischärler mit dem dunklen Vollbart stand hinter ihm. Er schien eine Art Anführer zu sein, denn am Leibriemen über dem Kittel hing ein Schleppsäbel. Die anderen Freischärler, die sich erhoben hatten und nun über die Straße kamen, trugen Gewehre. „Was gibt's denn hier zu glotzen?“ wiederholte der Anführer und trat dicht an ihn heran.

Frey mußte den Kopf in den Nacken legen, um ihm ins Gesicht sehen zu können. „Man wird wohl mal schauen dürfen“, sagte er.

„Das fragt sich“, sagte der Anführer. „Auf alle Fälle darf man sich dabei nicht erwischen lassen“. Und als Frey ihn verständnislos anblickte: „Auf!“ Frey griff nach seinem Rock, und da trat der Anführer zu. Er trat ihm ins Kreuz, und Frey fiel nach vorn in den Graben. Er war mehr verblüfft als erschrocken. Was fiel dem Kerl ein? Er rappelte sich hoch. „Was fällt ...“ Zwei Freischärler waren in den Graben gesprungen und packten ihn bei den Armen. Sie zerrten ihn hoch auf die Straße.

Jetzt wurde Frey wütend. „Seid ihr verrückt?“ Er wollte sich losmachen, aber die beiden Männer hielten fest. Rundum standen die anderen Freischärler. „Laßt mich los. Was soll das denn?“

„Das fragst du noch?“ Der Anführer sah in die Runde. „Schaut so aus, als hätten wir wieder einen.“ Schweigend blickten die Männer auf Frey, und da bekam er Angst. Er wußte nicht, was sie von ihm wollten, aber sie meinten es ernst. „Hört mal.“ Er versuchte, ruhig zu sprechen. „Könnt ihr mir nicht erklären, was das soll?“

„Kriegst du noch früh genug erklärt“, sagte einer der Männer, die ihn hielten. „In Rastatt, vor dem Standgericht.“

„Standgericht?“ Frey schüttelte den Kopf. Die waren wirklich verrückt.

Aus der Gruppe sagte jetzt einer: „Mit solchen Kerlen gehört kein Federlesen gemacht. Man sollte ihn gleich...“

„Nein“, sagte der Anführer. „Spione kommen vor's Standgericht“.

Frey starrte ihn an. „Spione? Ich ein Spion? Seid ihr blöde?“

„Habt ihr's gehört?“ Der eine der Männer, die ihn gepackt hielten, fing an, ihn zu schütteln. „Habt ihr's gehört? Der hält uns für blöd.“ Er schüttelte stärker. „Frech sind die Preußenspione. Die von heut nacht waren genauso frech.“

„Meine Rede“, sagte einer aus der Gruppe. „Kein langes Federlesen, nicht lang verhaften, auf der Stelle erschießen.“

„Aber das ist doch Wahnsinn“, schrie Frey. „Ich bin kein Spion“. Er zerrte. „ Laßt mich los. Laßt mich sofort los, ihr Narren.“

„Das ist ja ein schönes Früchtchen“, sagte der Anführer.

„Gebt dem Kerl was auf's Maul.“ Die Freischärler rundum rückten näher, und Frey hörte: „Du Hund von Preußenspion.“ Und: „Gleich hier im Graben erschießen.“ Dann mehrere: „Erschießt den Preußenspion.“

Entsetzt blickte Frey um sich, in die Gesichter, und die meinten es ernst, das war doch nicht möglich, das durften die nicht . . . „Hilfe!“ schrie er. „Hilfe!“

„Was geht hier vor!“ hörte er plötzlich. Und dann: „Platz gemacht! Haben Sie nicht gehört? Sie sollen mich durchlassen!“ Die Freischärler vor ihm traten zur Seite, und Major Dortu erschien.

„Was ist los?“ sagte er zu dem Anführer.

„Ein Preußenspion, Herr Major. Grad eben erwischt."
„Herr Major", rief Frey. „Diese Leute . . ."
„Sie reden, wenn Sie gefragt werden. – Ein Spion also", wendete sich der Major wieder an den Anführer. „Warum? Was hat er getan?"
„Na, spioniert halt. Hier gesessen und spioniert." Und von anderen Freischärlern kam: „Ganz klar ein Spion. Wir haben's genau gesehen."
Der Major blickte in die Runde. Dann verschränkte er die Arme vor der Brust. „Das ist kein Beweis", sagte er. „Der Augenschein trügt manchmal." Und zu Frey: „Wer sind Sie?"
„Lehrer Frey von Michelbach."
„Können Sie sich ausweisen?"
„Ob ich..?" Frey schüttelte den Kopf. Dann sagte er barsch: „Die Michelbacher kennen mich. Der Peter Bastian dort drüben."
Die Michelbacher hatten aufgehört zu exerzieren; auch die anderen Gruppen standen und beobachteten die Szene auf der Straße.
„Wehrmann Bastian zu mir", rief der Major. „Die anderen weitermachen."
Bastian, als er heran war, sagte: „Grüß Gott, Herr Lehrer." Dann, indem er auf die Freischärler blickte, die Frey noch immer gepackt hielten: „Denen schmiern wir den Buckel ab, Herr Lehrer, wenn die Euch was getan haben."
„Das genügt, Bastian", sagte der Major. „Gehen Sie zu Ihren Leuten zurück." Und als Bastian zögerte: „Alles in Ordnung. Es geschieht ihm nichts." Bastian ging zurück.
„Und Sie lassen den Mann los." Die beiden Freischärler lockerten den Griff, behielten aber weiter die Hände an Freys Armen. „Loslassen!" brüllte der Major, und

sein Gesicht war puterrot. „Ab hier! Der Mann ist kein Spion." Langsam trollten sich die Freischärler hinüber zum Straßengraben.
Frey holte seinen Rock.
„Kommen Sie mit", sagte der Major. Und als sie außer Hörweite der Freischärler waren: „Vielleicht erwarten Sie, daß ich mich für den Vorfall entschuldige. Aber erstens sind das keine von meinen Männern, und zweitens haben Sie sich's bis zu einem gewissen Grad selbst zuzuschreiben. Ich rate Ihnen, sich nicht zu offensichtlich für militärische Angelegenheiten zu interessieren. Wo wollen Sie hin?"
„Eigentlich ..." Frey hielt inne. Dann sagte er: „In die Stadt wollte ich. Und da geh ich auch hin. Wie haben wir's denn? Ich werd ja wohl meiner Wege gehen dürfen."
„Ich kann Sie nicht daran hindern. Aber benehmen Sie sich unauffällig. Die Leute sind außerordentlich nervös. Seit gestern stehen die Preußen vor Karlsruhe. Und vergangene Nacht wurden in Gernsbach und Umgebung elf Konterrevolutionäre verhaftet. Also seien Sie vorsichtig."

Noch vor dem Mittagläuten war Frey wieder in Michelbach. Als er auf das Schulhaus zuging, sah er Lisette am Fenster der Wohnstube sitzen und nähen. Frey atmete auf. Eine im Bett liegende Lisette, die, ein feuchtes Tuch auf der Stirn, ihr Schicksal als Lehrersfrau bejammerte, hätte er jetzt schwer ertragen.
„Da bist du ja endlich", empfing sie ihn. „Hast du dich gut amüsiert in Gernsbach?"
Schweigend hing Frey seinen Rock an den Haken neben der Tür.

„Wie sieht der denn aus?“ fragte sie. „Hast du dich im Chausseegraben gewälzt?“

„So ähnlich“, sagte er, während er den Rock besah. Die waren tatsächlich darauf herumgetrampelt. „Von Amüsieren kann jedenfalls keine Rede sein.“ Er ließ sich auf dem Kanapee nieder, auf der linken Seite, wo der Federkern noch heil war. „Außerdem hab ich dir angeboten mitzukommen.“

„Ich ertrage die Hitze nicht, wie du weißt“, sagte sie und nähte. Sie wendete den Kragen eines seiner drei Hemden, was Frey versöhnlich stimmte. An sich war sie keine schlechte Frau, nur halt an ein Leben gewöhnt, das ihr kein Schullehrer zu bieten vermochte. Sie hätten es wissen können, alle beide, damals vor sieben Jahren. Aber sie waren regelrecht verliebt gewesen. Frey sah zu, wie Lisette nähte. Sie war etwas mager, und um den Mund bekam sie die ersten Falten, aber sie gefiel ihm noch immer. Wann hatten sie das letzte Mal miteinander geschlafen? Eine Ewigkeit war das her. Zwingen mochte Frey sie nicht. Was brachte es ihm mit einer Frau, die ihre eheliche Pflicht nur zähneknirschend erfüllte? Und daß keine Kinder kamen, war nach sieben Jahren sicher. Natürlich behauptete sie, es läge an ihm. Alles ziemlich verfahren.

Frey seufzte.

„Was ist?“ fragte sie.

„Ach nichts.“ Frey erhob sich. „Ich hab in der Schulstube zu tun.“

„Eh ich's vergesse“, sagte sie, ohne von der Näherei aufzublicken. „Ein Brief ist gekommen.“

„Aha?“

„Ja. Er war bei der Gemeindepost. Der Ortsdiener Kraft hat ihn gebracht.“ Lisette nähte. „Der Brief ist aus der Schweiz.“

„Was? Wo ist er?“ Der Brief konnte nur vom alten Nabholz sein. Der hatte das Lehrerseminar in Ettlingen geleitet, und Frey war sein Lieblingsseminarist gewesen. Jetzt lebte Nabholz in der Schweiz. „Wo ist der Brief?“

„Bevor ich ihn dir gebe, muß ich dich etwas fragen.“ Lisette sah ihn an. „Hast du dir eigentlich mal überlegt, was geschehen soll, wenn die Revolution verloren geht? Wenn der Großherzog zurückkommt?“

„Diese Revolution geht nicht verloren.“ Frey räusperte sich. „Das darf einfach nicht sein.“

„Na schön.“ Lisette griff in den Nähkorb. „Hier.“

Frey besah den Brief. Das Siegel war erbrochen. „Warst du das?“ Als sie nickte, holte er tief Luft. „Schon mal was vom Briefgeheimnis . . .“

„Ich habe angenommen, daß der Inhalt auch mich was angeht. Und du wirst sehen, ich hatte recht.“

„Trotzdem verbitte ich mir . . . Ach, was soll's.“ Frey setzte sich wieder auf das Kanapee. „Mein lieber Frey“, las er. „Nun habt ihr in eurem Ländchen also die Republik. Obwohl es mir scheinen will, als wäre dieser Brentano lediglich ein Republikaner mit dem Maul. Das heißt: Noch nicht einmal das. Täusche ich mich, oder hat eure Regierung es bisher in ihren Verlautbarungen sorgfältig vermieden, das Wort ‚Republik‘ zu verwenden? Nun, dem sei, wie ihm sei. Weshalb ich schreibe, ist folgendes: An der Bezirksschule in Schöftland bei Aarau ist eine Oberlehrerstelle vakant. Da sich kein hiesiger Interessent findet, ist die Schulbehörde nicht abgeneigt, einen Ausländer einzustellen. Lieber Frey, wie wäre es mit Ihnen? Meine Empfehlung würde Sie über die Hürden der Einstellungsvoraussetzung hinwegbringen. Das Gehalt beträgt, umgerechnet, knapp 600 Gulden. Also, Frey, denken Sie darüber nach. Vor-

läufig meine besten Empfehlungen an Ihre Gattin, unbekannterweise. Mit altem Wohlwollen, Ihr Nabholz."
Frey lehnte sich zurück. 600 Gulden! Dann richtete er sich auf und sah zu Lisette hinüber. Die nähte und schwieg. Frey blickte auf den Brief, dann wieder auf Lisette. Warum sagte die nichts, verdammt. Er hätte sich jetzt gern Luft gemacht. Schreiend hätte er ihr erklärt, daß er die Revolution nie, aber auch nie verraten würde. Aber das Weib hielt einfach das Maul. Frey erhob sich. Als sie immer noch schwieg, ging er aus der Wohnstube und knallte die Tür hinter sich zu. Der Teufel sollte sie holen. Und den alten Nabholz dazu. Frey stieß die Tür zur Schulstube auf. Hier in Michelbach war sein Platz, hier war ein Kampf auszufechten. Und die Revolution gab er noch lang nicht verloren.
Er schloß den Schrank auf und holte die Mappe mit den Atlaskarten von Baden heraus. Dann setzte er sich an das Katheder und entfaltete die Übersichtskarte. Wenn er allerdings zusammenfaßte, was er alles in Gernsbach gehört hatte, dann war das Unterland so gut wie verloren. Die Badischen würden sich entlang der Murg zur Verteidigung einrichten. Frey blickte auf die Karte. Das schien so ungeschickt nicht. Hier war die schmalste Stelle Badens. Der linke Flügel der Murglinie wurde durch die Festung Rastatt gesichert, und am rechten, bei Gernsbach, würde man Truppen in genügender Stärke konzentrieren müssen. So war einem Frontalangriff der Preußen und Reichstruppen ohne weiteres standzuhalten. Dann eine badische Offensive, und man konnte den Feind aus dem Unterland jagen. Also bitte. Frey wollte die Karten falten, hielt dann aber inne. Und wenn die feindlichen Truppen durch Württemberg angriffen? Wenn sie in die rechte Flanke bei Gernsbach stießen? Von Gernsbach nach Loffenau

ging man lediglich eine Stunde. Und Loffenau lag schon im Württembergischen. Das sah nicht gut aus ... Nein, Schluß. Frey faltete die Karte und steckte sie in die Mappe. Württemberg war neutral, und darauf mußte man sich verlassen können. Er erhob sich. Als er die Mappe in den Schrank gelegt hatte, zögerte er. Der Engelwirt. Der hatte sich mal die Lage auf der Karte besehen wollen. Aber er war nicht mehr darauf zurückgekommen. Frey verschloß den Schrank. Es genügte, wenn einer sich ängstigte.

Am Nachmittag mähte Frey vor den Bienenstöcken das Gras. Es durfte nicht zu hoch werden, sonst verfingen sich darin heimkehrende Bienen, und dann fraßen die braunen Grasfrösche sie. Nach den beiden Regentagen hüpften Scharen dieser Viecher durch die Gegend. Frey war gerade dabei, die Sense zu wetzen, als er einen Wagen rumpeln hörte. Bürgermeister Weber war es, der sein Gespann hinauf zu den Stiegenäckern führte. Er hatte zwei seiner Kühe eingeschirrt – nur wenige Bauern in Michelbach besaßen Ochsen, und lediglich drei konnten sich Pferde leisten. Jetzt sah er Frey, und mit einem langgezogenen ‚Öha‘ hielt er sein Fuhrwerk an. Er kam an den Gartenzaun, und Frey ging hinüber.
„Der Kraft war in der Stadt“, sagte der Bürgermeister. „Die Nacht hat man fünfzehn Aristokraten eingesperrt.“
„Elf waren es. Ich hab's heut morgen selber in Gernsbach gehört. Man hat sie nach Rastatt geschafft.“
„Ein Pfarrer soll dabeigewesen sein.“
Frey nickte. „Der Pfarrer von Weisenbach.“
„Hm.“ Der Bürgermeister rieb seine Bartstoppeln. „Der Major hat die Leut verhaften lassen, was?“ Und als

Frey wieder nickte: „Ist halt doch ein scharfer Hund.“
„Er kann sich durchsetzen, zweifellos.“
Der Bürgermeister betrachtete die Spitze seines Peitschenstockes. „Man sagt, die Leut waren Preußenspione.“ Er sah Frey an. „Auch der Pfarrer.“
„Das halte ich für Blödsinn. Überlegt doch mal, Bürgermeister: Was soll denn der Pfarrer von Weisenbach für die Preußen ausspionieren? Nein“, sagte Frey und schüttelte den Kopf, „das ist Unsinn. Ich kann Euch erzählen, wie schnell einer in Verdacht kommt.“
„Warum soll ein Pfarrer kein Spion sein?“ Der Bürgermeister prüfte jetzt das ausgefranste Ende der Peitschenschnur. „Und wenn das so ist, muß man ihn verhaften.“ Er hob den Kopf. „Ist doch so, oder?“
„Also ich sag Euch, Bürgermeister . . .“
„Schon recht. Ich muß weiter.“ Der Bürgermeister wendete sich ab und ging zu seinem Gespann. „Hüa,“ rief er, und dann war das Fuhrwerk oben an der Wegbiegung verschwunden. Nachdenklich kehrte Frey an seine Bienenstöcke zurück.

Am Dienstagmorgen mußten die Soldaten der Kompanie Studinger ihre Rotenfelser Quartiere räumen. Im Ort wollte sich der Divisionsstab einrichten; zudem brauchte man Platz für die Divisionsverfügungstruppen, vorwiegend Artillerie und Dragoner. Die Kompanie marschierte eine halbe Stunde Richtung Gernsbach und bezog Biwak bei Gaggenau auf einem Wiesengelände, das sich zwischen der Chausse und der Murg erstreckte. Dort lagerten schon die anderen drei Kompanien des Bataillons, arg gelichtet, wie Egi feststellte. Er erfuhr, daß die Kompanien die wilde Flucht nach Heidelberg mitgemacht hatten, dort gesammelt worden

und in Gewaltmärschen hierher gezogen waren. Unterwegs, und schon vorher, hatten sich viele Soldaten abgesetzt, nach Hause vermutlich. Komplett war als einzige die Kompanie Studinger.
Der Bataillonskommandeur, Major Lang, hatte sein Stabsquartier, wie er es nannte, inmitten der Wiese aufgeschlagen. Es war ihm gelungen, in Heidelberg ein Offizierszelt zu ergattern, das er auf einem Ochsenkarren hatte nachführen lassen, und das nun, von Egi und drei anderen Soldaten aufgestellt, als steiler Spitzkegel das Biwak überragte. Vor dem Zelt waren aus Stangen und Brettern, die von der nahen Sägemühle stammten, ein langer Tisch und zwei einfache Bänke aufgebaut. Major Lang erwartete von den Offizieren seines Bataillons, daß sie hier ihre Mahlzeiten einnahmen. Jetzt – es war später Nachmittag – saßen an Offizieren lediglich er und Hauptmann Studinger am Tisch. Die beiden spielten Karten.
Der Hauptmann war in Strümpfen – seine Stiefel hatte er Egi gegeben, der sie, rittlings auf einer der Bänke sitzend, neu besohlte. Es waren die von ihm erst Anfang Mai geschusterten, aber weil Studinger keine Nägel auf den Sohlen wollte, waren sie durchgelaufen bis auf das Zwischenleder. Gottseidank hatte Egi das Sohlenleder mit Holzstiften aufgenagelt, wie man es neuerdings bei den Stadtschustern machte. Das hielt ebenso gut wie genäht, war aber einfacher zu reparieren. Beim Schuster des Dorfes hatte Egi Leder besorgt, einen kleinen Werkzeugsatz für Notfälle trug er im Tornister bei sich, auch ein Leistenholz, und als Arbeitsständer hatte er vor dem Bankende einen Pflock in die Erde geschlagen. Egi hatte die alten Sohlen heruntergeschnitten und war nun dabei, die neuen anzupassen.
Hinter ihm, am anderen Tischende, sagte der Major ge-

rade: „ Da. Und da. Und den – alle acht Stiche für mich.“
„Na, mal langsam“, sagte der Hauptmann. „Und was ist mit dem?“ Man hörte ihn eine Karte auf den Tisch schlagen.
„Hol's der Geier. Jetzt hast du doch den Wenzel gehabt.“
„Ich versteh dich nicht“, sagte der Hauptmann. „Man kann doch ohne den Wenzel keinen Durchmarsch probieren.“
„Ich hab halt vertraut, daß er draußen liegt.“
„Mir soll's recht sein. Farbe angesagt: zwei, auf Tout gegangen: acht, mal den Stamm, macht zweiunddreißig Kreuzer für mich. So kannst du ruhig weiterspielen.“ Dann sagte er: „Was gibt's denn da in den Karten nachzusehen? Meinst du, ich hätt den Wenzel im Ärmel gehabt?“
„Bei dir kann man nie wissen.“
„Hör mal, Lang. Komm mir nicht so. Wenn du wie ein Depp spielst, dann ...“
„Paß auf, was du sagst. Immerhin bin ich dein Vorgesetzter.“
„Spielen wir Karten, oder machst du eine Befehlsausgabe? Also, was ist? Ich geb dir Revanche.“
„Das ist ja wohl das Mindeste“, sagte der Major. „Gib her.“ Man hörte, wie er die Karten heftig zu mischen begann.
Die beiden spielten Solo, eigentlich ein Spiel zu viert. Das aufgelegte Solo zu zweit fand Egi so damisch wie Schafskopf. Da hing das Gewinnen fast nur am Glück. Richtiges Solo war eine Kunst, und Egi spielte es gern. Vorausgesetzt, der Einsatz hielt sich in Grenzen. Den Stamm zu zwei Kreuzer gesetzt – das konnten sich nur Offiziere leisten.

Egi hatte jetzt die Sohlen zugeschnitten. Er steckte den Leisten in einen der Stiefel und stülpte ihn über den Pflock. Dann fixierte er die Sohle mit zwei Schusterzwecken, stach an der Spitze mit dem Pfriem ein Loch und setzte den ersten Holzstift. Hoffentlich besorgte daheim der Bürgermeister nicht nur die Äcker, sondern schaute auch hin und wieder nach dem Häusle. Am Freitag und Samstag hatte es natürlich durchgeregnet. Als Egi einrücken mußte, hatte er zwar unter die Tropfstellen Töpfe und Bottiche gestellt, aber die waren vermutlich übergelaufen. Schon längst hätte er das Dach erneuert, wenn Holzschindeln nicht so teuer wären. Und einen Umbau zum Strohdach würde das Bezirksamt wegen der Brandgefahr nicht genehmigen. Er hätte die Theres bitten sollen, nach den Regentöpfen zu schauen. Egi griff nach einem Holzstift. Wenn sie wüßte, daß er ihr bis auf eine halbe Wegstunde nahe war.
Am Sonntag hatte er den Hauptmann gefragt, ob er geschwind mal nach Michelbach hinauf könne. Der Hauptmann hatte es rundweg abgeschlagen. Im Krieg gäbe es keinen Urlaub, auch für den Soldaten Bittmann nicht. Einerseits sah Egi das ein. Aber zwei, drei Stunden konnte man wirklich keinen Urlaub nennen; die hätte der Hauptmann ihm ruhig genehmigen können. Egi hatte daran gedacht, sich am späten Abend davonzuschleichen. Früh morgens wär er wieder zur Stelle gewesen, und keiner hätte etwas gemerkt. Freilich: In der Zwischenzeit ein Alarm, und er hätte als Ausreißer dagestanden. Und mit denen verstand der Hauptmann keinen Spaß. Völlig zu recht. Aber Egi wollte ja nicht ausreißen. Bloß mal die Theres sehen. Er hätte sich vor ihrem Kammerfenster schon bemerkbar gemacht. Egi schlug einen Stift in die Sohle.

Er mußte halt warten, bis der Krieg vorbei war. Wenn ihm bloß nichts passierte. Der Scholze Franz, wie er auf dem Acker gelegen hatte. Ganz deutlich sah er das Bild vor sich. Gleichzeitig schien es weit weg. Hier saß er in der Nachmittagssonne auf einer Wiese, dort drüben floß ruhig die Murg, er schusterte, und hinter ihm wurde Solo gespielt. Der Sturm auf Waghäusel schien Jahre her zu sein.

„Na bitte", sagte der Major. „Das war jetzt mein Spiel."

„Ein Batzen. Den kann ich verschmerzen."

„Fünfzehn gehen auf einen Gulden. Und den hol ich mir noch."

„Nichts da. So lang spiel ich nicht mehr."

„Sauber, Herr Hauptmann. Aber das kennt man ja. Wenn es an's Verlieren geht, sich davondrücken."

„Was soll das heißen? Was?" Der Hauptmann schnaubte durch die Nase. „Mein lieber Lang. Ich bin mit meiner Kompanie ..."

„Aber Studinger. So empfindlich? Übrigens hab ich vom Solo gesprochen."

„Komm, komm, Lang. Ich bin nicht blöd. Und merk dir eins: Entweder du sagst deutlich, was dir nicht paßt, oder du du hältst das Maul. Diese Anspielerei verbitte ich mir."

„Wie redest du denn mit deinem Kommandeur? Jetzt sag ich dir mal was, Studinger. Wenn du noch einmal ..." Der Major hielt inne. Dann sagte er: „Jetzt schau dir diesen Haufen an."

Egi wendete sich um.

Auf der Chausee, aus dem Dorf heraus, wälzten sich Freischärler – man mußte es so nennen. Von Marschordnung keine Spur. Immerhin schienen die meisten Gewehre zu haben; Egi sah nur einige Sensenträger.

Und vor dem Haufen – Egi erhob sich, um besser sehen zu können – ritt auf einem prächtigen Schimmel ein, wie es schien, riesiger Mann mit einem mächtigen Hekkerbart.
„Sackerment", sagte Hauptmann Studinger. „Wer ist denn das?"
„Der Blenker", sagte der Major. „Das ist der Oberst Blenker. Der ist Kommandant der Pfälzer Freischärler. Und sein sogenannter Adjutant ist natürlich auch dabei."
Neben Blenker ritt auf einem zierlichen Falben ein junger Mensch mit Heckerhut, im braunen Kittel und in Stulpenstiefeln.
„Was heißt: sogenannter Adjutant?" fragte der Hauptmann.
„Noch nichts von den beiden gehört? Na, du wirst's ja gleich sehen." Oberst Blenker hatte die Hand erhoben und seine Freischar angehalten.
Er trieb den Schimmel über den Chauseegraben, sein Adutant folgte, und die beiden kamen auf das Zelt zugeritten. Überall standen Soldaten auf und sahen hinter ihnen her.
Nun waren die beiden heran, und der Oberst stieg vom Pferd. Er war wirklich riesig, hatte ein Trumm von Schleppsäbel umgeschnallt und trug einen grünen Waffenrock, von dem Egi nicht hätte sagen können, welche Uniform das darstellen sollte. Jedenfalls war viel Gold daran. Der Adjutant saß noch auf seinem Falben. Im Ledergürtel über dem Blusenkittel steckten zwei Pistolen, und eine rote Feder schwankte am Heckerhut. Das Gesicht darunter erschien Egi merkwürdig fein und weiß. Jetzt nahm der Adjutant den Hut ab, und sein blondes Haar war über den Ohren zu Schnecken frisiert. Der Adjutant war eine Frau. Gerade da blickte sie

zu Egi herüber und rief: „Mund zu, es zieht.“ Dann lachte sie, arg laut und übertrieben, wie Egi fand, schwang ein Stulpenstiefelbein über den Pferderücken und sprang ins Gras. Sie trug wahrhaftig Hosen. Egi ließ sich auf der Bank nieder. Wenn man wußte, daß sie eine Frau war, sah man es vorn am Kittel und auch, daß ihr Gesicht das einer schönen Dame war.
Der Major hatte sich erhoben, ebenso der Hauptmann, und der schaute wohl ähnlich wie Egi, denn sie sagte zu ihm: „Fassen Sie sich, Hauptmann.“ Und indem sie ihn musterte: „Haben Sie unterwegs Ihre Stiefel verloren?“
Oberst Blenker, der gewartet hatte, bis sie abgesessen war, lachte dröhnend. Dann sagte er: „Das ist der Major Lang, Elise. Und hier haben wir den Hauptmann..?“
„Studinger“, sagte der und schloß seinen Uniformkragen.
„Schön.“ Der Oberst zeigte auf die Frau. „Madame Blenker.“
„Guten Tag, meine Herren“, sagte Madame Blenker. „Bitte, nehmen Sie wieder Platz.“
Die beiden taten es, auch sie setzte sich, neben den Major, und zog ihre Pistolen aus dem Gürtel. Sie legte sie vor sich auf den Tisch, und Hauptmann Studinger rückte etwas zur Seite. Sie lachte. „Keine Angst, Hauptmann. Ich kann damit umgehen. Aber beim Sitzen stören sie.“
Der Oberst war stehen geblieben und hatte ein Bein auf das Bankende gestellt. Er trug Stiefel wie ein Murgflößer. „Warum ich angehalten habe, Major . . . Haben Sie eine Karte?“
Der Major nickte. „Im Zelt.“ Er ging, um sie zu holen.
Hauptmann Studinger saß stumm mit vorgeneigtem Kopf. Egi hatte ihn noch nie mit geschlossenem Kragen

gesehen; der mußte mächtig auf die Furunkel drücken. Nun begann der Hauptmann zu sprechen. „Darf man fragen, äh . . . Madame, wohin Sie marschieren? Also, reiten, meine ich?"
„Man darf", sagte Madame Blenker und warf ihrem Mann einen Blick zu. Beide lächelten, und sie sagte: „Wir marschieren beziehungsweise reiten nach Gernsbach. Wir werden dort das Truppenkomando übernehmen."
„So? Dann lösen Sie also den Major Dortu ab?"
„Der ist schon lang wieder beim Generalstab."
„Na", sagte der Hauptmann, „am Samstag war er noch in Gernsbach."
„Der Dortu?" fragte der Oberst. „Sind Sie sicher?"
„Ich hab selber mit ihm gesprochen."
Oberst Blenker und seine Frau sahen sich an. „Elise, verstehst du das?"
Die schüttelte den Kopf. Dann sagte sie: „Nun, wir werden ja sehen. – Sagen Sie Hauptmann, das Schloß Eberstein . . . Wissen Sie, ob es ordentlich bewacht wurde? Ist nichts entfernt worden?"
Hauptmann Studinger hob die Schultern. „Keine Ahnung, Madame. Schloß Eberstein? Gibt es sowas in Gernsbach?" Er setzte hinzu: „Ich war bloß eine halbe Stunde dort. Außerdem hat's geregnet."
„Eberstein war ein Sommerschloß des Leopold Baden." Egi wußte, daß sie damit den Großherzog meinte. „Und dieser saubere Herr", fuhr Madame Blenker fort, „hat dort einige Kostbarkeiten angehäuft, die er dem Volk gestohlen hat."
„Aha," sagte der Hauptmann. „So,so."
Der Major kam aus dem Zelt. „Hier ist die Karte." Er breitete sie auf dem Tisch aus. Der Oberst nahm sein Bein von der Bank. „Also passen Sie auf", sagte er.

„Nach allem, was wir wissen, verfolgt der Feind zwei Stoßrichtungen. Gegen Rastatt und gegen Gernsbach. Es ist möglich, daß er Gernsbach über das Gebirge angreift. Und zwar . . .Hier, schaun Sie –“ er beugte sich über die Karte „– und zwar entlang der Linie Malsch, Freiolsheim, Moosbronn, Michelbach. Verstehen Sie?“
Der Major nickte.
„Und damit uns der Feind von dort aus nicht überrascht,“ sagte der Oberst, „werden Sie eine Kompanie nach Michelbach verlegen, gleich morgen früh. Das soll ich Ihnen vom Divisionskommandeur übermitteln.“
„Jawohl, Herr Oberst“, sagte der Major.
„Warum nur eine Kompanie?“ fragte der Hauptmann. Er blickte auf die Karte. „Wenn ich mir das besehe . . . Überall Wald. Zwei Preußenbatillone am Ort vorbei, und die Kompanie sitzt in der Falle. Ein Bataillon muß mindestens nach Michelbach. Dann kann man genügend Vorposten aufstellen.“
„Eine Kompanie“, sagte der Oberst. „Bei unseren schwachen Kräften dürfen wir uns nicht verzetteln.“
„Na, also, ich weiß nicht . . .“ Während Hauptmann Studinger auf die Karte sah, öffnete er seinen Uniformkragen. „Dann lieber gar nichts dorthin , als so einen verlorenen Haufen.“
Madame Blenker sagte: „Ich verstehe und teile Ihre Bedenken, Hauptmann.“ Sie lächelte ihn an. „Genau dies habe ich bei der Division vorgetragen. Aber der Kommandeur besteht auf der Kompanie.“ Sie erhob sich und steckte ihre Pistolen in den Gürtel. „So. Wir müssen weiter.“ Sie setzte den Heckerhut auf. „Leben Sie wohl, meine Herren.“
Die beiden Blenkers bestiegen ihre Pferde und ritten über die Wiese davon.
„Ein sauberes Pärchen“, sagte der Major.

„Wieso? Also, wenn man sich dran gewöhnt hat ... Mir hat die Frau gefallen."
„Eine Pfarrerstochter soll sie sein." Der Major ließ sich am Tisch nieder und schob die Landkarte beiseite. „Und er war Wachtmeister bei der hessischen Kavallerie. Später ist er als Weinhändler gereist." Der Major griff nach den Spielkarten. "Die beiden sollen's wüst miteinander treiben."
„Was?" Der Hauptmann schüttelte den Kopf. „Was du so alles weißt."
„Wirklich wahr. Ein Leutnant hat's mir erzählt. Der war vor Landau im selben Quartier, neben ihrer Stube. Die halbe Nacht hat er kein Auge zu tun können." Der Major blickte zu seinem Zelt. „Man sollte sich auch eine Frau halten. Sowas wie die Frau Oberst wär nicht schlecht."
„Das könnte dir so passen, du Sau", sagte der Hauptmann. „Halt du lieber dein Bataillon zusammen."
Der Major sah ihn an. „Jetzt bin ich's leid, Studinger." Er legte die Spielkarten ab und griff nach der Landkarte. „Hier", sagte er und klopfte mit dem Finger darauf. „Schau's dir gut an. Michelbach. Da marschierst du morgen früh hin."

Die Sonne verschwand gerade hinter den Dächern der Oberstadt, als Bürgermeister Weber über die Gernsbacher Stadtbrücke ging. Draußen auf den Bleichwiesen hatte er keine Wehrmänner beim Exerzieren gesehen, und er hoffte, den Major Dortu im Gasthof Bock anzutreffen. Hinter der Brücke hielt Weber sich halb rechts, und als er die steile Gasse zum Markt hinaufging, dachte er, daß er freiwillig selten in in die Stadt gekommen war. Meistens, um eine Belehrung oder einen Rüffel vom Amtmann einzustecken. Einmal hatte er Weber sogar mit Amtsenthebung gedroht. Im Hungerjahr 47 war das gewesen, als die Bauern begannen, das Saatgetreide und die Steckkartoffeln aufzuessen, und die Dorfarmen, Tagelöhner und Steinbrucharbeiter, die ihre paar Hühner und Geißen längst geschlachtet hatten, anfingen, Suppen aus Gras zu kochen. Da hatten sich die Dorfarmen zusammengerottet, und die Bauern mußten fürchten, daß die Bande die Scheuern mit den letzten Vorräten stürmte. Weber sammelte bei den Bauern 150 Gulden, kaufte Korn von einem Durlacher Fruchthändler und verteilte es an die Ortsarmen. So hatte er die Unruhe in den Griff bekommen. Später stellte er beim Bezirksamt einen Antrag auf Erstattung des vorgelegten Geldes. Er wurde nach Gernsbach befohlen, und Amtmann Dill putzte ihn herunter wegen ‚eigenmächtiger Handlungsweise'. Von Erstattung könne keine Rede sein; die 150 Gulden seien als ‚Privatschuld' des Bürgermeisters zu betrachten. Weber, der jetzt den Marktplatz überquerte, blickte hinüber zum Bezirksamt. Recht geschah dem bebrillten Klotzkopf, daß er nun in Rastatt hinter Gittern saß. Und wenn nach Michelbach ein neuer Pfarrer kam, dann würde man die Privatschuld aus dem Heiligenfond bezahlen. Bürgermeister Weber betrat das Gasthaus zum Bock.

In der Stube des Majors saß lediglich ein junger Mensch im blauen Kittel und mit geöltem Haar. Er wäre der Bürochef, sagte er, und der Bürger Major inspizierte gerade die Quartiere der Wehrmänner. Es wäre ungewiß, wann er zurückkäme.

Weber setzte sich auf den Stuhl vor dem Tisch des Majors. „Ich wart auf ihn."

„Es ist üblich, daß Besucher auf dem Gang warten."

„Dann müßt ihr Stühl dort hinstellen. Soll ich mich auf den Boden setzten, was?“ Und als der junge Mann etwas sagen wollte: „Sind wir hier auf dem großherzoglichen Bezirksamt, oder wo?“
Der junge Mann zuckte mit den Achseln. Er griff nach einem Federhalter und begann zu schreiben.
Weber streckte die Beine aus: Zweieinhalb Stunden strammes Gehen merkte man halt. Es war vernünftig, wenn der Major die Wehrmänner am Abend nicht mehr in die Dörfer zurückschickte. Auch , weil die Burschen dann nicht versucht waren, einfach daheim zu bleiben. Im Stillen hatten die Bauern wohl damit gerechnet. „ Kruzifix“, schimpften sie auf der Bürgermeisterstube. „Grad jetzt müssen die fort, wo man mit dem Heuet beginnt.“ Aber Weber hatte das Regierungsblatt hervorgeholt, in dem der Kriegszustand verkündet war: Ausreißer und auch, wer aufgebotene Mannschaft vom Einrücken abhalte, werde standrechtlich behandelt. Ob die Bauern wüßten, daß Standgerichte, wenn sie auf schuldig erkannten, nur die Todesstrafe verhängen durften? „Ach geh“, bopperten die Bauern. „Wo gibt's denn sowas?“ Dann aber waren sie abgezogen. Zwar glaubte Weber nicht, daß die Regierung es ernst meinte mit dem standrechtlichen Erschießen. Aber den Bauern damit zu drohen, erschien ihm einfacher, als zu erklären, warum diese Revolution gewonnen werden mußte. Trotz Heuet.
Vom Gang draußen hörte man jetzt schnelle Schritte, und dann trat der Major in die Stube. Weber erhob sich.
„Ah, der Bürger Weber. Nun, wie steht's? Hatten Sie Erfolg? Habt Ihr Eurem Pfarrer Feuer unter dem Hintern gemacht? Aber behaltet doch Platz.“
Etwas erstaunt setzte sich Weber. Richtig aufgekratzt

schien der zu sein. „Herr Major“, begann er. Aber der sagte: „Moment, Bürger Weber. – Kaufmann, zwei Dinge: Ich habe eben das Bataillon in neunzehn Kommandos eingeteilt. Die werden morgen sämtliche Ortschaften durchkämmen. Nach Privatwaffen. Die Zustimmung des Zivilkommissärs habe ich. Sie schreiben mit den Tübingern zusammen gleich die Durchsuchungsbefehle aus.“
„Jawohl, Bürger Major.“
„Zweitens, Kaufmann: Als Bataillonskommandeur brauche ich ein Pferd. Wissen Sie, wer hier am Ort ein ordentliches hat?“
Kaufmann schüttelte den Kopf. „Aber ich kann den Tierarzt fragen, den Doktor Liebermann.“
„Schön. Tun Sie das. Das Tier wird auf der Stelle requiriert. Aber erst die Befehle.“
„Sofort, Bürger Major.“ Kaufmann verließ die Stube.
„Und nun zu uns, Bürger Weber.“ Der Major ließ sich hinter seinem Tisch nieder, stand aber gleich wieder auf. „Eine Hitze ist das.“ Er zog den Uniformrock aus und betrachtete die Schulterstücke. Dann warf er den Rock auf das Bett an der Wand. „Der ist viel zu dick. Morgen lege ich mir eine Kittelbluse zu.“ Er setzte sich und krempelte die Hemdsärmel hoch. „Eure Männer halten sich brav, Bürgermeister. Auch die aus den anderen Ortschaften. So ein gestandenes Bauernbataillon ist schon was Feines. Nun? Wie steht's mit Eurem Kirchenfond?“
„Ja, also . . .“ Weber rieb sich den Bart. „Nicht gut. Der Pfarrer sperrt sich. Wir haben's probiert, aber er gibt kein Geld für die Volksbewaffnung.“
Der Major nickte. „Das dachte ich mir, als ich so lang nichts von Euch hörte.“ Er lehnte sich im Stuhl zurück. „Na, das ist nicht weiter tragisch.“

„Aber es geht gewiß , wenn ein anderer Pfarrer da wär.“
„Möglich. Dafür kann ich jedoch nichts tun.“
„So. Hm.“ Weber betrachtete den jungen Mann, der bequem in seinem Stuhl lehnte und jetzt sogar die Hände hinter dem Kopf verschränkte. Soviel schien klar: Geld war dem neuerdings egal. „Man muß ihn verhaften“, sagte Weber.
„Wen?“
„Na, unsern Pfarrer.“
„Sieh an.“ Der Major legte die Arme auf den Tisch. „Sicherlich ist er ein Preußenspion. Hab ich recht?“
„So ist es.“ Bürgermeister Weber nickte mehrmals.
„Haben Sie zufällig irgendwelche Beweise?“
„Was heißt Beweise? Ihr kennt unsern Pfaff nicht, Herr Major. Dem ist alles zuzutraun. Man muß ihn verhaften.“
„Der Pfarrer spielt Ihnen übel mit, wie? Schon jahrelang, nicht?“ Weber nickte heftig.
„Hören Sie.“ Der Major hatte einen roten Kopf bekommen. „Persönliche Feindschaften . . .“ Plötzlich schlug er mit der Faust auf den Tisch. „Verdammt und zugenäht! Glaubt ihr, ich bin euer Popanz?“ Er sprang auf und ging zum Fenster. „Was ist das bloß für ein Land.“Er drehte sich um. „Ihr Badener scheint eine Revolution für eine Veranstaltung zu halten, bei der Privatrechnungen beglichen werden, wie?“ Dann kam er zum Tisch und sagte: „Nein! Der Pfarrer wird nicht verhaftet. Punktum.“ Er sah Weber an. „Versuchen Sie zu begreifen, daß eine Verhaftung eine schwerwiegende Angelegenheit ist. Auch in Kriegszeiten sind stichhaltige Verdachtsmomente erforderlich. Wenn beispielsweise Ihr Pfarrer in das besetzte Unterland Korrespondenz unterhielte, dann . . .“

„Kor . . . was?“
„Korrespondenz. Regelmäßiger Briefverkehr. Und behaupten Sie jetzt bloß nicht, den hätte Ihr Pfarrer.“
„Nein“, sagte Weber. „Behaupte ich nicht.“
„Falls Sie jetzt erst damit rausgerückt wären, hätte ich's auch nicht geglaubt.“ Der Major setzte sich. „Sehen Sie, Bürger Weber, es ist ja nicht an dem, daß ich ein Pfaffenfreund bin. Aber Recht muß Recht bleiben.“ Nachdenklich sah er Weber an „Ich könnte einen Brief an Ihren Pfarrer schreiben.“
Weber hob die Schultern.
„Doch, doch.“ Der Major griff nach Papier. „Ich werde diesem Herrn eindringlich klarmachen, daß ein Pfarrer sich den gerechten Wünschen seiner Gemeinde nicht verschließen darf. Weil er nämlich sonst Gefahr läuft, sich außerhalb der Gemeinschaft zu stellen.“ Er tauchte eine Feder ein und begann zu schreiben.
Weber sah ihm zu. Sich außerhalb der Gemeinschaft stellen. Dort stand der Pfaff, seit er in's Pfarrhaus gezogen war. Aber bitte, wenn der Major so scharf auf's Briefeschreiben war – alles, was gegen den Pfarrer ging, konnte nützlich werden. Weber rieb sich den Bart. Dann blickte er zum Fenster. Was war das plötzlich für ein Lärm draußen? Rufe, Kommandos, dazwischen Hufgeklapper – irgendeine Truppe war auf dem Marktplatz angekommen.
Der Major schrieb eifrig und schien nichts zu hören. Doch dann hob er den Kopf und lauschte. Mit schweren Schritten kam jemand über den Gang, und man hörte etwas auf den Dielen schleifen. Dann wurde die Tür aufgestoßen, und ein riesiger Mensch in goldbetreßtem Grünrock und Flößerstiefeln trampelte in die Stube. Weber erhob sich, aber der Riese beachtete ihn nicht. Er stützte sich mit der Linken auf einen Schlepp-

säbel, blickte unter seinem Heckerhut hervor auf den Major und sagte: „Na, Dortu?"
Langsam stand der Major auf. Sein Gesicht war weißer als sonst, und Weber schien es, als habe sich Dortus Schnurrbärtchen gesträubt. „Einen guten Abend, Bürger Oberst."
„Kein guter für Sie, Dortu. Letzte Woche war ich nämlich in Karlsruhe. Also?"
„Ich verstehe nicht ganz . . ."
„Sie verstehn recht gut." Plötzlich brüllte der Oberst: „Sind Sie des Teufels, Dortu? Wissen Sie, was auf Gehorsamsverweigerung steht, was?"
„Bürger Oberst, lassen Sie mich erklären . . ."
„Interessiert mich nicht. In Rastatt können Sie erklären."
„Ra . . . Rastatt?"
„Natürlich Rastatt." Der Oberst musterte den Major. „Was glauben Sie wohl, wohin solche Figuren wie Sie gehören?"
Der Major wurde rot. Er straffte sich. „Ich muß Sie bitten, sich zu mäßigen, Bürger Oberst. Noch bin ich nicht verurteilt."
„In der Tat." Mit einmal grinste der Oberst. „In Rastatt liegt der Stab vom Obergeneral. Da gehören Sie hin." Dann sagte er: „Wie Sie allerdings dort Ihre Eigenmächtigkeit erklären wollen . . . Na, das ist Ihr Problem!" Der Oberst ließ den Säbel los. „Sie haben ein Bataillon hier gesammelt?"
„Jawohl, Bürger Oberst."
„Schön. Den Haufen übernehme ich. Als neuer Truppenkommandant. Machen Sie alles zur Übergabe fertig." Der Oberst sah sich in der Stube um. „In drei Stunden haben Sie den Laden geräumt. Verstanden?"
Langsam nickte der Major.

Der Oberst stapfte aus der Stube.
Der Major stand und blickte zur Tür. Dann strich er sich über die Augen und schüttelte den Kopf. Jetzt sah er auf Weber. „Ja, Bürger Weber. Sie haben gehört ... Es hat wohl wenig Sinn, wenn ich jetzt noch den Brief schreibe."
„Ist recht, Herr Major. Grüß Gott, Herr Major." Und schon war Weber draußen. Der Oberst verschwand gerade um die Ecke an Gangende. „Herr Oberst!" rief Weber.
Als er bei ihm war, sagte der Oberst: „Was gibt's?"
„Ich bin der Bürgermeister von Michelbach. Und ich ..."
„Michelbach? So ein Zufall. Ihr kriegt morgen Truppen in den Ort."
„Truppen? Einquartierung bei uns? Ach du Heiliger. Warum?"
„Weil die Preußen morgen schon in Freiolsheim und Moosbronn sein können. Darum." Der Oberst rückte am Säbel. „Also, was gibt's?"
„Unser Pfarrer, Herr Oberst. Man hat ihn im Verdacht, daß er ein Preußenspion ist." Weber machte eine Pause und sammelte sich. Dann sagte er: „Er unterhält eine regelmäßige Korrespondenz in das besetzte Unterland."
Der Oberst sah ihn an. „So, so. Na, wenn Ihr's sagt, wird's wohl so sein. Dann sollten wir den Kerl schleunigst verhaften, was?"
„Hm." Bürgermeister Weber kratzte sich auf dem Kopf. „Muß das sein?"
„Na, na, Bürgermeister." Der Oberst grinste. „Was ist nun? Wenn Ihr sagt, der Mann ist ein Spion, wird er verhaftet. Also?"
Weber sah ihn fest an. „Er ist einer."

„Schön." Der Oberst überlegte. Darauf sagte er: „Ich schick morgen ohnehin einen Kurier nach Rotenfels. Dem geb ich einen Verhaftbefehl mit. Auf dem Rückweg reitet er über Michelbach, und die Truppe bei Euch kann den Pfarrer festnehmen. In Ordnung?"
Weber nickte. „Ich dank Euch, Herr Oberst."
„Nichts zu danken. Ich mag Pfaffen auch nicht. Besonders die protestantischen sind mir zuwider."

Es war dunkel, als Bürgermeister Weber am Michelbach entlang die Dorfstraße hinaufging. In der Wohnstube des Lehrers brannte noch Licht, und Weber lächelte stillvergnügt vor sich hin. Ja, Lehrer, mit Briefen an den Bischof schaffte man keinen Pfarrer aus dem Dorf. Morgen wollte er, Weber, mal zeigen, wie man so eine Sache anpackte. Der Lehrer würde Augen machen. Weber wollte ihm vorher nichts verraten. Auch, weil der vermutlich Einwände hatte – fehlende Beweise oder sowas. Schade. In seiner Vorfreude hätte Weber gern mit jemandem geredet. Der Engelwirt kam nicht in Frage. Der hielt unter Garantie nicht das Maul, und der Pfarrer bekam zur Unzeit Wind von der Sache. Aber ein kleiner Schwatz mit dem Lehrer konnte nicht schaden. Weber ging zum Schulhaus und sah durch das Fenster.
Der Lehrer saß auf dem Kanapee, neben sich auf einem Tischchen die Lampe, und las in einem Papier; es schien ein Brief zu sein. Die Frau war wohl schon im Bett. Weber klopfte an die Scheibe. Als der Lehrer ihn bemerkte, faltete er den Brief und steckte ihn in die Rocktasche. Dann kam er herüber und öffnete einen Fensterflügel. „Grüß Gott, Bürgermeister. So spät noch?"

„Ich sag Euch was, Lehrer. Morgen kriegen wir Einquartierung."
„So, so." Der Lehrer nickte. „Wie die Lage ist - ganz logisch. Linienmilitär?"
„Das weiß ich jetzt nicht mal." Weber war enttäuscht. Ein wenig erstaunt hätte der Lehrer schon sein können. „Möglich, daß es Freischärler sind."
„Na ja. Auch die werden wir überstehen. Was gibt's noch Neues?"
„Eigentlich nichts." Als ob eine Einquartierung nicht Neuigkeit genug war. „Außer, daß sich ein gewisser Jemand wundern wird."
„Aha? Wer?"
„Wird nicht verraten. Aber seid morgen früh am Kirchplatz."
Der Lehrer schüttelte den Kopf. „Da muß ich das Sonnendach für die Bienenstöcke ausbessern."
„Von mir aus", sagte Weber böse. „Aber beschwert Euch nicht nachher, ich hätt Euch nicht's gesteckt." Bürgermeister Weber wendete sich zum Gehen. „Überlegt Euch das, Lehrer."

Max Dortu lag auf dem schmalen Bett des Zimmers, das sein Büro gewesen war, im Uniformrock und die frisch geschmierten Stiefel auf einem Blatt der Karlsruher Zeitung. Auf dem Tisch, neben der Lampe, stand fertig gepackt seine Reisetasche. Er würde auf einem der Fuhrwerke mitfahren, die der Oberst zur Zeit sammeln ließ, und die noch heute Nacht nach Rastatt abgehen sollten, um Munition zu holen.
Die Übergabe des Bataillons hatte nicht lange gedauert: Dortu berichtete dem Oberst über die laufenden Geschäfte, wie die Beschaffung von Schnürschuhen und

Lederzeug, legte die Mannschafts- und Bestandslisten vor, die der Oberst ‚recht brav geführt' nannte, außerdem das Kassenbuch und das Befehlsbuch, das der Oberst mit einer Handbewegung beiseite schob. Dann erklärte der Oberst alle Befehle Dortus für vorläufig aufgehoben, was Benedikt Kaufmann beflissen in einem neuen Befehl zu Papier brachte. Dortu, auf seiner Liege, fühlte, wie er errötete, als er daran dachte, mit welcher Herablassung ihn dieser ölige Handlungsgehilfe mit einmal behandelt hatte.
Dies war um so peinlicher, als die Bataillonsübergabe nicht etwa hier im Büro vor sich gegangen war, sondern vor aller Augen im Gastzimmer, während Blenkers inmitten ihrer wild kostümierten Offiziere ein ausgedehntes Abendessen hielten. Als Dortu sich dann mit seinem Befehlsbuch und den anderen Unterlagen zurückziehen wollte, lud Madame Blenker ihn zum Essen ein, richtiger: sie zwang ihn dazu, denn sie ließ durchaus keine Entschuldigung gelten. Madame hatte ihre Männerkleidung mit einem tiefausgeschnittenen Samtkleid vertauscht, und Dortu mußte sich neben sie setzen.
Sie wollte alles über das Schloß Eberstein wissen, und schien sehr enttäuscht, als Dortu lediglich mitteilen konnte, daß der Schloßverwalter konterrevolutionärer Umtriebe verdächtigt worden war, nun aber in Rastatt saß.
„Major", rief sie. „Nun sagen Sie bloß, Sie hätten sich das Schloß nicht angesehen."
Dortu mußte zugeben, daß dem so war.
„Hast du das gehört?" fragte Madame ihren Mann, der gegenüber saß. „Unser junger Freund hat sich um das Schloß nicht gekümmert."
„Das werden wir nachholen, was, Elise?" sagte der Oberst und lachte. Dortu erklärte frostig, er habe ein

Bataillon aufbauen müssen und keine Zeit für Schloßbesichtigungen gehabt. Madame Blenker sah ihn an. „Sie sind süß, Major. Wissen Sie das?“ Und Dortu war über und über rot geworden.
Blenkers hatten übrigens das Zimmer neben dem Büro bezogen, und Dortu, auf seinem Bett liegend, hörte Madame nebenan hin- und hergehen. Offenbar packte sie aus und räumte ein.
Während des Abendessens waren, um das Maß an Peinlichkeit vollzumachen, der Zivilkommissär Trüssler und Tochter Kathi erschienen. Sie wollten sich von Dortu verabschieden, wie Trüssler sagte. Das tat er, indem er verkündete, es täte ihm leid, einen so anstelligen und energischen Untergebenen zu verlieren. Und Tochter Kathi hatte dazu, so schien es Dortu, außerordentlich höhnisch gelächelt. Dortu richtete sich auf. Frauenzimmer.
Ein Bataillonsbanner hatten sie ihm natürlich auch nicht gestickt.
Dortu dachte daran, was ihn in Rastatt erwartete. Er glaubte inzwischen, daß es kein Problem würde, seine ‚Eigenmächtigkeit‘ zu erklären, wie der Oberst vermutete. Seinen Auftrag hatte ihm der Oberst Sigel erteilt, und von dem war kein Gegenbefehl gekommen. Was die Regierung meinte, interessierte beim Oberkommando keinen. Zudem hatte Dortu hier ordentliche Arbeit geleistet. Das konnte er nachweisen. Wegen der Rückzugswirren hatten seine Berichte das Oberkommando wohl kaum erreicht, aber Gottseidank hatte er sie alle in das Befehlsbuch kopieren lassen. Es war sogar möglich, daß Sigel ihm ein anderes Bataillon gab. Schließlich hatte er nun Truppenerfahrung. Dortu strich über sein Schnurrbärtchen. Es war ihm eingefallen, daß er den letzten Brief an die Eltern geschrieben

hatte, als er hier eingetroffen war. Genau eine Woche lag das jetzt zurück. Dortu erhob sich und ging zum Tisch. Die Wartezeit konnte er für einen neuen Brief nutzen.
Während er aus der Reisetasche sein Schreibzeug hervorsuchte, hörte er den Oberst über den Gang kommen. Dann klappte drüben die Tür, und Madame Blenker sagte: „Na, Katerchen, alles erledigt?"
Dortu kramte in der Reisetasche. Er hatte es schon immer für ein Ärgernis gehalten, daß Zimmerwände in Gasthöfen gewöhnlich zu dünn waren. Da war das Schreibzeug.
„Alles erledigt", hörte er den Oberst. „Alles, bis auf eines. Und das kommt jetzt dran." Madame lachte glucksend.
Dortu versuchte, sich auf den Briefanfang zu konzentrieren. ‚Liebe Eltern', das war mal klar.
„Laß sehen", sagte Madam, „wie die Lage steht."
Nein, das ging nicht. Dortu begann, das Schreibzeug einzupacken. Was war denn das? Er lauschte. Der Oberst grunzte. Der machte wahrhaftig ein Schwein nach. Hastig schloß Dortu die Tasche.
Drüben, der Oberst: „Es sprach der Herr von Eberstein, laß mich dein wilder Eber sein." Glucksendes Lachen von Madame. Dortu eilte zur Tür. Als er sie öffnete, hörte er Madame: „Da sprach die Frau von Eberstein . . ."
Max Dortu flüchtete.

Frey hatte sofort verstanden, was hinter der Geheimnistuerei des Bürgermeisters steckte. Aber als der in der Dunkelheit verschwunden war, hatte er versucht zu denken, daß dem Pfarrer recht geschah. Man konnte

nur hoffen, daß es ohne Gewalttätigkeit abging. Frey setzte sich auf das Kanapee und holte den Brief des alten Nabholz wieder hervor. Durfte er ein solches Angebot ausschlagen? Auf 600 Gulden kam er hier nie. Aber er mußte bleiben. Er war es, der im Ort die Fahne der Revolution am glaubwürdigsten hochhielt. Auf ihn schauten die Bauern. Nicht auf den geschwätzigen Engelwirt. Und auch nicht auf den gewalttätigen Bürgermeister. Mit einmal sah sich Frey wieder inmitten der Freischärler. Nie würde er vergessen, wie er buchstäblich um sein Leben gezittert hatte. Und da stand er auf. Es führte kein Weg daran vorbei, er mußte es tun.
Im Pfarrhaus brannte noch Licht, und Frey machte auf die Haushälterin wohl einen so aufgeregten Eindruck, daß sie ihn ohne Anstände beim Pfarrer meldete. Dann bat sie Frey in die Studierstube.
Der Pfarrer saß im Schlafrock am Schreibtisch, unter der Wandlampe, und über den Tisch war ein Leintuch gebreitet. Darauf lag, neben allerlei Putzläppchen und einem Töpfchen mit Öl, seine Flinte. Auf einem kleinen Beistelltisch standen eine Likörkaraffe mit Glasstöpsel und ein geschliffenes Trinkglas. Daneben lag die silberne Taschenuhr des Pfarrers, und am Tisch lehnte die Meerschaumpfeife.
Frey sah auf den Pfarrer, wie er dort saß, umgeben von überflüssigen Dingen, und einen Augenblick lang war er versucht umzukehren.
Der Pfarrer griff nach der Taschenuhr und ließ den Deckel aufschnappen. „Nach elf“, sagte er. „Wenn ich mich jetzt noch von Euch stören lasse, dann nur, wenn es etwas wirklich Wichtiges ist. Falls Ihr wegen des Heiligenfonds kommt, könnt Ihr gleich wieder verschwinden.“
Frey war entschlossen, sich mit dem Mann auf keinen

Wortwechsel einzulassen. Er würde seine Warnung absetzen und gehen. „Es besteht Anlaß zu der Vermutung“, sagte er, „daß Ihr morgen verhaftet werden sollt.“

Der Pfarrer fixierte ihn. Nach einer Zeit begann er, den Kopf zu schütteln. Lächelnd sagte er: „Glaub ich nicht.“

„Wie?“

„Ich glaube Euch nicht.“

„Seid Ihr noch zu retten? Ich komme, um Euch . . .“

„Ihr wollt mich ins Bockshorn jagen.“ Der Pfarrer lächelte noch immer. „Oder Ihr wollt Euch wichtig machen.“

„Ich mich..? Ja, das ist doch wohl . . .“ Frey hielt inne. Nicht reizen lassen. „Glaubt es oder glaubt es nicht – ich habe Euch gewarnt.“ Er wendete sich zum Gehen.

„Hört zu, Lehrer. Ihr müßt zugeben, daß mir eine solche Warnung, gerade von Euch, sehr merkwürdig vorkommen muß. Damit ich Euch glauben kann, solltet Ihr mir schon erklären, warum Ihr mich warnt.“

Da war was dran. Frey, die Türklinke in der Hand, überlegte. „Gut“, sagte er dann. „Vermutlich werden Freischärler Euch verhaften. Und ich befürchte, daß es zu Gewalttätigkeiten kommt. Das will ich nicht. Soviel muß Euch als Erklärung genügen.“

„Genügt mir durchaus, Lehrer. Darauf warte ich nämlich schon lange, daß Ihr kalte Füße bekommt.“

„Was soll das heißen?“ Frey ließ die Klinke los.

„Es soll heißen, daß Ihr und Euresgleichen langsam merkt, was Ihr angerichtet habt.“ Der Pfarrer nahm den Glasstöpsel von der Karaffe. „Ihr habt zur Gewalt aufgerufen, ihr habt das Volk aufgehetzt.“ Er goß eine klare Flüssigkeit in das Glas. „Und jetzt, wo das Volk genau das tut, was ihr ihm jahrelang gepredigt habt,

jetzt, wo es eure Phrasen ernst nimmt und Hand an Gut und Blut legt, da kommt Ihr, da kommen Euresgleichen und sagen: Das haben wir nicht gewollt." Der Pfarrer steckte den Stöpsel auf die Karaffe. „Denn natürlich seid Ihr ein gebildeter Mensch und kein blutrünstiger Schädelspalter, bewahre. Aber ich sage Euch: Ihr seid schlimmer. Ihr seid ein geistiger Terrorist. Ihr und Euresgleichen haben es zu verantworten, wenn sich dieses Volk im Blutrausch wälzen wird." Er nahm einen Schluck. „So. Das wollte ich Euch schon längst sagen."
„Das, das ..." Frey konnte vor Aufregung nicht sprechen. Aber er mußte antworten. Er knetete die Hände und versuchte ruhig zu werden. Ruhig antworten. Diesem Menschen ruhig sagen, was gesagt werden mußte. Er sagte: „Das ist eine Lüge. Es ist die Lüge, die die Herren und ihre Büttel seit je auftischen. Erst gewöhnen sie das Volk an Gewalttätigkeit ... Laßt mich ausreden! Den Anstand werdet Ihr wohl haben, mich antworten zu lassen." Frey trat einen Schritt auf den Pfarrer zu.
„Jawohl, ich sage: Die Herren gewöhnen das Volk an Gewalt. Ich will noch gar nicht mal von den Kriegen reden, in die sie die Völker hetzen und ihnen so das Blutvergießen beibringen. Nein, ich rede von der gewöhnlichen Gewalt der Obrigkeit. Ich rede vom Prügeln im Zuchthaus, ich rede von Steuerpressern, ich rede von scharfgemachten Wildhütern und Gendarmen, die schießen und prügeln. Tagtäglich zeigt die Obrigkeit, wie man Hand an Gut und Blut legt. Das Volk ist längst in Gewalt einexerziert. Und da wagt Ihr und Euresgleichen zu behaupten, wir hätten es aufgehetzt?" Frey trat noch einen Schritt näher. „Euch schlägt nur die Gewalt ins Gesicht, die ihr gesät habt. Aber anstatt zu begreifen, was ihr angerichtet habt, beschreit Ihr die

Lüge von den geistigen Terroristen.“ Frey roch jetzt, daß der Pfarrer Kirschwasser trank. Er beugte sich vor. „Und ich sage Euch: Ein Gewalttäter ist auch, wer für 1650 Gulden eine Orgel beschafft, während die Ortsarmen Gras fressen.“

Er richtete sich auf. „Und wenn die Bauern im Heiligenvorstand damals zugestimmt haben, dann unter Eurem Einfluß. Das nenne ich geistigen Terrorismus. So. Da habt Ihr's.“ Frey stand ruhig. Er hatte gesagt, was er sagen wollte.

Der Pfarrer betrachtete schweigend das Kirschwasserglas in seiner Hand. Nach einer Zeit sagte er: „Sehr gut, Lehrer. Nun weiß ich endgültig, woran ich mit Euch bin.“ Er sah Frey an. „Ihr tut mir leid. Ihr werdet nie verstehen, daß gerade Menschen in tiefer Not etwas brauchen, woran sie sich erbauen können, etwas Erhabenes, vielleicht ein schöner Orgelklang.“

„Für 1650 Gulden hätten hundert Ortsarme ein dreiviertel Jahr lang jeden Tag zwei Schoppen Mehlsuppe kriegen können.“

Der Pfarrer nickte. „Genau eine solche Rechnung erwarte ich von Euch. Ihr begreift es nicht. Ihr seid ein armseliger Materialist.“ Er goß Kirschwasser nach. „Deshalb auch Euer Haß auf meinen Lebensstil. Ich bin nicht so kurzsichtig, Euch einfach Neid und Mißgunst zu unterstellen. Ihr denkt: Der Pfarrer einer armen Gemeinde habe in Armut zu leben. Stimmt's?“

„Exakt“, sagte Frey.

„Ich glaube nicht, daß Ihr's versteht, aber ich sage es trotzdem: Ich wünschte Euch wahrhaftig ein Gehalt von 600 Gulden. Denn ich meine, wer das Volk belehren will, sei es als Pfarrer oder als Schullehrer, der muß sich geistig entfalten können, der muß aus den Niederungen des täglichen Lebenskampfes herausgehoben

sein. Wer im Schweinekoben haust, grunzt auch wie ein Schwein."
„Genau deshalb müssen alle, ich sage: alle, aus den Schweinekoben heraus." Frey sah zu, wie der Pfarrer trank. „Aber das versteht Ihr wiederum nicht." Er wendete sich zur Tür.
„Noch eines, Lehrer." Der Pfarrer tauchte ein Läppchen in das Öl und begann, die Flintenläufe abzureiben. „Ihr seid ein intelligenter Mensch und wißt so gut wie ich, daß eure Revolution verloren ist. Solltet Ihr mich vor der Verhaftung gewarnt haben, um Euch für später abzusichern, so muß ich Euch enttäuschen. Ich werde unter allen Umständen dafür sorgen, daß man Euch bestraft. Habt Ihr mich verstanden?"
„Wißt Ihr was, Pfarrer?" sagte Frey. „Ihr könnt mich mal kreuzweis."

7

Es war dämmrig im Zimmer, da die jalousieartig geschlitzten Fensterläden befehlsgemäß geschlossen waren; jedoch kam genügend Tageslicht herein, um zu lesen und zu schreiben. Ludwig Dill saß auf seinem Bett, hatte auf dem Tischchen daneben sein Notizbuch und einen Bleistift liegen und rauchte eine der Zigarren, die der Festungsgouverneur heute morgen mitgebracht hatte.

Nach wie vor konnte man diese Revolutionäre nicht ernst nehmen. Gewiß, er saß gefangen, hier im Gasthof Kreuz, unangenehm genug, und draußen auf dem Gang hielten drei Freischärler mit geladenen Pistolen Wache, aber Dill wollte es scheinen, als wäre den verantwortlichen Herren hier in Rastatt die Gefangennahme einer solchen Menge honoriger Bürger geradezu peinlich. Sie waren sechzehn Gefangene: Außer den Herren vom ‚Klub Eberstein' noch fünf aus der Stadt Baden, wo wohl gleichfalls ein Zivilkommissär verrückt gespielt hatte. Daß die Verhaftungen in Gernsbach auf das Konto des Flößers Trüssler gingen, daran hatte Dill keinen Augenblick gezweifelt, auch wenn die Verhaftbefehle vom sogenannten Major Dortu unterzeichnet waren. Der hatte die nächtliche Verhaftung selbst geleitet, und Dill erinnerte sich mit einem gewissen Vergnügen daran, wie der junge Mann sich gewunden hatte,

als Rosa, die beiden weinenden Kinder an sich drükkend, ihn fragte, ob er sich nicht schäme.
An Rosa war schon am Montag ein Brief abgegangen – der Gouverneur hatte den Herren erlaubt, ja, sie ermuntert, ihren Familien zu schreiben –, und Dill nahm an, daß der Brief seine Frau beruhigen würde. Dill, auf seinem Bett sitzend, klopfte die Zigarre über dem Ascheteller ab, der auf dem Tischchen stand. Wenn er es recht bedachte, war die Gefangenschaft sogar vorteilhaft. Mühelos empfahl er sich so als einer der treuesten Anhänger des Großherzogs, und man würde es später höherenorts zu honorieren wissen. Unangenehm war lediglich, daß er das Zimmer mit zwei der Herren teilen mußte.
Der eine war Pfarrer Weingärtner von Weisenbach, der andere Schloßinspektor Vogt. Der Pfarrer, ein hagerer, glatzköpfiger Mann, saß auf einem Stuhl am geöffneten Fenster, und las, halblaut vor sich hin murmelnd, in seinem Brevier. Darin las er so gut wie ständig, wozu, wie Dill wußte, auch der eifrigste Priester keineswegs verpflichtet war; das monotone Gemurmel ging Dill beträchtlich auf die Nerven. Immerhin jammerte der Pfarrer nicht. Dies tat ausgiebig der alte Vogt, wenn er nicht gerade, so wie jetzt, einen Brief an seine Frau schrieb. Er saß, mit dem Rücken zu Dill, am Tisch in der Mitte des Zimmers, verfaßte schon den fünften Brief innerhalb von knapp drei Tagen, und Dill fragte sich, ob der Gouverneur die tatsächlich alle befördern ließ.
Zugesichert zumindest hatte er es, erst heute morgen wieder während des Frühstücks, das die Gefangenen gemeinsam und scharf bewacht unten in der Gaststube einnahmen, und zu dem Gouverneur Greiner erschienen war, um sich nach dem Befinden der Herren zu erkundigen. Wie gewöhnlich zeigte Greiner eine betrübte

Miene. Und sein schmales, längliches Gesicht mit den tiefliegenden Augen und dem Ziegenbärtchen verzog sich ins Weinerliche, als Dill mit schneidender Stimme darauf hinwies, daß nach der Reichsverfassung jedem Gefangenen binnen 24 Stunden der Grund seiner Verhaftung mitzuteilen sei.

„Aber meine Herren, so haben Sie doch Geduld. Ich weiß den Grund nicht. Ich weiß noch nicht einmal, ob die Zivilkommissäre eigenmächtig oder im Auftrag der Regierung in Freiburg gehandelt haben. Ich habe geschrieben, aber bisher von keiner Stelle Antwort erhalten. Bitte, fassen Sie sich in Geduld."

„Wie wäre es, Herr Gouverneur, wenn Sie uns einfach freiließen?"

„Um Himmels Willen." Greiner hob abwehrend die Hände. „Nicht ohne eine Entscheidung der Regierung." Er blickte trübe von einem zum anderen. „Aber ich glaube ... Möglicherweise kann ich es verantworten, Sie nach Freiburg bringen zu lassen."

„Nach Freiburg? Warum das?"

„Wegen Ihrer Sicherheit." Der Gouverneur seufzte. „Sie ahnen ja nicht, meine Herren ... 6000 Mann in der Festung. Linie, Volkswehr, Freischaren, viele Truppenteile ohne Führer, und die Spionenfurcht geht um. Auch deshalb kann ich Sie nicht freilassen. Sie würden nicht weit kommen, meine Herren. Und bitte: Halten Sie die Fensterläden geschlossen. Nicht auszudenken, wenn man auf Sie aufmerksam würde." Als er Dill lächeln sah, straffte er sich. „Dies ist ein Befehl, meine Herren."

Dill, auf seinem Bett sitzend, klopfte Asche von der Zigarre. Dieser Revolutionsheld hatte die Hosen voll, das war alles. Natürlich waren die Truppen hier undiszipliniert, etwas anderes konnte man von Revolutions-

haufen nicht erwarten. Aber gefährlich? Gestern hatten auf dem Platz vor dem Gasthof Freischärler gelagert, saufend und grölend, und Dill hätte sich zugetraut, sie mit einigen scharfen Worten zur Räson zu bringen. Abends waren die Freischärler abgezogen, vermutlich in Quartiere, und heute morgen herrschte auf dem Platz lebhafter Fußgänger- und Wagenverkehr, aber Truppen waren keine vorübergekommen.
Dill griff nach seinem Notizbuch. Es war doch arg dämmrig, hier in der Ecke. Er sagte: „Herr Pfarrer, sind Sie so freundlich und öffnen die Fensterläden?"
Pfarrer Weingärtner hob den Kopf. „Ich bete Brevier."
„Um Gottes Willen", sagte der alte Vogt. „Lassen Sie die Läden zu. Haben Sie nicht gehört, was der Gouverneur gesagt hat?"
Dill erhob sich, ging zum Fenster und machte die Haken an den Läden los.
„Sind Sie des Teufels", kreischte Vogt. „Wollen Sie uns umbringen?"
Dill hakte die Läden wieder zu. Achselzuckend kehrte er zu seinem Bett zurück. Ein jämmerlicher Greis. Anscheinend von panischer Furcht vor dem Tod besessen. Und das in diesem Alter.
„Ach, hätte ich doch auf meine Frau gehört", klagte Vogt. „Die hat mich gewarnt. Was mußte ich mich auch auf den Klub einlassen." Er wendete Dill sein faltiges Gesicht zu. „Sie haben das alles zu verantworten."
Schweigend zerdrückte Dill den Zigarrenstummel auf dem Teller und nahm wieder sein Notizbuch zur Hand. Zu verantworten war von ihm lediglich, daß er diesen Feigling falsch beurteilt hatte. Dill versuchte, sich auf seine Notizen zu konzentrieren. Er hatte sich vorgenommen, den 35. Psalm in Verse zu setzen. Später würde er sie vertonen. Das Lied wollte er der evangeli-

schen Kirchensektion im Ministerium des Innern vorlegen; vielleicht würde man es in eines der Gesangbücher aufnehmen. Er las die Verse, die er zuletzt geschrieben hatte: „O schweige nicht, o sei nicht fern, von mir, von deinem Knechte.“ Nicht übel. Die einfache Folge von Senkung und Hebung als Versfuß war gängig bei Kirchenliedern. Dill griff nach dem Bleistift. Trotzdem: Er kam nur langsam voran mit dem Lied. Möglicherweise, weil er diesen Psalm seit seiner Jugend als Tröstung begriffen hatte und jetzt keinen Trost brauchte. Man war eben kein Katholik, der zur festgesetzten Stunde seinen Rosenkranz herunterleierte. Dill blickte zum Pfarrer hinüber. Der Himmel mochte wissen, was in dem vorging, wenn er seine Breviergebete murmelte. Dill sah wieder auf seine Notizen. Vielleicht sollte er das Lied nicht erzwingen. Besser, er stellte jetzt eine Liste mit Maßnahmen zusammen, die er nach seiner Rückkehr ins Amt ergreifen würde. Wenn bloß der alte Vogt seine Jammertiraden einstellte.

„Gefangen“, sagte der gerade mit seiner brüchigen Stimme. „In der Mördergrube gefangen. Und das bei meinem Alter. Wenn ich denke, ich könnte friedlich daheim beim Kaffee sitzen und ...“

„Bitte“, sagte der Pfarrer plötzlich. „Bitte, schweigen Sie einen Moment.“

„Aber Herr Pfarrer, wenn nun sogar Sie ...“

„Ich höre etwas.“ Pfarrer Weingärtner hielt den Kopf schräg zum Fensterladen. Nun hörte es auch Dill: Fernes, vielstimmiges Geschrei.

„Es kommt näher“, sagte der Pfarrer.

„O Gott o Gott“, jammerte Vogt. „Hoffentlich nicht hierher.“

Dill erhob sich und ging zum Fenster. Wenn wieder eine dieser lärmenden Räuberbanden ihr Lager vor

dem Gasthof aufschlug, dann würde er dem Gouverneur etwas erzählen.
Vogt rang die Hände. „Ich flehe Sie an, Herr Amtmann, lassen Sie die Läden zu."
Dill nickte. Dann spähte er durch die Lädenschlitze. Was er als erstes sah, drüben an der von der Morgensonne beschienenen Häuserzeile, war eine Frau mit Einkaufskorb, die eilig einer offenen Ladentür zustrebte und sich dabei mehrmals umsah. Dann verschwand sie im Laden, und die Tür wurde zugeworfen. Dill nahm jetzt wahr, daß der Platz, soweit er ihn überblicken konnte, wie leergefegt schien. Schräg gegenüber in einer Gasseneinmündung hielt ein Ochsengespann, und der Fuhrmann, im Graukittel und mit Peitsche, stand an der Hausecke und blickte zum Ende des Platzes, das Dills Sicht entzogen war.
Von dort näherte sich das Geschrei. Aber es war kein Singen und Grölen, wie Dill es von Freischärlern erwartete, sondern es klang grell und wütend und gellte nun gegen die Hausfronten des Platzes. Jetzt hörte er heraus, was da gebrüllt wurde: Preußenspion, Volksverräter, Preußenspion. Immer lauter, immer schriller klang es, und dann waren sie unten vor dem Fenster. Ein Gewühl von Soldaten und Kittelmännern, er sah scharfspitze Bajonettschneiden, geschwungene Säbel, Sensen, und hörte fortwährend: Preußenspion, Volksverräter. Dill stand, die Hände um das Fensterkreuz gekrampft, und starrte durch die Lädenschlitze. „Herr, du siehst es, schweige nicht, Herr, sei nicht ferne von mir."
Unten vor dem Fenster knäulte sich die Menge. „Schlagt ihn tot, den Preußenspion." Und da merkte Dill, daß keiner heraufsah. Alle drängten sie zur Mitte des Haufens, schrien: Volksverräter, erschießt den Preußenspion, und mit einmal gab es im Getümmel

eine Lücke. Einen Augenblick lang sah er ihn: Barhäuptig, die Hände auf den Rücken gebunden, jetzt den Kopf zurückwerfend, der aufgerissene Mund, die Brille, und der blickte hoch zum Fenster, schien Dill in die Augen zu sehen, und da schloß sich die Lücke. Der Haufen wälzte sich weiter, fortwährend schreiend, und verschwand nun aus Dills Blickfeld.
Nach einer Zeit wendete er sich um. Er ging, ohne den Pfarrer und den alten Vogt zu beachten, zu seinem Bett, griff nach Notizbuch und Bleistift und begann, die Zeit nach der Revolution vorzubereiten.

Der Hang war noch nicht abgemäht, und um kein Wiesenkraut zu zertreten, hatte sich Theres nicht unter den Apfelbaum gesetzt, sondern dicht an die Wacholderhecke. Sie saß mit angezogenen Beinen, die Arme über den Knien verschränkt, den Kopf seitlich auf den Oberarm gelegt, und blickte an der Hecke entlang, hinunter zum Heubügel, von wo Egi kommen würde.
Es war ein Glück, daß die Engelwirtsleut gerade gestern die Gerste geschnitten hatten. Erst übermorgen würden sie die mandeln und einfahren, und so hatte Theres zwei Tage, an denen es mit der Arbeit nicht so pressierte, und sie hin und wieder fort konnte.
Vor zwei Stunden waren die Soldaten ins Dorf marschiert, und Theres, die lieber geschaut hätte, mußte im Keller dem Vater helfen, die Kannen zu füllen; er rechnete mit einem starken Bier- und Branntweingeschäft. Als sie in die Gaststube hinaufkamen, saßen auf den Bänken schon dicht gedrängt Soldaten, und dann schleppten Theres und die Mutter Krüge.
Mit einmal stand Egi in der Gaststube. Er stand einfach da und schaute, und Theres hatte nicht gewußt, daß

man sich so freuen konnte. Auch sie stand und schaute, in beiden Händen Bierkrüge, und wer weiß, wie lang sie so gestanden wären, hätte der Vater nicht gerufen: „Theres! Schlaf nicht." Und dann, zu Theres Erstaunen: „Komm, Bittmann, ich geb dir einen aus. Hock dich hierher." Er winkte ihn zur Wirtsbank am Schanktisch, und Theres, die weiter Krüge schleppte, bekam im Vorbeigehen mit, daß der Vater ihn über den Stand der Sache ausfragte. Dann hörte sie, wie der Vater sagte: „Aber jetzt zeigt ihr's den Preußen, was? Noch mal lauft ihr nicht davon, wie?" Und Egi nickte, ein wenig zögernd, wie Theres schien. Später, der Vater füllte im Keller Kannen, sagte ihr Egi, er müßte jetzt zu seinem Hauptmann, aber in zwei Stunden wäre er gewiß draußen an der Hecke. Wenn nicht, sollte sie warten. Damit verließ er die Gaststube.

Die zwei Stunden vergingen rasch, Theres hatte viel zu tun. Besonders die Soldaten um den Tisch am Eingang tranken eine Menge. Sie lachten und lärmten, und das Wort führte ein Rothaariger mit Sommersprossen, den die anderen Fuchs nannten. Später wurden sie mit einmal still, unterhielten sich gedämpft, und Theres spitzte im Vorbeigehen die Ohren. Die Sache wäre so gut wie verloren, tuschelten sie. Wer jetzt noch seinen Kopf hinhielte, wäre ein Esel. Es schien besonders der Fuchs zu sein, der diese Ansicht vertrat. Und während Theres am Nachbartisch nachschenkte, hörte sie ihn sagen: „Wenn wir jetzt ausreißen, können wir noch heim. Sind die Preußen erst bei uns im Oberland, dann bleibt uns bloß noch, daß wir nach Amerika gehen."

Theres hätte gern länger zugehört, aber da kamen der Bürgermeister und der Lehrer, und die wollten unbedingt zwei Plätze am Fenster. Die erhielten sie dann auch, nach einigem Hin und Her, und nachdem Theres zwei Stühle aus der kleinen Stube herbeigetragen hatte, auf denen zwei Soldaten von der Fensterbank Platz nahmen. Der Bürgermeister und der Lehrer kamen Theres seltsam vor, wie sie am Fenster saßen und alle Augenblicke die Köpfe drehten, um hinaus auf den Kirchplatz zu schauen.

Als die zwei Stunden um waren, sagte Theres zur Mutter, sie müßte geschwind mal fort, und die nickte lächelnd. Wie gewöhnlich ging Theres nicht auf dem Moosbronner Weg, am Heubügel vorbei, zur Hecke – auf diesem Weg würde Egi kommen – sondern sie nahm den Pfad über das Kirchköpfle, von wo man auf der Oberen Ebene gleichfalls zur Hecke gelangte.

Um auf das Kirchköpfle zu steigen, mußte Theres dicht an der Kirche vorüber, und sie sah, daß die Tür zur Sakristei halb geöffnet war. Sie blieb stehen. Gewöhnlich hielt der Pfarrer diese Tür geschlossen, denn er benutzte regelmäßig den Eingang durch die Kirche. Und dann sah sie durch den Türspalt den Pfarrer. Er saß auf der Sakristeibank, hatte den runden, schwarzen Hut auf, und neben ihm stand die geblühmte Tasche, die er benutzte, wenn er nach Freiburg reiste. Leise ging Theres weiter. Als sie den steilen Pfad zwischen den Rebstöcken hinaufstieg, wunderte sie sich, daß der Pfarrer reisefertig in der Sakristei saß, aber während sie jetzt an der Hecke auf Egi wartete, dachte sie darüber nicht mehr nach.

Hoffentlich kam Egi überhaupt. Wenn sie ihn richtig verstanden hatte, schien er der Bursche vom Hauptmann zu sein. Und vielleicht ließ der den Egi gar nicht gehen. Theres nahm ihr Halstuch ab. Und während sie es zusammenlegte, bog er um das untere Ende der Hecke. Aber er war nicht allein. Er brachte die Zwillinge mit.

Sie gingen vor ihm her, und Louis schleppte sich an Egis Gewehr ab, während Louise seinen Säbel geschultert hatte. Und neben Egi, durch das hohe Gras, wanderte eine Pickelhaube: das Jockele. Weil ihm der Helmrand bis unter die Nase reichte, führte Egi ihn an der Hand. Theres runzelte die Stirn.
Dann waren die vier heran, und Louis stemmte das Gewehr hoch. „Schau, Theres, wie stark ich bin."
„Der Säbel ist auch ganz schön schwer", sagte Louise. Und unter der Pickelhaube kam es dumpf hervor: „Jokkele ist auch stark."
„Freilich, freilich." Theres sah Egi an. „Kannst du mir mal sagen, was die alle hier wollen?"
„Sie haben mir tragen helfen." Und indem er auf eine Stelle an der Hecke zeigte: „Legt alles dort hin. Aber vorsichtig." Er nahm Jockel den Helm ab. „Brav hast ihn getragen, Jockele."
Die Zwillinge legten Gewehr und Säbel ab, und Theres fragte: „Hat der Kram unbedingt mitgemußt?"
„Das hat er", sagte Egi. „Im Fall es gibt einen Alarm, brauch ich den Kram."
„Hier draußen ein Alarm? Na, von mir aus. – So", wendete sich Theres an die Zwillinge. „Ihr zwei nehmt jetzt das Jockele und verzieht euch."
„Aber wir möchten hier bleiben", maulten die Zwillinge. „Warum können wir nicht bleiben?"
„Weil der Egi und ich allein sein möchten. Darum."
Die Zwillinge stießen sich an und kicherten. „Und was macht ihr, wenn ihr allein seid?" fragte Louise. Und Louis sagte: „Geht ihr dann in die Heck?" Auch das Jockele schaute, als wollte er wissen, ob sie dazu in die Hecke gingen.
„Zum Kreuzdonnerwetter. Schaut zu, daß ihr verschwindet. Sonst mach ich euch Beine."

Egi lächelte. Dann sagte er: „Hört zu. Ihr geht jetzt brav heim. Man kann nicht garantieren, daß nicht mit einmal Preußen daherkommen."
„Dann nehmen wir das Gewehr und erschießen die Preußen", sagte Louis, und Louise nickte.
„Preußen schießen", krähte das Jockele. „Preußen schießen."
Theres holte tief Luft, aber da sagte Egi: „Was habt ihr mir versprochen? Ab mit euch."
„Na gut. Wenn's sein muß." Die Zwillinge trollten sich, den widerstrebenden Jockel mit sich ziehend. „Wir erklären dir schon, was die zwei in der Heck machen", hörte Theres Louise noch sagen, dann war Stille.
Sie schüttelte den Kopf. „Ich in dem Alter war nicht so frech."
„Nein", sagte Egi und lachte. „Aber in der Hecke warst du."
Jetzt lächelte Theres. „Komm, setz dich her."
„Gleich. Ich will nur erst den Kram herunter haben." Egi nestelte an den kreuzweise geschnallten Brustriemen.
In der Hecke war eine Lücke, und Theres konnte den Weg nach Moosbronn sehen, bis hinauf, wo er sich in den Wald zog. „Und wenn jetzt wirklich Preußen kommen?"
„Unwahrscheinlich. Wenn doch, sehen wir sie beizeiten und machen uns hinter der Hecke davon." Egi legte das Riemengeschirr neben den Säbel. „Unten am Heubügel ist unser Vorposten, und dort sind wir erstmal sicher. Aber ich glaub nicht, daß die Preußen heut schon kommen." Er zog seinen Rock aus.
„Halt", sagte Theres. „Mehr nicht."
Egi schmunzelte und setzte sich neben sie. Theres rückte an ihn heran. Dann legte sie ihren Arm um seine

Hüfte. „Ich muß spüren, daß du wieder da bist.“ Sie zog ihn fest an sich, und sie fühlte, wie warm und lebendig er war.
Er bewegte seinen Arm, und dann war er mit der Hand auf ihrem Rücken. Sie wünschte sich, er möge sie im Nacken streicheln, und er tat es. Leicht und zart fuhr er mit den Fingern darüber hinweg, und es durchfuhr Theres bis unter die Haarwurzeln. „Schau“, sagte sie und zeigte ihren freien Arm. „Jetzt hast du mir eine Gänsehaut gemacht.“ Darauf beugte er sich hinüber, und sie spürte, wie er mit seiner Zunge durch die Armbeuge fuhr. Es war kaum zum Aushalten, und Theres umfaßte seinen Kopf und zog ihn an ihre Brust. Sie drückte ihn an sich, hätte jetzt gern das Mieder ausgezogen und das Hemd, aber wenn sie das tat, war es um sie geschehen. Sie senkte den Kopf und küßte ihn auf das Haar. „Mein Egi“, sagte sie. Dann legte sie ihre Wange auf sein Haar, und sie saßen still und spürten einander. Nach einer Zeit sagte Theres: „Wenn du nur nicht wieder fort müßtest.“
Er schwieg und rieb sein Gesicht an ihrem Mieder.
Plötzlich hob Theres den Kopf. „Und wenn du nach Amerika mußt?“
„Was?“ Egi drehte das Gesicht zu ihr hoch.
„Heut morgen hat das einer gesagt. Wenn die Preußen im Oberland sind, müßt ihr nach Amerika.“
Egi richtete sich auf. „Wer hat das gesagt?“
„Fuchs haben sie ihn geheißen. Er und die Soldaten bei ihm haben gemeint, daß die Sach verloren ist. Ich glaub, die wollen ausreißen.“
Egi nickte. „Wenn welche von unserer Kompanie ausreißen, dann der Fuchs und seine Leut.“ Er sah sie an. „Theres. Wir lassen die Preußen nicht über die Murg. Daran mußt du glauben.“

„Das tu ich ja. Schon wegen dem Vater und der Mutter." Nach einer Weile sagte Theres: „Aber daß die Preußen ins ganze Land kommen, bis hinauf zum See, das muß man auch mal denken. Und was ist dann? Wo gehst du dann hin? Nach Amerika?"

„Amerika ist Blödsinn." Egi blickte an der Hecke entlang hinunter zum Heubügel. „Die Schweiz tut's auch."

„Die Schweiz? Die ist für mich so weit fort wie Amerika." Theres merkte, wie ihr kalt wurde. „Egi . . . wenn man sieht, daß die Sach verloren geht, ich meine: wenn . . . Kannst du dann nicht ausreißen?"

Egi schwieg. Er sah sie nicht an.

Theres verschränkte die Hände ineinander. „Ich weiß nicht, was ich tu, wenn du in die Schweiz mußt."

„Theres." Er begann, ihren Rücken zu streicheln, aber das half ihr jetzt gar nichts. „Dazu wird's nicht kommen. Und das Ausreißen –" er nahm seine Hand von ihrem Rücken "– das geht nicht. Erstens überhaupt, und außerdem steht Standgericht darauf. Erschießen also." Jetzt sah er sie an. „Und noch was, Theres. Grad, wo's dein Vater so braucht, daß der Großherzog nicht zurückkommt – glaubst du, dein Vater läßt einen gelten, der ausgerissen ist? Glaubst du, dann läßt er uns heiraten?" Und als Theres schweigend auf ihre gefalteten Hände blickte: „Das mit dem Ausreißen schlag dir aus dem Kopf. Und ich sag's nochmal: Wir lassen die Preußen nicht über die Murg. Auch nicht hier ins Dorf."

„Wenn du's sagst . . ." Theres sah auf sein hageres Gesicht, und sie merkte jetzt, daß er sich heut nicht rasiert haben konnte. „Aber ihr seid schon mal vor den Preußen davongelaufen . . . Warum?"

„Ach Theres. Das ist eine lange Geschichte. Die erzähl ich dir ein anderes Mal." Egi rückte an sie heran. „Aber ich glaub nicht, daß sowas wieder passiert."

Theres lehnte ihren Kopf an seine Schulter. Wenn sie doch einfach hier an der Hecke sitzen könnten. Ohne nachzudenken, ohne sich fragen zu müssen: Was soll werden? Sie rieb ihre Wange an seiner Schulter, richtete sich dann etwas auf, um ihn im Nacken zu streicheln, und da sah sie ihn. Schwarz und stumm stand er oben am Wiesenrand und blickte zu ihnen herunter.

Theres schloß die Augen. „Egi“, flüsterte sie. „Oben an der Wies ... Schau.“ Sie spürte, wie er den Kopf drehte.

„Scheiße, der Pfaff.“

„Und?“ Theres hielt die Augen geschlossen. „Was machen wir?“

„Sitzenbleiben. Er hat uns eh gesehn ... Da, er kommt.“

Theres öffnete die Augen. Der Pfarrer kam auf dem Pfad herunter, der am Wiesenrain entlang führte und zwischen Waldrand und oberem Heckenende auf den Weg nach Moosbronn stieß. Er ging eilig, das Gesicht von der Krempe seines Hutes beschattet, und Theres richtete sich auf. Sie versuchte, sich zu sammeln. Jetzt würde er eine Strafpredigt loslassen, und sie mußte reumütig aussehen. Es gab keine Ausrede. Wer weiß, wie lang er sie schon beobachtete. Und wenn sie vorhin Mieder und Hemd ausgezogen hätte? Da wären dem Pfaff aber die Augen übergegangen. Plötzlich überkam Theres die Lachlust. Sie konnte sich nicht halten und prustete los. Egi, neben ihr, fuhr zusammen. „Bist du verrückt?“

Gerade da hatte der Pfarrer die Hecke erreicht, und Theres sah, daß er die geblümte Tasche trug. Ohne zu ihnen herüberzublicken, ging er weiter, geradeaus, und verschwand hinter dem Heckenende. Er war einfach weitergegangen.

Theres und Egi sahen sich an. Dann spähten sie durch die Lücke in der Hecke. Der Pfarrer war schon auf dem Moosbronner Weg, und ging nun das Steilstück hinauf, eilig und ohne sich umzublicken.

Als Theres über die Obere Ebene zum Dorf wanderte, fand sie es gut, daß Egi wie gewohnt am Heubügel vorbei zurückging. Weniger, weil man sie im Dorf nicht zusammen sehen durfte – nachdem der Pfarrer zweifelsfrei über sie Bescheid wußte, kam es darauf nicht mehr so an –, sondern weil sie möglicherweise während eines gemeinsamen Heimweges über Kreuz geraten wären: An der Hecke hatte Theres durchsprechen wollen, was nun zu tun war. Aber Egi sagte achselzuckend: „Gar nichts. Wir müssen halt abwarten.“ Und als Theres beharrte, meinte er, die Sache wäre nur halb so arg, wenn sie nicht losgeprustet hätte. Darauf sagte Theres: „Dummes Zeug“, und Egi hatte beleidigt geschwiegen. Verstimmt waren sie auseinandergegangen.
Auf dem Kirchköpfle, zwischen den Rebstöcken, war es heiß, und Theres freute sich auf die kühle Gaststube. Krüge brauchte sie jetzt keine zu schleppen: Theres sah, daß unten im Dorf aus dem Engel Soldaten kamen. Sie waren wohl zu einem Dienst befohlen, denn alle wendeten sich nach rechts und verschwanden aus Theres Sicht hinter der Kirche, wo das Pfarrhaus lag. Und jetzt sah Theres, daß über den Kirchplatz Dörfler liefen, auch sie in Richtung Pfarrhaus. Theres ging schneller. Dann war sie unten, an der Kirche vorbei, und als sie den rückwärtigen Teil des Kirchhofs umrundet hatte, blieb sie stehen.
Vor dem Pfarrhaus standen Soldaten, hinter ihnen, auf der Dorfstraße, Bauern und Bäuerinnen, und auf der Kirchhofsmauer hockten die Buben und einige Mäd-

chen – die Zwillinge hatten sogar das Jockele hinaufgeschafft. Theres drängelte sich durch die Menge, und als sie sich an der dicken Basmillerin vorbeidrückte, sagte die gerade zu ihrer Nachbarin: „Der Freischärler ist wieder fort. Mit dem Roß ist er gekommen, von Rotenfels herauf." Und hinter Theres her, die sie versehentlich angestoßen hatte: „Kannst kein Obacht geben?" Darauf: „Frech ist die, wie alle vom Engelwirt."

Theres sah jetzt, zwischen den Helmen der vorn stehenden Soldaten hindurch, in der geöffneten Pfarrhaustür den Bürgermeister. Er lehnte am Rahmenbalken, den Strohhut ins Genick geschoben, und sein Stoppelbart war so schwarz wie der dunkle Flur hinter ihm. Vor der Tür, etwas tiefer, bemerkte Theres das Käppchen vom Vater, und als sie den Hals reckte, neben dem Vater den Lehrer. Dessen Gesicht war bleich, und seine Mausaugen gingen unruhig hin und her.

Dann hatte Theres sich vorn zwischen die Soldaten geschoben. Seitlich, auf der unteren Steinstufe stand Johanna Meier, die Pfarrmagd, in ihrer weißgestärkten Schürze, und blickte, die Arme vor der Brust verschränkt, auf den schnauzbärtigen Hauptmann, entrüstet, wie Theres schien. Der Hauptmann vor ihr studierte ein Papier. Keiner sagte etwas, und jetzt hörte Theres die Schritte im Haus, dazwischen Türenschlagen, so als würde es von mehreren Leuten durchsucht. Theres wollte gerade den Vater fragen, als am offenen Fenster der Pfarramtsstube ein Soldat erschien, mit Silberschnur um die roten Schulterklappen. „Alles durchsucht, Herr Hauptmann. Im Haus ist er nicht."

„Gut, Feldwebel." Der Hauptmann sah die Pfarrmagd an. „Sie wissen wirklich nicht, wohin er ist? Wann kommt er denn zurück?" Und als sie nicht sofort antwortete: „Lügen Sie mich ja nicht an."

„Ich weiß überhaupt nichts.“ Johanna Meier preßte die Lippen aufeinander, und Theres sah feine Schweißtropfen an der Oberlippe.
Von der Tür her brummte der Bürgermeister: „Klar, daß die lügt.“
Und der Vater sagte: „Eine Pfarrmagd weiß immer, wo ihr Pfaff steckt.“
„Hm.“ Der Hauptmann blickte wieder auf das Papier.
Theres sah auf die Pfarrmagd, die unter der weißen Schürze ein Kleid trug, wie eine Stadtfrau, und die zum Pfarrer gehörte, und sagte in die Stille hinein: „Der Pfarrer ist nach Moosbronn.“ Johanna Meier schrak zusammen.
Ruckartig hob der Hauptmann den Kopf. „Wohin?“
„Nach Moosbronn. Ich hab ihn vorhin an der Steige gesehen.“
„Nach Moosbronn?“ Der Bürgermeister hatte sich aufgerichtet. „Das ist der Beweis.“
Theres hörte, wie hinter ihr in der Menge weitergegeben wurde: „Der Pfaff ist nach Moosbronn.“
„Ist das sicher?“ fragte der Hauptmann. Und als Theres nickte: „Also zu den Preußen.“
„Das ist nicht wahr.“ Johanna Meier hatte die Arme sinken lassen. „Er ist zum Pfarrer Goering.“
„Heut? Mitten in der Woche?“ fragte der Vater.
„Sie haben mich angelogen“, sagte der Hauptmann. „Sie haben gewußt, wo er hin ist.“ Und zum Feldwebel am Fenster: „Das Haus nochmal durchsuchen. Alle verdächtigen Papiere, überhaupt alles Verdächtige rausholen. Der Mann ist tatsächlich ein Preußenspion.“
„Jawohl, Herr Hauptmann.“ Der Feldwebel trat zurück, und man hörte ihn rufen: „Alles durchsuchen. Schränke und Kästen aufbrechen. Papiere und alles Verdächtige hierher zu mir bringen.“

Durch das Fenster sah Theres, daß er sein Gewehr hob und mit dem Bajonett die Tür des Aktenschrankes aufhebelte. Jetzt hörte man, wie es überall im Haus krachte und splitterte.
„Aufhören", rief die Pfarrmagd. „Das dürfen die nicht." Sie wendete sich zur Tür, aber die sperrte der Bürgermeister mit ausgebreiteten Armen. „Leut", rief er. „Habt ihr's gehört? Wir haben den Beweis. Der Pfaff ist ein Preußenspion."
Neben Theres sagte ein Soldat, und sie sah, daß es der Fuchs war: „Dem sollt man das Haus ausnehmen." Und aus der Menge auf der Dorfstraße kam: „Der Pfaff ist zu den Preußen. Der ist ein Spion."
„Herr Hauptmann!" Johanna Meier stand mit gefalteten Händen. „Die machen ja alles kaputt. Die sollen aufhören. Ich geb Ihnen die Schlüssel."
„Hätten Sie gleich tun sollen. Jetzt ist es zu spät." Der Hauptmann wendete sich zum Gehen.
„Herr Lehrer, bitte!" Johanna Meier begann zu weinen. „Helft mir, bitte."
„Herr Hauptmann." Der Lehrer eilte hinter ihm her. „Im Namen der Humanität bitte ich Sie . . ."
„Was?" Der Hauptmann war stehen geblieben. „Humanität? Der Kerl hat meine Kompanie an die Preußen verraten." Und er ging weiter.
Der Lehrer hatte rote Flecken im Gesicht. „Sie machen einen Fehler", rief er hinter dem Hauptmann her. „Glauben Sie mir, der Mann ist kein Spion."
„Leut!" schrie der Bürgermeister. „Der Pfaff ist zu den Preußen . Er ist fort. Für immer."
„Das Pfarrhaus gehört uns", schrie jemand aus der Menge, und das riefen jetzt viele. Neben Theres rief der Fuchs: „Dem Kerl gehört das Haus ausgenommen." Und schon war er auf der oberen Steinstufe. Der Bür-

germeister drehte sich um, verschwand im Hausflur, der Fuchs folgte, hinter ihm der Vater, und jetzt drängte die Menge nach, Soldaten, Bauern, Bäuerinnen, die Basmillerin, die schrie: „Jetzt gehört alles uns. Alles.“ Theres sah noch an der Hauswand die Pfarrmagd, die Hände vor dem Gesicht, neben ihr der Lehrer, kalkweiß, und dann ließ sie sich von der Menge durch die Haustür schieben.

Um sich aus seiner Verstimmung zu lösen, hatte Egi am Heubügel eine Zeitlang mit den Kameraden vom Vorposten geschwätzt. Nun ging er, wieder versöhnlich gestimmt, die Dorfstraße hinunter. Theres hatte ja recht. Sie durften die Sache nicht einfach laufen lassen. Nur: Was konnten sie tun? Das Elend war, daß sie auf zwei Fronten kämpfen mußten, gegen den Engelwirt und gegen den Pfaffen. Wenn wenigstens ein anderer als der Kleinmann hier Pfarrer wäre.

An der Ecke, wo die Dorfstraße sich gabelte, blieb Egi stehen. Ob er jetzt mal nach seinem Häusle schaute? Aber vielleicht erwartete ihn der Hauptmann. Als er noch unschlüssig stand, sah er unten auf der Dorfstraße die Zwillinge und das Jockele. Alle drei waren sie mit Ruten bewaffnet und trieben zwei Gockel vor sich her, die, aufgeregt gackernd, seltsam schwerfällig dahergerannt kamen. Egi kniff die Augen zusammen. Die fetten Kapaune vom Pfarrer. Er ging den dreien entgegen. „Louis!“ rief er. „Louise! Da geht her!“ Und als sie nicht zu hören schienen: „Kommt sofort hierher!“

Die beiden blieben stehen, auch das Jockele, und die Kapaune flüchteten in eine Hofeinfahrt.

Egi ging zu den Zwillingen. „Was ist denn in euch gefahren? Die Gockel gehören dem Pfarrer. Ihr könnt doch dem Pfarrer nicht einfach was stehlen.“

„Freilich“, sagte Louis, während er das Hoftor im Auge behielt. „Das darf man jetzt“, sagte Louise. Und dann: „Da! Da sind sie.“ Die Kapaune gackerten im Obstgarten neben dem Hof. Die Zwillinge stoben davon, und das Jockele rannte hinterher. „Ariskater hetzen“, jauchzte es. „Ariskater hetzen.“
Kopfschüttelnd blickte Egi ihm nach. Dann sah er die Dorfstraße hinunter zur Kirche. Es war dort niemand auf der Straße, aber als er, weitergehend, sich dem Pfarrhaus näherte, saß im Schatten auf den Steinstufen vor der offenen Haustür die Pfarrmagd. Sie saß, den Kopf in die Hände gestützt, und als Egi näher kam, hörte er sie schluchzen. Alle Fenster des Pfarrhauses standen offen, und das Glas eines der Fensterflügel an der Amtsstube war zersplittert. „Was war denn hier los?“ fragte Egi.
Die Pfarrmagd schrak hoch. „Soldatenpack!“ stieß sie hervor. Sie sprang auf und verschwand im Haus, die Tür hinter sich zuwerfend. Im Fenster der Amtsstube erschien der Heiligenverrechner Rieger. Er hielt ein Bündel zerbrochener Federhalter hinaus und sagte langsam: „Bezahlen. Das müßt ihr alles bezahlen.“ Gerade da hörte man aus dem Engel: „Aristokraten werden gebraten, Fürsten und Pfaffen werden gehenkt . . .“
Egi ging zum Engel hinunter, und durch das Fenster zunächst der Haustür sah er, daß in der Gaststube dichtgedrängt Soldaten und Bauern hockten und beim Singen die Krüge schwenkten. Am Tisch hinten, neben der Tür zur kleinen Stube, saßen der Hauptmann und die Feldwebel, und die sangen ebenfalls.
Als Egi den Hausflur betrat, kam gerade Theres mit einem Eimer vom Hof. „Theres, jetzt sag mir: Was war am Pfarrhaus?“
„Man hat den Pfarrer verhaften wollen. Er ist ein Preußenspion.“

„Was?“ Verblüfft sah Egi sie an. „Der Pfarrer?“
„Freilich.“ Theres setzte den Eimer ab. „Der ist nach Moosbronn und sagt den Preußen, daß ihr im Dorf seid.“
„Aber Theres . . .“ Egi schüttelte den Kopf. „Und dazu nimmt er seine Reisetasche mit?“
„Warum nicht?“ Theres blickte vor sich auf den Fußboden. Dann hob sie den Kopf. „Frag doch nicht so viel, Egi. Auf alle Fäll ist der Pfaff fort. Und weil die Leut wissen, daß er ein Spion ist, kann er nicht mehr zurück. Weißt du, was das heißt?“
Egi nickte. „Daß wir's bloß noch mit deinem Vater zu tun haben.“ Er nahm sein Gewehr ab. „Aber was war nun . . .“ Er hatte das Gewehr unter die Stiege zum Oberstock stellen wollen und hielt inne. „Was ist denn das?“ An der Truhe unter der Stiege lehnte die lange Meerschaumpfeife des Pfarrers.
„Für dich, Egi.“ Theres kam näher. „Die hab ich für dich rausgeholt.“
„Also, Theres . . .“ Egi schob den Helm ins Genick. „Nun erzähl mir bloß noch, das darf man jetzt.“
Theres hob die Schultern. „Aber sie haben sich alle was geholt. Der Bürgermeister die Flaschen mit Kirschwasser, die Basmillerin Bettwäsch und der Vater . . .“
„Wenn's alle tun, ist's trotzdem nicht recht.“
„Ach geh, hab dich nicht so. Der Pfaff ist reich, das weiß ein jeder.“
„Hm.“ Egi lehnte das Gewehr an die Wand neben der Truhe und griff nach der Pfeife. Der Kopf war schön gleichmäßig angeraucht und das Mundstück aus Horn gedrechselt. „Und Tabak?“ fragte er. „Hast du den auch?“
Theres nickte. „Zwei Paket.“ Sie deutete auf die Truhe. „Hier im Kasten.“ Und indem sie den Eimer aufnahm: „Ich hab zu tun.“ Sie verschwand in der Küche.

Egi betrachtete die Pfeife. Eine solche hatte er sich schon immer gewünscht. Trotzdem: So recht freuen konnte er sich nicht. Er lehnte die Pfeife an die Truhe und folgte Theres.

Sie setzte am Herd gerade einen Topf auf. Dann zeigte sie zur offenen Durchreiche, die in die kleine Stube ging, und legte den Finger auf die Lippen. Egi nahm den Helm ab und setzte sich auf den Hocker am Speisschrank. In der Gaststube hatte der Lärm nachgelassen, und man konnte hören, was in der kleinen Stube geredet wurde.

„Also Lehrer", sagte der Engelwirt. „Ich versteh Euch nicht. Jetzt ist der Pfaff fort, und es ist Euch nicht recht."

„Weil ich nicht glaub, daß er ein Spion ist", sagte der Lehrer. „Es gefällt mir nicht, daß man ihn auf die Art fortgeschafft hat."

„Freilich." Der Bürgermeister lachte. „Ihr probiert's lieber mit Briefen, was?" Dann sagte er: „Wenn er kein Spion ist, warum ist er dann nach Moosbronn, wie? Erklärt mir das mal, Lehrer."

Der Lehrer schwieg.

„Na also." Dann ließ der Bürgermeister ein lautes ‚Ah!' heraus. „Das ist ein Kirschwässerchen, was, Engelwirt?"

„Normalerweise", sagte der Lehrer, „fällt Plünderung unter das Standrecht."

„Hört zu Lehrer. Entweder Ihr laßt das Gebopper oder Ihr verzieht Euch." Dann sagte der Bürgermeister: „Denkt doch mal: Wir sind jetzt die Herren vom Heiligenfond." Und plötzlich sang er, erstaunt hörte es Egi. „Wir sind keine Knechte . . ." Der Bürgermeister brach ab und lachte. „Lehrer, was braucht Ihr? Eine neue Wandtafel? Wird bewilligt. Eine Schulorgel? Bewilligt." Er rülpste. „Oder ein neues Sonnendach für die Bienen? Kriegt Ihr auch." Er lachte. So aufgekratzt hatte Egi den Bürgermeister noch nie erlebt. Jetzt sang er wieder. „Dreiunddreißigtausend sind in unserm Fond ... Engelwirt, wißt Ihr was? Ich geb allen Soldaten in der Gaststube einen aus."

„So ist's recht, Bürgermeister." Der Engelwirt steckte den Kopf aus der Durchreiche. „Theres ... Schau an, der Bittmann ... Theres, hast's gehört? Sag's der Mutter draußen und helf ihr."

Theres nickte und verließ die Küche. Der Engelwirt sagte: „Ich muß dich was fragen, Egi. Wart, ich komm." Er zog den Kopf zurück.

Dann trat er in die Küche und drückte die Tür hinter sich zu. „Ihr habt zwar andere, aber ich glaub, du kannst mir sagen, wie's geht."

„Was?" fragte Egi.

„Moment." Der Engelwirt schloß die Klappe an der Durchreiche. Dann zog er einen Schlüssel aus der Westentasche und sperrte den Speisschrank auf. „Hier."

Es war die Flinte des Pfarrers. Egi kannte sie, wie jeder im Dorf, aber er hatte sie noch nicht aus der Nähe gesehen.

„Wie sie aufgeht, hab ich schon raus", sagte der Engelwirt. „Schau." Er legte einen Hebel vor dem Abzugsbügel um und klappte den Zwillingslauf herunter. „Jetzt kann man sie von hinten laden. Aber ich seh nicht, wo man die Zündhütchen setzt. Hier, schau's dir an."

Egi nahm das Gewehr und hielt es gegen das Licht. Es war eine Büchsflinte mit einem glatten Schrotlauf und einem Kugellauf, Egi konnte die eingeschnittenen Züge erkennen.

„Hier ist Munition." Der Engelwirt reichte ihm eine Patrone aus eingefetteter Pappe. Aus dem Patronenboden

ragte senkrecht nach oben ein Metallstift. Jetzt wußte Egi Bescheid. „Da braucht's keine extra Zündhütchen", sagte er. „Die sind in der Patrone. Schaut her. Der Hahn schlägt auf den Stift und zündet die Ladung."
„Sauber." Der Engelwirt besah die Patrone. „Das ist ja kinderleicht. Man schiebt sie rein, klappt zu, spannt die Hähne und fertig. Und was Schrot und Kugel ist, sieht man auch."
Egi reichte ihm das Gewehr. „Was wollt ihr denn damit schießen?" Er vermied es, auf den dicken Hals des Engelwirts zu sehen. Mit dem konnte der doch nie ein Gewehr ordentlich anlegen.
Der Engelwirt schmunzelte. „Es braucht nicht jeder zu wissen, aber dir sag ich's. Ich werd mit euch . . ."
Die Engelwirtin war in die Küche gekommen. Sie sah das Gewehr und zog die Augenbrauen zusammen. Dann sagte sie: „Wie wär's, Ruckenbrod, wenn du mal das Krügefüllen übernimmst?"
„Gleich." Der Engelwirt hob das Gewehr. „Ich weiß jetzt, wie's geht, Wirtsfrau. Es ist kinderleicht."
„Ja", sagte die. „Für einen Kindskopf genau richtig."
„Du wirst mich nicht hindern." Der Engelwirt stellte das Gewehr in den Speisschrank. „Seite an Seite mit den Soldaten werd ich gegen die Preußen kämpfen. Daß du's weißt."
„Also, Engelwirt", sagte Egi. „Das tät ich lieber bleiben lassen. Einen Zivilisten mit einer Waffe – wenn die Preußen den erwischen, stellen sie ihn gleich an die Wand."
„Hast's gehört?" fragte die Engelwirtin. „Das sagt dir einer, der was von der Sach versteht."
„Das verbitt ich mir." Der Engelwirt knallte die Schranktür zu. „Ich verbitte mir, daß sich alle Welt in meine Angelegenheiten hängt." Sein dicker Hals war

puterrot angelaufen. „Ich kämpf. Ob's euch paßt oder nicht.“ Er lief hinaus und warf die Küchentür hinter sich zu.
Egi kratzte sich am Kopf. „Was hat er denn? Warum ist er so scharf auf's Kämpfen?“
„Ach Egi.“ Die Engelwirtin blickte ihn an, aus ihren freundlichen grauen Augen. „Das ist eine schwierige Geschichte. Die erzähl ich dir mal, wenn du mein Schwiegersohn bist.“

8

Es war ein sonniger, aber überraschend kalter Morgen, als der Zivilkommissär und Bürgermeister Trüssler, wie gewöhnlich um halb acht, aus dem Haus trat. Er überlegte, ob er umkehren und die dünne Tuchweste gegen eine der gestrickten Ärmelwesten vertauschen sollte, dachte dann aber an Hennys Bemerkung, die unfehlbar kommen würde – „Ja, ja, Trüssler, du wirst alt“ – und machte sich auf den Weg zum Rathaus. Tatsächlich war nicht zu leugnen, daß er mit den Jahren wetterempfindlich wurde; besonders die Rückenmuskeln an der rechten Schulter machten ihm zu schaffen. Bei kaltem Zug verspannten sie sich schmerzhaft, und er konnte sich über Stunden nur steif bewegen. Trüssler führte solche Beschwernisse auf die Floßfahrten in seiner Jugend zurück, während denen er manchmal tagelang nicht aus den feuchten Kleidern gekommen war. „In de wereld rondkijken“, dachte Trüssler. „Das hast du nun davon.“ Aber es war eine wilde und schöne Zeit gewesen, damals. Und jetzt sollte er lieber darüber nachdenken, was heute zu tun war. Mit dem Oberst Blenker mußte er im Laufe des Tages reden. Gestern abend hatte Trüssler von Kathi gehört, es ginge das Gerücht um, der Oberst wolle sich mit seinen Truppen in der Stadt verbarrikadieren. „Nonsens“, hatte Trüssler gesagt. Selbstverständlich würde man die anrückenden Preußen draußen im Gebirge angreifen. Jeder andere Plan war militärisch sinnlos, wie er Kathi versucht hatte zu erklären. Dann aber war er nachdenklich geworden. Wußte er denn, was der Oberst beabsichtigte? Ein Barrikadenkampf in der Stadt jedenfalls stand außerhalb jeglicher Diskussion. Plünderungen, zerschossene Häuser ... Trüssler, der gerade am Marktbrunnen vorüberging, wendete sich zum Gasthof Bock. Das mußte sofort geklärt werden.

Als Trüssler die Gaststube betrat, saßen Oberst Blenker und Madame beim Frühstück, zusammen mit fünf ihrer Freischaroffiziere. Sie saßen um einen der Tische an den Fenstern, durch die die Morgensonne fiel; der Oberst, bärtig und ganz in Grün und Gold, an der einen Stirnseite, Madame, im braunen Kittel, an der anderen, und ihr blondes Haar schien in der Sonne zu leuchten. Die Offiziere, an den Längsseiten, trugen schwarz-rot-goldene Schärpen, an den Wandhaken zwischen den Fenstern hingen Heckerhüte und Säbel, und Trüssler, der in der Tür stehen geblieben war, fühlte sich an Gemälde der alten Holländer erinnert.

„Kommen Sie rein, Trüssler", dröhnte der Oberst. „Frühstücken Sie mit uns?"

„Danke, ich hab schon." Trüssler ging zu Madame, die ihm lächelnd die Hand reichte, und weil ihm danach war, drückte er einen Kuß darauf. Sie lachte glucksend; es war klar, daß sie eine Schwäche für großgebaute Männer hatte.

Auf dem Tisch, neben dem Brotkorb, lagen ihre beiden Pistolen.

Trüssler begrüßte die Offiziere mit „Guten Morgen, meine Herren", holte einen Stuhl vom Nachbartisch und nahm beim Oberst Platz. Er blickte sich um. Außer der Frühstücksrunde war niemand in der Gaststube.

„Na, Trüssler, was gibt's?“ fragte der Oberst, während er von einem gebratenen Hühnchen ein Bein abriß.
„Frühstücken Sie erstmal, Oberst. Bevor ich Ihnen mit Dienstlichem komm.“
„Das klingt, als hätten Sie was Unangenehmes.“ Der Oberst biß vom Hühnerbein ab. „Schießen Sie los“, sagte er kauend. „So schnell verschlägt's uns den Appetit nicht. Was, Elise?“
Madame, ein Ei köpfend, schüttelte lächelnd den Kopf. Und einer der Offiziere, ein junger Kerl, mit schwarzem Schnauzer und Haaren bis auf die Schultern, sagte lachend: „Nein, wirklich nicht.“ Trüssler hörte an seiner Sprechweise, daß er, wie Henny, aus der Frankfurter Gegend stammte. „Sonst hätten wir mit dem Essen gar nicht anfangen dürfen.“
„Aha?“ Trüssler sah fragend den Oberst an.
„Zwei Mann unseres Vorpostens bei Loffenau“, sagte der. „Die Württemberger haben sie gefangen genommen.“ Er biß vom Hühnerbein ab und kaute. „Angeblich, weil sie die Grenze überschritten haben. Wir sind heut morgen rausgeritten. In Loffenau ist ein Bataillon württembergische Infanterie mit drei Kanonen aufgestellt.“
„Glauben die etwa, daß wir einmarschieren?“
Der Oberst hob die Schultern. „Vielleicht. Vom kommandierenden Offizier habe ich lediglich erfahren, er hätte den Auftrag, ins Land keine Bewaffneten hineinzulassen. Aber auch keine hinaus.“
„Was soll das heißen?“
„Wollt er nicht verraten.“ Der Oberst kaute. „Möglicherweise bezieht sich das auf die Preußen. Wenn sie über württembergisches Gebiet kommen.“
„Was?“ Entgeistert sah Trüssler ihn an. „Rechnen Sie denn damit?“

„Sie etwa nicht?“ Der Oberst schüttelte den Kopf. „Na, das nenn ich mehr als naiv, darauf zu bauen, daß die Preußen Württembergs Neutralität respektieren.“
„Wel allemachtig.“ Trüssler blickte auf den Oberst, der das Hühnerbein abzunagen begann. „Und da sitzen Sie hier und frühstücken in aller Gemütsruhe?“
„Was sonst?“ Der Oberst lachte. „Wie ich schon sagte: So schnell . . .“
„Alle duivels, Oberst. Ich finde das nicht spaßig.“ Trüssler stemmte die Arme auf die Knie. „Auf der Stelle möcht ich wissen, was Ihre Pläne sind.“
„Na, na, Trüssler. Was ist das für ein Ton?“ Stirnrunzelnd sah der Oberst ihn an. „Meine Pläne?“ Er warf den Hühnerknochen auf den Teller vor sich. „Die sind meine Sache.“
„Aber Katerchen“, ließ sich Madame vernehmen. „Er ist doch der Bürgermeister hier. Er sollte sie schon erfahren.“
Der Oberst schwieg, während er dem Hühnchen das andere Bein ausriß. „Na schön“, sagte er dann. „Hannes, erklär du ihm die Lage.“
„Die ist furchtbar einfach“, sagte der junge Offizier mit dem schwarzen Schnauzer. „Die Preußen kommen entweder von Michelbach oder von Loffenau. Oder aus beiden Richtungen. In allen Fällen ist es das Gescheiteste, sie im Gebirge anzugreifen.“
Trüssler nickte.
„An Truppen“, fuhr der junge Offizier fort, „haben wir hier: Die paar Pforzheimer Freischärler, das Gernsbacher erste Aufgebot, das so gut wie wertlos ist, und unsere Freischar. Knapp 800 Mann also. An einen Angriff ist nicht zu denken.“
„Und?“ Trüssler hatte sich aufgerichtet. „Was haben Sie vor?“

„Wir verbarrikadieren uns in der Stadt."
Trüssler sprang auf. „Kommt nicht in Frage!"
„Trüssler!" Der Oberst zeigte mit dem Hühnerbein auf ihn. „Sowas verbitte ich mir. Ich werde Sie . . ."
„Katerchen", rief Madame. Dann sagte sie lächelnd: „Bürger Trüssler. Ich verstehe Ihre Aufregung. Auch wir sind nicht glücklich mit diesem Plan. Und wir hoffen, daß rechtzeitig Verstärkung kommt. An die Division in Rotenfels sind mehrere Meldungen abgegangen. Zudem werden wir den Obergeneral um Truppen angehen."
„Und wenn die nicht kommen?"
„Dann", sagte der Oberst und biß in das Hühnerbein, „wird die Stadt verteidigt."
Trüssler holte tief Luft, aber der junge Offizier sagte: „Gernsbach ist gut geeignet für einen Barrikadenkampf, glauben Sie mir. Ich habe Erfahrung. Und wenn wir die Brücke abdecken . . ."
„Nein!" Trüssler schlug mit der Faust auf den Tisch. „Ja, glauben Sie, ich laß mir die Stadt von den Preußen zerschießen? Mit Kanonen? Was?" Er fuhr mit der Hand durch die Luft. „Nie. Das werde ich zu verhindern wissen."
„Trüssler!" brüllte der Oberst. „Soll das heißen, Sie wollen unsern Kampf sabotieren? Soll das . . ." Er hielt inne. Dann sagte er ruhig: „Wenn ich nur den kleinsten Hinweis kriege, nur den kleinsten, daß Sie gegen uns arbeiten, verstehen Sie? – dann stell ich Sie an die Wand."
„Was . . .?" Trüssler blickte auf den Oberst, der ihn schweigend ansah, dann auf die Offiziere, die ihn beobachteten, auf Madame, die nicht mehr lächelte und auf ihre Pistolen sah, und mit einmal kam Trüssler die buntkostümierte Runde vor wie ein Trupp entsprunge-

ner Narren, der durch einen entsetzlichen Zufall über einen Waffenladen geraten war.
Trüssler schüttelte den Kopf. „Ja“, sagte er. Langsam ging er zur Tür. „Gut, gut, ich habe verstanden.“ Dann war er draußen.
Vor dem Bock, in der Morgensonne, fegte eine Magd die Stufen, über den Marktplatz rumpelte ein Bauernkarren, eine Gruppe Buben mit Schultornistern zog vorüber, am Brunnen standen zwei Frauen und schwatzten – sich vorzustellen, daß hier eine Granate platzte ... Drüben das Rathaus, hoch und vielfenstrig, mit dem Erker und den spitzen Giebelaufsätzen, in Brand geschossen ... Und er als Bürgermeister sah es kommen und konnte es nicht verhindern. „Weg!“ durchfuhr es Trüssler. „Einfach verschwinden aus der Stadt.“ Und sofort schämte er sich. Er dachte an Karl, der mit seiner Kompanie irgendwo an der Murg stand, an Kathi, an Henny, und er dachte daran, daß er diese Revolution gewollt hatte. Jetzt mußte es gehen, wie es ging. Und mit einmal überkam ihn das Gefühl von damals, wenn das Floß auf ein Wehr zurauschte, und er, auf dem Vorfloß, sah es kommen, und das Floß mußte drüber und runter, auch wenn es zerriß.

Der Waldweg war dick mit Tannennadeln bedeckt, aber man spürte beim Gehen den harten Boden darunter, und Hauptmann von Ziegler fand es angenehm, auf festem Untergrund aber doch weich zu gehen, und er dachte, daß nach dem vormittäglichen Marsch über geschotterte Chausseen und steinige Karrenwege dieser Waldweg für die Füße erholsam war. Hinter sich hörte er den gedämpften Schritt seines Hornisten, die Schritte der Füsiliere, die in langer Doppelreihe folgten, manchmal knackte ein Zweig, auf den einer der Männer getreten war, klapperte ein Kochgeschirr, wenn einer seinen Tornister zurechtrückte, aber sonst war nichts zu hören. Hauptmann von Ziegler hatte absolutes Stillschweigen befohlen, obwohl er nicht glaubte, hier schon auf badische Soldaten zu stoßen. Nach der Karte war es bis Michelbach noch eine gute Stunde, und die Kompanie dort, die dem Bataillonskommandeur in Moosbronn von einem Pfarrer gemeldet worden war, würde wohl kaum durch den Wald Streife gehen lassen. Aber mit versprengten Freischärlern mußte man immer rechnen, und Hauptmann von Ziegler hatte den einen Zug, der mit Zündnadelgewehren ausgerüstet war, voraus als Spitze bestimmt; er konnte die Füsiliere dieses Zuges sehen, wenn der Weg ein Stück geradeaus verlief.

Es war ein Gebirgsweg unter düsteren Tannen; der Wald zog sich rechter Hand dichtgedrängt einen Berghang hinauf, und vom linken Wegrand aus sah man den nadelbedeckten Waldboden zwischen den Stämmen steil abfallen. Beim Umhersehen hatte Hauptmann von Ziegler das Gefühl, daß sich der Blick beständig zwischen Bäumen festrannte; er war in der flachen Weite Ostpreußens aufgewachsen, und er dachte, daß er wahrscheinlich schwermütig würde, wäre er gezwungen, hier in einem der engen Täler am Fuße bedrohlich ragender Berge zu leben.

Jetzt aber ging er entspannt auf diesem bequemen Waldweg, der vorläufig fast eben verlief, und der erst später, wie nach der Karte zu vermuten war, über mehrere Steilstücke führen würde. Er wußte, daß er alles getan hatte, was unter den gegebenen Umständen zu tun war, und er blickte aufmerksam, aber ruhig umher. Er hatte dunkle Augen, ein längliches, feingeschnittenes Gesicht mit einem schwarzen Knebelbart, der sorgfältig beschnitten und gebürstet war. Gestern, während des

Rasttages in Karlsruhe, hatte Hauptmann von Ziegler sich pflegen können, auch die Montur war von seinem Burschen gründlich durchgeputzt worden, einschließlich Helm, dessen Beschläge er den Burschen hatte abschrauben und mit Putzerde bearbeiten lassen. Die goldfarbene Spitze, der Adler und die Schuppenkette schimmerten jetzt wie neu auf dem tiefschwarzen Helmleder. Und gestern hatte die Feldpostanstalt es endlich geschafft, Briefe zuzustellen.

Hauptmann von Ziegler dachte an den zärtlich-verhaltenen Brief Helenes, der in seinem Offizierstornister steckte, und er dachte: „Sobald ich wieder in Magdeburg bin, heirate ich sie." Seit gestern war er entschlossen – sollten die Kameraden sich die Mäuler zerreißen. Und wenn die Verwandtschaft ihn ächtete, bitte, er würde es überleben. Er kam aus der preußischen Linie der alten Adelsfamilie Ziegler und Klipphausen, und Helene war die Tochter eines Strumpffabrikanten, dessen Vater noch im Webstuhl gehockt hatte. Vor drei Jahren hatten sie sich kennengelernt, bei einem Ball im Gesellschaftshaus des Friedrich-Wilhelm-Gartens. Und als Hauptmann von Ziegler jetzt auf dem Waldweg unter den Tannen ging, die Doppelreihe der Füsiliere hinter sich, erinnerte er sich an die Sonntage in Magdeburg, wenn sie nachmittags an der Elbe entlang auf dem Fürstenwall promenierten, und abends im Stadttheater saßen, oder auch im Tivolitheater auf dem Werder, das zwar unter Offizieren als ein wenig anrüchig galt, wohin man aber trotzdem gehen konnte, und er sah Helene auf der Waldlichtung, damals im Biederitzer Forst, und er dachte, daß er sie ganz bestimmt heiraten würde.

Dann dachte er daran, daß er nun schon über ein Jahr aus Magdeburg fort war, der Garnison des siebenundzwanzigsten Infanterieregiments. Ende März 48 hatte man es ins Rheinland gezogen, und dort war es mehrfach verlegt worden, immer an Orte, wo die Bevölkerung sich besonders aufgeregt gebärdete. Die gesamte Rheinprovinz schien von französischen Freiheitsideen verseucht und durch Demokraten aufgehetzt. Die ständige Sorge der Offiziere, daß die Mannschaften von diesem Ungeist angesteckt würden, hatte sich, zumindest bei den Siebenundzwanzigern, als unbegründet erwiesen. Hauptmann von Ziegler war heilfroh, daß er einem Regiment angehörte, in dem vorwiegend brave Bauernburschen und keine aufsässigen Fabrikarbeiter dienten. Bei den rheinpreußischen Linienregimentern hatte es, soviel von Ziegler wußte, einige Disziplinschwierigkeiten gegeben, und natürlich bei den rheinischen Landwehrregimentern, die vergangenes Jahr einberufen worden waren: Gehorsamsverweigerungen, selbst bei Unteroffizieren, bis hin zu Meutereiversuchen. Jetzt hatte man diese Truppen wohl im Griff, aber man mißtraute ihnen. Das Landwehrbataillon Warendorf beispielsweise, das der Division zugeteilt war, setzte der Kommandeur nur zusammen mit Linientruppen ein. Die Unzuverlässigkeit der Landwehr war einer der Gründe, warum dieser Krieg so langsam voran ging.

„Na", dachte Hauptmann von Ziegler, „Krieg ist übertrieben." Sie bekämpften einen Aufstand, eine Insurrektion, die von Demokraten, Polacken und Franzosen angezettelt war. Und daß es kein richtiger Krieg war, dazu konnte die preußische Armee sich gratulieren, das sollte man ganz klar sehen. Allein, daß es keine Traintruppen gab, hätte sich in einem regulären Krieg katastrophal auswirken können. Mehrmals schon hatte der Bataillonskommandeur Order geben müssen, mit der

Munition sparsam umzugehen. Auch die Verpflegung kam unregelmäßig, an manchen Tagen überhaupt nicht. Selbstverständlich wurde bei der Bevölkerung requiriert. Aber die Soldaten aßen nur zögernd, was beigetrieben wurde. Es ging das Gerücht, die Badener vergifteten die Lebensmittel, die sie an die Armee abgeben mußten. Hauptmann von Ziegler glaubte nicht daran. Aber wenn er ehrlich war: Auch ihn beschlich ein ungutes Gefühl, wenn er im Quartier ein Mittagessen aufgetischt bekam, so wie gestern in Karlsruhe. Dabei waren die Leute durchaus freundlich gewesen. Und es hatte ihn etwas peinlich berührt, als der Major die Hausfrau zuerst essen ließ. Aber das hatten die Badener sich selbst zuzuschreiben, wenn man ihnen mißtraute. Was mußten sie bei dieser Revolution mitmachen. Und die Insurgenten, vor allem die Freischärler, brauchten sich nicht zu wundern, wenn man nicht immer säuberlich mit ihnen umging. Bei hinterhältigen Mordversuchen gar, da gab es kein Pardon.
Hauptmann von Ziegler hatte das nach dem Gefecht bei Ubstadt erlebt. Das Dorf war genommen, aber noch nicht durchkämmt. Plötzlich war vom Kirchturm ein Schuß gefallen. Darauf hatten Füsiliere den Turm gestürmt und den Freischärler, den sie oben bei der Glocke fanden, lebend aus dem Schalloch geworfen; seinen langgezogenen Schrei hatte von Ziegler noch im Ohr. Die fünfzehn Freischärler, die die Soldaten dann auf Heuböden und in Kellern aufgestöbert hatten, wurden einer wie der andere niedergestoßen, und keiner der Offiziere hatte die Soldaten daran gehindert. Auch Hauptmann von Ziegler nicht, obschon er meinte, daß solche nicht befohlenen Aktionen der Disziplin abträglich waren. Andererseits sah er ein, daß die Männer ihrer Wut Luft machen mußten. Zudem waren sie über

Weinvorräte geraten und angetrunken, ziemlich wüst sogar. Und wenn man die Sache beim Namen nannte, dann hatten die Männer sich wie die Barbaren aufgeführt. „Aber im Kampf", dachte er, „da waren sie prachtvoll."

Mit Hurra hatten sie die starke Barrikade am Dorfausgang gestürmt. Es war das erste Gefecht, das er mit seinen Füsilieren zu bestehen hatte, und er dachte jetzt: „Fein ist es gelaufen." Niemand wußte vorher von sich, wie er sich fühlen würde, wenn er zum ersten Mal im Feuer stand. „Na", dachte er, „nun weiß ich's."

Im Feuer kam man gar nicht dazu, darüber nachzudenken, wie man sich fühlte. Er war viel zu sehr damit beschäftigt gewesen, auf seine Männer zu achten; er hatte kommandiert, aufrecht stehend, hatte das berühmte Kugelpfeifen gehört, aber es war ihm gewesen, als gälten die Kugeln nicht ihm. Auch beim Sturm auf die Barrikade, er vor seinen Füsilieren, hatte er keinen Moment daran gedacht, daß er fallen könnte. Er war zufrieden mit sich und seinen Männern. Auch wenn sie sich nachher wie die Barbaren aufgeführt hatten. An der Kirchtumgeschichte waren übrigens nur Füsiliere des Zuges beteiligt gewesen, den Hauptmann Ziegler jetzt, auf dem Waldweg nach Michelbach, als Spitze gehen ließ.

Der Zug gehörte keiner Kompanie des Regiments an, sondern kam von den Vierundzwanzigern. Das Füsilierbataillon dieses Regiments war eines der wenigen, die schon mit dem neuen Zündnadelgewehr ausgerüstet waren. Deshalb hatte man diese Bataillone kompanie-, ja, zugweise auf andere Regimenter verteilt. Schon vor dem Badener Aufstand war das Füsilierbataillon der Vierundzwanziger auseinandergerissen und an verschiedenen Orten eingesetzt worden, um Insurrektionen niederzuschlagen, beispielsweise in Sachsen. Solche Einsätze, losgelöst vom Regiment, bekamen den Soldaten natürlich nicht. Der Zug, der vor Hauptmann von Ziegler als Spitze marschierte, hatte etwas Räubermäßiges an sich; der Premierleutnant, der ihn führte, stand mit seinen Männern auf viel zu vertrautem Fuß, und manchmal wollte es Hauptmann von Ziegler scheinen, als nähme er Befehle nur widerwillig entgegen. Na, nach dem Feldzug würde man die Kerle wieder auf Vordermann bringen. Und allzu lang würde der nicht mehr dauern.

Wie Hauptmann von Ziegler heute morgen gehört hatte, würde das Korps von General Peucker durch württembergisches Gebiet hindurch die Stadt Gernsbach angreifen. Einem solchen Stoß in die Flanke hielten die Insurgenten nicht stand, das war abzusehen. Zumal gleichzeitig die Division, die jetzt auf der Ebene um Freiolsheim biwakierte, über Michelbach und Rotenfels angreifen würde. Zur ersten Erkundung waren die Füsilierbataillone des 27. und 29. Regiments in Marsch gesetzt worden. Hauptmann von Ziegler ging mit drei Schützenzügen als Vorhut.

Er zog die Karte heraus, die er zurechtgefaltet unter die Feldbinde gesteckt hatte, und studierte sie, während er ging. Viel war aus der dichtgeschummerten Gebirgsdarstellung nicht zu entnehmen. Aber es schien wenigstens zweimal steil bergab zu gehen: An einer Stelle, die sie bald erreichen würden, und dann noch einmal vor dem Dorf. Er hoffte, daß sie auf keine Verhaue oder Barrikaden stießen, die zu überwinden Zeit kostete, auch wenn sie unbemannt waren. Würde Michelbach sich tatsächlich als besetzt erweisen, wie dieser Pfarrer behauptet hatte, dann sollte er auf das Bataillon warten, das ihm folgte. War das Dorf feindfrei, würde er es durchsuchen lassen. Besonders gründlich das Wirtshaus an der Kirche, das nach Aussagen des Pfarrers ein Demokratennest war.

Gewehr und Tornister hatte Egi im Engel unter der Stiege zum Oberstock abgestellt, und nun ging er, lediglich mit dem Säbel bewaffnet, die Dorfstraße hinauf, um sich mit Theres draußen an der Hecke zu treffen. Am Pfarrhaus waren die Fensterläden geschlossen: Die Pfarrmagd war fortgegangen, in die Stadt Baden, wie man im Dorf vermutete, denn dort lebte ihre Schwester. Die beiden Kühe des Pfarrers versorgte der Heiligenverrechner Rieger. Warum sich die keiner geholt hatte, wußte Egi nicht. Lediglich das Kalb war vom Trück Lorenz fortgetrieben worden, wie Egis Nachbar, der Bastian, erzählte. Heute morgen hatte Egi nach seinem Häusle geschaut und die Regentöpfe ausgeschüttet. Egis Hühner waren, wie die Kuh und die beiden Geißen, auf dem Hof des Bürgermeisters untergebracht, und im leeren Hühnerstall hatte sich ein Bienenschwarm eingenistet. Vermutlich kam der vom Lehrer, aber nach dem Bienenrecht gehörte er Egi. Falls er nach der Revolution soldatenfrei würde, wollte er mit dem Schwarm eine Bienenzucht aufbauen. Als Egi nun auf der Dorfstraße an die Abzweigung gelangte, die nach Rotenfels führte, aber auch zu seinem Häusle, da dachte er, daß er statt Waffenrock und Helm jetzt gern Joppe und Strohhut getragen hätte.
„Egi!“ Das Jockele kam die Straße heruntergerannt. „Egi!“
„Ja, wo kommst du denn her?“
„Von da.“ Jockel zeigte in die Richtung, aus der er gekommen war.

Egi blickte die Straße hinauf. „Und wo sind die Zwillinge?“
„Da.“ Wieder zeigte das Jockele. „Preußen schießen.“ Dann, indem er mit dem Fuß aufstampfte: „Die Zwilling sind bös.“
„Aha.“ Vermutlich trieben die Zwillinge sich beim Vorposten umher und hatten den Kleinen fortgeschickt. Egi überlegte, ob er ihn zum Engel bringen sollte. Aber Theres wartete. „Hör zu, Jockel. Du gehst brav heim. Die Zwillingen kommen auch gleich. Du läufst jetzt, bis du daheim bist. Hast du verstanden?“ Das Jockele nickte und rannte los.
Egi ging weiter, und am Dorfausgang, wo die Bischweirer Wiesen begannen, sah er die beiden Kapaune. Sie scharten unter einem Birnbaum, und Egi blieb stehen: Durch das Gras schlich eine dicke Katze. Dann sprang sie, und die Kapaune rannten gackernd davon, hinunter ins Dorf.
Egi schmunzelte. Ein freies Leben war halt nicht ungefährlich.
Den Vorposten hatte der Hauptmann am Heubügel so plaziert, daß man die Moosbronner Steige beobachten und rechtzeitig Alarm geben konnte. Die beiden Soldaten, die zur Zeit eingeteilt waren, saßen auf der Böschung am Wegrand, barhäuptig, und auf dem Weg gingen die Zwillinge Wache, wie sie sagten. Sie hatten die Pickelhauben auf und marschierten, den Kopf in den Nacken gelegt, mit geschulterten Säbeln hin und her. Egi sagte zu den Soldaten auf der Böschung: „Warum schickt ihr die zwei nicht fort? Kinder haben bei Posten vor dem Feind nichts zu suchen.”
„Jawohl, Herr General“, sagte der eine Soldat. Und der andere sagte: „Hab dich nicht so. Der Feind ist weit.“
Egi schüttelte den Kopf. „Ihr macht mir Spaß.“ Dann

sagte er streng zu den Zwillingen: „Ab mit euch. Auf dem schnellsten Weg heim."
Die beiden brachten Helme und Säbel zu den Soldaten hinauf. „Du kannst nichts machen", erklärte Louise ihnen. „Man muß ihm gehorchen, weil, er hat was mit der Theres."
„Gehst du in die Heck?" fragte Louis. „Zum ..." Er bog Daumen und Zeigefinger der einen Hand zum Ring und schob darin den Zeigefinger der anderen hin und her. Die beiden Soldaten lachten, und auch Egi mußte lächeln. „Jetzt macht euch heim, ihr Herrgottsakkermenter. Aber mit Dampf."
Die Zwillinge trabten davon, und Egi rief hinter ihnen her: „Wenn ihr den Jockel seht, nehmt ihn mit." Die beiden nickten im Laufen.
„So ich muß weiter."
Hinter ihm her sang einer der Soldaten: „So willig wie mein Liesel, ist halt nichts auf der Welt."
Egi zuckte mit den Achseln. So einer konnte sich natürlich nicht vorstellen, daß man, weil es sein mußte, mit seiner Liesel einen kühlen Kopf behielt.
Als er aber um das untere Ende der Hecke bog, und Theres im Gras sitzen sah, da hatte er noch immer im Ohr: „So willig wie mein Liesel", und außerdem sollte man kleinen Buben gewisse Handbewegungen verbieten. Egi merkte, wie ihm warm wurde, und die bloßen Arme von Theres, die in der Sonne schimmerten, machen den Kopf nicht kühler. Auf alle Fälle mußte er sie jetzt streicheln, das war das Wenigste. Noch im Gehen schnallte Egi das Säbelgehenk und die gekreuzten Brustriemen los, knöpfte den Waffenrock auf, und als er bei Theres war, warf er Säbel, Riemenzeug und Helm ins Gras und zog den Rock aus.
„Heh", sagte Theres, „was ist denn mit dir los?"

„Ich hab", sagte Egi und ließ sich neben ihr nieder, „ganz große Sehnsucht nach dir." Er rückte dicht an sie heran und legte den Arm um sie. Dabei konnte er ein Schnaufen nicht unterdrücken, und Theres sagte: „Egi, du weißt doch. Wenn wir uns vergessen, dann ..."
„Nur ein wenig dich spüren." Egi rieb sein Gesicht an ihrem Mieder. Darunter war es voll und weich, und er murmelte: „Kannst das mal aufmachen? Nur das Mieder ..." Er begann zu nesteln. „Egi, nein, nicht", hörte er, aber als er hochsah, war ihr Gesicht gerötet, und er spürte, wie sie atmete.
Dann hatte er die Verschnürung des Mieders offen, und es war bloß noch ihr Hemd dazwischen, aber nun griff sie zu, zog das Hemd aus dem Rockbund, hob es ein wenig an, und Egi steckte den Kopf darunter. Da war er nun, und er drückte sich an sie, drückte die geschlossenen Augen, die Nase, den Mund dagegen und schob sein Gesicht hin und her. Er fühlte, daß sie seinen Kopf umfaßt hielt, mit dem einen Arm, und während er nun mit der Zunge umherfuhr, merkte er unten ihre Hand, die am Latz knöpfte, dann war sie drin und drückte und rieb.
Als Egi nach einer Zeit die Augen öffnete, war er noch immer unter ihrem Hemd, aber Theres lag nun, und er merkte, wie sie heftig atmete und sich bewegte. Er hielt den Kopf ruhig, machte ihn leicht, wollte sie nicht stören bei ihrer Sache, spürte jetzt, wie sie sich ein wenig hob, sich zu verspannen schien, und mit einmal lag sie wieder weich und locker, und ihr Atem wurde ruhiger. Egi hielt das Gesicht an sie gedrückt und lag still mit geschlossenen Augen. Nach einer Weile zog er den Kopf aus dem Hemd. Theres richtete sich auf und schob ihren Rock wieder über die Knie. „Heh", sagte sie und lächelte. „Was war denn mit uns los?"

Egi sah sie an, wie sie neben ihm saß, wie sie lächelte, und er dachte: „Meine Theres.“ Er dachte: „Was hab ich für ein Glück.“ Dann stellte er sich vor, wie sie im Häusle wirtschaftete, und er dachte, daß sie beide zusammen aus dem Hof etwas machen konnten, so klein er auch war, und er sagte: „Weißt, Theres, man müßte es mit Stallfütterung probieren und mit Knochenmehl als Dünger und ...“

„Egi.“ Lachend schüttelte Theres den Kopf. „Wenn ich dich nicht kennen würde ...“ Sie wurde ernst. „Freilich“, sagte sie. „Das könnten wir probieren.“ Und während sie Hemd und Mieder zu richten begann: „Wenn wir was nicht wissen, schaun wir in die Landwirtschaftlichen Blätter. Die liegen in der Bürgermeisterstub, nicht?“

Egi nickte. „Nur schaut nie einer rein. Aber wir werden reinschauen.“ Er knöpfte seine Hose zu. „Oder wir machen eine Schusterbutik auf, in der Stadt.“

„Wenn du magst“, sagte sie. „Warum nicht? Ich werd ein Stadtkleid anhaben und die Meisterin sein. Meinst du, daß wir das Geld zusammenbringen, um in die Stadt zu gehen?“

„Ich glaub nicht.“ Lächelnd sah Egi sie an. „Also bleiben wir im Häusle. Wir werden arbeiten und unser Auskommen haben, wir zwei.“

„Da kommen sicher noch welche dazu“, sagte sie und lachte. Darauf sagte sie: „Egi, so schön es war ... Also, ich hätt bei allem mitgemacht. Hast du vorhin immer gewußt, was du tust?“

Er schüttelte den Kopf.

„Siehst du?“ Sie schwieg und blickte auf seinen Rock, der vor ihr im Gras lag. „Aber es war schön“, sagte sie versonnen.

Egi saß neben ihr, fühlte sich wohlig entspannt und

lauschte auf das ‚Zipp, zipp' einer Singdrossel, die nahebei in der Hecke lockte. Sie saßen an derselben Stelle wie gestern, als der Pfarrer sie überrascht hatte, und durch die Lücke in der Hecke konnte Egi den Baumverhau sehen, den die Bauern auf der Steige hatten anlegen müssen. Als der Hauptmann es heute morgen befahl, murrten sie. Man wäre sowieso wegen der Revolution mit allen Arbeiten hintendran und außerdem: Ohne Not schlüge man keine Bäume um. Da wurde der Hauptmann fuchtig: Ob die Bauern glaubten, er und seine Soldaten hielten ohne Not die Köpfe für sie hin? Der Bürgermeister und der Engelwirt hauten in die gleiche Kerbe, und als der Hauptmann dazu noch mit dem Standrecht drohte, waren sie schließlich losgezogen. Unter seiner Anleitung schlugen sie entlang der Steige die Bäume so um, daß sie auf dem Weg längs und quer übereinander lagen. Dann waren Pfähle kreuzweise über die Stämme geschlagen worden, und wer diesen Verhau beiseite räumen wollte, der hatte zu tun. Ihn zu umgehen, war schwierig wegen der steilen Abhänge beiderseits des Weges, und für das Überklettern des Verhaus rechnete der Hauptmann eine knappe Viertelstunde. „Zeit genug", hatte er gemurmelt.
„Egi", sagte Theres plötzlich. „Stimmt es, was die Soldaten sagen? Daß der Fuchs und fünf Mann ausgerissen sind?"
Egi nickte. „Beim Morgenappell haben sie gefehlt. Sind einfach in der Nacht abgehauen und haben uns verraten, die Säue, die unkameradschaftlichen."
Theres sah ihn an. „Na also, Egi. Sie haben die Revolution verraten. Und das ist nicht recht. Aber unkameradschaftlich? Was soll das denn heißen?"
„Es soll heißen, daß man seine Kameraden nicht im Stich läßt."

„Versteh ich nicht“, sagte Theres, und Egi sah schon, worauf das hinauslief. „Stell dir mal vor“, sagte sie, „du hättst gemerkt, daß die Sache verloren ist . . . Ja, ja, sie ist nicht verloren. Aber mal angenommen. Und bloß wegen der Kameraden hältst du dann noch den Kopf hin? So blöd kann doch nur ein Ochs sein. Oder wie? Erklär mit das mal.“

Egi dachte nach. Nach einer Weile sagte er: „Das verstehst du nicht.“

„Sag ich ja.“ Sie faltete die Hände über den Knien. „Schau, Egi. Wir haben mal über was Ähnliches gesprochen. Da hast du gesagt, daß auch was Unvernünftiges richtig sein kann. Weißt du noch?“ Egi nickte. „Ich hab's nicht eingesehen, und du hast es mir nicht erklären können. Jetzt kommst du wieder mit sowas, und wieder kannst du es nicht erklären. Da ist doch was faul, sag selber.“

Egi schwieg. Mit einmal mußte er an den Scholze Franz denken, der ein guter Kamerad gewesen war, der aber bei dem Marsch damals hatte wissen wollen, was es den Kameraden schadete, wenn er sich fahren ließ. Egi sagte: „Na ja. Vielleicht sollte man wirklich immer nur tun, was vernünftig ist.“ Er hob den Zeigefinger. „Aber anständig muß man bleiben.“

Theres lächelte. „Jawohl, Herr Pfarrer.“ Sie nahm seine Hand. „Was für ein Glück, daß du keiner bist.“

Egi lachte. „Das fehlte noch.“ Und während er dies sagte und dabei den Kopf schüttelte, fiel sein Blick durch die Lücke in der Hecke. Und da waren sie.

In ihrem Leben war Theres nicht so erschrocken. Noch jetzt, unten im Dorf, klopfte ihr das Herz bis in den Hals. Hinter der Hecke, als sie die Preußen erblickte, war ihr zuerst gewesen, als schrumpfte die Kopfhaut und stellten die Haare sich auf. Dann war sie hochgefahren, aber Egi hatte sie festgehalten und beruhigend den Kopf geschüttelt. Er schien sich die Preußen genau besehen zu wollen, und Theres, deren Herz zwar wild zu klopfen begann, die nun aber nicht mehr blind vor Schrecken war, spähte gleichfalls durch die Hecke. Es waren etwa zwei Dutzend Preußen, und sie standen oben an der Biegung im Schatten, wo sich der Weg aus dem Wald zog. Dann kamen vier ins Sonnenlicht, gingen langsam auf die gefällten Bäume zu, an den Wegrändern entlang und die Gewehre nach vorn gerichtet. „Keine Angst", flüsterte Egi, während er seinen Rock anzog. „Das ist die Vorhut. Die geht nicht weiter, bis die anderen da sind."

Die vier Preußen hatten inzwischen den Anfang des Verhaues erreicht, und Theres dachte, daß sie in ihren blauen Uniformröcken aussahen wie Badische, bloß daß auf den Preußenhelmen Spitzen waren statt Kugeln. „So. Fort jetzt", flüsterte Egi. Er sammelte Helm, Säbel und Riemenzeug auf, und sie schlichen sich hinter der Hecke davon. Gerade als sie am unteren Heckenende waren, knallte es vom Heubügel her. Die Soldaten dort hatten die Preußen entdeckt und Alarm geschossen. Egi, der sie hatte warnen wollen, sagte darauf, nun gingen sie besser über die Obere Ebene zurück; da wären sie schneller im Dorf, und die Preußen sähen sie nicht. So kam es, daß sie das Kirchköpfle zum ersten Mal gemeinsam hinuntergestiegen waren.

Noch auf der Oberen Ebene, als Egi gerade im Laufen sein Riemenzeug überzog, hatten sie die Signaltrompete gehört, und als sie jetzt auf den Kirchplatz kamen, waren die Soldaten schon angetreten. Drumherum standen die Dorfleute, die einen grüppchenweise aufgeregt miteinander redend, andere stumm die Soldaten beobachtend. Keiner schien recht zu wissen, was er tun sollte.

„Schau an", sagte Egi, „der Vorposten ist auch schon da."

Theres sah am Engel den schnauzbärtigen Hauptmann, vor ihm zwei Soldaten, und die rannten nun los, vermutlich um ihr Gepäck zu holen, denn die anderen Soldaten hatte alle ihre Tornister aufgehuckt. Neben dem Hauptmann standen der Bürgermeister und der Lehrer, und als Theres und Egi hinüberliefen, kam aus der Haustür der Vater. Er hatte die Flinte vom Pfarrer über die eine Schulter gehängt und über die andere den Brotbeutel, den er benutzte, wenn er über Mittag auf dem Feld blieb. Hinter ihm trat die Mutter in die Tür. Dort blieb sie stehen, die Arme vor der Brust verschränkt, und blickte mit zusammengezogenen Augenbrauen auf den Vater, der sich beim Hauptmann aufbaute.

Der Hauptmann sagte gerade zum Bürgermeister: „Schicken Sie die Leut in die Keller, aber rasch." Der Bürgermeister nickte und ging zu den nächststehenden Bauern.

„Wollt Ihr Euch etwa im Dorf schießen?" fragte der Lehrer.

„Nein. Wir ziehen uns in den Wald zurück, beiderseits der Straße nach Rotenfels. Hier im Ort können wir zu leicht umgangen werden. Trotzdem, in den Kellern ist's sicherer ... Sackerment, Bittmann, was stehst du hier rum? Hol Gewehr und Tornister."

„Ich muß was melden", sagte Egi. „Ich hab die Preußen beobachtet, und ihre Gewehre sind so, wie ich noch keine gesehn hab." Hastig sagte der Hauptmann: „Wie haben sie ausgesehen?"

„Am Schloß war ein Griff dran, so seitlich nach oben und ..."
„Nadelgewehre". Der Hauptmann blickte vor sich hin. „Ausgerechnet mir muß das ..." Er verstummte und zupfte am Schnauzbart.
Gerade da sagte der Vater: „Herr Hauptmann, ich möcht mit meinem Gewehr ..."
„Los!" schrie mit einmal der Hauptmann den Egi an. „Hol deinen Kram. Wir müssen weg hier." Den Vater schien er überhaupt nicht gehört zu haben. Egi rannte an der Mutter vorbei in den Hausflur.
„Herr Hauptmann", begann der Vater wieder.
„Kompanie – rechts um!" brüllte der. „Im Geschwindschritt – marsch." Und die Soldaten marschierten los, mit schnellen, kurzen Schritten, marschierten die Dorfstraße hinauf, und als Egi aus der Haustür gestürzt kam, das Gewehr über die Schulter gehängt, den Tornister auf dem Rücken, zogen die letzten gerade am Pfarrhaus vorbei.
„Theres." Egi stand vor ihr und sah sie an. „Ich ... Bestimmt marschieren wir runter zur Murg. Weiter lassen wir die Preußen nicht. Und wenn doch ..." Plötzlich riß er den Helm vom Kopf und umarmte sie. Er zog sie an sich, hielt sie fest, drückte sein Gesicht gegen ihres, und Theres wollte sagen: „Bleib hier", aber da ließ er sie los und rannte davon. Theres sah, wie er im Rennen den Helm aufsetzte, das Gewehr von der Schulter nahm, sie sah, wie der Tornister sich auf und nieder bewegte, sah das alles ganz deutlich, aber es durfte nicht sein, und sie rief: „Egi! Bleib!" Aber er blickte sich nicht um, hatte jetzt die Abzweigung erreicht, wo es nach Rotenfels ging, und verschwand.
Theres stand, blickte zur Abzweigung oben, wo er verschwunden war, und wie von weit entfernt hörte sie:

„Theres! Wo sind die Kinder? Theres!“ Sie wendete sich um.
Die Mutter kam auf sie zu. „Wo sind die Zwillinge? Das Jockele? Wir müssen in den Keller.“
Theres sah nun, daß der Kirchplatz leer war. Lediglich der Vater stand mit Flinte und Brotbeutel auf dem gleichen Fleck wie vorhin. Er starrte die Straße hinauf und murmelte: „Fort. Die sind einfach abgehauen.“ Plötzlich schrie er: „Ihr sollt kämpfen, ihr Feiglinge. Kämpfen! Kämpfen!“
„Ruckenbrod“, rief die Mutter. Und als er nicht zu hören schien, da stampfte sie mit dem Fuß auf, Theres hatte das bei ihr noch nie gesehen. „Ruckenbrod, du Narr!“ schrie die Mutter. „Schaff das Gewehr weg! Die Preußen kommen. Die erschießen dich!“ Der Vater schrak zusammen.
„Willst du allein gegen die Preußen kämpfen?“ fragte die Mutter.
Hastig nahm der Vater das Gewehr von der Schulter und besah es. „Aber wohin damit?“ Plötzlich wendete er sich um und lief ins Haus.
„Bloß nicht in den Keller“, rief die Mutter hinter ihm her. „Schmeiß es rüber in den Pfarrhof.“ Und zu Theres: „Schnell, wir müssen die Kinder suchen. Die Zwillinge sind vielleicht in ihrem Versteck droben, und das . . .“
„Die Preußen!“ Um den hinteren Teil der Friedhofsmauer kamen die Zwillinge gerannt, und sie schrien: „Die Preußen! Wir haben sie gesehn. An der Steige.“
„Himmel“, sagte die Mutter, „die waren draußen. – Wo ist das Jockele?“ rief sie. Aber die Zwillinge schrien: „Die Preußen! Wir haben sie gesehn.“ Dann waren sie heran. „Die Preußen . . .“
„Wo ist das Jockele?“ Die Mutter hatte Louis gepackt

und schüttelte ihn. „Wo?“ Und als er nicht gleich antwortete, ohrfeigte sie ihn. „Wo ist der Jockel?“
Louis heulte los. „Weiß ich doch nicht.“ Auch Louise hatte zu weinen begonnen. „Vorhin“, schluchzte sie, „haben wir ihn heimgeschickt.“
„Theres, ich schau im Haus und im Garten nach. Such du hier draußen. – Ab mit euch, in den Keller.“ Die Zwillinge rannten ins Haus, und die Mutter folgte.
Theres überlegte. Die Zwillinge hatten Lieblingsplätze, wo sie zuerst suchen würde. Aber ein Kittelmatz wie der Jockel wanderte umher und konnte überall stecken. Unschlüssig blickte sie die Dorfstraße hinauf, und da, oben an der Abzweigung, erschien ein Soldat. Und neben dem ging das Jockele. Und der Soldat – Theres schaute und konnte es nicht fassen, aber es war Egi. Nun begannen die beiden zu rennen, und Theres lief ihnen entgegen.
„Theres“, jauchzte das Jockele. Dann stand er vor ihr, und sie hob ihn auf. „Mein Hemdenmatz.“
„Die Ariskater sind ganz lieb“, sagte das Jockele.
„Auf einer Wies an der Rotenfelser Straße hat er gesessen.“ Egi nahm sein Gewehr ab. „Mit den Gockeln vom Pfarrer.“
Theres stellte das Jockele auf die Erde. Sie sah Egi an. „Und jetzt?“
„Theres ...“ Er blickte vor sich auf das Gewehr. Dann hob er den Kopf. „Herrgott, mach’s mir doch nicht so schwer. Ich kann nicht bleiben.“
Da sagte Theres ruhig: „Wozu sonst bist du zurückgekommen? Den Jockel hättest du bei irgendeinem Hof abgeben können.“
Entgeistert sah Egi sie an. „Daran hab ich gar nicht gedacht.“ Er schüttelte den Kopf. „Ich hab halt gemeint, weil ich ihn, als ich zur Hecke gegangen bin ... Und

daß ihr euch sorgt ..." Er verstummte. Dann sagte er kläglich: „Ich weiß wirklich nicht ..."
„Also Egi ..." Mit einmal wurde Theres wütend. „Zum Kreuzdonnerwetter. Jetzt entscheid dich. Wenn du noch lang hier rumstehst, sind die Preußen da, und du kannst eh nicht mehr fort."
„Aber ... Aber wie?"
„Erst mal von der Straße runter." Theres ging mit dem Jockel zur Hofeinfahrt des Engels, und Egi folgte. „So", sagte sie. „Ich bring jetzt den Jockel in den Keller und schau, wo der Vater ist. Der darf dich nicht sehen. Bis ich wieder da bin, siehst du zu, daß du deinen Kram los wirst. Aber nicht hier im Hof. Am besten beim Pfarrer."
Egi nickte, und er dachte: „Schau, wie sie die Sach im Griff hat." Sicher wußte sie auch schon ein Versteck für ihn. Er blickte hinter ihr her, und als sie mit dem Jockel um die Hausecke verschwand, dachte er: „Jetzt ist es also passiert." Dann dachte er an die Kompanie, die durch den Wald auf der Straße nach Rotenfels marschierte, und er dachte: „Kameradensau." Das dachte er noch einmal, und er wunderte sich, daß er dabei nichts empfand. Er hatte geglaubt, wenn er jemals ausreißen würde, wüßte er vor Scham nicht, was tun. Aber hier stand er, es war passiert, und er schämte sich kein bißchen.
„Na, ist ja egal", dachte er. Außerdem: Wenn der Hauptmann mit der ganzen Kompanie ausriß ... „Dummes Zeug", dachte er. Er war aus privaten Gründen ausgerissen, der Hauptmann aus militärischen. Es handelte sich um einen Rückzug. Aber mit Rückzügen gewann man keinen Krieg. So ging die Revolution verloren, und möglicherweise war sie's schon. Er hatte keine Lust, in der Schweiz zu versauern. „Sauber",

dachte er. So machte sich einer, der abgehauen war, seine Ausreden zurecht. Er war ein Ausreißer. Das war eine Tatsache. Aber er schämte sich nicht, auch das war eine Tatsache.

Und jetzt mußte er seinen Kram loswerden. Sonst stand er bis an die Zähne bewaffnet noch hier, wenn die Preußen ums Eck kamen. Er nahm seinen Helm ab und spähte auf die Dorfstraße. Nichts. Er blickte sich um. Am Lattenzaun, im Pfarrhof, wucherten Brennessel. Egi ging zum Zaun und ließ das Gewehr jenseits in die hohen Brennessel fallen. Sehr gut. Wer von dem Ding nichts wußte, sah es nicht. Zwei Schritt daneben versenkte er den Säbel. Außerdem war's egal, ob jemand das Zeug fand; er brauchte es nicht mehr. Egi nahm den Tornister ab und überlegte, ob er Schusterwerkzeug und Rauchzeug herausholen sollte. Aber zum Kramen war nun wirklich keine Zeit. Weg damit, über den Zaun; der Tornister kam in einer schattigen Ecke an der Hausmauer zu liegen. Egi hatte gerade den Helm in die Brennessel geworfen, als Theres an der Hausecke erschien. Er ging zu ihr.

„Der Vater sitzt in der Gaststube an der Kellertür", sagte sie. „Ich bin durch die andere Tür in den Hof. – Komm."

Er folgte ihr in den Stall, und sie kletterten, Theres vorneweg, die Leiter zum Heuboden hinauf. Dort zog Theres hinter einem Strohhaufen eine zweite Leiter hervor und stellte sie an die Luke zum Dachboden. „Da hinauf", sagte sie. „Oben versteckst du dich hinter der Fensterverschalung. Es wird eng werden, aber dort findet dich keiner. Die Leiter nehm ich wieder fort."

Egi nickte. Dann fragte er: „Und wie weiter?"

„Das wird sich zeigen. Die Hauptsache ist jetzt, daß dich die Preußen nicht erwischen. Außerdem darf dich

der Vater nicht sehen. Den müßtest du mal hören. In einem fort flucht er über die Feiglinge, die nicht kämpfen wollen."
„Hat er ja auch recht."
„Hör zu, Egi." Theres sah ihn an. „Ich hab dir das erzählt, damit du weißt, wie du dran bist. Aber du hast dich entschieden. Es wär gescheiter, du machst dir jetzt kein Gewissen daraus."
„Ja", sagte Egi.
„Und außer mir weiß keiner, daß du hier bist. Das Jokkele hat natürlich erzählt, daß du ihn gebracht hast, aber ich hab gesagt, du wärst gleich wieder fort. Später bring ich dich irgendwie hinunter." Sie lächelte. „Und verhungern laß ich dich schon nicht."
„Also dann", sagte Egi. „Bis demnächst." Er kletterte die Leiter hoch. Auf halber Höhe machte er Halt und blickte zurück. Lächelnd nickte Theres ihm zu. Da kletterte er ganz hinauf, und er hörte, wie sie die Leiter unter dem Stroh versteckte.
Der Dachboden erstreckte sich ohne Trennwände über das ganze Haus und war vollkommen leer. Egi ging hinüber zu den Fenstern und blickte hinter die Verschalung. Eine dunkle Höhle. Ob er in die hineinging? Er legte sich auf den Bauch und kroch ins Dunkle. Was war denn das? Ein Brotbeutel, wie es schien. Und hier . . . Egi griff danach und schob sich zurück. In der Hand hielt er die Flinte vom Pfarrer.

9

Hauptmann von Ziegler ging mit seinem Hornisten beim Spitzenzug. Er hatte den Säbel gezogen, hielt den Griff locker umfaßt, die Klinge bequem über den linken Unterarm gelegt, und blickte aufmerksam umher. Die Dorfstraße lag verlassen in in der Mittagssonne, selbst die Hunde schienen sich verzogen zu haben, und man hörte lediglich die Schritte der Füsiliere, die langsam auf beiden Straßenseiten vorgingen, während sie zu den jeweils gegenüberliegenden Häusern und Hoftoren sicherten. Zwar wußte Hauptmann von Ziegler durch eine seiner Patrouillen, daß die Badischen das Dorf geräumt hatten, aber es wäre mehr als töricht gewesen, die gewohnte Vorsicht außer acht zu lassen. Mit plötzlichem Feuer aus dem Hinterhalt rechnete er jedoch nicht. Der Ort war nicht von Freischaren, sondern von Linienmilitär besetzt gewesen, und das hielt sich, soviel Hauptmann von Ziegler wußte, an den Kriegsbrauch.

Im Übrigen wäre der geeignete Ort für einen Feuerüberfall das steile Wegstück draußen am Wald gewesen. Aus der Wacholderhecke hätten die Badischen den Verhau wirksam unter Beschuß nehmen können. Daß damit nicht zu rechnen war, wurde in dem Moment klar, als der Vorposten am Dorf Alarm schoß und sich zurückzog. Sicherheitshalber ließ Hauptmann von

Ziegler die Hecke durchsuchen. Dann befahl er dem Premierleutnant von den Vierundzwanzigern, Patrouillen auszuschicken – daß der Leutnant diese Aufgabe mit seinem Zug ohne detaillierte Anweisungen ordentlich löste, darauf konnte er sich verlassen – und ließ einen Zug als Sicherung in Stellung gehen, während der andere den Verhau abräumen sollte. Der erwies sich als geschickt angelegt, und es dauerte mehr als eine halbe Stunde, bis die Füsiliere eine Gasse freigelegt hatten, durch die man die beiden nachfolgenden Bataillone würde ziehen können. Warum die noch nicht eingetroffen waren, wußte Hauptmann von Ziegler nicht. Er vermutete jedoch, daß es wieder einmal an der betulichen Art der Bataillonskommandeure lag, denen exerziermäßiges Vorrücken wichtiger war als rasch-zupackendes. Sehr ärgerlich, besonders in diesem Fall. Hätte man die badische Kompanie beiderseits des Dorfes umgangen und eingeschlossen, wäre wohl keiner entkommen. So hatte die gesamte Kompanie abmarschieren können, nach Westen, wie eine der Patrouillen beobachtete. Hauptmann von Ziegler schätzte, daß die Kompanie jetzt bereits in Rotenfels war. Möglicherweise verfügte der Feind dort über genügend Truppen, um einen Angriff auf Michelbach zu wagen. Hauptmann von Ziegler wollte auf der Hut sein.
Er passierte gerade die Kirche, und noch immer war kein Dorfbewohner zu sehen. Damit hatte es nichts auf sich; überall, wo man einmarschierte, zogen sich die Leute in die Keller zurück. Ausgenommen die Karlsruher. Die hatten mit weißen Tücher gewinkt, freudig, wie es schien, und Hauptmann von Ziegler fand das würdelos. Wenn man schon einen Aufstand machte, dann sollte man auch dazu stehen.
Die Dorfstraße weitete sich zum Platz. Linker Hand lag

der Friedhof, unten am Platz verlief ein Bach, und rechter Hand, am Haus gegenüber dem Friedhof, hing ein Wirtshausschild: Das Demokratennest. Hauptmann von Ziegler blieb stehen. „Leutnant", rief er. Der Premierleutnant kam herbei. „Herr Hauptmann?"

„Sie schicken zwei Patrouillen in Richtung Rotenfels. Mit dem Rest des Zuges rücken Sie am Bach vor bis zum Dorfende. Dort drehen Sie um und beginnen mit der Durchsuchung."

„Jawohl, Herr Hauptmann." Der Premierleutnant entfernte sich.

Inzwischen war der nachfolgende Zug herangekommen, und Hauptmann von Ziegler gab dem Zugführer, einem Sekondleutnant, den Auftrag, die Häuser rund um den Platz zu durchsuchen. „Und zwei zuverlässige Männer sollen mir den Wirt dieses Gasthauses beischaffen."

„Jawoll, Herr Hauptmann", sagte der Sekondleutnant. Dann rief er: „Unteroffizier Kroner und Gefreiter Altmaier zu mir."

Nachdem Hauptmann von Ziegler den dritten Zug losgeschickt hatte, die Gehöfte entlang der Straße nach Rotenfels zu durchsuchen, ging er hinüber zum Friedhof. Der war mit einer hohen Mauer umgeben, die notfalls zur Rundumverteidigung dienen konnte; allerdings waren dahinter Tritte erforderlich, am besten aus gestapeltem Brennholz. Hauptmann von Ziegler würde dem Bürgermeister einen entsprechenden Befehl geben, und der konnte dann seine Bauern zum Holzschleppen einteilen.

Hinter Kirche und Friedhof erhob sich ein steiler Weinberg, und zwischen den Weinstöcken zog sich in Windungen ein Pfad hinauf. Hauptmann von Ziegler steckte den Säbel in die Scheide und zog die Karte her-

vor. Der Pfad schien sich über eine Ebene fortzusetzen bis zum Waldrand, wo das steile Wegstück sich befand. Das war günstig. Im Falle eines plötzlichen Rückzuges – Hauptmann von Ziegler bezog ihn routinemäßig in seine Überlegung ein – konnte er seine Truppe über den Hügel zurücknehmen. Den Weg würde er später erkunden lassen. Außerdem mußte er einen Posten dort oben aufstellen. Selbstverständlich auch mehrere Vorposten gegen Rotenfels. Hauptmann von Ziegler steckte die Karte unter die Feldbinde. Wo die Vorposten zu plazieren waren, würde er draußen im Gelände bestimmen. Er ging über den Platz zum Gasthaus.
Rundum waren die Füsiliere inzwischen in die Häuser eingedrungen. Die Türen standen offen, und man hörte Soldaten rufen: „Raus aus dem Keller. Alle ins Wohnzimmer." Bei Durchsuchungen anderer Dörfer hatte sich als schnellste und zugleich genügend sichere Methode erwiesen, wenn je zwei Füsiliere ein Haus nach versteckten Waffen und Freischärlern durchkämmten. Daß es dabei Bruch gab oder auch Kolbenstöße absetzte für murrende Dörfler, war unvermeidbar. Die Leute hier schienen so intelligent gewesen zu sein, die Haustüren nicht abzusperren. Lediglich das dem Gasthaus benachbarte Haus war verschlossen. Zwei Füsiliere traten gerade die Türe ein, und als sie aufsprang, kam das Krachen als Echo von der gegenüberliegenden Kirche.
Hauptmann von Ziegler betrachtete das Wirtshausschild. ‚Zum Engel' stand darauf. Ein hübscher Name für ein Demokratennest. Drinnen im Hausflur wurde jetzt eine Tür aufgestoßen, und der Unteroffizier brachte einen Mann heraus, der ein Käppchen und ein rotes Halstuch trug. In Hauptmann von Zieglers Heimat hätte der Mann als Monstrum gegolten, aber von

Ziegler wußte, daß in südlichen, besonders in Gebirgsgegenden Kröpfe nicht ungewöhnlich waren.
„Der Wirt, Herr Hauptmann", meldete der Unteroffizier. „Im Keller waren noch zwei Frauen und drei Kinder. Der Gefreite bewacht sie im Gastzimmer."
Hauptmann von Ziegler nickte. „Ihr Haus", sagte er zu dem Wirt, „gilt als Treffpunkt der örtlichen Demokraten. Wer sind die Leute?" An sich waren ihm die örtlichen Demokraten gleichgültig; mit denen würde man sich befassen, wenn das ganze Land besetzt war. Aber deren Häuser mußte er jetzt gründlich durchsuchen lassen.
„Demokraten?" fragte der Wirt. „Was, bitte, ist ein Demokrat?" Der Mann schwitzte und hatte ganz augenfällig Angst. Aber er schien sich beweisen zu wollen, daß er keine hatte. Und das rote Demokratentuch war eine Frechheit.
„Hören Sie", sagte Hauptmann von Ziegler. „Noch so eine Unverschämtheit, und Sie marschieren als Gefangener mit. Also, wer sind die Leute?"
„Hier gibt's keine Demokraten", sagte der Wirt. „Wir sind ein gutgesinntes Dorf. Und wenn einer mein Wirtshaus verleumdet –" er schob die Daumen unter den Hosenbund „– dann hat er's aus Feindschaft getan. Ich kann mir schon denken, wer die Sau gewesen ist."
Der Unteroffizier, hinter dem Mann stehend, hob den Gewehrkolben, aber Hauptmann von Ziegler schüttelte den Kopf. „Noch nicht." Er zog den Säbel. „Freundchen", sagte er ruhig. „Sie reden mit einem königlich preußischen Hauptmann." Plötzlich schrie er: „Soll ich Ihnen die Mütze vom Kopf schlagen?"
Hastig riß der Wirt sein Käppchen herunter und verbeugte sich. „Um Vergebung, Herr Hauptmann."
„Na also", sagte der. „Warum nicht gleich so? Und

jetzt verlange ich schnelle und präzise Antwort. Wer sind die Demokraten?"
Der Wirt sah ihn offen an. „Es gibt hier wirklich keine, Herr Hauptmann."
„Hm." Hauptmann von Ziegler strich über seinen Knebelbart. Natürlich log der Mann. Möglich auch, daß der Pfarrer ihn verleumdet hatte. Wahrscheinlich das übliche Dorfgezänk. Er steckte den Säbel in die Scheide. „Wo ist das Bürgermeisteramt?"
„Dort." Der Wirt zeigte zum Platzende, wo die Straße abging, die am Bach entlang führte. „Weber heißt er."
„Gut. Sie holen dann den Mann her. Sind noch badische Soldaten im Ort?"
„Nein, keine. Die sind alle Mann hoch ausge . . . abgezogen, Herr Hauptmann. Das kann man mir glauben."
„Na schön. Besitzt jemand im Dorf eine Waffe?"
Rasch schüttelte der Wirt den Kopf. „Niemand . . . das heißt . . ."
„Wer? Was? Antwort." Hauptmann von Ziegler griff zum Säbel.
„Der Pfarrer, der hat eine Jagdflinte. Aber ich glaub, die Badischen haben sie mitgenommen. Und dann natürlich der Förster."
„Sonst niemand? Überlegen Sie gut, was Sie sagen. Wenn wir irgendwo etwas finden, dann gnade Ihnen Gott."
„Von heimlichen Waffen kann ich nichts wissen." Der Wirt drehte sein Käppchen vor der Brust. „Was ich weiß, hab ich gesagt."
„Na gut. Wenn Sie den Bürgermeister geholt haben, verfügen Sie sich ins Gastzimmer und rühren sich nicht von der Stelle. Ab jetzt." Der Wirt verbeugte sich, setzte sein Käppchen auf und ging über den Platz davon.
„Ein ganz geriebener Hund, Herr Hauptmann", sagte

der Unteroffizier. „Aber man hätte mehr aus ihm herausholen können.“
„Die Entscheidung darüber wollen der Herr Unteroffizier doch gütigst mir überlassen.“
Der Unteroffizier riß die Hacken zusammen. „Jawoll, Herr Hauptmann.“
„Jetzt durchsuchen Sie mit dem Gefreiten das Haus. Vergessen Sie Stall und Scheune nicht. Ich schicke einen Mann, der die Wirtsleute bewacht.“

Dieser Narr. Dieser gottverfluchte Gimpel. Dieser schießwütige, blähhalsige Wirtsdepp. Egi schlug mit der Faust auf den Mauerbalken neben sich. Was für ein Schwachsinn, die Flinte zu verstecken. Und auch noch hier oben. Egi lag bäuchlings in der Höhle hinter der Fensterverschalung, hatte gehört, was unten vor der Haustür geredet worden war, und dachte: „Ein geriebener Hund, jawohl, so hab ich mir einen geriebenen Hund vorgestellt.“ Wenn die Preußen einen Soldaten fanden, der sich mit Gewehr versteckt hatte, den stellten sie unter Garantie an die Wand. Und reingeritten in die Scheiße hatte ihn der Engelwirt, dieser gottverdammte ... „Jetzt reiß dich zusammen, Bittmann“, dachte er. Daß er sich hier verstecken würde, hatte der Engelwirt nicht ahnen können. Die Flinte hatte der sozusagen auf eigenes Risiko hochgeschafft. Eine viehmäßige Dummheit, aber jetzt war’s passiert.
„Und, Bittmann, so arg viel schlauer bist du auch nicht“, dachte er. Heim ins Häusle hätte er gehen sollen; Joppe und Strohhut anlegen und den harmlosen Bauersmann markieren. „Dummes Zeug“, dachte er dann. Geradewegs in die Arme wäre er den Preußen gelaufen. Genau richtig war’s gewesen, sich hier zu ver-

stecken. Daß die Preußen die Häuser so gründlich durchsuchen würden, hatte keiner riechen können. Aber eine Dummheit hatte er doch gemacht, eine gewaltige sogar. Die Flinte, die hätte er gleich aus dem Fenster werfen sollen. Aber das hätte der Engelwirt gehört. Und ins Stroh auf den Heuboden? Das wäre gegangen. „Laß das", dachte er. „Du hast's nicht getan, also laß das." Jetzt war es zu spät. Den Heuboden durchsuchten die Preußen bestimmt. Wenn er jetzt die Flinte hinunterwarf, lieferte er den Engelwirt wissentlich ans Messer, Mord nannte man sowas. Warten, das war alles, was er tun konnte.

Egi lauschte. Auf dem Kirchplatz schienen sich die Soldaten zu sammeln, die mit der Durchsuchung fertig waren. Er hörte, wie sie sich unterhielten, dazwischen wurden Befehle gerufen, meistens in dieser fremdartigen, weichen Sprechweise, mit der auch der Unteroffizier vorhin geredet hatte. Egi versuchte, auf Geräusche im Haus zu hören, aber er konnte keine wahrnehmen. Der Unteroffizier und der Gefreite suchten wohl noch in Gaststube und Küche. Wie sich Theres fühlte? Dort unten zu sitzen und zu hoffen, daß die Preußen nicht auf den Dachboden stiegen, und wenn doch, daß sie nicht hinter die Verschalung sahen, das war ebenso schlimm, wie hier oben zu hoffen. Nein, falsch. Er allein sah voraus, daß man ihn erschießen würde. Denn Theres wußte nichts von der Flinte. Oder doch? Nein. Sonst hätte sie sich das Versteck nicht ausgedacht. Es blieb dabei: Er allein sah es kommen. „Jetzt mach dir bloß nicht in die Hosen", dachte er. Aber er hatte Angst, er hatte eine ganz gottverdammte Angst. Waghäusel war gar nichts gewesen, das war ein Spaß gewesen gegen jetzt, es fehlte wirklich nicht viel, daß er in die Hosen schiß, und wenn sie ihn schon finden sollten, dann

gleich, das war ja nicht zum Aushalten ... Da waren sie.
Schwere Schritte auf der Stiege zum Oberstock, dann unter der Falltür, und nun gingen die beiden Preußen auf den Gang, wo die Kammern waren. Egi hörte, wie sie die Türen aufstießen, umhertappten, Truhendeckel warfen, Betten rückten, eine Schranktür quietschte, und immerfort diese schweren Schritte, und die dröhnten in Egis Kopf. Aber er konnte denken, und er dachte: „Vielleicht übersehen sie die Falltür." Aber das war unsinnig, die wußten ja, daß es einen Dachboden gab, die würden nach einem Aufgang suchen, und er dachte: „Mach, daß sie die Falltür nicht sehen." Beten sollte er, aber jetzt auf einmal, nach all den Jahren, früher mit der Mutter oder der Großmutter, damals ja, aber nun, gegrüßet seist du Maria voll der Gnade, dummes Zeug, die half ihm auch nicht, wenn die doch bloß nicht so trampelten ... „Nun guck mal da. Eine Falltür."
„Aber die Treppe fehlt." Das war der Unteroffizier. „Komisch. Warum geht da keine Treppe rauf?"
„Darfste mich nicht fragen. Aber hoch müssen wir." Es entstand eine Pause. Dann: „Also, komm schon. Wir schnappen uns eine Leiter und machen rauf."
„Gut", sagte der Unteroffizier. „Du holst eine Leiter, ich warte hier."
„Nee, Kroner. Da gehn wir hübsch zusammen. Nie allein unter diese Menschen gehen, das ist extra befohlen."
„Hm. Also ... Müssen wir da überhaupt rauf?"
„Bist du meschugge? Du kannst doch nicht den Dachboden auslassen."
„Warum nicht? Wieso soll ich mir beim Suchen ein Bein ausreißen, wenn andere noch nicht mal ordentlich verhören."

„Was? Wieso verhören? Das ist nicht befohlen. Wir sollen ..."
„Ja, ja, ist mir bekannt. Trotzdem ..." Der Unteroffizier verstummte. Dann sagte er: „Haste das Mädel gesehn? Im Gastzimmer die? Stramm, was? Also, mit der möcht ich mal."
„Mein lieber Mann, Kroner. Laß bloß die Finger von sowas. Du weißt doch, daß sie die Kameraden eingelocht haben, die in Sinsheim über die zwei Mädchen drübergegangen sind. Und der Sergeant ist degradiert worden."
„Na, komm, das war was anderes. Die waren zu zehnt und außerdem besoffen."
„Schön, schön, das ist dein Bier, wenn du deine Tressen riskieren willst. Aber ich sag dir, laß die Finger davon. Also, was ist? Holen wir jetzt die Leiter?"
„Hm. Und Durst hab ich auch ... Weißt du was, Altmaier? Durchsuchung beendet. Jetzt gehn wir einen trinken."

Die Talwiesen, die sich beiderseits des Baches hinauf nach Michelbach zogen, waren von der vorausgehenden Angriffskolonne zertrampelt worden, und Hauptmann Studinger wußte, daß nicht nur das Heuet, sondern auch der zweite Schnitt verloren waren, und daß die Wiesen sich wahrscheinlich auch im kommenden Jahr nicht erholten. Er ging mit gebeugtem Kopf, in der Hand ein Sacktuch, mit dem er hin und wieder seinen Nacken betupfte, weil eines der Furunkel aufgegangen war, und hinter ihm marschierte seine Kompanie, die man zur Unterstützungstruppe bestimmt hatte. Studinger ließ sie nach Halbzügen abgeteilt vorrücken, die gegebenenfalls nebeneinander zur breiten Angriffskolonne aufmarschieren konnten. Jedoch hielt er es für

unwahrscheinlich, daß er in das bevorstehende Gefecht einbezogen würde. Von Rotenfels und Gaggenau waren – außer der Kompanie Studinger – fünf Kompanien Linie in Marsch gesetzt worden, dazu das als zuverlässig geltende Freikorps Willich, und es mußte schon einiges daneben gehen, um mit diesen Truppen den Preußen nicht beizukommen, auch wenn sie Nadelgewehre besaßen. Der Divisionskommandeur hatte drei Angriffskolonnen gebildet und wollte, Michelbach beiderseits umfassend, die Preußen einschließen. Hauptmann Studinger marschierte mit seiner Kompanie etwa tausend Schritt hinter der mittleren Kolonne.
Er grinste, als er jetzt daran dachte, wie Lang sich bemüht hatte, den Divisionskommandeur davon zu überzeugen, daß die Kompanie Studinger den Angriffstruppen vorn zugeteilt werden müsse. Richtig lästig war er dem Oberst gefallen, und der hatte schließlich gesagt: „Gottverdammich, Lang, jetzt halten Sie endlich den Rand. Die Kompanie hat einen Eilmarsch hinter sich. Nach vorn gehören ausgeruhte Truppen. Wir gewinnen das Gefecht auch ohne den Studinger.“ Darauf fing Lang noch einmal davon an, daß Studinger Michelbach geräumt habe, ohne einen einzigen Schuß abzugeben, aber der Oberst sagte: „Der Entschluß war richtig. Ich hätt's genauso gemacht. Und jetzt will ich davon nichts mehr hören.“ Worauf Lang still war, und zu Studingers Genugtuung bloß noch grimmig schauen konnte.
Jedoch hatte Lang dem Oberst die Laune verdorben, und als Studinger vorschlug, in Michelbach, nachdem es genommen war, entweder ein Bataillon zu lassen oder gar nichts, sagte er unwirsch: „Eine Kompanie bleibt dort. Und zwar Ihre.“ Studinger versuchte es erneut und wies darauf hin, wie leicht eine einzelne Kompanie umgangen werden konnte, aber der Oberst sagte:

„Was wollen Sie? Sie haben's doch rechtzeitig gemerkt. Haben Sie etwa Angst? Na also." Wozu Lang höhnisch gelächelt hatte.
Als Studinger jetzt vor seiner Kompanie ging, über zertrampelte Wiesen am Michelbach entlang, dachte er, daß es verdammt unfein war, einem mit ‚Haben Sie Angst?' das Maul zu stopfen, und daß er bei Waghäusel weiß Gott das Gegenteil bewiesen hatte. Angst haben war eines und erkennen, daß er in Michelbach in der Falle saß, ein anderes. Wenn er Feldposten in genügender Zahl und genügend weit in die Wälder vorschob, um mit Sicherheit nicht umgangen zu werden, hatte er im Dorf keine Soldaten mehr. Und mit irgendwas mußte er schließlich kämpfen. Natürlich bestand die Möglichkeit, sich kampflos zu ergeben. Aber in preußische Gefangenschaft zu gehen, dazu hatte er verflucht wenig Lust. Blieb also nur, mit der Kompanie im Dorf abzuwarten und darauf zu hoffen, daß die Preußen auch beim zweiten Mal lediglich von einer Seite anrückten. Mit Glück konnte er sich rechtzeitig davonmachen. Wenn bloß die Ausreißerei nicht überhandnahm. Vergangene Nacht sechs Mann, heut mittag wieder einer, und ausgerechnet der Bittmann. Als es Studinger gemeldet worden war, hatte er sich regelrecht verraten gefühlt. Freilich: Der Bittmann war in Michelbach daheim, dann das Mädle vom Engelwirt – das hatte wohl alles mitgespielt. Und außerdem: Der Bittmann gehörte nicht zu den Dümmsten. Der hatte vermutlich begriffen, daß die Revolution letztlich nicht zu gewinnen war, auch wenn die Preußen an der Murg vorerst zum Stehen gebracht wurden. Wahrscheinlich hatte der Bittmann sich über die Grenze ins Württembergische abgesetzt und wartete dort in Ruhe ab. Bitte schön, seinen, Studingers, Segen sollte er haben. Studinger betupfte

den Nacken mit dem Sacktuch. Aber ein wenig verraten fühlte er sich doch.
Und der Bittmann konnte nach der Revolution wieder heim. Einen einfachen Soldaten, der bloß getan hatte, was man ihm befohlen hatte, würde später keiner zur Rechenschaft ziehen. Anders stand es mit einem Feldwebel, der sich von aufständischen Soldaten zum Revolutionsoffizier hatte wählen lassen. Na ja, auch in der Schweiz ließ sich's leben. Allerdings: Wieder als Knecht arbeiten? Amerika, das war die andere Möglichkeit. Studinger hatte gehört, daß die dortige Armee Ausländer einstellte. Oder ob er es als Farmer versuchte? Auf alle Fälle konnte er sich beglückwünschen, daß er während des letzten Urlaubs die Ersparnisse bei seiner Base in Villingen deponiert hatte. Das lag auf dem Weg in die Schweiz. Aber noch war er hier. Und er sollte überlegen, was in Michelbach zu tun war.
Diesmal würde er Vorposten an allen Dorfausgängen aufstellen; das war das erste. Nein, zu allererst mußte er einen Wagen und Rösser requirieren. Wenn er Pech hatte und in Michelbach eingeschlossen wurde, brauchte er jede Menge Munition. Die war knapp bei der Division in Rotenfels, und man hatte ihn nach Gernsbach verwiesen. Der dortige Truppenkommandant, Oberst Blenker, hätte sich reichlich Munition aus Rastatt beschafft und gäbe sicher was ab.

Drei Uhr schlug es vom Kirchturm, und Egi dachte, daß er Pfeife und Tabak aus dem Tornister hätte holen sollen, bevor er ihn in den Pfarrhof geworfen hatte. Über eine Stunde saß er nun schon hier oben, und die Zeit wurde ihm lang. Wie es aussah, würde er den Dachboden so bald nicht verlassen können. Die Preußen hatten inzwischen Verstärkung bekommen und schienen sich für länger im Dorf einzurichten. Aus den Rufen und Kommandos, die vom Kirchplatz heraufkamen, schloß Egi, daß sie die Bauern den Kirchhof verbarrikadieren ließen. Er war aus der Höhle gekrochen, aber er hütete sich, aus den Fenstern zu blicken. Was er sehen konnte, ohne nahe heranzugehen, war der Doppelposten oben auf dem Kirchköpfle. Aber auch diesen Blick hatte er nur einmal riskiert. Er saß gegen die Verschalung gelehnt, lauschte auf die Geräusche, die von unten aus dem Haus drangen, und dachte, daß er sich nicht beklagen sollte. Er war so gut wie davongekommen.

Die Gaststube schien voller Preußen zu sein, und er hörte, wie sie durch die Haustür ein und ausgingen. Er wunderte sich, daß die Preußen vor dem Feind nichts Besseres zu tun hatten, als im Wirtshaus zu hocken. Aber freilich: Auch die Kompanie Studinger hatte ihre zwei Tage in Michelbach hauptsächlich im Engel verbracht. Jetzt biwakierten die Kameraden vermutlich wieder auf der Flußwiese bei Gaggenau, und Egi dachte daran, daß er dort vorgestern erst in der Sonne gesessen und die Stiefel vom Hauptmann besohlt hatte. Da war er noch kein Ausreißer gewesen. Er schüttelte den Kopf und dachte: „Vorbei. Und zwar endgültig." Jetzt saß er auf einem kahlen Dachboden und mußte abwarten. Und vielleicht sollte er noch einmal das Problem mit der Flinte durchdenken.

Nachdem der Unteroffizier die Durchsuchung für beendet erklärt hatte und mit dem Gefreiten die Stiege hinuntergegangen war, hatte Egi die Flinte auf den Heuboden werfen wollen. Doch dann hatte er sich bedacht. Wenn die beiden die Durchsuchung noch mal aufnahmen, was unwahrscheinlich war, aber wenn,

dann würden sie sich zuerst den Heuboden vornehmen. Dort hatten sie nicht nachgesehen und auf den gelangte man bequemer als auf den Dachboden. Andererseits: Wenn er die Flinte geschickt warf, konnte sie im Stroh verschwinden, so daß man sie nur zufällig fand. Hier oben aber bestimmt, und ihn dazu – falls sie hinter die Verschalung sahen. Was aber auch nicht zu sein brauchte. „Also laß die Flinte, wo sie ist", dachte Egi. Außerdem war eine zweite Durchsuchung mehr als unwahrscheinlich.
Was Theres machte? Vermutlich mußte sie in der Gaststube die Preußen bedienen. Dieses Schwein von Unteroffizier. Wenn Egi nur das leiseste Geräusch von unten gehört, nur den Verdacht gehabt hätte, daß dieses Vieh der Theres zu nahe gekommen wäre, also dann, er hätte glatt die Flinte geladen und die Sau niedergeschossen. Natürlich wäre er dann dran gewesen, und vielleicht hätte er's doch nicht getan ... „Ach was", dachte Egi. „Zerbrich dir nicht den Kopf über Sachen, die nicht passiert sind." Außerdem hatte man das gleich merken können, daß der Unteroffizier bloß daherschwätzte. Aber immerhin. Das mit den beiden Mädchen in Sinsheim ... Egi war nicht auf den Gedanken gekommen, daß die Preußen sowas machten. Gefangene erschießen, ja. Verwundete abstechen, ja. Aber sowas? Würden badische Soldaten das machen? Hier bestimmt nicht. Aber in Preußen? Dort, wo man so fremdartig sprach? Also, für einige Leute in der Kompanie würde Egi die Hand nicht ins Feuer legen. Sogar, wenn er's recht bedachte, für eine ganze Menge nicht. Eine Sauerei blieb's trotzdem, egal, wer es machte. Das mußte man sich mal vorstellen. Die Theres ...
„Unteroffizier Kroner!" Das war unten vor der Haustür. „Gefreiter Altmaier!"

„Zur Stelle, Herr Leutnant.“ Der Unteroffizier.
„Sie haben das Gasthaus gründlich durchsucht?“
„Jawoll, Herr Leutnant. Jedes Eckchen.“
„Na schön.“ Und nach einer Pause: „Ich frage mich, wo der Kerl stecken kann.“
„Wer, Herr Leutnant?“
„Im Hof nebenan ist ein badischer Tornister gefunden worden. Vermutlich hat den ein Deserteur weggeworfen. Die Kompanie hatte genügend Zeit, ihren Kram mitzunehmen. Sie sind sicher, daß der Kerl nicht hier im Haus ist?“
„Jawoll, Herr Leutnant. Ganz sicher.“
„Gut, gut. Na, wir werden den Kerl schon finden. Und dann ist er dran. Er hat nämlich seine Waffe bei sich.“
Man hörte, daß der Leutnant sich entfernte.
„Mein lieber Schwan.“ Der Gefreite. „Und wenn der nun auf dem Heuboden ist? Oder auf dem Dachboden?“
„Ach wo. Wie soll er dort raufgekommen sein. Ohne Treppe, was?“
„Vielleicht gibt's einen zweiten Aufgang. Und auf dem Heuboden kann er auch stecken. Wollen wir nicht doch mal nachsehen?“
„Und was sag ich dem Leutnant, wenn wir ihn finden? Wie erklär ich das?“
„Na, du bist gut. Was ist dir wichtiger: Daß du es erklären kannst oder daß dich einer ganz gemütlich von da oben abknallt. Was?“
„Na gut. Also komm. Vom Stall geht eine Leiter hoch.“
Sie betraten den Hausflur.
Hastig kroch Egi in die Höhle. Er tat es ohne Besinnen, und als er bäuchlings im Dunkeln lag, preßte er die Handflächen aufeinander und dachte: „Jetzt. Hilf mir jetzt.“ Er versuchte, sich klein zu machen, drehte sich

auf die Seite, wollte die Knie anziehen und dachte: „Hilf mir, bitte.“ Aber die Knie stießen gegen die Verschalung, er mußte der Länge nach liegen bleiben, und er fühlte sich so schutzlos, als läge er nackt in der Höhle. „Hilf mir“, dachte er, und mit einmal spürte er das Gewehr. Es drückte hart gegen die Hüfte, und er dachte: „Raus.“ Raus mit dem Ding. Das war seine Höhle . . .

Poltern und Schritte. Die beiden Preußen waren unten auf dem Heuboden. Dann Stille, und in die Stille hinein knackte es; so hörte es sich an, wenn ein Gewehrhahn aufgezogen wurde. Jetzt begann Stroh zu rascheln, und das drang so scharf und durchdringend herauf, daß Egi sich die Ohren hätte zuhalten mögen. Aber er mußte hören, mußte wissen, was sie taten . . . Warum sagten die nichts? Egi lauschte. Wahrscheinlich durchsuchte der eine Stroh und Heu, während der andere mit schußfertigem Gewehr aufpaßte. Und beide schwiegen sie. Wenn sie ihn fanden – ob sie gleich schossen? Der Scholze Franz, wie er dagelegen hatte, mit offenen Augen . . . Egi preßte die Hände zusammen. Er spürte, wie das Gewehr gegen die Hüfte drückte, und plötzlich durchfuhr ihn: „Einen nehm ich mit.“ Er ließ die Hände sinken und dachte: „Wenn ich dran bin, geht einer mit.“

Er griff in den Brotbeutel und befühlte die eingefetteten Patronen mit den Stiften daran. Aber hier drinnen konnte er das Gewehr nicht laden. Stück um Stück schob er sich aus der Höhle, Gewehr und Brotbeutel behutsam nachziehend. Draußen kauerte er sich nieder und öffnete lautlos das Gewehr. Sorfältig lud er beide Läufe. Dann wollte er wieder in die Höhle kriechen, hielt aber inne. Wußte er, an welchem Ende sie hineinsehen würden? Umdrehen konnte er sich nicht. Möglich auch, daß sie, ohne nachzusehen, sofort auf die Verschalung schossen. Nein, er mußte sie draußen erwarten. Ob er sich hinter den Kamin stellte? Aber der war zu schmal. Außerdem knarrten bestimmt die Dielenbretter, wenn er hinüberging. Die Falltür ... Nein. Das hörten sie, wenn er in den Oberstock sprang. Die Stiege hinunter, in den Hausflur, konnte er nicht, und er saß in einer der Kammern fest. Genau wie hier. Aber einen nahm er mit.

Vorsichtig setzte sich Egi. Er saß mit gekreuzten Beinen an dem Höhleneingang, der von der Luke zum Heuboden abgekehrt war, aber er konnte die Luke sehen. Er hielt das Gewehr mit beiden Händen, so daß er es augenblicklich anlegen konnte, und während er auf das Rascheln unten hörte, spannte er beide Hähne. Er dachte: „Ich muß unbedingt einen mitnehmen." Er dachte es ruhig, und es war ganz einfach. Sie fanden ihn, und er erschoß einen. Das war alles.

„Da", flüsterte es unten. „Eine Leiter."

Egi hörte, daß die Leiter aus dem Stroh gezogen wurde, dann Schritte, und nun sah er, wie aus der Luke sich langsam das Leiterende schob. Es wurde gegen den Lukenrand gelehnt und stand still. Egi hob das Gewehr. Er sah auf die beiden Enden der Leiterstangen, auf die oberste Sprosse dicht über der Lukeneinfassung, und er dachte: „Sie werden erst einen Helm hochhalten." Sie würden nicht so dumm sein und sofort aus der Luke klettern. „Also abwarten", dachte er. „Schön ruhig abwarten." Er ließ das Gewehr sinken und dachte: „Vielleicht erwisch ich den Unteroffizier."

Er hörte, daß einer die Leiter zu erklettern begann, sah, wie das Leiterende zitterte, und hob langsam wieder das Gewehr. Er zielte auf die Leitersprosse, wartete auf den Helm, aber erst auf das Gesicht würde er schießen, versuchte, ruhig durchzuatmen, und da, aus der Ferne, knallte es. Dann noch mal, mehrmals hintereinander, Gewehrschüsse waren das, da schossen welche in der Ferne, unten auf dem Kirchplatz schrie jemand: „Alarm!“ und eine Signaltrompete schmetterte los. Egi sah, daß die Leiter verrutschte, der kletterte hinunter, eilig, klar, es war Alarm, die mußten vom Heuboden; unten aus der Haustür trampelten Preußen, Rufe, Kommandos drangen vom Kirchplatz herauf, dazwischen aus der Ferne Gewehrfeuer, und Egi starrte auf sein Gewehr, auf die gespannten Hähne, und plötzlich begann er zu zittern. Er legte das Gewehr ab, blickte auf seine Hände, die zitterten, und es schüttelte ihn am ganzen Körper, ohne daß er dagegen ankonnte. Er legte sich auf den Rücken, streckte sich lang aus, spürte, wie er zitterte, auch im Kopf schien es zu beben, im Ohr rauschte es, und durch das Rauschen tönte die Signaltrompete, drangen die Rufe von unten, und Egi dachte: „Das war knapp.“ Er lauschte nach unten und merkte, wie das Zittern nachließ.

Plötzlich richtete er sich auf. Die Badischen. Sie kamen zurück. Und er war ausgerissen. Der Hauptmann, die Kameraden, verdammt, wie stand er jetzt da. Und der Engelwirt ... Aber er war gerettet; die Preußen hatten ihn nicht erwischt. Er lebte. Und wenn er sich stellte, gleich sich beim Hauptmann meldete, die Sache mit dem Jockel erklärte, dann kam er vielleicht ohne Standgericht davon. Wenn bloß die Preußen vertrieben wurden; hoffentlich schafften die Kameraden es. Egi stand auf und blickte durch das Fenster. Da waren sie. Zwischen den Rebstöcken stiegen Preußen auf das Kirchköpfle, aber es schien Egi, als ließen sie sich Zeit. „Haut ab“, sagte er laut. „Ihr sollt abhaun.“ Und indem er dies sagte, und hörte, daß er es sagte, da packte ihn die Wut. Die kamen einfach daher, wollten ihn erschießen, und jetzt gingen sie davon, in aller Ruhe und ohne sich zu beeilen. „Wart", dachte er. „Euch mach ich Beine." Er riß das Fenster auf, bückte sich nach dem Gewehr und legte an. Er wollte abdrücken, zwischen die Preußen schießen, die da den Rebhügel hinaufstiegen, wollte ihnen Beine machen, aber da sah er über Kimme und Korn, daß dort einer stand. Egi hob den Kopf. Auf dem Pfad, auf halber Höhe zwischen Kirchhof und Hügelkopf, stand ein Offizier. Er hatte den Säbel gezogen, die Klinge hielt er über den Unterarm gelegt, und die Beschläge seines Helmes blitzten in der Sonne. Der Offizier stand ruhig, blickte um sich, sah jetzt hinunter ins Dorf, und Egi dachte: „Dir mach ich Beine." Er zielte, und er sah, daß der Offizier einen schwarzen Spitzbart trug. „Schau", dachte er, „der Herr Preußenoffizier trägt einen Spitzbart." Er legte den Finger an den Büchsenabzug, und der Offizier stand, hielt den Kopf ruhig, die Augen waren vom Helmschirm beschattet, und Egi zog ab.

Bis zum Dorf mochten es noch fünfhundert Schritte sein; die Äcker zogen sich hier von den Hügeln bis fast an den Michelbach herunter, und Hauptmann Studinger hatte seine Kompanie zu einer schmalen Kolonne formiert. Er sah keinen Grund, sie in breiter Angriffsfront die Äcker zertrampeln zu lassen: Die Preußen hatten das Dorf geräumt, ein Teil von ihnen über den Rebhügel hinter der Kirche; sie waren deutlich zu erkennen gewesen von der Stelle aus, wo Studinger seine Kompanie hatte halten lassen, um den Angriff abzuwarten. Die beidseitige Umfassung Michelbachs war mißlungen. Die Preußen hatten ihre Vorposten so ge-

schickt plaziert, daß sie, rechtzeitig gewarnt, sich vor der Übermacht zurückziehen konnten. Studinger war darüber nicht traurig, nun würde er mit Sicherheit nicht in das Gefecht einbezogen. Die Angriffskolonne vor seiner Kompanie war abgeschwenkt, den Talhang hinauf, um am Dorf vorbei, zusammen mit der linken Angriffskolonne, die Preußen zu verfolgen. Studinger hörte fernes Gewehrfeuer; er schätzte, daß es aus der Gegend kam, wo der Weg nach Moosbronn in den Wald führte. Von der rechten Angriffskolonne sah und hörte er nichts. Jedenfalls war auch sie schon am Dorf vorbeigezogen, und Studinger würde seine Kompanie von anderen Truppen ungestört in Michelbach einquartieren können. Während des Halts hatte er befohlen, die bisherige Quartiereinteilung beizubehalten.
Studinger ging jetzt auf einem Weg, der, aus einem Akker sich herausziehend, am Bach entlang zum Dorf führte. Er passierte die ersten Höfe, und der Weg verbreiterte sich zur Dorfstraße. Kein Dörfler war zu sehen; die Leute saßen wohl noch in den Kellern. Die Straße führte am Engel vorbei und mündete auf den Kirchplatz. Auch der lag verlassen unter der Nachmittagssonne. Studinger blieb stehen und sah zu, wie die Kolonne sich auflöste, und die Soldaten ihren Quartieren zustrebten. Die Vorposten waren schon eingeteilt, und wenn die zur ersten Wache bestimmten Soldaten sich an der Kirchhofsmauer gesammelt hatten, wollte Studinger sie in ihre Plätze einweisen.
Der Feldwebel vom zweiten Zug ging mit einem Soldaten am Bach entlang die Dorfstraße hinauf. Er sollte ein Fuhrwerk requirieren und sofort nach Gernsbach aufbrechen. Studinger hatte ihn angewiesen, Gäule ins Geschirr zu nehmen, auf denen man reiten konnte, und, falls möglich, auch Sattelzeug zu beschaffen. Wenn der

Feldwebel mit der Munition zurück war, würde Studinger zwei Soldaten als berittene Kuriere einteilen, um gegebenenfalls die Division in Rotenfels rasch benachrichtigen zu können. Regelrecht reiten hatte keiner der Soldaten gelernt, wie Studinger erfragt hatte, aber als Bauernburschen waren die meisten in der Lage, sich auf einem Roß zu halten.

Studinger, mitten auf dem Kirchplatz stehend, zog das Sacktuch hervor und betupfte sein Genick. Dann besah er das Tuch, und als er es wieder in die Hosentasche stecken wollte, fiel sein Blick hinüber zum Kirchhof. Und da, im geöffneten Gittertor, stand der Bittmann.

Studinger blinzelte, aber da stand der Bittmann in voller Montur mit Helm, Gewehr und Säbel. War der Kerl narrisch? Nun kam er quer über den Kirchplatz herüber, und Studinger steckte das Sacktuch ein. Na, jetzt war er gespannt.

Bittmann baute sich vor ihm auf und legte die Hand an den Helm. „Ich melde mich zurück, Herr Hauptmann." Darauf ließ er die Hand sinken und schwieg. Er stand einfach da und sah Studinger an.

„Und?" sagte der. „Kann man vielleicht ein wenig mehr erfahren?"

„Das war so, Herr Hauptmann. Wie ich der Kompanie nach bin, hat der Kleine vom Engelwirt auf einer Wies gesessen. Wegen der Preußen hab ich ihn heimgebracht. Dann hab ich nicht mehr fortgekonnt, weil die Preußen angerückt sind." Er fügte hinzu: „Meinen Tornister haben sie erwischt. Aber mich nicht."

„Sackerment, Bittmann, das seh ich." Studinger blickte ihm ins Gesicht, und Bittmann erwiderte den Blick, frei und unbefangen, wie es schien. Entweder war der wirklich ein argloser Depp, der kleine Buben nach Hause brachte, oder er war ein abgefeimter Ausreißer, der sich

für eine, warum auch immer, mißlungene Flucht eine gute Ausrede zurechtgemacht hatte. Beides paßte eigentlich nicht zu ihm. Jedenfalls mußten die Engelwirtsleute befragt werden. „Und den Bub“, sagte er, „den hättst du beim nächsten Hof abgeben können.“
„Ich hab gemeint, ich müßt ihn heimbringen. Damit die Engelwirtsleut sich nicht sorgen.“
Das klang ehrlich. „Na ja“, sagte Studinger. „Aber so oder so: Du bist ausgerissen.“
„Das meine ich nicht, Herr Hauptmann.“
„Was?“
„Daß ich ausgerissen bin. Ich hab's ja nicht gewollt, bloß nicht mehr fortgekonnt. Und ich hab mich gleich zurückgemeldet.“
„Hm.“ Da war was dran. Studinger hatte die Vorschriften nicht im Kopf. Gut möglich, daß dieser Fall nicht als Desertion zu betrachten war. Studinger sah zur Kirchhofsmauer, wo sich die als Vorposten eingeteilten Soldaten gesammelt hatten. Sie blickten alle herüber, und waren natürlich gespannt, was mit dem Ausreißer Bittmann geschehen würde. Studinger konnte die Sache nicht auf sich beruhen lassen. Zumindest mußte der Bittmann hinunter zur Division nach Rotenfels geschafft werden. Sollte man dort entscheiden, ob er zur Untersuchung nach Rastatt gehörte. Studinger sah wieder auf Bittmann. Dumme Geschichte. Wenn der in die Mühle eines Standgerichtsverfahrens geriet, wer weiß, was daraus wurde. Studinger wäre bereit gewesen, die Sache einfach zu vergessen. Aber er mußte befürchten, daß die anderen Soldaten sich den Bittmann und seine Ausreißerei zum Vorbild nahmen. Außerdem gab's noch einiges zu klären. Wo hatte der Bittmann sich versteckt? Warum war er von den Preußen nicht entdeckt worden? „Wo hast du ...“

„Ich hab einen Offizier erschossen, Herr Hauptmann."
„Wa . . .?"
„Einen preußischen."
„Du behauptest . . .?" Studinger schüttelte den Kopf. Das war starker Tobak. Ihm eine solche Lügengeschichte aufzutischen. „Natürlich", sagte er, „haben die Preußen diesen Offizier mitgenommen. Was?"
„Nein", sagte Bittmann. „Da droben liegt er." Er zeigte zum Rebhügel. Und als Studinger hinaufstarrte: „Von hier aus kann man ihn nicht sehen."
„Mein lieber Mann", sagte Studinger. „Wenn das stimmt . . . Los, zeig mir den Offizier." Er ging hinüber zum Kirchhof. „Ein, zwei . . . vier Mann. Mitkommen. Die anderen warten hier."
Bittmann ging voraus, und Studinger folgte den steilen Pfad hinauf; hinter ihm stapften die vier Soldaten.
Auf halber Höhe, wo der Pfad eine scharfe Biegung machte, blieb Bittmann plötzlich stehen. Studinger ging an ihm vorbei, und da war er. An den beiden Sternen auf jedem der runden Schulterstücke sah man, daß es ein Hauptmann war. Er lag rücklings auf der festgetretenen roten Erde des Pfades, hielt den Säbelgriff noch umklammert, und der Helm saß korrekt mit stramm angezogener Schuppenkette. Studinger trat näher, und nun sah er vorn im Augenschirm, dicht über der Messingeinfassung, das Loch. Studinger wendete sich um.
Der Bittmann blickte aus weit aufgerissenen Augen auf die Leiche, auch die anderen Soldaten starrten, und mit einmal wurde Studinger bewußt, daß bisher keiner von ihnen, auch er nicht, einen Preußen aus dieser Nähe gesehen hatte. „Tja", sagte er und blickte wieder auf den toten Hauptmann. „Sauber getroffen, Bittmann." Das hätte er ihm nicht zugetraut. Da suchte der sich kaltblütig einen Offizier heraus und schoß ihn nieder. Daß der

Bittmann es war, der geschossen hatte, daran gab es keinen Zweifel. Als die Preußen sich über den Hügel zurückgezogen hatten, waren die Angriffskolonnen noch zu weit entfernt gewesen. „Also schafft ihn auf den Kirchhof. Der Meßner kann ihn begraben." Vorher jedoch mußte er den Hauptmann durchsuchen. Möglich, daß er einen Befehl bei sich hatte, aus der die Absicht der Preußen hervorging.

Die vier Soldaten packten den Hauptmann an Armen und Beinen und schleppten ihn den Pfad hinunter. Der Bittmann stand und sah auf die Stelle, wo er gelegen hatte. „Komm", sagte Studinger.

Bittmann wendete sich ab. „Aus der Ferne", murmelte er, „da ist es nichts. Aber wenn man sieht, was man ..."

„Mach dir bloß kein Gewissen. Der Mann hätt schließlich daheim bleiben können ... Was ist das?" Studinger bückte sich. Eine gefaltete Landkarte. Die hatte er wohl gerade in der Hand gehalten. „Eins wundert mich", sagte Studinger, während er die Karte betrachtete. „In der Regel lassen die Preußen keine Verwundeten und Toten zurück."

„Die wollten ihn mitnehmen", sagte Bittmann. „Aber ich hab gleich noch mal geschossen, und da sind sie fort."

„So schnell hast du wieder geladen? Sauber." Studinger blickte hinunter ins Dorf. „Von wo hast du überhaupt geschossen?" Er streckte den Arm aus und peilte über den Daumen. „Vom Kirchhof aus geht's nicht. Hm. Vom Kirchturm ...?" Er wendete sich Bittmann zu. „Hast dich auf dem Dachboden vom Engel versteckt, was?"

Bittmann nickte. „Herr Hauptmann ... Also, ich möcht Sie was bitten." Er richtete sich auf. „Wenn Sie das keinem sagen täten. Weil, der Engelwirt darf's nicht wissen. Wenn der erfährt, daß ich ausgerissen bin, dann gibt er mir die Theres nie, also, die Tochter mein ich." Dann sagte er: „Es weiß keiner, daß ich da droben war."

„So, so", sagte Studinger. „Weißt du, was du eben zugegeben hast?"

Verwirrt sah Bittmann ihn an. Dann aber sagte er hastig: „Ich mein, vielleicht denkt der Engelwirt, daß ich ausgerissen bin."

„Komm, red mir nicht. Wenn wir nicht zurückgekommen wären, dann hätt dich die Kompanie nie mehr gesehn, was? Ehrliche Antwort!"

Langsam nickte Bittmann.

„Na schön." Studinger sah ins Dorf hinunter. „Damit ist die Sach vergessen." Und indem er begann, den Pfad hinunterzusteigen: „Aber ich erwarte, daß du's nicht noch mal probierst. Das ist nämlich verdammt unkameradschaftlich."

„Jawohl, Herr Hauptmann."

Die Dörfler hatten inzwischen die Keller verlassen, und auf dem Kirchhof drängten sich Bauern und Soldaten um den toten Preußen. Als Studinger und Bittmann sich näherten, löste sich der Engelwirt aus der Menge und eilte auf sie zu. Er strahlte. „Jetzt schau dir den Egi an", rief er. „Erst rettet er den Jockel, und dann versteckt er sich, um gegen die Preußen zu kämpfen. In der Kirch hast dich versteckt, was? Und von hier aus geschossen ... Herr Hauptmann, der Soldat Bittmann ist ein Vorbild, daß Ihr's nur wißt. Ein Kämpfer ist der, jawohl."

Studinger fing einen Blick vom Bittmann auf und nickte leicht.

„Jawohl, der Bittmann", schwadronierte der Engelwirt. „Das ist ein Kerl. Wenn's bloß mehr solche geben tät."

„Der hat getan, was er tun mußte“, sagte Studinger. Und indem er dies sagte, sah er drüben bei den Leuten die Tochter vom Engelwirt. Sie blickte zum Bittmann herüber, und der zu ihr. Studinger sah zwischen den beiden hin und her und glaubte mit einmal zu wissen, daß der Bittmann mit ihr die Ausreißerei abgesprochen hatte. Möglicherweise war er sogar von ihr überredet worden. Studinger überlegte. Er mußte das Mädle vom Bittmann fernhalten.
Gerade da rumpelte ein Pferdefuhrwerk die Dorfstraße herunter. Auf dem Querbrett vorn im Leiterwagen saßen der Feldwebel und ein Soldat. „Bittmann“, sagte Studinger. „Ich hab einen Auftrag für dich.“

10

Vom Rathaus hatte es gerade neun geschlagen, aber noch immer schien die Sonne nicht, und die Luft war diesig und kühl. Egi, der fröstelnd auf dem Querbrett des Leiterwagens saß, dachte, daß die Preußen seinen Tornister mit dem aufgeschnallten Mantel vermutlich irgendwo im Dorf hatten liegenlassen. Zurück in Michelbach, wollte er danach suchen. Vor einer halben Stunde hatte er die Pferde aufgezäumt und angeschirrt und das Fuhrwerk auf den Marktplatz vor das Gasthaus zum Bock gefahren. Er wartete auf den Feldwebel, der im Badischen Hof übernachtet hatte. Egi war im Stall vom Gasthaus Bock untergekommen.
Gestern war ihnen keine Munition zugeteilt worden. Die Truppen in Gernsbach hätten Vorrang, sagte ihnen ein Offizier des Oberst Blenker. Aber morgen, am Spätvormittag, erwarte man einen weiteren Transport aus Rastatt. Von dieser Munition bekämen sie was ab. Dem Feldwebel war es recht gewesen. Er hatte sich einen schönen Abend im Wirtshaus gemacht und Egi die beiden Gäule versorgen lassen. Sie gehörten dem geizigen Holfelder, und Egi schmunzelte, als er daran dachte, daß gerade der sie hatte hergeben müssen, zähneknirschend vermutlich, besonders den Grauschimmel, auf dem er manchmal in die Stadt ritt. Auch die Reitzügel und den Sattel hatte der Feldwebel requiriert. Es war

ein klobiger Fuhrmannssattel, und Egi hatte ihn unter das Sitzbrett geschoben, wo sein Gewehr und der Säbel lagen.

Warum der Hauptmann ihn und nicht den dazu eingeteilten Soldaten mit dem Feldwebel nach Gernsbach geschickt hatte, glaubte Egi zu wissen: Der wollte ihm das Geschwätz des Engelwirts über das ‚Vorbild Bittmann' ersparen; vermutlich hatte er gemerkt, wie peinlich Egi das war. Und wenn der Engelwirt sich mit seiner Schießwütigkeit nicht das Hirn vernebelt hätte, dann wäre dem aufgegangen, daß kein Mensch, der seine Sinne beisammen hatte, sich versteckte, um mutterseelenallein gegen die Preußen zu kämpfen.

Und der Hauptmann irrte sich, wenn er annahm, daß Egi den preußischen Offizier erschossen hatte, um das Ausreißen gutzumachen. Auf alle Fälle hatte er nicht daran gedacht, als er abdrückte. Erst später auf dem Kirchhof, als er die Badischen erwartete, war er darauf gekommen, den toten Preußen als Beweis für seine Pflichttreue zu benutzen. Oder vielleicht doch schon auf dem Dachboden? Egi, auf dem Sitzbrett des Wagens, schüttelte den Kopf. Diese Grübelei führte zu nichts. Jedenfalls jetzt nicht. Irgendwann wollte er mit Theres über die Sache reden. Ob sie inzwischen von der Flinte auf dem Dachboden wußte? Na, das war egal. Nicht aber, daß der Engelwirt glaubte, Egi habe vom Kirchhof aus geschossen. Und daß er ihn für keinen Ausreißer hielt. „Bei dem", dachte Egi, „hab ich jetzt sogar einen Stein im Brett."

Alles in allem aber war die Ausreißerei eine saumäßige Dummheit gewesen. Man mußte sich mal vorstellen, wie die Sache hätte ausgehen können. Nein, besser nicht. Jedenfalls: Sowas probierte er nicht noch einmal. Da brauchte der Hauptmann ihm gar nicht erst mit ‚un-

kameradschaftlich' zu kommen. Außerdem: Nun konnte man sicher sein, daß die Sache der Revolution keineswegs verloren war. Egi dachte daran, wie schnell die Badischen die Preußen aus Michelbach vertrieben hatten. Offenbar standen bei Rotenfels mehr Truppen, als er sich vorgestellt hatte. An denen vorbei über die Murg zu setzen, das sollten die Preußen mal probieren. Daß man sie vor dem Fluß im Gebirge aufhalten wollte, sah man schon daran, wie wenige Truppen in Gernsbach standen. Egi hatte es bemerkt, als er vergangenen Abend nach den Michelbacher Wehrmännern gesucht hatte. Wie er erfuhr, waren sie vor die Stadt zum Verhauschlagen befohlen. Darüber hatte sich Egi gewundert. Auch über die Barrikaden. An jedem Ortsausgang und selbst in der Stadt waren welche gebaut worden. Aber es handelte sich wohl lediglich um Vorsichtsmaßnahmen. Auch, daß die Stadtbrücke abgedeckt war. Gestern hatte man sie noch passieren können; heute würden Egi und der Feldwebel die Brücke in Ottenau benutzen müssen. Flußaufwärts, in Obertsrot, gab es ebenfalls eine, aber über die zu fahren, wäre ein Umweg.
Einer der Gäule, der Braune, begann zu stampfen und mit dem Kopf zu schlagen. Egi zog die Zügel an und sagte: „Ruhig, ruhig", und nach einer Weile stand der Braune wieder still. Kein Wunder, daß die Gäule nicht friedlich waren. Seit gestern hatten die nichts zu fressen gekriegt. Der Stallknecht vom Bock wollte ohne Bezahlung nichts rausrücken, und Egi wäre sich schön blöd vorgekommen, wenn er seine paar Batzen an die Rösser vom Holfelder verfüttert hätte. Den Feldwebel zu holen, um Futter zu requirieren, dazu hatte Egi gestern abend keine Lust gehabt. Wenn er dem jetzt Bescheid gab, war das früh genug.

Aus der Gasse, die am Rathaus vorbei auf den Markt führte, waren Schritte zu hören. Als Egi den Kopf wendete, sah er einen Mann, dessen grüner Frack und gelblich geblümte Weste ihn an Baumfrösche erinnerte. Der Mann kam über den Markt herüber und betrat den Bock. Er ließ die Haustür ins Schloß fallen, und das Klacken hallte über den Platz. Egi merkte jetzt, wie still es auf dem Markt war. Wenn er es bedachte, war während der Zeit, die er hier wartete, niemand sonst vorübergekommen. Ob es daran lag, daß heute Feiertag war? Aber in Gernsbach lebten viele Evangelische, und die feierten den Peter- und Pauls-Tag nicht. Und warum gingen die Katholischen nicht in die Messe? Seltsam. Egi blickte über die Hausfronten des Marktplatzes, und er sah, daß die meisten Fensterläden geschlossen waren. Mit einmal mußte er an die stille Dorfstraße denken, als er den Jockel zurückgebracht hatte, und Theres allein auf dem Kirchplatz gestanden war.
Die Haustür vom Bock wurde aufgestoßen, und der Oberst kam heraus. Er blieb auf der oberen Stufe stehen und blickte in den verhangenen Himmel, während er seine Stulpenhandschuhe überzog. Hinter ihm, im Hausflur, sah Egi den Mann mit dem froschgrünen Frack. „Glauben Sie mir doch, Herr Oberst", sagte der. „Er kann tatsächlich das Wasser nicht halten. Dafür lassen sich beliebig viele Zeugen beibringen."
„Aus!" Der Oberst kam die Stiege herunter, und sein Schleifsäbel schepperte über die Steinstufen.
Der Froschgrüne blieb dicht hinter ihm. „Möglicherweise ließe sich die Angelegenheit . . ."
„Ich hab gesagt: Aus!" Die Stimme des Obersten dröhnte über den Marktplatz. „Der kann auch mit feuchten Hosen kämpfen." Nun sah er Egi auf dem Wagen. „Was ist mit dir?"

„Niemand kann meinen Sohn zwingen, mit diesem Gebrechen zu kämpfen."
„So?" Abrupt drehte der Oberst sich um. „Jetzt hören Sie gut zu. Ihr Söhnchen kämpft. Wie alle anderen. Und sollte er etwa auf die Idee kommen, zu desertieren –" er trat dicht an den Froschgrünen heran „– dann stell ich ihn an die Wand." Er wendete sich ab.
Der Froschgrüne stand mit offenem Mund. Nach einer Weile ging er eilig davon, wobei er sich mehrmals umblickte.
Der Oberst sah zu Egi hoch. „Was ist mit dir?"
Egi legte die Hand an den Helm. „Ich melde, daß ich auf meinen Feldwebel wart. Wir sind wegen Munition hier. Gestern haben wir gefragt und nichts gekriegt."
„Munition? – Hannes!" rief der Oberst. In der Tür erschien der junge Offizier mit dem schwarzen Schnauzer und den Haaren bis auf die Schultern, der ihnen gestern die Auskunft gegeben hatte.
„Herr Oberst?"
„Der will Munition. Weißt du darüber was?"
„Ja. Die kommen von der Kompanie in Michelbach. Ich denke, vom neuen Transport können wir denen was abgeben."
„Also Hannes, so dick haben wir's nun auch wieder nicht."
„Aber Katerchen." Madame Blenker war neben den jungen Offizier getreten. Wie damals auf der Wiese bei Gaggenau trug sie Hosen, Kittel und Heckerhut. Unterm Gürtel steckten die beiden Pistolen. „Dieser Kompanie in ihrer gefährdeten Position sollten wir unter die Arme greifen."
„Und wer greift uns unter die Arme? – Na schön", sagte der Oberst dann. „Von mir aus. Wann erwarten wir den Transport?"

Der junge Offizier hob die Schultern. „Das kann Mittag werden, Herr Oberst.“
Madame Blenker kam die Stufen herunter. „Die sehen kräftig aus“, sagte sie und musterte die Gäule. Sie wendete sich an den Oberst. „Was meinst du, Katerchen? Mit dem Fuhrwerk könnten wir alles auf einmal in die Stadt schaffen. Wer weiß, ob heute dazu nicht die letzte Gelegenheit ist. Mittags wären wir zurück.“
Der Oberst nickte. „Aber ich kann nicht mitkommen, Elise. Ich muß die Vorposten inspizieren. – Hannes, du begleitest meine Frau.“ Und zu Egi: „Du fährst jetzt die Bürgerin Blenker.“
„Aber ... Und wenn mein Feldwebel kommt?“
„Dann wird er sich im Bock melden. – Gib drinnen Bescheid, Hannes. Damit die dem Feldwebel sagen können, daß sein Gespann nach Schloß Eberstein kommandiert ist.“

Das Fuhrwerk ratterte vom Markt die steile Gasse hinunter, und Egi, der es sich geschenkt hatte, die Hemmkette in die Hinterräder einzuhaken, hielt die Zügel straff angezogen, damit die Gäule vor dem aufs Geschirr drückenden Wagen nicht durchgingen. Er hockte vorn im Wagen, rittlings auf dem stabilen Bocksattel: Das Querbrett hatte er in der Wagenmitte über die Leitern legen müssen, und darauf saßen Madame Blenker und der junge Offizier.
Was die beiden aus dem Schloß fortschaffen wollten, konnte Egi sich denken. Er erinnerte sich an Madames Bemerkung, damals auf der Wiese, über die Kostbarkeiten, die der Leopold Baden dem Volk gestohlen und im Schloß angehäuft hätte. Egi wußte, daß bisher das Schloß von Freischärlern bewacht worden war. Aber

mit denen hatte man wohl die kämpfende Truppe verstärkt. Deshalb wollte man die Kostbarkeiten in die Stadt bringen, wo sie vor Plünderern sicher waren.
Egi lenkte das Gespann in die Schloßgasse, die leicht ansteigend aus der Stadt führte, und ließ die Gäule ausgreifen. Er hoffte, daß er, wie vorgesehen, mittags wieder in Gernsbach war, damit er und der Feldwebel die Munition laden und heim nach Michelbach konnten. Der Auftrag, die Madame und den jungen Offizier zu fahren, ging ihm gegen den Strich. Aber einem Mann wie dem Oberst zu widersprechen, daran war nicht zu denken.
Egi hörte, daß die beiden hinter ihm sich unterhielten, aber im Rattern des Wagens war nicht zu verstehen, was sie redeten. Das Fuhrwerk näherte sich jetzt dem Ende der Schloßgasse, und am Torgewölbe der quer über die Gasse gebauten Bogenmühle standen Freischärler; seitlich am Tor war Bauholz gestapelt. Einer der Freischärler trat vor und hob die Hand. Egi wollte das Gespann anhalten, aber da bemerkte der Freischärler die beiden auf dem Sitzbrett und gab mit einem Wink den Weg frei.
Im Vorüberrollen rief der junge Offizier: „Nicht sperren, bevor wir zurück sind."
Hinter der Bogenmühle hörte das Straßenpflaster auf, und die Räder rollten knirschend über festgefahrenen Schotter. An der Abzweigung lenkte Egi das Gespann nach rechts auf die schmale Straße, die bergan zum Schloß führte, und die Gäule gingen langsamer.
„So viel?" hörte er plötzlich von hinten. „Das kann ich nicht glauben." Der junge Offizier und Madame unterhielten sich noch immer.
Egi lauschte.
„Ich müßte mich sehr täuschen, wenn es weniger

wäre“, hörte er Madame Blenker sagen. „Aber auch vorsichtig geschätzt, ist der Pokal 10 000 Gulden wert. Haben Sie sich den mal angesehen, Hannes? Herkules kämpft gegen die Amazonen. Alles in Elfenbein geschnitzt.“

„Trotzdem, so ganz kann ich's nicht begreifen. 10 000 Gulden! Und der andere Kram? Das Silberzeug, das Sie gestern geholt haben? Was kriegt man dafür?“

„Nicht ganz so viel. Aber mit den Dingen, die wir jetzt noch abfahren, den Gemälden und Wandteppichen, den alten Ritterrüstungen und Waffen, also, ich schätze, daß wir auf etwa 18 000 Gulden kommen.“

„Unfaßbar“, sagte der junge Offizier. „Wenn ich mir vorstell, wie lang ich dafür hätte schaffen müssen, damals, als ich noch Lokomotivheizer war ... Na, ich kann's jetzt nicht ausrechnen.“

„Es ist eine große Summe“, sagte Madame. „Aber vergessen Sie nicht, was wir damit vorhaben. Wenn es soweit ist, wird es viele, sehr viele Emigranten in der Schweiz geben. Aus der Unterstützungskasse für Flüchtlinge, die wir mit dem Verkauf der Wertgegenstände finanzieren wollen, muß eine Menge bezahlt werden. Denken Sie nur daran, Hannes, daß allein eine Überfahrt nach Amerika rund hundert Gulden kostet.“

„Freilich“, sagte der junge Offizier. Und nach einer Weile: „Aber noch ist nicht raus, daß die Murglinie überrannt wird.“

Egi saß stockstill vorn im Wagen, und er hoffte, daß die Gäule ruhig gingen, um das Gespräch der beiden nicht zu stören.

„Hannes“, hörte er Madame sagen. „Betrachten wir die Lage doch mal realistisch. Es ist schwer, sich das einzugestehen, aber wir können nicht standhalten. Peucker wird mit seinem Korps über Loffenau angreifen, das ist so gut wie sicher. Wir hätten eine Chance, wenn wir ihm im Gebirge entgegentreten könnten. Aber in Gernsbach? Sie wissen besser als ich, Hannes, daß ein Barrikadenkampf letzlich zugunsten des Angreifers entschieden wird. Sofern kein Entsatz kommt."

„Ich versteh einfach nicht, warum der General uns keine Truppen schickt. Der muß doch erkennen, wie wichtig es ist, daß gerade Gernsbach gehalten wird."

„In diesem Krieg ist schon vieles nicht erkannt worden", sagte Madame. „Warum sollte sich das plötzlich ändern?"

„Vielleicht kommt noch Hilfe. Und wenn Peucker erst morgen angreift, dann . . ."

„Das ist Augenwischerei, Hannes. Warum sollte er warten? Ich rechne heute mit einem Angriff. Wahrscheinlich schon mittags."

„Heut mittag?" sagte der junge Offizier. „Naja", sagte er dann. „Das ist gut möglich. Und? Was machen wir ohne Hilfe?"

„In Gernsbach fechten, solange es geht, und uns dann nach Südwesten zurückziehen." Madame schwieg. Darauf sagte sie: „Ich weiß, der Oberst spricht nicht darüber. Aber ihm ist natürlich bewußt, daß uns nichts anderes übrig bleibt."

„Und die Preußen rollen die Murglinie von Gernsbach her auf. Was ist mit der Division in Rotenfels? Die wird doch dann umgangen?"

„Das glaube ich nicht. Die merkt das rechtzeitig und geht auf Rastatt zurück. Ein Teil freilich . . ." Madame verstummte.

„Sie meinen die Kompanie in Michelbach?" sagte der junge Offizier. „Ja, die ist verloren. Die wird abgeschnitten und in preußische Gefangenschaft . . ." Er

brach ab, Madame hatte wohl ein Zeichen zu Egi hin gemacht. Darauf schwiegen beide.
Egi saß starr vorn im Wagen auf dem Sattel und blickte auf die Gäule vor sich, die ruhig ausschritten, als wäre nichts geschehen. Die Kameraden wurden umgangen. Heut mittag schon. Jemand müßte sie warnen, und zwar sofort. „Jemand?" dachte Egi. „Ich muß sie warnen." Aber wie kam er rechtzeitig fort? Die beiden hinter ihm schwiegen noch immer, und mit einmal hatte Egi das Gefühl, daß sie ihm ansahen, was er vorhatte. Er mußte sich locker geben. Egi schnalzte mit der Zunge, schnickte ein wenig mit dem Zügel und besah die Tannen rechts und links der Straße. Sobald die beiden im Schloß verschwunden waren, würde er aufsatteln. Aber wenn sie ihn mitnahmen? Um die Ritterrüstungen auf den Wagen zu schaffen? Egi dachte nach. Dann hatte er es.
Unauffällig ruckte er am Zügel, erst links, gleich darauf rechts, dann wieder links, und die Gäule begannen, die Köpfe zu werfen.
„Was haben die?" fragte der junge Offizier.
„Ich weiß nicht", sagte Egi, ohne sich umzuwenden. „Kann sein, weil sie so lang kein Futter gekriegt haben."
„So?" kam es von hinten. „Na, bis nach Gernsbach zurück werden sie's wohl aushalten."
„Sie sind halt arg unruhig", sagte Egi und verpaßte den Gäulen zwei scharfe Rucke, worauf der Braune heftig schnaubte. „Vielleicht, daß man im Schloß was für sie kriegt?"
„Sicher", sagte Madame. „Oben füttern Sie die Pferde."
Egi schwieg.
„Haben Sie verstanden? Sie sollen als erstes die Pferde füttern."

„Jawohl“, sagte Egi.
Sie erreichten den letzten Anstieg zum Schloß, und der Wald lichtete sich. Man sah den Turm und die gewaltige Schutzmauer, davor Hausdächer, vermutlich die der Wirtschaftsgebäude. Die Straße machte eine Biegung und gab den Blick auf das Torhaus frei. „Verdammt“, dachte Egi. Vor dem Tor standen zwei Freischärler. Die machten bestimmt Schwierigkeiten, wenn er heraus wollte. Die beiden Freischärler traten zur Seite, und als Egi das Fuhrwerk an ihnen vorbei in das Gewölbe lenkte, sah er, daß ihre Büchsen schußfertig waren.
Der Wagen ratterte durch das Gewölbe, und dann rief der junge Offizier: „Halt.“
Sie befanden sich in einem Vorhof unterhalb der hohen Schutzmauer. Rechter Hand lagen Stallungen, und geradeaus erstreckte sich der Hof leicht ansteigend längs der Mauer. Wenn man oben um die Mauerecke bog, gelangte man vermutlich zum Haupttor. Linker Hand war ein Wohnhaus, und davor lagerte eine Gruppe Freischärler. Sie blickten neugierig herüber.
Madame und der junge Offizier waren vom Wagen gestiegen. Madame zeigte auf die Stallungen und sagte: „Holen Sie sich, was Sie brauchen. Wenn Sie die Tiere gefüttert haben, fahren Sie das Fuhrwerk auf den Innenhof.“ Sie zeigte nach oben zur Mauerecke, und Egi sagte: „Jawohl.“
Madame wendete sich zum Wohnhaus. „Ah“, sagte sie, „da ist sie schon.“
In der Tür stand eine ältere Frau, im braunen Kleid mit weißer Schürze darüber. Sie hielt die Hände vor der Brust gefaltet und sah stumm herüber.
„Bürgerin Vogt“, rief Madame. „Die Schlüssel!“
Die Frau nickte langsam. Dann verschwand sie im

Haus und erschien nach einer Weile mit einem mächtigen Schlüsselbund. Sie kam über den Hof. „Es ist Unrecht", sagte sie zu Madame. „Der Himmel wird Sie strafen."

Madame lachte. „Davor ist mir nicht bange." Sie sah die Frau an. „Und sollte es einen strafenden Himmel geben, so wird er sich besonders um den Bürger Leopold Baden kümmern." Die Frau schrak zusammen, und Madame lächelte. „Also los." Sie ließ die Frau vorangehen und folgte mit dem jungen Offizier. „Zuerst", hörte Egi sie sagen, „schließen Sie uns den runden Saal auf. Da interessieren mich die Ölgemälde." Dann war sie oben um die Mauerecke gebogen.

Egi sah sich um. Die Freischärler vor dem Wohnhaus schienen ihn nicht zu beachten. Die Wachen standen draußen vor dem Torgewölbe und kehrten ihm den Rücken zu. Rasch begann Egi, den Grauen auszuschirren. Während er die Zugstränge von Kummet schnallte, überlegte er, welchen Weg er nehmen konnte. Wenn er durch Gernsbach und dann über die Brücke in Ottenau ritt, war er am schnellsten in Michelbach. Aber falls ihn Wachen oder Offiziere anhielten? Er besaß keine Marschorder. Man würde ihn für einen Ausreißer halten, und dem Oberst Blenker traute er zu, mit dem An-die-Wand-stellen ernstzumachen. Egi hakte die Aufhaltkette los und löste die Zügel vom Zaum. Nein, er mußte den Weg durch Obertsrot nehmen. Dort würde er den Fluß überqueren, und dann durch die Wälder an der Grenze entlang reiten. Da brauchte er eine Stunde länger, aber es war sicherer. Egi holte den Sattel vom Wagen und legte ihn auf. Während er den Bauchgurt anzog, dachte er: „Aber zuerst muß ich hier vom Hof." Die beiden Wachen fragten bestimmt, wohin er wollte. Und? Was sagte er? Eine Meldung nach Gernsbach

bringen? Vielleicht glaubten sie's. „Aber Teufel, Teufel", dachte Egi. „Ich wollt, ich wär schon draußen."
Er hakte den Reitzügel in die Stangenringe und dachte: „Mit dem Gaul werd ich zurechtkommen." Schlimmer als die Ochsen, auf denen er damals während seiner Zeit als Hütejunge zum Spaß geritten war, konnte der auch nicht bocken. Egi hing sein Gewehr schräg über die Schulter und hakte den Säbel ans Gehenk. Wenn er bewaffnet war, würde man ihm nicht so schnell ansehen, daß er ausriß. Dann dachte er entrüstet: „Ich will ja gar nicht ausreißen."
Er führte den Gaul ans Wagenende, von wo er bequem aufsteigen konnte. Als er auf den Gaul kletterte, sah er, daß ihn die Freischärler von drüben vor dem Haus beobachteten.
„Willst du unter die Dragoner?" rief einer, und die anderen lachten. Die Wachen vor dem Tor waren jetzt aufmerksam geworden, und Egi dachte: „Bloß weg hier." Er hieb dem Gaul die Absätze in die Seite, wollte ihn in Schritt bringen, aber der sprang vorwärts, und Egi ließ die Zügel los und klammerte sich ans Kummet. Die Freischärler johlten, und der Gaul begann zu galoppieren. Er hielt auf das Torgewölbe zu, Egi sah die beiden Wachen mit ausgebreiteten Armen stehen, und da dachte er: „Durch." Er hämmerte die Absätze gegen den Gaul, der preschte durch das Gewölbe, die Wachen sprangen zur Seite, und der Gaul stürmte die Straße hinunter.

Es mochte auf Mittag zugehen, und der Himmel wurde heller. Einige Zeit später, als Egi den Grauen gerade über einen steilen Wiesenhang zum Wald hinauftrieb, kam die Sonne heraus. Egi hoffte, daß das Gröbste hinter ihm lag; die Sache war schwieriger, als er gedacht hatte. An der Straße nach Loffenau, auf den Hügelköpfen beiderseits der Straße und sogar im Wald standen Vorposten der Blenkerschen Truppen. Zwar hatte Egi sie jedesmal rechtzeitig bemerkt und ungesehen umgehen können, aber dadurch war er nur langsam vorangekommen. Er durfte nicht riskieren, von den Posten entweder für einen Ausreißer oder gar für einen Preußen gehalten zu werden. Die Umwege hatten ihn nah an die Grenze herangeführt, jedoch war er nicht auf württembergisches Gebiet geraten. Andernfalls hätte er Loffenau sehen müssen. Daß die allgemeine Richtung stimmte, die er einhielt, wußte er nun, da die Sonne schien. Er würde darauf achten, sie immer im Rücken zu haben. Bisher hatte er sich lediglich an den hohen Bergen jenseits der Grenze orientieren können. Sobald er in die Nähe von Sulzbach kam, war die Richtung kein Problem mehr, dort kannte er sich aus. Egi schätzte, daß er sich noch immer in der Gegend um Loffenau befand.

Der Graue hatte jetzt den Wald erreicht, und Egi ließ ihn entlang des Randgestrüpps laufen. So ritt er zwar Richtung Grenze, aber er hoffte, auf einen Holzschlagweg zu stoßen, der ihm die Sonne in den Rücken brachte. Daß er mit dem Gaul nicht quer durchs Gelände reiten konnte, wie er sich's vorgestellt hatte, machte das Unternehmen zusätzlich schwierig. In den gewöhnlich dichten Wald weigerte sich das Vieh hineinzugehen, da konnte Egi treiben, wie er wollte. Außerdem gab's Abhänge, die der Gaul ums Verrecken nicht hinauf wollte, wobei das noch nicht mal die steilsten waren. Jedoch lief der Graue anstandslos, wenn nur die Andeutung eines Weges vorhanden war.

Und Egi saß jetzt sicher im Sattel. Das schwere und

sperrige Kummet hatte er abgeschnallt und an einer Hecke liegen lassen. Auf der Straße, hinunter vom Schloß, war er allerdings heilfroh gewesen, daß er sich an das Ding hatte klammern können. Der Gaul war regelrecht durchgegangen. Er hatte sich dann aber von allein beruhigt, und noch vor der Abzweigung an der Bogenmühle war es Egi gelungen, die Zügel zu fassen und den Grauen in den Schritt zu zwingen. Die Freischärler an der Mühle hatten ihn nicht bemerkt. Egi schmunzelte, als er daran dachte, wie verblüfft die Wache am Schloß über seinen plötzlichen Abgang gewesen sein mußte. Madame würde ihr Zeug auch mit einem Gaul abfahren können. Egi gönnte es ihr. Wer weiß, ob er auf die Unterstützungskasse nicht mal angewiesen war. Na, über die Zukunft konnte er später nachdenken.

Der Graue umging einen quer zum Waldrand liegenden Baumstamm, und Egi lenkte ihn wieder dicht ans Randgestrüpp.

Diese Preußenhunde. Marschierten die einfach durch's Württembergische. Warum daran keiner gedacht hatte? Egi konnte sich nicht entsinnen, daß der Hauptmann oder einer der anderen Offiziere je davon gesprochen hatten. Möglich, daß sie's vor den Soldaten geheim halten wollten. Oder sie rechneten wirklich nicht damit, was Egi jetzt, nachdem er Madame und dem jungen Offizier zugehört hatte, unbegreiflich wäre. Aber wahrscheinlich ging es einem Offizier, wie beispielsweise dem Studinger, nicht anders als den Gemeinen: Man kriegte Befehle, führte sie aus und über das Drumherum machte man sich keine Gedanken. Und dann wurde man von den Preußen umgangen und kam in Gefangenschaft.

Egi drückte dem Grauen die Absätze in die Seiten, und der begann zu traben.

Der Waldrand zog sich im Bogen nach links, und Egi hatte jetzt die Sonne im Rücken. Er ritt durch eine Talmulde, am Gestrüpp entlang, und rechter Hand der Berghang war bis zum Kamm hinauf abgeholzt. Egi sah oben die Baumstümpfe sich gegen den hellen Himmel abheben. Das Tal begann anzusteigen, und Egi ließ den Grauen wieder im Schritt gehen. Sie hatten noch mindestens zwei Wegstunden vor sich, und er wußte nicht, was er dem Gaul zumuten konnte. Er überlegte, ob er ihm eine Futterpause gönnen sollte. Der Holzschlag, den Berghang hinauf, schien alt zu sein, und zwischen den Baumstümpfen wuchs hohes Gras. Aber wenn der Gaul zu fressen anfing, brachte Egi ihn möglicherweise so bald nicht weiter. Außerdem war nicht ausgeschlossen, daß er sich noch im Bereich der Blenkerschen Vorposten befand.
Egi sah zum Berghang hinauf und ließ den Blick oben am Kamm entlangwandern. Dann blickte er wieder geradeaus und musterte Talmulde und Waldrand vor sich. Das Blinken. Da hatte eben was geblinkt, oben am Berg . . . Preußen! Zwei, drei, immer mehr erschienen auf dem Kamm, und ihre Helmbeschläge blitzten.
„Hüa!“ Egi hämmerte mit den Absätzen, und der Graue sprang los, galoppierte am Waldrand entlang, und Egi beugte sich vor, hielt aber die Zügel, suchte im Gestrüpp eine Lücke, in die er den Grauen hineinbrachte, und da knallte es. Egi sah nicht hoch, hielt den Blick geradeaus, er mußte eine Lücke finden, wieder schossen sie, und Egi wunderte sich, wie ruhig er blieb.

Es war einer der seltenen Tage heute, an denen sich Frey eine Zigarre gönnte. Er rauchte sie draußen im Schulgarten, auf der Bank unter dem Nußbaum, weil

Lisette und die Musselingardinen den Qualm nicht vertrugen, und fühlte sich zufrieden und satt. Zum Mittag hatte ihn Lisette mit Hecht und Sauerkraut überrascht; der Hecht war mit Ei und Weißbrotkrume paniert gewesen und kroß gebacken – wenn Lisette wollte, verstand sie durchaus zu kochen.

Falls man ihr glauben durfte, hatte der Mittelmüller ihr den Fisch fast umsonst überlassen. Frey war's zufrieden gewesen und hatte nicht weiter nachgefragt. Er würde sich hüten, den freundlichen Ton zu stören, in dem sie beide seit einigen Tagen miteinander umgingen. Frey, an seiner Zigarre ziehend, dachte: „Seit der Brief gekommen ist." Lisette hatte ihn nicht wieder erwähnt, mit keiner Silbe. Freilich: Hätte sie Frey gedrängt, das Angebot anzunehmen, so hätte er ihr klipp und klar gesagt: Kommt nicht in Frage. Frey war überrascht, wie klug sie diese Sache betrieb. Ein Zeichen, daß ihr viel an der Schweizer Stelle lag. Deshalb hatte Frey es noch nicht über's Herz gebracht, ihr zu sagen, daß er endgültig dagegen entschieden hatte. Den Absagebrief an den alten Nabholz würde er schreiben, sobald er sicher war, daß Lisette ihn dabei nicht überraschen konnte.

Frey erhob sich und ging nach hinten in den Garten zu den Bienenstöcken. Während des Vormittages hatte er das Sonnendach ausgebessert, obwohl und gerade weil ein Feiertag war. Normalerweise hätte Frey heute, an Peter und Paul, die Orgel spielen müssen. Nach wie vor war Frey nicht einverstanden damit, wie der Bürgermeister den Pfarrer vertrieben hatte. Ohne Grund beschuldigte man keinen der Spionage. Jedoch hatte der Pfarrer dann die badische Kompanie an die Preußen verraten, wie der Engelwirt von einem preußischen Hauptmann wußte. Fast wollte es Frey reuen, daß er diesen Pfaffen gewarnt hatte. Ob der Bürgermeister etwas ahnte? Nachdenklich sah Frey auf das Bienengewimmel an den Fluglöchern. Einige Bemerkungen des Bürgermeisters ließen darauf schließen. Aber er schien die Angelegenheit auf sich beruhen lassen zu wollen. Sein Ziel hatte er ja schließlich erreicht. Jedoch mußte Frey auf der Hut sein. Wenn der Bürgermeister ihm übel wollte, dann brauchte er den Bauern bloß von seinem Verdacht zu erzählen, und Freys Stellung im Dorf wurde so unhaltbar wie vormals die des Pfarrers.

Der Bürgermeister hatte übrigens schon begonnen, mit dem Heiligenfond zu wirtschaften. Als erstes waren hundertfünfzig Gulden an die Bauern verteilt worden, die im Jahr 47 Geld vorgelegt hatten, um Korn für die Ortsarmen zu beschaffen. Zur Bezahlung der Gemeindeschulden – der Heiligenvorstand hatte das einstimmig beschlossen – mußten Kapitalien zu Geld gemacht werden: Man würde einen Teil des Heiligenwaldes verkaufen, wozu aber das Ende der Revolution abgewartet werden sollte. Dann würde man auch einen anderen Pfarrer haben, der hoffentlich auf Seiten der Bauern stand. Frey rauchte und blickte auf seine Bienen. Ein gutes Honigjahr würde es werden. Fünf neue Schwärme bis jetzt. So viele hatte es noch in keinem Jahr gegeben. Einer freilich war ihm entwischt. Wer weiß, wo der sich eingenistet hatte. Frey kehrte zur Bank unter dem Nußbaum zurück.

Er hatte sich gerade gesetzt, als draußen auf dem Weg, am Gartenzaun entlang, zwei Soldaten vorübergingen. Sie kamen aus dem Dorf und sollten wohl die Vorposten unterhalb der Stiegenäcker ablösen. An allen Straßen und Wegen, die ins Dorf führten, hatte der Hauptmann Posten aufgestellt. Frey fand das sehr umsichtig. Offenbar verstand dieser Mann mit den abstoßenden Landsknechtsmanieren sein Geschäft. Beruhigend war

auch, daß die Badischen so problemlos die Preußen verjagt hatten.
Als die badische Kompanie Hals über Kopf den Ort geräumt hatte, war Frey zuerst verblüfft, dann wütend gewesen. Inzwischen hatte er zur Revolutionsarmee wieder Vertrauen gefaßt. Was schadete es schon, wenn die Preußen zeitweilig einen Ort besetzten, sofern sie wieder vertrieben wurden. Und daß sie nicht durch württembergisches Gebiet marschierten, hielt Frey jetzt für ausgemacht. Warum sonst hatten sie versucht, über Michelbach nach Gernsbach vorzustoßen? Jedoch war sich Frey nicht restlos sicher, und er hatte mit dem Hauptmann darüber sprechen wollen. Der aber war nicht bereit gewesen, Frey auch nur anzuhören. Ob das mit der Demolierung des Pfarrhauses zu tun hatte? Möglicherweise schlummerte in dem Mann doch einiges Zartgefühl, und es war ihm unangenehm, mit jemandem zu reden, der an seine Humanität appelliert hatte.
Mit dem Engelwirt die Lage durchsprechen zu wollen, war sinnlos. Zwar redete der seit neuestem nur noch in militärischen Ausdrücken wie ‚Angriff‘, ‚Umfassen‘ und ‚Waldgefecht‘, aber er wäre der letzte, der die Lage realistisch einschätzte. Und den Bittmann Egi, den Flickschuster, den er bisher so verachtet hatte, den pries er plötzlich in den höchsten Tönen. Den preußischen Hauptmann hatte der ruhige und friedfertige Bittmann wohl mehr durch Zufall erschossen, wie Frey vermutete. Na, er gönnte ihm den Ruhm, den er jetzt im Dorf genoß.
Frey hatte seine Zigarre zu Ende geraucht und überlegte, ob er im Engel ein Bier trinken sollte. Aber dort lärmten die Soldaten, und Frey war friedlich gestimmt. Nein, er würde daheim bleiben und mit Lisette eine

Partie Schach spielen. Das hatten sie schon lang nicht mehr getan. Und wer weiß? Vielleicht ergaben sich daraus noch andere Spiele.
Frey erhob sich.
Er wollte zur Haustür gehen, blieb dann aber stehen, weil er den Hufschlag eines einzelnen Pferdes hörte. Und kein Wagenrumpeln dabei. Das war ungewöhnlich. Außer dem Holfelder ritt keiner im Dorf, und dessen Gäule waren requiriert. Frey ging zur Gartentür. Von den Stiegenäckern herunter kam ein Dragoner geritten, und zwar im Galopp, was Frey angesichts des abschüssigen Weges äußerst gefährlich erschien. Er trat einen Schritt zurück. Der Dragoner preschte vorüber und bog dann in die Dorfstraße ein. Mit offenem Mund sah Frey hinter ihm her. Der Bittmann. Das war gar kein Dragoner. Da war eben der Bittmann vorbeigeritten. Auf dem Grauen vom Holfelder und wie der Teufel. Frey schüttelte den Kopf. Also, den Bittmann hatte er irgendwie falsch eingeschätzt. Aber ... Wo kam der denn her? Der Weg hier führte lediglich hinaus auf die Äcker. Freilich auch in die Wälder an der Grenze. Und was hatte der Bittmann dort ... Frey beugte sich über die Gartentür.
Schon wieder Soldaten, diesmal zu Fuß. Sicher die abgelösten Vorposten. Aber es waren vier Soldaten. Und alle vier rannten sie. Ob die Preußen da oben waren? Und warum schossen die Posten keinen Alarm? „Was ist los?“ rief er den Soldaten entgegen. Aber die kamen den Weg heruntergerannt und schienen nicht gehört zu haben. Frey riß die Gartentür auf und sprang hinaus. „Was ist los?“
„Wir sind umgangen“, schrie einer der Soldaten. „Die Preußen kommen von Loffenau.“ Und ein anderer rief: „Der Bittmann hat sie gesehen.“ Nun waren sie unten

auf der Dorfstraße, und als sie weiterrannten, begannen sie zu rufen: „Wir sind umgangen! Kameraden, wir sind umgangen! Die Preußen kommen von Loffenau!“ Frey stand auf dem Weg und sah vor sich hin. Plötzlich rannte er los. Er rannte durch die Gartentür, und noch bevor er die Haustür erreichte, begann er zu schreien: „Lisette! Wir packen, Lisette!“

11

Die Soldaten, die mit Bierkrügen auf der Steinstufe vor dem Engel saßen, blickten erstaunt zu Egi hoch.
„Wo ist der Hauptmann?“ fragte er wieder. „Schnell.“
„Dort hinauf ist er gegangen“, sagte nun einer und zeigte mit dem Bierkrug. „Die Vorposten gegen Moosbronn inspizieren.“
Egi trieb den Grauen an. Er galoppierte am Pfarrhaus vorbei, dann an der Abzweigung nach Rotenfels, und am Dorfausgang, bei den Bischweirer Wiesen, sah er den Hauptmann, der gerade zurückzukommen schien. Als er Egi bemerkte, blieb er stehen.
„Herr Hauptmann!“ rief Egi, noch während der Graue galoppierte. „Ich muß was melden.“ Neben dem Hauptmann riß er in die Zügel, der Graue stieg vorn hoch, stand dann aber ruhig.
„Sackerment“, sagte der Hauptmann, der an den Wegrand getreten war. „Solche Kunststückchen verbitte ich mir. Der Gaul wird noch gebraucht.“ Er schob den Helm ins Genick. „Ihr habt keine Munition gekriegt, na schön, aber das ist kein Grund . . .“
„Nein, nein.“ Egi schüttelte den Kopf. „Nicht wegen der Munition. Die Preußen kommen durch's Württembergische.“
„Was?“ Der Hauptmann schob den Helm nach vorn. „Sag das noch mal.“

„Die Preußen marschieren von Loffenau auf Gernsbach. Ich hab sie selbst gesehen. Und wenn sie ..."
„Langsam, langsam." Der Hauptmann öffnete drei Knöpfe seines Uniformrockes. Er zog eine Karte hervor und entfaltete sie. „Loffenau", murmelte er. Er sah hoch. „Und du hast sie gesehen? Wo genau?"
„An der Grenze, also, ich glaub, die waren schon drüber. Und vor Gernsbach stehen bloß Vorposten. Die Madame Blenker hat gemeint, daß man Gernsbach nicht halten kann. Und daß die Preußen die Murglinie aufrollen."
„Sauber." Der Hauptmann faltete die Karte. „Wie lang ist das her, daß du die Preußen gesehen hast?"
„Fast zwei Stunden." Egi wurde nervös. „Bitte, Herr Hauptmann. Wenn wir uns nicht eilen, dann werden wir umgangen."
„Nur die Ruhe", sagte der Hauptmann und steckte die Karte weg. „So schnell sind die Preußen nicht. Außerdem möcht ich das erstmal genau wissen. Was hat die Blenkersche gesagt? Wie kommst du überhaupt dazu, von der ..." Er hielt inne.
Aus dem Dorf heraus drang Rufen. Irgendwelche schienen dort aus voller Kehle immer das gleiche zu rufen. Egi lauschte. „Herr Hauptmann", sagte er hastig. „Ich glaub ..."
„Still!" herrschte ihn der Hauptmann an. Er hielt den Kopf geneigt, dem Rufen zugewendet, und das schien sich jetzt fortzupflanzen, wurde zum vielstimmigen Geschrei, das sich im Dorf ausbreitete.
Und nun hörte man deutlich: „Wir sind umgangen! Wir sind umgangen!"
Ruckartig hob der Hauptmann den Kopf. „Hast du etwa geschwätzt?"
„Ich ... also bloß der Posten an den Stie ..."

„Du hirnloser Ochs, du!“ Das Gesicht des Hauptmanns war rot. „Du blutdamischer . . . Runter vom Gaul!“
Egi schwang ein Bein über den Sattel, wollte springen, aber da wurde er heruntergerissen und fiel rücklings zu Boden.
Der Hauptmann zog sich in den Sattel, saß noch gar nicht, als er schon „Hüa!“ schrie, den Grauen um Egi wendete und davongaloppierte.
Benommen saß Egi auf dem Weg und dachte: „Der hockt nicht das erste Mal auf einem Gaul.“ Dann dachte er: „Da hab ich was angerichtet.“ Er lauschte ins Dorf, und er hörte, daß das Geschrei sich vereinzelte, und auch, daß es sich zu entfernen schien. Er dachte: „Hoffentlich kommt er noch rechtzeitig.“ Als er sich hochrappelte, merkte er, daß ihm der Gewehrkolben die Hüfte geprellt hatte. Langsam, die Hand auf die schmerzende Stelle gepreßt, humpelte er die Straße hinunter.
Schon von der Abzweigung aus sah er den Hauptmann auf dem Grauen mitten auf dem Kirchplatz, und als er näher kam, bemerkte er den gezogenen Säbel. Der Feldwebel vom ersten Zug, neben dem Gaul stehend, hielt gleichfalls den Säbel in der Hand. Rund um den Platz, vor den Haustüren, in den Hoftoren, standen Dörfler, und vor dem Engel hatten sich die Ruckenbrods versammelt. Soldaten sah Egi keine.
Er ging auf den Hauptmann zu. Der blickte, den Kopf gesenkt, vor sich hin, und den Säbel hielt er lose, bei schlaff herabhängendem Arm. „Herr Hauptmann“, begann Egi.
Der hob den Kopf. „Mein lieber Mann“, sagte er. „Geh mir bloß aus den Augen. Mir wird schlecht, wenn ich dich seh.“ Dann sagte er zum Feldwebel: „Sie können auch gehen.“

„Ich hab alles probiert, Herr Hauptmann. Aber ich kann ja den Leuten nicht die Köpf runterschlagen."
„Ja, ja, ich weiß. Ich mach Ihnen keinen Vorwurf. Ich meine, wie ich es sage: Sie können gehen. Wohin Sie wollen."
Kopfschüttelnd steckte der Feldwebel den Säbel in die Scheide und ging davon, hinüber zum Basmiller-Hof, wo er im Quartier gewesen war.
„Herr Hauptmann", fing Egi wieder an.
„Hör zu, Bittmann. Halt's Maul, ja? Jetzt hol mir meinen Tornister. Der liegt im Engel, auf der Bank am Hinterzimmer."
Egi ging über den Platz, und Theres sah ihm aus großen Augen entgegen. Auch die Engelwirtin, die Zwillinge und das Jockele blickten stumm. Der Engelwirt kam auf ihn zu. „Egi, jetzt erklär mal. Was ist denn in die Soldaten gefahren? Wie Schaf sind sie davongerannt, die Käfer im Hirn haben. Sind etwa die Preußen vorm Dorf?"
„Nein", sagte Egi. „Noch nicht." Und in Richtung Theres: „Ich erklär's später." Dann ging er in die Gaststube.
Als er mit dem Tornister auf den Platz trat, stand beim Hauptmann der Engelwirt.
Egi ging hinüber und hörte ihn sagen: „Herr Hauptmann, ich muß mich wundern. Was ist das für eine Kampfmoral? Wie wollt ihr jemals die Preußen besiegen, wenn ihr dauernd davonlauft? Was? Unsereiner will kämpfen, und ihr lauft davon."
„Sie haben mir grad noch gefehlt." Der Hauptmann steckte den Säbel in die Scheide. „Lassen Sie mich zufrieden mit Ihrem Geschwätz."
Da drehte der Engelwirt sich um und ging zum Haus. Der Hauptmann blickte ihm nach. „Ausgerechnet ein

Blähhals will mir was von Kampfmoral erzählen. Na, was soll's. Gib her."
Egi reichte ihm den Tornister, und der Hauptmann hing ihn an den Sattelknauf.
Egi sagte: „Ich hab das wirklich nicht gewollt, Herr Hauptmann."
Der sah ihn an. Plötzlich grinste er. „Stell dir vor, das glaub ich dir sogar." Er wurde ernst. „Du Spaßvogel. Etwas nicht wollen, genügt nicht. Bist du dir im Klaren, was du angerichtet hast?"
„Jawohl", sagte Egi. „Die Kompanie ist fort."
„Nicht nur die. Kannst du dir denken, was passiert, wenn die in Rotenfels ankommt? Was? Wie dann die anderen Truppen das Rennen anfangen? Und wie sich das fortsetzt? Da können die Preußen gemütlich abwarten: Die Murglinie rollt sich von ganz allein auf. Und du bist schuld."
Egi sah hoch zum Hauptmann. „Freilich", sagte er. „Waghäusel haben die Dragoner auf dem Gewissen und die Murglinie der Bittmann Egi."
Und da begann der Hauptmann zu lachen. Er lachte laut, und sein Lachen kam als Echo vom Engel zurück.
„Schön", sagte er, nachdem er sich beruhigt hatte. „Damit ist alles geklärt. Jetzt schieß Alarm, damit die Vorposten Bescheid wissen – falls noch welche draußen sind." Er nahm die Zügel auf. „Na, dann wollen wir mal." Und zu Egi hinunterblickend: „Jetzt frag bloß nicht, was du sonst noch tun sollst."
Egi schüttelte den Kopf.
„Das", sagte der Hauptmann, „wollt ich dir auch geraten haben. Hüa." Ohne sich noch einmal umzublicken, den Kopf nach vorn geneigt, ritt er quer über den Platz und verschwand am Engel, dort, wo der Weg den Michelbach entlang hinunter ins Tal führte. Dieser Weg

verlief sich in den Feldern, und Egi dachte, daß dann der Hauptmann jede Richtung einschlagen konnte.
Er blickte sich um. Rings um den Platz standen noch immer die Dörfler, aber vor dem Engel nur noch Theres und die Kinder. Egi nahm sein Gewehr von der Schulter, spannte den Hahn und klappte die Sicherung beiseite. Dann sagte er laut: „Ich schieß jetzt, um die Posten zu holen", und schoß das Gewehr ab. Er dachte: „Geladen wird nicht mehr", und ging zu Theres und den Kindern.
„Egi", sagte Louis, „darf ich das Gewehr halten?" Louise sagte: „Ich krieg den Säbel, gell?" Und vom Jockel kam: „Das Jockele ist auch stark."
„Freilich", sagte Egi. „Aber jetzt ist Schluß mit dem Kram. Ihr kriegt nichts und geht ins Haus. Verstanden?"
Die Zwillinge und das Jockele trollten sich in den Flur.
Egi sah hinter ihnen her. „Theres, schaut zu, daß die im Haus bleiben. Es wird nicht lang dauern, und die Preußen rücken von Moosbronn an." Er nahm sein Gewehr von der Schulter. „Am gescheitesten ist's, ihr geht wieder in den Keller."
„Und du? Wohin gehst du?" Sie sah ihn an aus großen Augen, ängstlich, wie ihm schien, und er sagte: „Keine Angst. Ich komm wieder."
„Du willst fort?"
„Glaubst du, ich geh da nochmal rauf?" Mit einer Kopfbewegung deutete er zum Dach hoch.
„Und wenn du in dein Häusle gehst? Deine Joppe anziehst oder das Schurzfell? Und in der Werkstatt Sohlenleder klopfst?"
Egi lächelte. „Schön wär's. Nein, Theres, ich muß fort. Wahrscheinlich durchsuchen die Preußen das Dorf

nochmal. Und dann finden sie einen, der vorher nicht da war, und der ein Soldat oder ein Freischärler gewesen sein könnt." Egi schüttelte den Kopf. „Ich geh kein Risiko mehr ein. Vielleicht kommen auch die Badischen zurück. Ich glaub's zwar nicht, aber möglich ist alles."

„Und wo willst du hin?"

„Rüber nach Württemberg, hab ich mir überlegt. Dort wart ich ab. Wenn sich's hier beruhigt hat, komm ich zurück. Ich hol mir jetzt Zivilsachen und ..." Egi hatte sich umgeblickt. Vor den Häusern standen noch immer die Dörfler, und weil's sonst nichts zu sehen gab, schauten sie zum Engel. „Hör zu, Theres. Besser, die Leut wissen es nicht. Ich versteck mich draußen, und du bringst mir Joppe, Hose, Schuh. Aber so, daß dich keiner sieht."

„Zur Hecke?" fragte sie. Und als er nickte: „Wenn mittlerweile die Preußen kommen? Meinst nicht, daß sie da reinschauen?"

„Nein. Die Preußen können nicht jede Hecke am Weg durchsuchen. Außerdem: Wenn wir uns beeilen, bin ich fort bevor sie kommen." Er hing sein Gewehr um, und da fiel ihm die Flinte ein. „Theres, noch was. Sag deinem Vater, daß er ..."

„Was soll sie mir sagen?" Der Engelwirt war aus der Gaststube in den Flur getreten.

„Sie soll Euch sagen, daß Ihr ..." Egi verstummte.

„Was druckst du denn rum?" Der Engelwirt kam an die Haustür. „Na, ich kann mir denken, was sie sagen soll." Er sah Egi an. „Aber zu deiner Beruhigung: Das hat sie schon mehrmals getan. Und soll ich dir was verraten? Ich denk drüber nach."

„Wieso?" sagte Egi. „Ihr solltet es gleich tun."

„Du bist kein unrechter Kerl, Egi, das weiß ich jetzt.

Trotzdem will die Sach überlegt sein.“ Er rückte an seinem Halstuch. „Wenn ich bloß wüßt, woher ich Kapital für den Engel kriege.“
„Darum geht's nicht“, sagte Egi.
„Doch, doch. Das ist der springende Punkt. – Theres, bist du narrisch?“ Der Engelwirt hatte die Dörfler bemerkt. „Wie lang steht ihr schon beieinander? Ab ins Haus. Die Leut zerreißen sich eh die Mäuler über uns.“ Und als Theres zögerte: „Du sollst ins Haus. Marsch!“
Theres sah Egi an. Dann hob sie die Schultern und ging in den Flur. Sie verschwand hinten durch die Küchentür.
„Alles, was recht ist“, sagte der Engelwirt. „Aber Anstand bitt ich mir aus, Egi.“
Der nickte. „Ich muß Euch was sagen, Engelwirt. Wenn die Preußen einrücken ...“
„Aber die Badischen kommen zurück, was? Ihr verjagt die Preußen wieder.“
Egi schüttelte den Kopf. „Glaub ich nicht.“
„Wie?“ Der Engelwirt kam die Stufe herab. „Ihr müßt zurückkommen. Sonst ist alles verloren.“ Er hatte Egi an den Brustriemen gefaßt. „Ihr haltet die Murglinie, nicht wahr? Natürlich haltet ihr die. Ihr müßt die einfach halten.“ Sein Gesicht war dicht vor Egis. „Und dann geht ihr zum Gegenangriff über, hörst du? Ihr müßt und müßt die Preußen verjagen. Ist das klar?“ Er hielt Egi gepackt und sah ihm in die Augen.
Egi schwieg. Nach einer Weile nickte er.
„Na, siehst du.“ Der Engelwirt ließ ihn los. Er nahm sein Halstuch ab und wischte sich über die Stirn. „Einen schönen Schreck hast du mir eingejagt.“ Er band das Halstuch wieder um.
Egi sah ihm zu und dachte: „Dem ist nicht zu helfen.“
Dann sagte er: „Jetzt hört mal, Engelwirt. Die Flinte

vom Pfarrer, wo immer Ihr die versteckt habt, die muß fort."
„Wieso?" Der Engelwirt schüttelte den Kopf. „Nein, die liegt sicher. Die Preußen haben das Haus durchsucht und sie nicht gefunden. Das schöne Stück gebe ich nicht her."
„Aber Ihr müßt sie wegschaffen." Mit einmal wurde Egi zornig. „Herrgott Engelwirt. Jetzt seid doch nicht so heidenmäßig stur."
„Wie redest du denn mit mir? Ja, da hört sich alles auf. Kaum sagt man so einem, daß man sich's überlegt mit der Theres, schon wird er frech. Die Flinte laß meine Sorge sein, Freundchen. Von dir laß ich mir keine Vorschriften machen." Und als Egi etwas sagen wollte: „Aus. Kein Wort mehr. Ich weiß selber, was für mich gut ist." Er drehte sich um und ging ins Haus. Die Tür warf er hinter sich zu.

Wind war aufgekommen, und Egi hörte vom Waldrand die Baumwipfel rauschen. Sonst war es still, keine Singdrossel zippte, kein Fink lockte. Egi würde sofort hören, wenn Theres kam. Aber sie kam nicht. Jetzt hockte er bestimmt schon eine Stunde in der Hecke, und Theres war nicht gekommen.
Auf dem Weg hierher, über die Obere Ebene, hatte er den gesamten Soldatenkram ins Korn geschmissen, und nun hockte er in Hemdsärmeln in einer der Höhlen der dichten Wacholderhecke. Einzelne Lücken hatte Egi mit Zweigen getarnt, die er in einiger Entfernung vom Versteck abgerissen hatte. Er war überzeugt, daß ihn von draußen niemand sehen konnte, und selbst wenn jemand die Hecke durchsuchte, war nicht wahrscheinlich, daß man ihn fand. Aber mit letzter Sicherheit war

eine Entdeckung nicht auszuschließen. Er hatte jedes Risiko vermeiden wollen, und nun hockte er schon wieder in einem Versteck und mußte fürchten, aufgestöbert zu werden.
Wäre er gleich heimgegangen und hätte sich umgezogen, dann wäre er jetzt schon über alle Berge.
Aber nein, er mußte es ja ganz schlau anfangen und auch noch darauf achten, daß ihn kein Dörfler in Zivil davongehen sah. Dabei war gleichgültig, ob die Leute jetzt oder später erfuhren, daß er sich abgesetzt hatte. „Also schön", dachte Egi, „jetzt hockst du hier. Das ist nicht zu ändern." Er mußte auf Theres warten, und das konnte er nur an der Stelle, die sie ausgemacht hatten. Aber sie kam nicht. Wahrscheinlich ließ der Engelwirt sie nicht fort.
Dieser Gimpel. Warf der die Tür zu, als wollte Egi ihn verfolgen. „Na, dann nicht", hatte Egi gedacht und war davongegangen. Sollte der zusehen, wie er zurecht kam, wenn die Preußen die Flinte fanden. Mittlerweile sah Egi die Sache nicht mehr so einfach. Schließlich hatte er mit dem Ding einen preußischen Offizier erschossen. Und die Preußen wußten natürlich, daß der Schuß nur aus dem Dorf gefallen sein konnte. Und wenn sie die Flinte fanden ... Sollte er zurückgehen und sie fortschaffen? Ohne daß der Engelwirt es merkte? Aber Egi hatte die Reste der abgeschossenen Patronen, die Böden mit den Stiften, aufgesammelt. An sich gab es für die Schüsse keinen Beweis. Vielleicht konnte Theres ... Egi lauschte. Er hatte ein schwaches Rumpeln gehört. Da war es wieder. Ein fernes Gewitter. Das hatte ihm gerade noch gefehlt. Bei Regen, Blitz und Donner über die Berge nach Württemberg.
Durch einen Spalt spähte Egi nach draußen. Noch schien die Sonne, und zudem war nicht gesagt, daß sich

das Wetter hierher zog. Aber Teufel, Teufel, hoffentlich erschien die Theres bald.

Wenn sie rechtzeitig kam, konnte sie noch versuchen, die Flinte vom Boden zu schaffen. Ob er ihr erzählte, daß er von dort geschossen hatte? Besser nicht. Womöglich nahm sie ihm übel, daß er ihren Vater in Gefahr gebracht hatte. Aber schuld war eigentlich der Engelwirt. Was mußte dieser Gimpel ... „Laß das", dachte Egi. „Du denkst im Kreis. Also hör auf." Entweder ging er zurück ins Dorf, oder er blieb sitzen. „Gut", dachte Egi nach einer Weile. „Also bleib sitzen. Aber hör mit der Grübelei auf." Egi saß, lauschte auf das ferne Gewitter und versuchte, nicht mehr zu grübeln. „An sich", dachte er, „ist die Sache furchtbar einfach. Entweder sind die Preußen vor der Theres hier oder umgekehrt." Mit einmal merkte er, wie müde er war.

„Spitze halt!"

Egi schreckte hoch. Auf dem Weg längs der Hecke waren die Preußen. Er saß stockstill und lauschte.

„Leutnant!" rief jemand. „Kommen Sie mal."

Egi hörte Schritte und dann, nah bei der Hecke: „Ich erinnere an den Befehl, Leutnant: Keine Übergriffe. Sind Sie sich Ihrer Leute sicher?"

„Absolut, Herr Hauptmann. Obwohl ... Die sind natürlich wütend, und man kann es ihnen nicht verdenken. Das war der reine Meuchelmord an Hauptmann von Ziegler. Nach Aussagen der Männer fielen die Schüsse oben aus dem Gasthaus. Den Wirt sollte man auf der Stelle füsilieren."

„Hören Sie, Leutnant. Es darf keine Übergriffe geben. Ausdrücklicher Befehl der Division."

„Jawoll, Herr Hauptmann." Und nach einer Pause: „Darf ich fragen, warum dies neuerdings ausdrücklich befohlen wird?"

„Nein, das dürfen Sie nicht. Aber ich sage es Ihnen trotzdem. Seine Königliche Hoheit haben Order erteilt. Die Sache in Ubstadt ... Hoheit haben alles Verständnis, sehen aber den Ruf des königlich preußischen Kriegsheeres gefährdet. So, nun wissen Sie's. Und wenn Sie sich Ihrer Kerls nicht sicher sind, sagen Sie es gleich. Dann nehme ich Ihren Zug zurück."
„Nicht nötig, Herr Hauptmann."
„Gut. Die Patrouille hat das Dorf feindfrei gemeldet. Sie lassen den Dachboden dieses Wirtshauses durchsuchen. In jedem Fall ist der Wirt als Kriegsgefangener zu behandeln ... Was ist das?" Man hörte das ferne Rumpeln.
„Ein Gewitter, Herr Hauptmann."
„Möglich. Kann aber auch die Artillerie von General Peucker sein. Laut Disposition nimmt der gerade Gernsbach. Also los, Leutnant. Wir müssen weiter nach Rotenfels. Halten Sie sich mit dem Wirtshaus nicht zu lang auf."

Theres kam, als die Sonne sich rot auf den Heubügelkopf senkte. Egi war gerade aus dem Versteck gekrochen – vor etwa einer Stunde war die vermutlich letzte Preußenkolonne vorübermarschiert – und hatte sich ins Gras gelegt. Er hörte Theres Schritte auf dem Weg und richtete sich auf. Dann bog sie um das untere Ende der Hecke. Sie ging auf ihn zu, als dunkler Schattenriß vor dem leuchtenden Rot, und Egi wollte aufstehen, ihr entgegenlaufen, aber er blieb sitzen, und er dachte, daß so sich einer fühlen mochte, der vor seiner Hinrichtung auf Begnadigung hoffte. Die Stunden in der Hecke waren grausam gewesen. Zuerst, nachdem die Preußen fort waren, das angestrengte Horchen auf einen oder

mehrere Schüsse, nach einer Zeit, als er nichts hörte, die Erleichterung, dann plötzlich: Sie haben ihn erstochen. Und dabei immer: Ich muß mich stellen. Ich muß hinunter und mich stellen. Aber die Höhle gab ihn nicht frei, seine Beine, um einen Wurzelstamm geschlungen, seine Arme, in Zweige verkrallt, schienen wie verwachsen mit der Hecke, und draußen war der Marschtritt der preußischen Kolonnen.
Theres kam auf ihn zu, langsam, dunkel gegen das Rot, und da mußte er hoch, das hielt er nicht aus, und er rannte ihr entgegen. „Theres!"
Dann stand er vor ihr, aber er sah sie nicht an. Er stand mit hängenden Armen und gesenktem Kopf. „Sag es, Theres."
Mit einmal fühlte er sich umfaßt, spürte ihr Gesicht an seinem, ihre Wangen, die feucht waren, und er hörte: „Sie haben ihn mitgenommen."
Egi schloß die Augen. Ihm war, als ginge in ihm ein warmer Wind, und er legte die Arme um Theres. Und da fühlte er, wie sie schluchzte.
Er preßte sie an sich und murmelte: „Aber er lebt, Theres."
Nach einer Weile, während er sie weinen hörte und spürte, begann er, ihren Rücken zu streicheln, ihren Nacken, und er merkte, wie sie ruhiger wurde. Sie löste sich von ihm, und ließ sich, ihn mit sich ziehend, im Gras nieder.
Dann saßen sie nebeneinander, jeder den Arm um den anderen gelegt, und schwiegen.
Nach einer Zeit sagte Theres: „Sie haben die Flinte gefunden. Und sie haben gesagt, der Offizier wär vom Dachboden erschossen worden." Mit dem Rocksaum wischte sie sich die Augen. „Aber das kann nicht sein, weil außer dir niemand droben war. Und du hast ja

vom Kirchhof aus geschossen.“ Sie hielt den Kopf gesenkt und sah ihn nicht an.
„Theres ... Ich hab nicht vom Kirchhof geschossen. Sondern mit der Flinte auf dem Dachboden.“
Theres schwieg und hielt den Kopf gesenkt.
Egi wurde es kalt. Er löste den Arm von ihr. „Ich werde mich stellen.“
Jetzt sah Theres ihn an, noch immer schweigend. Sie sah ihm in die Augen, ernst und forschend, und plötzlich riß sie ihn an sich. „Was bin ich froh“, flüsterte sie. „Was bin ich froh, daß du es gesagt hast.“
„Theres, ich ...“
Sie hielt ihn von sich weg und blickte ihn an. „Ich hätt nicht mehr mit dir gekonnt, Egi. Immer hätt ich denken müssen: Das sagt er dir nicht.“
„Aber ... Woher weißt du es?“
„Als die Preußen fort waren, bin ich auf das Kirchköpfle gestiegen. Von der Stelle aus, wo der Offizier gelegen hat, kann man den Kirchhof nicht sehen.“
„Wieso kennst du die Stelle?“
„Ach, Egi, die kennt jeder im Dorf. Viele waren droben und haben den Blutfleck angeschaut. Und ich wunder mich, daß sie glauben, du hättst vom Kirchhof geschossen.“
„Na ja“, sagte Egi. „Der Hauptmann glaubt es nicht. Aber das ist egal. Auf alle Fälle werd ich mich bei den Preußen melden.“
„Jetzt hör mir mal zu, Egi. Was wäre passiert, wenn sie nur die Flinte gefunden hätten? Ohne daß damit geschossen worden wär?“
„Ich weiß nicht. Aber versteckte Waffen? Wahrscheinlich hätten sie deinen Vater dann auch mitgenommen.“
Theres nickte. „Das ist das eine“, sagte sie. „Das andere: Die Preußen meinen, der Vater hätt gewußt, daß

einer droben war. Und jetzt gehst du zu ihnen und sagst: Nein, er hat es nicht gewußt. Denkst du, das glauben sie dir?" Und als Egi den Kopf schüttelte: „Also. Was passiert? Dem Vater geschieht genau dasselbe wie jetzt, und dich haben sie dazu." Sie sah ihn an. „Du stellst dich nicht."

„Theres, also du ... Ich weiß ja nicht, ob du das einfach bestimmen kannst."

„Das kann ich. Das Unglück ist groß genug. Dich geb ich nicht her. Außerdem ... Um dich zu stellen, hast du den ganzen Nachmittag Zeit gehabt."

Egi schwieg.

„Also nichts mehr davon", sagte Theres, und ein wenig wurde sie Egi unheimlich, wie sie da überlegte und entschied. Aber schließlich hatte sie lang genug darüber nachdenken können. Und er wußte ja, daß bei ihr immer alles klar sein mußte.

„Und wo wir grad dabei sind", sagte Theres. „Ich meine nicht, daß du nach Württemberg mußt. Deine Kleider habe ich geholt, aber ... Was meinst du?"

Egi dachte an den Kanonendonner von Gernsbach, an die Preußenkolonnen, die fast ununterbrochen vorbeimarschiert waren, dachte an all das, was er heute gehört und gesehen hatte, und er wußte: Die Revolution war verloren. „Sind noch Preußen im Dorf?" fragte er.

„Nein. Die sind alle ohne Halt durchmarschiert. Nur die ersten haben gehalten, die den Vater mitgenommen haben." Und da begann Theres zu weinen. Sie weinte still, ohne sich zu bewegen, und die Tränen liefen über ihre Wangen.

Egi hätte sie jetzt schütteln mögen, so sehr liebte er sie, aber er saß ruhig neben ihr und dachte: „Meine Theres."

Nach einer Zeit sagte sie: „Weißt du, was er gesagt hat,

bevor sie ihn abgeführt haben? Hätt ich doch auf den Egi gehört. Und dann noch: Von mir aus, Theres, kannst ihn heiraten.“

Man hatte ihn in die Bürgerstube, das Ortsgefängnis, gesperrt, in Ottenau, wo sich das Hauptlager der Preußen befand, und ihm endlich den Hanfstrick abgenommen, mit dem seine Hände hinter dem Rücken gefesselt waren. Er saß auf dem Strohsack, rieb seine Handgelenke, hörte, wie draußen der Wachsoldat auf und abging, sah zur Fensterluke hoch, auf das Stückchen rotgelben Abendhimmel hinter den beiden Gitterstäben, und langsam begann er zu verstehen, daß er sich in den Händen einer Gerichtsbarkeit befand.

Noch vorhin, draußen auf der Wiese am Fluß, wo ein Teil der Preußen biwakierte, und wo er, an einen Munitionswagen gebunden, über zwei Stunden hatte stehen müssen, da war er sich als Gefangener einer Soldatenhorde vorgekommen, die ihn von daheim verschleppt hatte. Wie gnadenlos ernst die Preußen es meinten, hatte er nach und nach begriffen. Von dem Moment an, als sie zielstrebig auf den Dachboden geklettert waren. Sie hatten den Verdacht, ihr Hauptmann wäre von dort erschossen worden, und als sie die Flinte entdeckten, waren sie davon überzeugt; obwohl es keinen Beweis gab. Und von vornherein nahmen sie an, ein badischer Soldat hätte geschossen. Daß sie überhaupt nicht auf den Gedanken kamen, er, Ruckenbrod, könne es gewesen sein, wurmte ihn ein wenig. Natürlich sagte er dem Leutnant, der ihn in der Gaststube verhörte, er wisse von gar nichts und erst recht nicht, wie die Flinte hinaufgekommen sei.

Als er dies sagte, fiel sein Blick auf die Wirtsfrau, und

die sah ihn an, ohne Vorwurf, auch ohne Angst, wie ihm schien, aber mit einer Trauer, die ihm schier den Magen umdrehte. Und da hatte er zum ersten Mal die Flinte verflucht und sich gewünscht, Egis Warnung nicht in den Wind geschlagen zu haben. Aber er bewahrte Haltung. Das war er sich schuldig gegenüber diesen Preußenhunden. Auch den Dörflern, die seinen Abtransport bestaunten, und er blickte um sich wie ein Mann, dem zwar die Hände auf den Rücken gebunden waren, der aber keineswegs aufgehört hatte zu kämpfen.

Und so fühlte er sich, bis er mit den Preußen allein auf der Straße nach Rotenfels war.

Sie legten ein barbarisches Tempo vor, und Ruckenbrod merkte, wie schwierig es war, mit auf den Rücken gebundenen Händen schnell zu laufen. Dann verpaßte ihm einer den ersten Stoß mit dem Gewehrkolben, was noch gar nicht mal so weh tat, Ruckenbrod aber mächtig empörte. Zugleich empfand er eine gewisse Befriedigung: Allenthalben erzählte man sich, die Preußen wären grausam, und nun waren sie es tatsächlich. Als sie jedoch nicht aufhörten, er immer neue Kolbenstöße erhielt, da begann er zu fühlen, wie ausgeliefert er ihnen war, buchstäblich rettungslos. Wenn es ihnen einfiel, dann erschlugen sie ihn und ließen ihn liegen, hier auf, der Straße nach Rotenfels. Und da packte ihn eine Angst, daß er hätte schreien mögen.

Und hatte er zunächst auf die Badischen gehofft, darauf, daß sie zurückkamen, einen Gegenangriff machten, so begriff er jetzt, daß dies das letzte war, was er wünschen durfte. Mitten im Feuer würde er stehen, hilflos, und falls die Preußen sich rasch zurückziehen mußten, würden sie sich mit ihm nicht abmühen, sondern ihn auf der Stelle erschießen.

Als man ihn auf der Flußwiese an den Munitionswagen gebunden hatte, war ihm nach dem Laufen und der Angst so übel geworden, daß er sich hatte übergeben müssen; das Gelächter der Preußen ringsum hörte er, gegen den Wagenkasten gelehnt, wie aus weiter Ferne. Später, als er sich etwas erholt hatte, wurde ihm der Donner bewußt, die ununterbrochene Folge von Schlägen, flußaufwärts hinter dem Bergrücken, und er brauchte eine Weile, bis er sich klargemacht hatte: Das war Kanonendonner. Gernsbach wurde beschossen. Bald darauf sah er Rauch, und der stieg, immer höher, und nach einiger Zeit stand über dem Berg eine Rauchsäule, die er sich nicht hätte vorstellen können. Die gesamte Stadt schien zu brennen. Aus dem Gespräch zweier vorübergehender Offiziere bekam er mit, daß die badischen Truppen aus der Gegend um Rotenfels sich nach Rastatt geflüchtet hatten. Ruckenbrod begriff: Die Murglinie war gefallen. Weiterzudenken weigerte er sich zunächst. Aber nach zwei Stunden, angebunden an den Munitionswagen, war er soweit, daß er denken konnte: „Die Revolution ist verloren."
Zu verstehen begann er dies jetzt erst, auf dem Strohsack in der Gefängnisstube, als er das Fenstergitter betrachtete, die Wände mit den eingeritzten Namen und Zeichen, das eiserne Öfchen in der einen Ecke, den hölzernen Kübel in der anderen, als er sich umblickte in der Gefängnisstube, die aussah, wie vermutlich tausend andere auch. Er verstand: Daß er hier saß, war nicht mehr Teil des Außerordentlichen, des Kampfes, der Revolution, sondern das war Teil der alltäglichen Obrigkeit, des Sich-Fügens, dessen, was nach der verlorenen Revolution kam.
Mit einmal war Ruckenbrod imstande, sich das Verhör vorzustellen; morgen oder übermorgen, vielleicht auch

erst in zwei Wochen, auf jeden Fall in einer Amtsstube, vor einem älteren preußischen Gerichtsoffizier, ein Schreiber führt Protokoll, der Offizier fragt, kurz angebunden, aber nicht unfreundlich, vielleicht sogar gemütlich, der Schreiber kritzelt eifrig, und am Ende einer Reihe solcher Verhöre stand Zuchthaus. Ein Jahr, zwei, drei Jahre. Selbst wenn man ihn nicht verurteilte: Die Untersuchung würde sich ziehen – warum sollten preußische Beamte schneller arbeiten als badische? – wenigstens ein halbes Jahr. Und danach würde man ihn keineswegs freilassen. Dann schaffte man ihn für neun Monate nach Bruchsal ins Arbeitshaus. Im besten Falle würde er nach über einem Jahr freikommen. Heute nachmittag – vom Kirchturm hatte es gerade vier geschlagen – war er abgeführt worden, und es würde über ein Jahr dauern, bis er heimkäme. Und was sich im Laufe dieses Jahres veränderte ...

Darüber nachzudenken, war Ruckenbrod jetzt nicht in der Lage. Sein Kopf füllte sich mit der Vorstellung, daß er heute nachmittag Schlag vier aus der Haustür des Engels getreten war, ohne zu wissen, daß er länger als ein Jahr wegbleiben würde. Er war fortgegangen, als käme er abends wieder heim. Was hatten da gerade die Zwillinge getan? Wo war in diesem Augenblick das Jockele? Die Theres ... Gottseidank. Daß sie den Egi heiraten durfte, das hatte er ihr gesagt. Aber auch nur im Vorübergehen. Er konnte sich an ihren Gesichtsausdruck nicht erinnern. War sie überrascht gewesen? Hatte sie sich gefreut? Nichts. Keine Erinnerung. Er hatte nicht hingeschaut. Stattdessen war er damit beschäftigt gewesen, den Bauern ein Heldenstück vorzuführen. Die Gaststube – keinen Blick hatte er zurückgeworfen. Als die Preußen kamen, hatte er die Bierkanne füllen wollen. Die mußte leer auf dem Schanktisch stehen geblieben sein. Oder wo hatte er sie abgestellt? Er konnte sich nicht erinnern. Die Wirtsfrau. Die Trauer in ihren Augen – sie hatte es gewußt. Sie hatte versucht, Abschied zu nehmen, ruhig, wie es ihre Art war. Er hatte die Flinte verflucht, aber nicht verstanden, daß es ein Abschied war. Unvermittelt und ohne, daß er sich vorbereiten konnte, hatte man ihn weggeholt, von der Wirtsfrau, der Theres, den Kindern. Es war, als wäre er plötzlich gestorben.

12

Ludwig Dill stand am Fenster seiner Amtsstube, die Hände hinter dem Rücken, und blickte hinunter auf den Marktplatz, wo gerade Soldaten sich marschfertig machten, die hier über Nacht biwakiert hatten. Es war das Frankfurter Bataillon und gehörte zur Reserve des Peuckerschen Armeekorps, wie Dill vom Bürgermeisteramtsverwalter wußte, dessen ersten Bericht er vor einer halben Stunde entgegengenommen hatte. Die Hauptmacht des Korps war nach Süden abgezogen, und die Gernsbacher konnten sich wieder auf die Gassen wagen. Durfte man dem Bürgermeisteramtsverwalter glauben, dann waren nach der Einnahme der Stadt durch Preußen und Reichstruppen böse Exzesse vorgefallen, bis hin zur Notzucht.

Ludwig Dill, während er zusah, wie unten auf dem Markt das Bataillon antrat, dachte daran, daß sein Haus zu den wenigen gehörte, die nicht aufgebrochen und geplündert worden waren. Er mußte lächeln. Die gute Rosa. Sie glaubte felsenfest, daß einer oder mehrere Schutzengel leibhaftig vor der Haustür Wache gehalten hatten. Fraglos jedoch schützte der Herr ihn und die Seinen in besonderer Weise. Allein seine Rettung aus der Gefangenschaft: Zwei Tage, bevor die Preußen die Festung Rastatt eingeschlossen hatten, waren Dill und die anderen fünfzehn Gefangenen mit einem Extrazug nach Freiburg gebracht worden. Dort hatte Pfarrer Damm, Präsident der sogenannten revolutionären Landesversammlung, der ein Studienkollege von Pfarrer Weingärtner gewesen war, sie auf freien Fuß gesetzt und mit wirkungsvollen Passierscheinen nach Frankreich versehen. Über Colmar und Straßburg war Dill nach Karlsruhe gereist, wo er beim großherzoglichen Ministerium des Innern, das gerade zu arbeiten begonnen hatte, sich zurückmeldete und Instruktionen einholte. Gestern abend, Mittwoch, 4. Juli, war er zu Hause eingetroffen. Dill, am Fenster seiner Amtsstube stehend, erinnerte sich gerührt, wie Rosa ihn weinend in die Arme geschlossen hatte. Auch ihm waren die Tränen gekommen, und später hatte er ihr den in Verse gesetzten 35. Psalm vorgelesen.

Unten auf dem Markt marschierte nun das Bataillon ab, und dann lag der Platz still in der Morgensonne. Dill musterte die Fronten der gegenüberliegenden Häuser. Lediglich am Gasthof zum Bock sah er zwei, drei Kugeleinschüsse; die Schäden waren gering hier, mitten in der Stadt, was darauf zurückzuführen war, daß die Freischärler sich zwar verteidigt, aber einen Häuserkampf vermieden und sich beizeiten zurückgezogen hatten. Dagegen war die Vorstadt fast vollständig zerstört. Noch heute, beinahe eine Woche nach dem Brand, ließ der Bürgermeisteramtsverwalter Wasser tragen und Glutnester in Kellern bekämpfen. Vom Peukerschen Hauptquartier war verbreitet worden, Freischärler hätten das Feuer gelegt. Allgemein galt jedoch für ausgemacht, daß die Preußen mit Brandgranaten geschossen hatten – militärisch überflüssig, wie Dill fand, zudem unnötig grausam gegenüber der Bevölkerung. Der mußte zwar nachhaltig eingeprägt werden, daß sich eine Revolution nicht auszahlte, jedoch hatte dies durch eine hart, aber rechtlich strafende Obrigkeit zu geschehen. Auch die Disziplinlosigkeit der Peuckerschen Truppen trug dazu bei, das zweifellos vorhandene Bewußtsein der Bevölkerung, Unrecht getan zu haben, in Aufsässigkeit zu verwandeln. Jedoch brauchte mit aktivem Widerstand nicht gerechnet zu werden. Alle wußten: Die Rebellenarmee befand sich auf der Flucht in die Schweiz, und daß die Festung Rastatt fiel, war lediglich eine Frage der Zeit. Dill löste sich vom Fenster und ging zum Tisch.

Er betrachtete den Aktenstapel, den der Kanzleischreiber vorhin herbeigeschleppt hatte, und seufzte. Monate harter Arbeit lagen vor ihm. Er setzte sich und holte ein Tuch aus dem rechten Schubfach. Dann nahm er seine Brille ab und begann, sie zu putzen. Unzählige Verfahren wegen Hochverrats waren einzuleiten und durchzuführen. Und natürlich hatte der Wänker die laufenden Vorgänge keineswegs alle unterschriftsreif zurückgelassen. Wie Dill in Karlsruhe gehört hatte, würde der eine untergeordnete Aktuarsstelle beim Hofgericht zugewiesen bekommen. Dill lächelte verächtlich. Dieser einfältige Tropf hatte sich tatsächlich Hoffnung auf die Stelle des ersten Beamten in Gernsbach gemacht. Nein, mein lieber Wänker. Wer sich von der Revolutionsregierung als Amtsverwalter mißbrauchen ließ, dessen Karriere war vorläufig auf Eis gelegt.

Dill setzte die Brille auf und steckte das Tuch weg. Also los. Am besten, er sah den Aktenstapel zunächst flüchtig durch. Dann konnte er ausscheiden, was erst später zu verfolgen war. Denn natürlich blühte das Denunziantentum, und viele Anzeigen wegen revolutionärer Umtriebe entsprangen lediglich persönlichen Feindschaften. Allerdings mußte auch diesen Anzeigen nachgegangen werden, entsprechend den Grundsätzen einer Obrigkeit, die den Eindruck von Allwissenheit und Allgegenwart zu verbreiten hatte. Jedoch – da machte Dill sich nichts vor – die Hauptschuldigen würde man nicht zur Rechenschaft ziehen können. Die hatten sich rechtzeitig geflüchtet, einige rätselhafte Einzelfälle ausgenommen. Warum war der Flößer Trüssler in der Stadt geblieben? Na, nun saß er im Amtsgefängnis, und unter zehn Jahren Zuchthaus würde er nicht davonkommen. Sein Vermögen würde wohl eingezogen werden. Dill hatte in Karlsruhe erfahren, daß geplant war, die wegen Hochverrats Verurteilten gesamtverbindlich den angerichteten Schaden bezahlen zu lassen. Wer Vermögen besaß, würde dann alles verlieren, denn bei den meisten, wie den Soldaten beispielsweise, war nichts zu holen.

Im übrigen würde man mit den Soldaten nicht so streng verfahren, wie Dill es für wünschenswert hielt. Wer sich beizeiten von der Rebellenarmee abgesetzt hatte – vor dem Fall der Murglinie etwa – sollte zwar vom Amt verhört, dann aber in seinen Heimatort zurückgeschickt werden, sofern er nicht als Rädelsführer zu überführen oder ihm nachzuweisen war, daß er im Rebellenheer einen höheren Dienstgrad angenommen hatte. Die bloße Teilnahme an Gefechten sollte nicht als strafwürdig gelten, was Dill unklug fand. Aber wenigstens betrachtete man diese Soldaten als so belastet, daß man vorerst auf sie verzichten würde, wenn der Neuaufbau der badischen Armee begann, den man langsam und vorsichtig unter preußischer Aufsicht vornehmen würde.

Dill griff nach dem obersten Aktenumschlag. Untersuchungssache gegen Johann Ludwig Blenker und dessen Ehefrau Elise, geborene Aue, wegen Teilnahme am Hochverrat, bewaffneten Diebstahls und Gewalttätigkeit. Na, die beiden waren natürlich über alle Berge.

Dill rieb sein glattrasiertes Kinn und schmunzelte. Einen größeren Gefallen hätten die Blenkers ihm nicht tun können, als das Schloß auszurauben. Mit der Untersuchung dieses Falles würde er an allerhöchster Stelle bekannt werden. Zudem hatte das Pärchen den Beweis geliefert, daß die sogenannten Revolutionäre eben doch nur kleine Diebe und Gauner waren. Dill überlegte. Zwar war ein Teil der geraubten Gegenstände sichergestellt worden, wie er vom Bürgermeisteramtsverwalter wußte – hessische Soldaten vom Korps Peucker hatten sie auf einem Fuhrwerk entdeckt, das verlassen vor einem Verhau stand, den die Rebellen angelegt hatten – jedoch konnte es nichts schaden, wenn er auch diese Gegenstände zur Fahndung in der Karlsruher Zeitung ausschrieb. Die lange Liste der Blenkerschen Beute würde in der Öffentlichkeit starken Eindruck machen.

Dill legte die Akte beiseite. Zunächst mußte er den Schloßverwalter Vogt und dessen Ehefrau einvernehmen. Er hatte den Kanzleischreiber schon beauftragt, die beiden vorzuladen.

Dill dachte daran, daß er und Rosa von den Vogts zum Nachtessen geladen worden waren. Zunächst hatte er diesem jämmerlichen Feigling absagen wollen, jedoch überredete Rosa ihn, die Einladung anzunehmen. Sie befürchtete, gesellschaftlich zu vereinsamen, und Dill mußte zugeben: Nicht ohne Grund. Die Erbitterung gegen die Preußen war allgemein, und auch bei gutgesinnten Bürgern würde Dill auf Ablehnung stoßen, wenn er gegen Hochverräter mit der Härte vorging, die man höherenorts von ihm erwartete. Und die er selbst für erforderlich hielt. Da sollte man sich die Vogts nicht verprellen. Dill griff nach der nächsten Akte.

Untersuchung wegen Hochverrats, die Ortschaft Michelbach betreffend. Da würde man später personenbezogene Akten anlegen müssen. Dill schlug den Pappdeckel auf. Ein mehrseitiges Schreiben des Pfarrers Kleinmann von Michelbach an ‚Großherzogliches wohllöbliches Bezirksamt, die politischen Umtriebe und hochverräterischen Unternehmungen des Bürgermeisters Weber, des Lehrers Frey und des Engelwirts Ruckenbrod betreffend'. Ruckenbrod? Richtig, die Brandsache. Aber eines nach dem anderen. Dill blätterte. In Michelbach schien ja einiges vorgefallen zu sein.‚Beschlagnahme des Heiligenfonds', las er. Dann: ‚Anschlag zur Verhaftung des Pfarrers'. Und hier: ‚Verzeichnis derjenigen Gegenstände, welche dem Pfarrer Kleinmann am 27. Juni teils von Soldaten, teils von Einwohnern aus Michelbach entwendet wurden'. Siebenundneunzig Positionen, sauber aufgelistet und mit Wertangaben versehen. Die Gesamtsumme betrug 584 Gulden und 48 Kreuzer. Ob der Pfarrer sich einbildete, den Schaden ersetzte die Staatskasse? Die Täter würden kaum zu überführen sein. Die Soldaten waren in alle Winde zerstreut, und die Dorfbewohner wußten selbstverständlich von nichts, schon gar, wenn es sich um einen unbeliebten Pfarrer wie den Kleinmann handelte. Übrigens wäre der Mann gut beraten, wenn er nicht darauf bestünde, daß die Sache allzu gründlich untersucht würde. Dadurch konnte seine Stellung im Dorf unhaltbar werden, wie Dill aus ähnlich gelagerten Fällen wußte. Freilich: Die Beschlagnahme des Fonds, die versuchte Verhaftung – da mußte gründlich geforscht werden. Allein die Anschuldigungen des Pfarrers rechtfertigten Untersuchungshaft. Dill blätterte. Sieh an, der Wirt befand sich in preußischer Kriegsgefangenschaft. Und der Lehrer schien geflohen zu sein. Blieb also der Bürgermeister. Aber das Amtsgefängnis war überfüllt. Dill überlegte. Der Bürgermeister war ein Bauer mit Grundbesitz, und so einer flüchtete nicht. Es reichte, wenn man ihn seines Amtes enthob. Dill würde eine diesbezügliche Anweisung geben. Und nach dem Lehrer sollte steckbrieflich gefahndet werden. Dill legte das Schreiben des Pfarrers beiseite. Das nächste Papier. Eine Bittschrift der Ehefrau des Engelwirts Ruckenbrod zur Weiterleitung an das Königlich-preußische Oberste Kriegsgericht. Dill erhob sich und ging zum Regal, wo die von Wänker bearbeiteten Vorgänge lagen. Da war die Akte Ruckenbrod. Er kehrte mit der Akte zum Tisch zurück und las zunächst die Bittschrift. Nicht uninteressant, was die Preußen dem Engelwirt vorwarfen. Natürlich grundlos, wie die Frau behauptete. Selbst wenn er unschuldig war – die Untersuchung würde dauern. Um den brauchte er sich vorläufig nicht zu kümmern. Immerhin sollte er seine Ansprüche beim Obersten Kriegsgericht anmelden, damit der Mann später gleich ins Arbeitshaus nach Bruchsal wandern konnte. So. Und was wollte die Frau? Die Freilassung ihres Mannes. Weil sie angeblich die Wirtschaft nicht allein bewältigen konnte. Dill zuckte mit den Achseln und legte das Papier beiseite. Er würde es weiterleiten, obwohl es gegenstandslos war; aber die Leute sollten sehen, daß die Verwaltung wieder ordnungsgemäß funktionierte.

Dill schlug die Akte Ruckenbrod auf. Na, wenigstens die Verhaftbefehle hatte der Wänker vorbereitet. Hier: Gemäß Urteil vom undsoweiter ist die Ehefrau des Engelwirts Ruckenbrod Theresia, geborene Wunsch ... Dill griff nach dem Federhalter. Dann jedoch legte er ihn wieder ab und begann, in der Akte zu blättern. Da war die Vermögensaufstellung. Hm. Das sah nicht gut aus. Wenn er die Frau jetzt verhaften ließ, während ihr

Mann im Gefängnis saß, dann würde die Wirtschaft versteigert werden, das war sicher. Andererseits: Unter der ländlichen Bevölkerung hatten die Betrugsversuche bei Brandfällen in einer Weise zugenommen, daß keinerlei Milde angezeigt war. Und schließlich hatten diese Wirtsleute gewußt, was sie riskierten. Dill griff zum Federhalter.

Gegen die Mittagshitze waren die Läden vor den Fenstern der Gaststube zugezogen, aber am geöffneten Fenster zunächst der Tür hatte die Engelwirtin die Ladenflügel zurückgeschlagen. Sie saß dort am Tisch, in der leeren Gaststube, und schrieb. Sie kopierte den Entwurf, den sie vorhin aufgesetzt und verbessert hatte, schrieb langsam und mit Bedacht, und wenn sie die Feder in das Tintenfaß tauchte, streifte sie danach sorgfältig die überflüssige Tinte ab. Die Engelwirtin war dabei, den Antrag zu stellen, das ‚Hochwohllöbliche Großherzogliche Bezirksamt möge die Ruckenbrodschen Eheleute ihre Strafe nicht zugleich erstehen lassen‘. Sie glaubte, das Gesuch so begründet zu haben, daß ihm stattgegeben werden mußte, und nun kam alles darauf an, es sauber zu Papier zu bringen.
Als sie den letzten Satz geschrieben hatte, atmete sie tief aus. Dann tauchte sie die Feder zum letzten Mal ein und schrieb ihren Namen darunter. Sie legte den Federhalter weg und begann, das Gesuch zu lesen. Sie war fast an das Ende gelangt, als sie draußen auf dem Kirchplatz ein Fuhrwerk hörte. Sollten Theres und Egi schon vom Kornschneiden zurück sein? Nein, der Bürgermeister war es, der sein Gespann hinunter auf die Rüstäcker führte. Seit Tagen hatte der sich nicht blikken lassen. Die Engelwirtin stand auf und beugte sich aus dem Fenster. „Bürgermeister!“

Der sah herüber, schien zu zögern, hielt dann aber seine Kühe an. Mit der Peitsche in der Hand kam er unter das Fenster. „Was gibt's, Engelwirtin?"
„Ich hab ein Gesuch an's Amt, Bürgermeister. Seid so gut und schreibt mir eine Empfehlung dazu."
Der Bürgermeister rieb seinen Stoppelbart. „Muß das sein?"
Erstaunt sah die Engelwirtin ihn an. „Ja", sagte sie dann.
„Na gut. Kommt heut abend zu mir." Der Bürgermeister blickte sich um. „Ich sag's ehrlich: Mir wär's lieber, man tät uns nicht miteinander reden sehen. Versteht Ihr?"
Langsam nickte die Engelwirtin. Dann fragte sie: „Wißt Ihr mittlerweile, wo der Lehrer ist?"
„Woher denn? Außerdem, was geht's mich an? Dieser Revoluzzer. Erst die Leut aufhetzen und dann abhauen."
Stumm sah die Engelwirtin ihn an.
„Jetzt", sagte der Bürgermeister und betrachtete seine Peitsche, „muß jeder für sich schaun, wo er bleibt." Darauf drehte er sich um und ging zu seinem Gespann. „Hüa." Rumpelnd verschwand das Fuhrwerk hinter der Hausecke.
Die Engelwirtin setzte sich. Blicklos sah sie auf das Gesuch und horchte in sich hinein. Es erstaunte sie, wie wenig sie der Verrat des Bürgermeisters überraschte. Und plötzlich fiel ihr der Meineid ein, mit dem er und die Gemeinderäte beschworen hatten, daß es mit der Ruckenbrodschen Fahrnis damals seine Richtigkeit gehabt hätte. Freilich, das war es. Die befürchteten, daß jetzt, wo es für die Engelwirtsleute ums Ganze ging, sie Aussagen machen würden, die das falsche Schwören an den Tag brachten. Wahrscheinlich wünschten sie sich

die Ruckenbrods aus dem Dorf, lieber heut als morgen. Die Engelwirtin richtete sich auf. Freiwillig ging sie nicht. Sie griff nach dem Gesuch und las den letzten Satz: „Ich bitte, die vorgetragenen, in Wahrheit bestehenden Gründe erwägen und beherzigen und dem Gesuch gnädig willfahren zu wollen. Michelbach, 5. Juli 1849. Theres Wunsch." Theres Wunsch ... Du lieber Himmel. Da hatte sie mit ihrem Mädchennamen unterschrieben. Und das nach zehn Jahren Ehe mit Ruckenbrod. Sie blickte auf die Unterschrift. Dann sagte sie laut: „Theres Wunsch." Und darauf: „Theres Ruckenbrod." Kein Zweifel: Theres Wunsch klang richtiger und gewohnter. Aber das war, wenn sie es bedachte, kein Wunder. Die Kinder und Theres nannten sie nie anders als ‚Mutter', und Ruckenbrod sagte ‚Wirtsfrau' zu ihr oder, ganz selten ‚Wunschfrau', was aber wie Wirtsfrau klang. Und die anderen Leute nannten sie ‚Engelwirtin'. Am Tag ihrer Hochzeit hatte sie ihren Namen verloren und keinen neuen bekommen. Sie wurde Mutter, Wirtsfrau und Engelwirtin, und so rief man sie.

Was hörte sie davon am liebsten? Engelwirtin. Das war ihr das angenehmste. Als Wirtstochter hatte sie sich, wie die ältere Schwester, immer gewünscht, einen Wirt zu heiraten. Noch den Gürtlermeister Haas hatte sie abgewiesen, obwohl sie damals schon dreiundzwanzig gewesen war. Und der Vater hatte ihr zornig befohlen, den nächsten zu nehmen. Der nächste war der Engelwirt Ruckenbrod, dessen Frau, Theres' Schwester, gestorben war. Theres Wunsch hatte die Heirat selten bereut, obwohl ihr bald klar wurde, daß Ruckenbrod dazu neigte, die Wirklichkeit sich im Kopf nach Gutdünken zurechtzumachen. Das hatte sie geängstigt, und zurecht, wie nicht zu leugnen war.

Andererseits: Sie hatte immer mitgetan, angefangen mit dem Abschluß der Fahrnisversicherung, bis zuletzt, als Ruckenbrod unbedingt hatte kämpfen wollen. Ja, auch da. Warum sonst hatte sie es unterlassen, auf den Dachboden zu steigen und die Flinte fortzuschaffen? Sie kannte ihren Ruckenbrod und hätte sich denken können, daß er die Flinte nicht wegwerfen würde. Und das Versteck hätte ihr bei etwas Überlegung einfallen müssen.

Die Engelwirtin blickte auf das Gesuch vor sich. Das war ein neuer Versuch, sich die Wirklichkeit zurechtzumachen. Selbstredend würde der Antrag nicht bewilligt werden. Wie kam der Gernsbacher Amtmann dazu, den Engel in Michelbach vor der Versteigerung zu bewahren? Nein, das sollte sie klar erkennen: Sie würde ins Arbeitshaus müssen, vielleicht schon morgen, und der Engel war verloren.

„So", dachte sie. „Und weil wir grad beim Klarsehen sind: Warum kann ich das denken, ohne das Schreien anzufangen? Warum kann ich mir sagen, daß alles aus ist, und ruhig hier sitzen bleiben?" Weil sie es schon lang gewußt hatte. Sie erinnerte sich an den Sonntag nach Fronleichnam, als Theres zu ihr gekommen war, nach oben in die Schlafstube, als sie mit der geredet hatte, über allerlei, und auch über die Revolution. Schon damals hatte sie, die Engelwirtin, geahnt, daß die Sache verloren gehen würde, und bei einigem Nachdenken hätte sie es wissen können. Aber es war ihr mit der Revolution gegangen wie mit Ruckenbrod: Da kam die Revolution daher, blähte sich, machte sich etwas vor, und sie, die Engelwirtin, tat mit und glaubte an sie. Aber im Inneren hatte sie es besser gewußt und sich auf das Ende vorbereitet. Dadurch wurde es nicht leichter, aber es warf sie nicht um.

Als die Engelwirtin jetzt auf die Unterschrift sah, mußte sie lächeln. Da hatte ihr das Innere, das alles schon wußte, die Feder geführt und das Gesuch verdorben. Trotzdem würde sie es neu schreiben, nicht wegen der Hoffnung, sondern um sich sagen zu können, daß sie alles versucht hatte. Und mit Theres und Egi mußte sie reden. Ohne Frage würden sie den Jockel und die Zwillinge zu sich ins Häusle nehmen. Da die Ruckenbrodschen Eheleute als Arbeitshäusler ihre bürgerlichen Rechte behielten, brauchte es für die Kinder keine Pflegschaft. Für Theres ohnehin nicht, wenn sie die Bittmannsfrau wurde. Der Heirat stand nun ja nichts mehr im Wege. Es wäre denn, Egi bekäme Schwierigkeiten, weil er den preußischen Offizier erschossen hatte. Aber keiner der Dörfler würde Egi verraten; dazu waren sie viel zu stolz auf ihn. Allenfalls der Pfarrer wäre imstande, an das Amt zu schreiben – wenn er von der Sache wüßte. Indessen würde er nie davon erfahren. Im Dorf hieß er nur noch der Preußenpfaff, und selbst der Heiligenverrechner Rieger würde dem keine Silbe über den Schuß aus dem Kirchhof erzählen, noch nicht mal im Beichtstuhl; dazu hatte der viel zu viel Angst vor den anderen Bauern.
Die Engelwirtin hatte gerade begonnen, das Gesuch neu zu schreiben, als der Wagen in die Hofeinfahrt rollte. Nach einer Weile kamen die Zwillinge in die Gaststube, mit ihnen der Jockel, der neben die Engelwirtin auf die Bank kletterte. Sie gab ihm das Papier, auf dem sie das Gesuch entworfen hatte, dazu den Bleistiftstummel, und er begann zu kritzeln. „Na“, sagte die Engelwirtin zu den Zwillingen. „Ist alles geschnitten?“ Die beiden nickten. „Aber nur, weil wir so geholfen haben“, sagte Louis. Und Louise fragte: „Kriegen wir ein Musbrot?“

„Vielleicht später.“ Die Engelwirtin wußte, daß sie sich vor dem Nein-Sagen drückte, aber sie wollte jetzt nicht die harte Mutter sein.
Nun erschienen Theres und Egi, und Theres sagte: „Der Pfarrer hat aus seiner Studierstub gesehn. Also, wenn der so denkt, wie er schaut . . .“
„Und uns hat er gefragt, wo seine Gockel sind“, sagte Louis. „Aber wir haben sie nicht verraten.“
„Wißt ihr denn, wo sie sind?“ fragte die Engelwirtin.
„Freilich“, sagte Louise. „Die sind jetzt wild. Im Wald haben wir sie gesehn, wo's nach Moosbronn geht.“ Und zu Theres: „Kriegen wir ein Musbrot?“
„Nein“, sagte Theres.
„Da kannst halt nichts machen.“ Die Zwillinge verließen die Gaststube, und die Engelwirtin blickte hinter ihnen her. Auf den Gedanken, sie noch einmal zu fragen, waren die beiden gar nicht gekommen.
Theres hatte sich an den Tisch gesetzt, und Egi füllte am Schanktisch zwei Bierkrüge. „Magst auch eins?“ fragte er zur Engelwirtin herüber, und sie schüttelte den Kopf.
„Wenn ich bloß wüßt“, sagte Theres, „wie wir den Pfaff dazu kriegen, daß er uns das Aufgebot macht.“
„Aber Theres.“ Überrascht sah die Engelwirtin sie an. „Daß ihr darauf nicht kommt.“ Sie schüttelte den Kopf. Da hatte sie immer gedacht, die jungen Leut wären heutzutag weniger brav als zu ihrer Zeit. „Das ist doch ganz einfach“, sagte sie. „Wenn du ein Kind kriegst, muß er euch trauen. Er kann nicht zulassen, daß es ein uneheliches wird.“
Egi, der gerade die Bierkrüge brachte, und Theres sahen sich an. Und es schien der Engelwirtin, als würden sie beide ein wenig rot.
Gerade da ließ das Jockele sich von der Bank herab

und rannte aus der Tür. Er wollte wohl zu den Zwillingen.
Theres und Egi saßen jetzt nebeneinander und waren dabei, sich anzulächeln. Die Engelwirtin sagte: „Wenn ich wieder bei euch bin, in neun Monaten, kann's schon da sein."
Die beiden hörten auf zu lächeln. „Aber das Gesuch?" sagte Egi. „Das muß doch helfen."
„Nein", sagte die Engelwirtin. „Wir dürfen uns nichts mehr vormachen."
Da nickte Theres. „Ich glaub, du hast recht. Und wir müssen beizeiten alles durchsprechen."
Die Engelwirtin blickte auf Theres, wie sie da saß, und dachte: „Um die ist mir nicht bang. Die sieht die Wirklichkeit, wie sie ist. Auf so einen wie den Ruckenbrod hätt die sich nie eingelassen." Für die Theres mußte es einer sein, der ruhig und zuverlässig war, wie der Egi. Die Engelwirtin sah auf die beiden, die nie eine betrügerische Fahrnisversicherung abschließen würden, die nie etwas planen würden, was undurchführbar schien, sich in keine verrückten Ideen verrennen würden, und es ging ihr durch den Kopf: „Wenn die noch mal bei einer Revolution mitmachen, dann haben sie sich's überlegt."
„Auf alle Fälle", sagte Theres, „nehmen wir die Kinder zu uns ins Häusle. Nicht wahr, Egi?"
Der nickte. „Das ist doch klar."
„Außerdem", fuhr Theres fort, „sollten wir . . . Wo ist denn der Jockel hin?"
„Nach draußen", sagte die Engelwirtin. „Zu den Zwillingen."
„Bist du sicher?" fragte Egi. „Also, ich glaub, ich schau mal nach ihm."
„Laß nur." Die Engelwirtin erhob sich. „Ich seh nach."

Mit einmal hatte es sie verlangt, ins Freie zu gehen.
Sie trat aus dem kühlen Hausflur in die Mittagshitze und blickte sich um. Der Kirchplatz lag verlassen, und alles sah aus wie immer, der Michelbach dort unten, die Häuser rundum, der Kirchhof, der Rebhügel, und sie besah es sich genau.
Und dann sah sie das Jockele. Oben auf der Dorfstraße stapfte er auf seinen dicken Beinchen an der Abzweigung vorbei.
Als die Engelwirtin ihn eingeholt hatte, hob sie ihn hoch. „Ja, Jockel, wo willst du denn hin?"
Er strampelte, und sie stellte ihn auf die Erde. „Jockel geht in den Wald", sagte er. „Wo die Ariskater wohnen."

Namen und Begriffe

Viele der aufgeführten Begriffe werden auch heutzutage verwendet. Jedoch hat sich häufig ihre Bedeutung geändert. In der Liste ist angegeben, was um 1849 gemeint war.

Abendzeitung Die (demokratische) ‚Mannheimer Abendzeitung'.

Adjudant Ein → Offizier, der einem → Kommandeur als Gehilfe beigegeben war.

Adresse Schrift, die an ein Parlament, eine Regierung oder ein Staatsoberhaupt gerichtet war, und in der Wünsche, Beschwerden oder Dank geäußert wurden.

Advokat Rechtsanwalt.

Aktuar Schreiber, der Protokolle und Akten führte.

Amazonen In der griechischen Sage ein kriegerisches Frauenvolk.

appellieren In einem Menschen etwas wachrufen wollen.

Aristokrat Anhänger der Aristokratie: Staatsform, in der die Herrschaft im Besitz einer bevorrechtigten Gruppe ist (Adel, Oberschicht), im Gegensatz zur Demokratie. Daher war im Sprachgebrauch das Gegensatzpaar Aristokraten – Demokraten üblich.

Armeekorps Verband von mehreren → Divisionen. In der Regel 2–4 Div. → Infanterie (ca. 36000 Mann), 1 Div. → Kavallerie (4–6000 Mann) und → Artillerie (ca. 100 Geschütze).

Artillerie Eine der drei Hauptwaffengattungen der Landstreitkräfte. Man unterschied Feld-, Festungs- und Belagerungsartillerie. Ausgerüstet war die A. mit Vorderladungsgeschützen (Kanonen, Haubitzen, Mörsern), deren Kaliber nach dem Gewicht der Vollkugel bezeichnet wurde. Grundeinheit der A. war die Batterie mit meist 8 Geschützen. Die Feuerwirkung der Feldartillerie begann bei ca. 600 Metern (geringere Entfernungen nur mit → Kartätschen), wirksame Schußweite bis ca. 2500 Meter.

Attacke Angriff der → Kavallerie.

Aufhaltkette An Deichsel und → Kummet befestigt; diente dazu, den Wagen beim Bergabfahren zurückzuhalten.

Bajonett Stoßwaffe der → Infanterie, meist dreischneidig, die an der Gewehrmündung befestigt wurde. Mitte 17. Jahrh. vermutlich in Bayonne erfunden; seit Ende 17. Jahrh. in vielen Armeen.

Barbier Bartscherer, der auch zu kleinen chirurgischen Eingriffen berechtigt war.

Bataillon Einheit der → Infanterie; Grundnenner für die Beurteilung der Kampfkraft einer Armee. Bestand gewöhnlich aus 4 → Kompanien zu zwei Zügen. Stärke zwischen 500 und (meist) 1000 Mann. Maßstab für die Stärke: Die

Stimme des → Kommandeurs sollte auf der ganzen Linie zu hören sein. Das B. wurde im Gefecht in der Regel geschlossen eingesetzt. Es wurde von einem → Offizier mit Majorsrang geführt.

Batzen Siehe → Gulden.

Bezirksamt Beaufsichtigte die Tätigkeit der → Gemeinderäte im Bezirk. War in vielen Rechtssachen die erste richtende Stelle; immer jedoch führte das B. die Untersuchung eines Falles. Der Amtmann wurde von der Regierung ernannt. Das Großherzogtum Baden war in 78 Bezirke eingeteilt.

Biwak Lager von Truppen im Freien ohne Zelte. Die Soldaten schliefen in ihren Uniformen, die Waffen neben sich. Das Biwak trat zu Beginn des 19. Jahrh. an die Stelle der Zeltlager des 18. Jahrh. und entsprach (wie das → Requirieren und der Angriff in → Kolonne) der neuen beweglichen Kriegführung, die in Europa zuerst von den französischen Revolutionstruppen angewendet und von den Truppen Napoleons I. (siehe → Franzosenkaiser) weiterentwickelt wurde.

Brachfelder In der Dreifelderwirtschaft wurde beim Fruchtanbau eine bestimmte Reihenfolge eingehalten: Im ersten Jahr baute man Winterfrucht an (die also im Herbst in die Erde gebracht wurde), im zweiten Jahr Sommerfrucht, und im dritten lag der Acker brach, damit er sich erholen konnte. In der reinen Form der Dreifelderwirtschaft wurden die Brachfelder lediglich als Viehweiden genutzt. Als im ersten Drittel des 19. Jahrh. die Bevölkerung stark zunahm (und damit der Nahrungsmittelbedarf) ging man zur verbesserten Dreifelderwirtschaft über: Die Brache wurde nun mit Hackfrüchten (Rüben, Kartoffeln) und Klee bebaut. Durch den Anbau von Klee konnte der Viehbestand erhöht werden, wodurch eine besondere Düngung möglich wurde (Brachmist, der gewöhnlich im Mai/Juni auf die Felder kam). Diese Form der Bewirtschaftung war Mitte des 19. Jahrh. noch vorherrschend. Die spätere Fruchtwechselwirtschaft (ständige, intensive Nutzung durch Anbau wechselnder Früchte) wurde erst durch künstliche Düngung möglich.

Brachrüben Auf → Brachfeldern angebaute Rüben.

Brandkasse Bezeichnung der ‚Brandversicherungsanstalt für Gebäude', im Großherzogtum Baden eine staatliche Versicherungsgesellschaft, an die jeder Hausbesitzer Beiträge bezahlen mußte (im Jahr 1849: 14 Kreuzer für je 100 Gulden Gebäudewert). Die Versicherungsanstalt vergütete Brandschäden an Gebäuden und zwar auch, wenn „der Brand durch Nachlässigkeit oder Verschulden des Hausbesitzers" entstanden war. Kein Geld gab es für den, der „sein Haus geflissentlich in Brand gesetzt" hatte.

Brentano, Lorenz (1813–1891) Mannheimer Rechtsanwalt, gemäßigter Demokrat. War Abgeordneter des → Frankfurter Parlaments (linker Flügel), Vorsitzender des → Landesausschusses und der revolutionären Landesregierung. Legte am 28. 6. 49 seine Ämter nieder und ging in die Schweiz, von wo er nach Nordamerika auswanderte.

Brevier Gebetbuch der katholischen Geistlichen. Je nach Wochentag und Tageszeit waren die (lateinisch abgefaßten) Gebete vorgeschrieben. Zu beten waren das Frühamt, die vier Tagesstunden (z. B. die → Non), das Abendamt und das Schlußamt.

Büchse Gewehr mit gezogenem Rohr. Die Züge waren spiralförmig eingeschnitten, wodurch das Geschoß eine Drehung um die Längsachse erhielt und somit eine stabile Flugbahn (Kreiselwirkung). Der Geschoßdurchmesser mußte etwas größer sein als der des Rohres, weswegen Jagdbüchsen gewöhnlich als Hinterlader mit beweglichem Verschluß ausgeführt waren. Die billige Massenfertigung unkomplizierter Verschlußsysteme war erst seit Mitte des 19. Jahrh. möglich. Deshalb waren bis dahin beim Militär lediglich Büchsen in Gebrauch, die von vorn geladen wurden. Dabei gab es verschiedene Büchsenarten, die jedoch alle den Nachteil hatten, daß der Ladevorgang schwierig und zeitraubend war: Büchsen blieben auf einzelne Abteilungen (Schützen oder Jäger) beschränkt; die Masse der → Infanterie war mit glattläufigen, ungenau schießenden Vorderladern ausgerüstet. Das → Zündnadelgewehr kann als die erste militärtaugliche, von hinten zu ladende Büchse angesehen werden.

Butik(e) Von boutique (französisch): Laden, Werkstatt.

Damm, Karl (1812–1886) Katholischer Geistlicher und Philologe; Gymnasialdirektor in Tauberbischofsheim. 1848 Mitglied des → Frankfurter Parlaments (linker Flügel); 1849 Präsident der revolutionären → Landesversammlung. Ging dann nach Australien. Nach der Verkündung der Straffreiheit 1862 kehrte er nach Baden zurück und wurde wieder in den Schuldienst eingestellt.

Demolierung Gewaltsame Zerstörung; Beschädigung.

Denunzation Anzeige aus persönlichen, niedrigen Beweggründen.

Desertion Unerlaubte Entfernung von der Truppe (mit der Absicht, nicht zurückzukehren); Fahnenflucht.

Diakon In der katholischen Kirche ein Geistlicher, der um einen Weihegrad unter dem Priester stand. In der evangelischen Kirche ein Prediger oder Pfarrhelfer ohne Hochschulausbildung.

Diözese Amtsgebiet eines katholischen Bischofs; Bistum.

Division Eine größere, selbständig kämpfende Heeresabteilung, in der Regel von einem → Offizier im Generalsrang geführt. Bestand häufig aus verschiedenen Truppengattungen. Stärke zwischen 6000 und 25 000 Mann. Im badischen Revolutionskrieg wurden die Divisionen beider Seiten wechselnd und nach Bedarf zusammengestellt.

Domäne Grundbesitz des Staates.

Dragoner Ursprünglich Fußsoldaten, die lediglich für den Marsch beritten waren und abgesessen kämpften (16. Jahrh.). Seit dem 18. Jahrh. → Kavallerie (meist mittelschwere), die in der Regel aufgesessen kämpfte. Bewaffnet waren die Dragoner mit → Karabiner und Säbel.

Einsteher In Staaten, die die Militärpflicht als Konskription organisiert hatten: Jeder war grundsätzlich dienstpflichtig, konnte jedoch, wenn er zum Wehrdienst herangezogen wurde, einen Stellvertreter (Einsteher) kaufen. Die Konskription diente deshalb den besitzenden Schichten. Im nachrevolutionären Frankreich entstanden und von zahlreichen deutschen Staaten übernommen; nicht jedoch von Preußen, wo eine allgemeine Wehrpflicht (ohne Stellvertretung) bestand (siehe auch → Landwehr).

Emigrant Jemand, der aus politischen, religiösen oder wirtschaftlichen Gründen sein Heimatland verläßt.

Entsatz Befreiung einer belagerten Festung oder eines eingeschlossenen Truppenteils durch neu herangeführte Truppen

Epauletten Schulterstücke aus Metall oder Stoff (meist birnenförmig), die zur Unterscheidung der Dienstgrade von → Offizieren dienten. Die E. der Offiziere vom Major an aufwärts waren gewöhnlich mit Quasten versehen.

Eskadron Gleichbedeutend: Schwadron. Grundeinheit der → Kavallerie. Stärke gewöhnlich rund 100 Mann (so viele, wie der Kommandierende mit seiner Stimme und mit seinem unmittelbaren Einfluß erreichen konnte). Geführt wurde die E. von einem → Offizier im Rittmeistersrang. Die Eskadron diente als Grundnenner zur Beurteilung der Kampfkraft.

examinieren Prüfen; Kenntnisse abfragen.

Exerzieren Das Üben einzelner Soldaten oder von Abteilungen bis zur Stärke eines → Regiments (Übungen größerer Verbände hießen Manöver). Im Besonderen war mit Exerzieren gemeint: Üben der Bewegung von Truppenteilen, beispielsweise die Entwicklung einer → Kolonne zur Linie.

exkommunizieren Aus der katholischen Kirchengemeinschaft ausschließen.

Fahrnis Bewegliche Habe, im Gegensatz zum Grund- und Hausbesitz. Bei einem Bauernhof rechneten zur Fahrnis die Haus- und Küchengeräte, die Ernteerträge, kurz, alles was nicht zum beweglichen Kapital (siehe → Kapitalien) gehörte, wie beispielsweise das Nutzvieh.

Falbe Pferd von fahler grau-gelber Farbe.

Feldbinde Stoffgürtel, meist silber- oder golddurchwirkt, der von → Offizieren über dem Uniformrock getragen wurde.

Flinte Gewehr mit glattem Rohr, im Gegensatz zur → Büchse. Häufig meinte man mit Flinte allgemein Gewehr.

Frankfurter Grüne Soße Kalte Soße aus Essig, Öl, hartgekochten, feingehackten Eiern und gehackten Kräutern, wie Petersilie, Kerbel, Schnittlauch, Dill, Sauerampfer, Pimpinelle.

Frankfurter Parlament Nationalversammlung; nach der siegreichen Märzrevolution gewählte parlamentarische Vertretung des deutschen Volkes. Sollte einen einheitlichen, bürgerlichen Nationalstaat schaffen und tagte vom Mai 1848 bis Mai 1849 in Frankfurt am Main. Erarbeitete eine → Reichsverfassung. Die Mehrheit des Parlaments verfolgte eine Richtung der liberalen Mitte, die auf eine Vereinbarung mit den alten Mächten, den Fürsten, abzielte, woran Parlament und Revolution letztlich scheiterten.

Franzosenkaiser Gemeint ist Napoleon I. Bonaparte (1768–1821), Kaiser der Franzosen von 1804 bis 1814 und 1815.

Freiheitskriege Auch: Befreiungskriege, 1813 bis 1815. Krieg Rußlands, Preußens, später auch Österreichs gegen Frankreich, das unter Napoleon I. (→ Franzosenkaiser) ganz Kontinentaleuropa erobert hatte. Die Freiheitskriege hatten einen zwiespältigen Charakter: Einerseits waren sie ein nationaler Befreiungskampf von Völkern gegen eine Fremdherrschaft, andererseits wurden sie von den Fürsten dazu benutzt, die alten Verhältnisse in Europa soweit wie möglich wiederherzustellen (Wiener Kongress 1815). Die an die Befreiungskriege geknüpfte Hoffnung des liberalen Bürgertums auf einen deutschen Nationalstaat erfüllte sich nicht.

Freischar Auch: Freikorps; Truppenabteilung aus Freiwilligen für den revolutionären Krieg. Bestand in der Regel aus Schützen, selten aus Reitern. Die Kampfkraft der in Baden fechtenden Freischaren war sehr unterschiedlich, wobei weniger die zahlenmäßige Stärke einer F. ausschlaggebend war, sondern Ausbildungsstand, Bewaffnung und Motivation.

Füsiliere Soldaten der → Infanterie, die besonders für den Kampf in zerstreuter Ordnung ausgebildet waren, wobei Ausnutzung des Geländes und selbständiges Handeln des einzelnen Soldaten im Vordergrund standen. Dieses ‚Tirailleurgefecht' wurde Ende des 18. Jahrh. von den Franzosen während der Revolutionskriege bevorzugt und setzte sich später als wesentlicher Bestandteil der Gefechtsführung durch. In anderen Armeen als der preußischen hießen die Füsiliere gewöhnlich Schützen oder Jäger.

füsilieren Von fusil (französisch: Flinte); jemanden durch Erschießen hinrichten.

Fuß Siehe → Maße und Gewichte.

Gamaschengehorsam Gamaschen waren Beinkleider aus Stoff oder Leder, die vom Knöchel bis zum Knie reichten und geknöpft, geschnallt oder gewickelt wurden. Sie gehörten zur Uniform der Soldaten des 18. Jahrh. und wurden zum Sinnbild des stumpfsinnigen Gehorsams und des pedantischen und brutalen Drills dieser Zeit (besonders des preußischen), ähnlich wie der Zopf. Dies wohl auch, weil Gamaschen und Zopf mühevoll zu pflegen und schwer in den vorschriftsmäßigen Sitz zu bringen waren, was häufig zu Quälereien durch Vorgesetzte Anlaß gab.

Gemeinderat Vorsitz führte der Bürgermeister. Er und die Gemeinderäte wurden von denjenigen gewählt, die im Ort Bürgerrecht besaßen (also nicht von allen Ortseinwohnern). Ein verhältnismäßig liberales Gemeindegesetz sah in Baden seit 1831 eine weitgehende Selbstverwaltung der Gemeinden vor, was jedoch auf den zähen Widerstand der Staatsbürokratie, besonders der → Bezirksämter stieß.

Gemeiner Einfacher Soldat.

Generalmarsch Allgemeiner Alarm, der auf der Trommel geschlagen wurde. Die Truppen hatten sich daraufhin marschfertig zu ihren Sammelplätzen zu begeben.

Geschwindschritt Schrittart der → Infanterie (108–120 Schritt pro Minute), womit gewöhnlich Entwicklungsbewegungen ausgeführt wurden, z. B. von der → Kolonne in die Linie.

Gouverneur Hier: Befehlshaber einer Festung und/oder eines Standortes.

Großherzog Karl Leopold Friedrich (1790–1852). Als Leopold von 1830 bis 1852 Großherzog von Baden.

Gulden Währungseinheit der süddeutschen Staaten und der preußischen Rheinprovinz. Entgegen manchmal geäußerter Ansicht ist es nicht möglich, den Wert eines Guldens auch nur angenähert in heutiger Währung auszudrücken. – Ein Gulden hatte 60 Kreuzer zu je 4 Pfennig (auch Heller genannt). Ein Batzen hatte vier Kreuzer. In Baden waren als Münzen in Umlauf (Auswahl): 10- und 5-Guldenstücke (Goldmünzen, sogenannte Dukaten), 2- und 1-Guldenstücke, 24, 12, 10, 6 und 3- Kreuzer (Silbermünzen), sowie ganze und halbe Kupferkreuzer.

Hanauer Turner Eine → Freischar aus Hanau. Vor dem Gefecht bei Waghäusel etwa 600 Mann stark. Diese Freischar war gut bewaffnet und ausgebildet und galt als zuverlässig. Sie bestand aus der Hanauer Turnerwehr, Mitgliedern der Bürgerwehr und einem Arbeiterfreikorps. Wurde zuletzt an der Murglinie eingesetzt und ging am 5. Juli mit rund 200 Mann in die Schweiz.

Hebel, Johann Peter geb. 1760 in Basel, studierte evangelische Theologie, war seit 1791 Lehrer in Karlsruhe (1808 Gymnasialdirektor), seit 1819 Prälat (leitender Geistlicher), starb 1826 während einer Dienstreise. Schrieb in der Hauptsache: ‚Alemannische Gedichte' (in alemannischer Mundart), zahlreiche Kalendergeschichten in dem von ihm betreuten ‚Rheinländischen Hausfreund', die später gesammelt als ‚Aus dem Schatzkästlein des Rheinischen Hausfreunds' herausgegeben wurden, sowie ‚Die biblischen Geschichten'.

Hechel Kammartiges Gerät mit spitzen Metallstiften, durch das Flachs- und Hanffasern gezogen wurden, um sie zu reinigen, zu glätten und voneinander zu trennen.

Hecker, Friedrich Franz Karl (1811–1881) Rechtsanwalt in Mannheim und radikaler Republikaner. 1848 Mitglied des Vorparlaments in Frankfurt. Im April 1848 einer der Führer des badischen Aufstandes, der zu einer deutschen Republik führen sollte. Ging nach der Niederlage in die Schweiz, und von da im September 48 in die USA. Kämpfte dort im Bürgerkrieg als Oberst auf Seiten der Nordstaaten. – Hecker war, besonders in Baden, außerordentlich populär. 1849 rief ihn die Revolutionsregierung zurück; als er jedoch in Frankreich eintraf, war der Badener Aufstand schon niedergeschlagen.

Heiligenfond Die örtlichen katholischen Kirchenvermögen (d. h. die einer Pfarrei) bestanden aus den Pfründen, die dem Lebensunterhalt des Pfarrers dienten (und von ihm auch verwaltet wurden) und jeweils einem Fond, aus dem die Erhaltung der Pfarrkirche und die für den Gottesdienst notwendigen Ausgaben bestritten wurden. Diese Fonds nannte man Kirchenfonds, Kirchenfabriken, Gotteshausvermögen oder auch Heiligenfonds; dies nach dem jeweiligen ‚Ortsheiligen', dem die Kirche geweiht war. Verwaltet wurden die Fonds von den → Kreisregierungen. Die → Bezirksämter dienten lediglich als Instanz zwischen den Vorständen der Fonds und der jeweiligen Kreisregierung, d. h. als Übermittler. Die Vorstände waren zwar selbständige, aber keine Selbstverwaltungsbehörden. Sie waren die untersten Behörden innerhalb eines staatlichen Behördenzuges zur Verwaltung der Fonds. Die katholische Kirche als Organisation hatte bei der Verwaltung der örtlichen Kirchenvermögen kein (und zwar überhaupt kein) Mitspracherecht. Daran änderte auch die Tatsache nichts, daß der Pfarrer immer den Vorsitz im Vorstand hatte. Er war lediglich der Regierung und nicht etwa dem bischöflichen Ordinariat verantwortlich. – Auch sonst war die katholische Ortsgeistlichkeit nur staatlichen Behörden verantwortlich. Die Pfarrer wurden von der Regierung berufen, disziplinar überwacht etc. Die kirchlichen Behörden hatten lediglich in geistlichen Angelegenheiten die Aufsicht, wozu die materiellen Bedingungen der Kirchenseelsorge nicht gehörten.

Hemmkette War am Wagenboden befestigt und wurde vor Bergabfahrten an ein Hinterrad gehakt. Damals noch als Bremse bei leichten Bauernwagen üblich.

Herkules In der griechischen Sage ein Halbgott (Sohn des Zeus).

Heuet Der erste Schnitt auf den Wiesen; ab Mitte Juni, wenn zweimal im Jahr geschnitten wurde. Bei dreimaligem

Schnitt Anfang Juni. Der zweite Schnitt (Ende August) und der (seltene) dritte Schnitt (Anfang Oktober) hießen Grummet, Ohmt, Öhmd oder Afterheu.

Hornist Signalbläser, der mit einer Signaltrompete ausgerüstet war (und nicht, wie man vielleicht vermuten könnte, mit einem Horn).

Infanterie Fußsoldaten. Zahlenmäßig stärkste Waffengattung der europäischen Armeen. 1849 in der Masse noch ausgerüstet mit glattläufigen Vorderladern. Man unterschied leichte Infanterie für das zerstreute Feuergefecht (wie die → Füsiliere, → Schützen und Jäger) und schwere Infanterie (in Preußen: Musketiere) für die Führung des Feuerkampfes oder für den Angriff mit → Bajonett. Sie wurde in der Regel geschlossen als → Bataillone eingesetzt und griff gewöhnlich in → Kolonne an.

inspizieren Beaufsichtigen, prüfen.

Insurrektion Aufstand, der sich über ein größeres Gebiet oder über einen ganzen Staat erstreckte. Die Aufständischen hießen dann Insurgenten.

Johannis Der 24. Juni.

Kadett Schüler, der in einem militärischen Internat (Kadettenanstalt) lebte und für den Dienst als → Offizier vorgesehen war. Kadetten trugen Uniform und wurden ausschließlich im Hinblick auf ihren späteren Beruf erzogen und geprägt. Besonders Preußen legte Wert darauf, einen wesentlichen Teil des Offiziersnachwuchses in Kadettenanstalten heranzuziehen.

Kanaster Gute Tabaksorte, meist aus Puerto Rico.

Kapitalien Hier: Vermögenswerte eines Unternehmens oder einer staatlichen oder kirchlichen Einrichtung.

Karabiner Gewehr der → Kavallerie mit kurzem, meist glattem Lauf. Für den Kampf wurde der Karabiner mit dem Karabinerhaken beweglich an einen schräg über die Schulter laufenden Riemen (Bandelier) gehängt, so daß er nach der Schußabgabe rasch fallengelassen werden konnte.

Karlsruher Zeitung Gegründet 1830. War immer das offizielle Organ der Regierung, auch der Revolutionsregierung. Nach dem Einmarsch der preußischen Truppen in Karlsruhe war sie von einem Tag zum anderen wieder das Sprachrohr der großherzoglichen Regierung.

Kartätsche Bestand aus etwa 40 schmiedeeisernen Kugeln, die in eine zylindrische Büchse gepackt waren (Gewicht einer Kugel 100 bis 200 Gramm). Kartätschen wurden aus Kanonen verschossen (ähnlich wie Schrot aus der Flinte) und hatten bei kurzer Schußweite verheerende Wirkung.

Kartätschenprinz Gemeint ist Prinz Wilhelm von Preußen (1797–1888), Bruder des damaligen Königs Friedrich Wilhelm IV. War als Wilhelm I. preußischer König von 1861 bis 1888 und deutscher Kaiser von 1871–1888. 1848 war er der Anführer einer besonders → reaktionären Clique am preußischen Hof. Wurde im März 48 vom Volke verjagt und flüchtete nach England. Kartätschenprinz wurde er genannt, weil er während der Berliner Märzkämpfe verlangt haben soll, die ‚Aufrührer mit → Kartätschen zusammenzuschießen'. Ob Max Dortu das Wort geprägt hat, scheint nicht sicher. Jedenfalls verwendete er es am 12. Mai 48 in einem Potsdamer politischen Klub und wurde im August 48 wegen Beleidigung des Prinzen von Preußen zu 1 ¼ Jahren Festungshaft verurteilt. Vorübergehend freigelassen (weil er Berufung einlegte) floh

Dortu nach Frankreich, von wo er im Mai 49 nach Baden ging.

kastrieren Entfernung der Fortpflanzungsorgane. Zugtiere wurden kastriert, um sie fügsamer zu machen, Schlachtvieh, damit es fett und wohlschmeckend wurde. Kapaune: 12 Wochen alten Hähnchen wurden die Hoden herausgeschnitten. Kastrierte Hennen hießen Poularden.

Katheder Hier: Das Lehrerpult, gewöhnlich erhöht aufgestellt.

Kavallerie Reitertruppe, eine der Hauptwaffengattungen der Landstreitkräfte. Kämpfte fast ausschließlich zu Pferd. Man unterschied schwere und leichte Kavallerie. Die leichte K. diente zur Aufklärung, zum Schutz der eigenen Truppe gegen plötzliche Angriffe und zur Verfolgung eines geschlagenen Gegners. Die schwere oder Schlachtenkavallerie griff in geschlossener Ordnung mit Säbeln oder Lanzen an; wegen der größeren Angriffswucht war sie mit großen, schweren Pferden beritten. Leichte K. hatte dagegen kleine, wendige Pferde. Husaren, Jäger zu Pferde, Chevaulegers zählten zur leichten K., Kürassiere (gewöhnlich mit Brustpanzern) zur schweren. → Dragoner und → Ulanen waren in manchen Armeen leichte, in anderen schwere Reiterei. – Die Offiziere der K. kamen überwiegend aus dem Adel, die Soldaten wurden aus der bäuerlichen Bevölkerung rekrutiert; die aktive Dienstzeit war länger als bei anderen Waffengattungen. All dies machte die Kavallerie gewöhnlich zu einer zuverlässigen Kraft der militärischen → Konterrevolution.

Klerus Die Gesamtheit der katholischen Geistlichen.

Kloster Frauenalb Frauenkloster, dessen Nonnen nach den Regeln des Benediktiner-Ordens lebten. Gestiftet im

12. Jahrhundert im Albtal des unteren Schwarzwaldes. Das bei Michelbach gelegene Sulzbach gehörte zum Gebiet dieses Klosters. 1803 aufgehoben im Zuge der Säkularisation (= Einziehen kirchlichen Besitzes durch den Staat): Nach dem Frieden von Lunéville (1801) fielen die linksrheinischen Gebiete an Frankreich. Dafür durften sich die betroffenen deutschen Fürsten mit kirchlichem Besitz entschädigen.

Klub des entschiedenen Fortschritts Am 5. Juni 1849 in Karlsruhe von radikalen Republikanern gegründet (u. a. von → Struve), die mit der lauen Politik der Regierung → Brentano nicht einverstanden waren. Der Klub schlug vor, die Revolution über die Grenzen Badens auszudehnen. Als Brentano sich weigerte, drohte der Klub am 6. Juni mit einer bewaffneten Demonstration. Mit Hilfe der Karlsruher Bürgerwehr und anderer bewaffneter Einheiten wurde der Klub gezwungen, sich aufzulösen.

Kolonne Tiefe und schmale Formation von Truppen zum Marsch oder zum Angriff der → Infanterie. Endgültig seit den → Freiheitskriegen war die alte Lineartaktik aufgegeben worden (im 18. Jahrh. griff die Infanterie an in langen, starr ausgerichteten Linien zu drei bis vier Gliedern und im Gleichschritt). Der Angriff in kompakter Kolonne bot den Vorteil größeren Zusammenhalts, hoher Stoßkraft und besserer Anpassung an das Gelände. Wenn erforderlich, wurde die Kolonne zu losen Feuerlinien entfaltet (nicht zu verwechseln mit den starren Linien der alten Taktik).

Kommandeur Befehlshaber einer Truppenabteilung vom → Bataillon an aufwärts.

Kompanie Truppenabteilung der → Infanterie, jedoch keine selbständige Einheit (die war das → Bataillon). Gewöhnlich um 250 Mann stark und in zwei Züge eingeteilt (bei den Preußen in drei). Zum Bataillon gehörten vier Kompanien. Die Einteilung in Kompanien, auch die in Züge, diente vorwiegend der effektiveren Ausbildung der Soldaten und der bequemeren Verwaltung. Jedoch hatte Preußen um 1849 begonnen, Kompaniekolonnen einzuführen (→ Kolonne), die selbständig kämpfen konnten. Die Kompanie wurde von einem → Offizier mit Hauptmannsrang geführt.

Konkubine Hier: (abwertend) Geliebte. – Unter Konkubinat verstand man das außereheliche Zusammenleben über einen längeren Zeitraum.

konspirieren Sich verschwören, eine Verschwörung anzetteln.

Konterrevolution Die Gesamtheit der gegen eine Revolution gerichteten Maßnahmen.

Korporal Unteroffizier, im Rang unter dem Feldwebel.

Korps Hier: → Armeekorps. – Allgemein: Eine Anzahl von Menschen, die durch bestimmte Regeln, Gesetze oder Gebräuche verbunden waren.

Kreisregierung Im Großherzogtum Baden eine Behörde, die einer Reihe von → Bezirksämtern vorgesetzt war. Es gab den Seekreis, den Ober-, den Mittel- und den Unterrheinkreis.

Kreuzer Siehe → Gulden.

Kropf Verdickung des Halses an der Vorderseite, häufig durch eine krankhafte Vergrößerung der Schilddrüse bewirkt.

Kummet Gepolsterter Bügel, der um den Hals von Zugtieren gelegt wurde, und an dem die Zugstränge befestigt waren.

Kurier Berittener Bote.

Landesausschuß Nach den gescheiterten Aufständen im April 1848 (→ Hecker) und im September 48 (→ Struve) erkannten die badischen Republikaner, daß der nächste Versuch durch Propaganda und durch eine umfassende Organisation vorbereitet werden müsse. Im Winter 1848/49 wurde deshalb ganz Baden mit einem Netz von über 400 Volksvereinen überzogen. Darüber standen regelmäßig tagende Kreisausschüsse, die wiederum vom Landesausschuß in Mannheim koordiniert wurden. Vorsitzender des Landesausschusses war → Brentano. Nach dem → Offenburger Sonntag, als der → Großherzog und seine Regierung geflohen waren, übernahm in Karlsruhe der Landesausschuß die Macht.

Landesversammlung Eigentlich: ‚Konstituierende Landesversammlung'. Während der Revolution von der badischen Bevölkerung gewähltes Parlament (74 Mitglieder), das am 10. Juni 1849 in Karlsruhe zusammentrat. Es sollte eine demokratische Verfassung sowie erste Gesetze ausarbeiten. Dazu kam es jedoch nicht. Ende Juni verlegte die Landesversammlung ihren Tagungsort nach Freiburg, wo sie am 2. Juli ihre letzte Sitzung abhielt.

Landwehr 1813 in Preußen als Bürger- und Volksheer aufgestellt zur Unterstützung des → Linienmilitärs im Kampf gegen die Truppen Napoleon I. (siehe → Franzosenkaiser). Nach den → Freiheitskriegen wurde die Landwehr in eine Reserveformation des Heeres umgewandelt, die im Kriegsfall einberufen werden sollte. Mit diesem System war es dem preußischen Staat möglich, auf alle Gedienten als Reservisten zurückzugreifen (bis zum 40. Lebensjahr). Jedoch durfte die Landwehr nach preußischen Gesetzen nur im Fall eines Verteidigungskrieges einberufen werden: Im Herbst 1848 und im Frühjahr 1849 weigerten sich teilweise die einberufenen Landwehrmänner, gegen die Revolution zu kämpfen.

Leinöl Fettes, gelbes, schnell trocknendes Öl aus Leinsamen (Lein hieß die Pflanze, erst vom Augenblick der Ernte nannte man sie Flachs). Leinöl wurde gewöhnlich nur als Ersatz für geeignetere Fette zum Backen und Braten benutzt.

Leisten Holzmodell, das die Gestalt eines Fußes hatte, über dem Schuhe zusammengenäht wurden. Der Leisten wurde in der Regel vom Schuster nach Maß angefertigt.

Linienmilitär Die bereits im Frieden aufgestellten regulären Truppen (das stehende Heer), im Gegensatz zur preußischen → Landwehr oder der badischen, revolutionären → Volkswehr.

Mainzer Land Der südliche Odenwald gehörte bis zu Beginn des 19. Jahrh. zum Erzbistum Mainz, in dem der Erzbischof auch als weltlicher Fürst regierte. Nach der Säkularisation (siehe bei → Kloster Frauenalb) kamen Teile des sogenannten Mainzer Landes zum neuen Großherzogtum Baden.

Mandel Mengenangabe für zählbare Gegenstände, besonders für Obst und Eier (1 Mandel = 15 oder 16 Stück). Daher ‚mandeln': Je 15 Getreidegarben zu einem Haufen zusammenstellen.

Mantelsack Hinter den Sattel aufs Pferd zu legender Sack, in dem Reservebekleidung, Putzzeug, auch Proviant und Futter mitgeführt wurden.

Maße und Gewichte Das Maß- und Gewichtssystem des Großherzogtums Baden war dem französischen Dezimalsystem angenähert. Längenmaße: 1 Meile = 2 Wegstunden = 8888 Meter (die deutsche geographische Meile hatte 7420 Meter: 15 Meilen auf ein Grad des Äquators).
1 Fuß = 10 Zoll = 100 Linien = 1000 Punkte = 30 cm.
1 Elle = 2 Fuß = 60 cm.
Flächenmaß: 1 Morgen = 3600 m².
Hohlmaße für sackfähiges Gut: 1 Malter = 10 Sester = 150 Liter.
Hohlmaße für flüssiges Gut: 1 Ohm = 100 Maß = 150 Liter.
1 Schoppen = ¼ Maß.
Gewichte: 1 Zentner = 100 Pfund = 50 Kilogramm.

Materialist Hier: (abwertend) Jemand, der nur auf Gewinn und seinen Vorteil bedacht ist.

Meßner Kirchendiener.

Mieroslawski, Ludwik geb. 1814. Polnischer Revolutionär, Historiker und Militärfachmann. Nahm 1831 am polnischen Insurrektions-Krieg teil, lebte dann in Paris. 1846 als Führer des polnischen Aufstandes in Posen von einem preußischen Gericht zum Tode verurteilt, im März 1848 befreit. Darauf militärischer Führer des polnischen Aufstandes in der preußischen Provinz Posen. 1849 Brigadegeneral der revolutionären sizilianischen Armee, dann Oberbefehlshaber des badischen Revolutionsheeres. Lebte danach in Frankreich. In der polnischen Insurrektion 1863 führte er eine Freischar. Starb 1878 in Paris.

Montur Bekleidung des Soldaten.

Morgen Siehe → Maße und Gewichte.

Musselin Locker gewebter Stoff aus Baumwolle; Nessel.

Non Eines der vier Tagesstundengebete des katholischen Geistlichen (siehe → Brevier). Die Non wurde zur neunten Stunde gebetet, gerechnet von 6 Uhr morgens an, also um 15 Uhr.

Offenburger Sonntag 13. Mai 1849. – Als Preußen und andere deutsche Staaten die vom → Frankfurter Parlament ausgearbeitete → Reichsverfassung ablehnten, sah der → Landesausschuß der badischen Volksvereine den Zeitpunkt für eine neue Revolution gekommen. Er berief für den 12./13. Mai eine Landes-Vollversammlung nach dem zentral gelegenen Offenburg. An der Versammlung nahmen zwischen 20000 und 40000 Menschen teil. Es wurde eine Reihe von Beschlüssen gefaßt mit zum Teil sozial-revolutionären Forderungen. Dieses Ereignis und der kurz vorher ausgebrochene → Soldatenaufstand veranlaßten den → Großherzog und seine Regierung zur Flucht. Bereits am 14. Mai übernahm der Landesausschuß in Karlsruhe die Macht.

Offizier Anführer von Soldaten, der einen höheren Rang als ein Feldwebel hatte. Rangfolge der Offiziere: Leutnant (auch: Sekondleutnant), Oberleutnant (auch: Premierleutnant), Hauptmann (bei der → Kavallerie: Rittmeister), Major, Oberstleutnant, Oberst, General. Offiziere vom Major an aufwärts hießen Stabsoffiziere, die darunter Subalternoffiziere.

Offizium Allgemein: Pflicht, Amt. Hier: Die während eines bestimmten Tages zu absolvierenden Gebete des → Breviers.

Ordinariat Oberste Verwaltungsstelle einer katholischen → Diözese.

Ordonnanz Soldat, der Meldungen und Befehle überbrachte und gewöhnlich von Offizieren auch zu anderen Dienstleistungen herangezogen wurde.

Paternoster Vaterunser.

Patrouille Abteilung Soldaten (3–15 Mann) zur Sicherung und Aufklärung.

Peter und Paul Katholischer Feiertag am 29. Juni.

Peucker, Eduard von (1791–1876) Preußischer General, Kriegsminister der vorläufigen Reichsregierung 1848/49. Kommandierte die → Reichstruppen gegen die badische Revolutionsarmee.

Pickelhaube Ursprünglich lederner oder eiserner, visierloser Helm der mittelalterlichen Kriegsknechte. Im 17. Jahrh. kamen Helme für die Fußsoldaten außer Gebrauch, bis 1843 in der preußischen Armee ein lederner Helm eingeführt wurde, von hoher Form mit Vorder- und Nackenschirm und Messingbeschlägen sowie einer Messingspitze. Andere Staaten folgten dem Vorbild Preußens, so daß nach der Mitte des 19. Jahrh. der → Tschako aus fast allen deutschen Armeen verdrängt war. Pickelhauben nannte man auch Helme, die keine Spitze hatten, sondern, wie die badischen, eine Kugel.

pietistisch Dem Pietismus verpflichtet; gemeint ist hier der Pietismus des 19. Jahrhunderts: Eine schwärmerische Glaubensrichtung in der evangelischen Kirche, gegen den Vernunftglauben der Aufklärung gerichtet.

Pips Krankheit beim Geflügel, besonders bei den Hühnern: Hornartiger Belag der Zunge und Verschleimung der Schnabelhöhle.

Popanz Gestalt oder Abbildung, die schrecken soll.

Premierleutnant → Offizier im Range eines Oberleutnants. Entsprechend der damals üblichen Schreibweise eigentlich französisch ‚Lieutenant', was aber üblicherweise ‚Leutnant' gesprochen wurde. In der badischen → Volkswehr offiziell: Leitmann.

Prinz von Preußen Siehe → Kartätschenprinz.

progressiv Hier: Mit dem Einkommen steigt der Prozentsatz der Steuer.

Proklamation Aufruf an die Bevölkerung.

Ratsschreiber Hier: Gemeinderatsschreiber (→ Gemeinderat).

reaktionär (abwertend) nicht fortschrittlich; überwundene, nicht mehr zeitgemäße (politische) Verhältnisse anstrebend.

Regiment Üblicherweise 3 → Bataillone bei der → Infanterie und bis zu 10 → Eskadrone bei der → Kavallerie. Bei der Infanterie diente die Formierung zu Regimenten mehr, um die Ausbildung zu vereinheitlichen und zur effektiveren Verwaltung, weniger, um sie geschlossen im Gefecht einzusetzen. Regimenter der schweren Kavallerie waren für den geschlossenen Einsatz vorgesehen.

Reichstruppen Teil der gegen die badische Revolutionsarmee eingesetzten Truppen, von General → Peucker befehligt. – Es gab ein Reichsministerium, das 1848 auf Beschluß des → Frankfurter Parlaments gebildet worden war und eine vorläufige Zentralgewalt sein sollte. Diese Gewalt verfügte weder über Geld noch über eine Armee und unterstützte die → konterrevolutionäre Politik der Fürsten. Als 1849 der badische → Großherzog fliehen mußte, wendete er sich um Hilfe an das Reichsministerium, woraufhin eine Reihe von Fürsten Truppen zur Verfügung stellte, und ein → Armeekorps aus mecklenburgischen, nassauischen, hessischen und anderen Soldaten gebildet wurde (die Reichstruppen). Preußen, das die vorläufige Reichsregierung nicht anerkannt hatte, wollte auf eigene Faust ein Exempel gegen die Revolution statuieren und ließ seinerseits Truppen marschieren. Letztlich wurde dann die Revolution unter preußischem Oberbefehl niedergeschlagen. Zum Peuckerschen Korps gehörten später auch preußische Truppen.

Reichsverfassung Wurde vom → Frankfurter Parlament am 28. März 1849 beschlossen. Sie war zwiespältig: Sie verkündete einerseits demokratische Freiheiten, sah aber andererseits eine Reichsregierung unter einem Kaiser vor. Die Kaiserwürde sollte einem der regierenden deutschen Fürsten übertragen werden und erblich sein. Das Parlament trug die Kaiserkrone dem preußischen König an, der sie jedoch ablehnte und die Reichsverfassung nicht anerkannte. Auch andere Staaten weigerten sich, die Verfassung anzuerkennen (z. B. Sachsen, Bayern, Hannover). Vielerorts begann daraufhin ein Kampf für die Verfassung (so in der preußischen Rheinprovinz, in Dresden und in der Pfalz). Dieser Kampf wurde als ‚Reichsverfassungskampagne' bezeichnet. Entschiedene Demokraten und Republikaner nahmen daran teil, obwohl sie die Verfassung ablehnten. Jedoch sahen sie in der Kampagne eine Möglichkeit, die Revolution neu zu beginnen. So auch die badischen Demokraten.

requirieren Für militärische Zwecke beschlagnahmen, vorzugsweise Lebensmittel und Futter. Durch die französische

Revolutionsarmee Ende des 18. Jahrh. neu eingeführtes Versorgungsprinzip, das den → Train verringerte und die Beweglichkeit der Armeen erhöhte (siehe auch → Biwakieren).

Rosenkranz In der katholischen Kirche eine Andachtsübung, wobei eine bestimmte Anzahl von hauptsächlich Vaterunsern und Englischen Grüßen (Ave Maria) gebetet wurde. Bei der Reihenfolge der Gebete richtete man sich nach Kügelchen, die auf einen Faden gezogen waren.

Schleppsäbel Auch: Schleifsäbel. Wurde an langen Riemen getragen, so daß er beim Gehen über den Boden schleifte. Üblich bei der → Kavallerie und der reitenden → Artillerie.

Schule Im Großherzogtum Baden waren Knaben vom 6. bis zum 14. Lebensjahr schulpflichtig, Mädchen vom 6. bis zum 13. In den Volksschulen wurde gelehrt (Reihenfolge nach der Wichtigkeit): Religion, deutsche Sprache, Schreiben, Rechnen und ‚andre gemeinnützige Kenntnisse'. In den (üblichen) kleinen Dorfschulen gab es drei Klassen: „Die Schüler (wurden) auf dieselben dermaßen verteilt, daß sie je nach dem Grad ihrer Fortschritte ein bis zwei Jahre in der ersten oder untersten, zwei bis drei, höchstens vier Jahre in der zweiten und mittleren und die übrige Zeit bis zur Schulentlassung in der dritten oder obersten Klasse zu verweilen (hatten)". Nach der Schulentlassung mußte drei Jahre lang die sogenannte Sonntagsschule besucht werden (in Städten zwei Jahre lang), jeden Sonntag eine Stunde, wodurch die „religiös-sittliche Bildung", aber auch Fähigkeiten wie „Kopfrechnen" gefördert werden sollten. Das Schulwesen stand ganz unter der Aufsicht des Staates. Es gab nur nach Konfessionen getrennte Volksschulen.

Schulterstücke → Epauletten.

schurigeln Jemandem aus Gehässigkeit mit Schikanen das Leben schwer machen.

Schützen Soldaten der leichten → Infanterie, deren Ausbildung besonders auf gutes Schießen gerichtet war und die mit → Büchsen bewaffnet waren.

Sekondleutnant → Offizier im Range eines Leutnants. Eigentlich: Secondelieutenant (siehe dazu → Premierleutnant).

Sektion Abteilung innerhalb einer Behörde.

Seminar 1) Lehranstalt für angehende katholische Priester, die dort nach dem Studium in der Praxis des Kirchendienstes ausgebildet wurden. – 2) Ausbildungsstätte für Volksschullehrer (ohne vorheriges Studium).

Sergeant Unteroffizier im Range eines Feldwebels. In vielen Armeen jedoch wurde lediglich der älteste Feldwebel einer → Kompanie so bezeichnet.

Soldatenaufstand Am 11. und 12. Mai 1849 zunächst in Rastatt, dann auch in Karlsruhe und anderen Standorten Badens. – Anlaß war in Rastatt die Verhaftung eines Infanteristen, der bei einer Versammlung von Soldaten und Bürgern eine Rede gehalten hatte. Der Infanterist wurde gewaltsam befreit, und Offiziere, die sich den Soldaten entgegenstellten, angegriffen. Daraus entwickelte sich eine Meuterei, bis schließlich die Festung Rastatt in den Händen der Aufständischen war. Das badische Heer trat dann geschlossen zur Revolution über (viele Offiziere flüchteten allerdings oder ließen sich später von der Revolutionsregierung beurlauben). – Die Ursachen des Soldatenaufstandes waren vielfältig. Eine Rolle spielten die in der badischen Armee besonders rohe und erniedrigende Behandlung der Soldaten, die Unzufriedenheit der Unteroffiziere, die durch die Abschaffung des → Einstehерwesens einen Teil ihrer Einkünfte verloren hatten, die Einführung der allgemeinen Wehrpflicht Anfang 1849, wodurch viele politisch bewußte Rekruten in die Kasernen kamen und endlich: Im Winter 1848/49 hatte die republikanische Partei (siehe bei → Landesausschuß) unter den Soldaten Vertrauensleute geworben und in den Kasernen politische Aufklärungsarbeit betrieben.

soldatenfrei Frei von der Verpflichtung, Wehrdienst zu leisten, entweder wegen körperlicher oder geistiger Mängel, wegen Familienunterstützung (auf Antrag) oder weil der Betreffende bei der Aushebung eine so hohe Losnummer gezogen hatte, daß er nicht damit rechnen mußte, eingezogen zu werden: Die verhältnismäßig kleine badische Armee konnte nicht alle Dienstpflichtigen einziehen. Häufig wurden Soldaten, nachdem sie einen Teil ihrer Dienstzeit (insgesamt 6 Jahre) abgeleistet hatten, beurlaubt (sie erhielten ‚Großurlaub') und waren damit ebenfalls praktisch soldatenfrei.

Stangenringe Teile eines Pferdezaumes: Ringe an der Gebißstange, in die die Zügel gehakt wurden.

Struve, Gustav (1805–1870) Rechtsanwalt und Publizist; radikaler Demokrat und Anhänger einer föderativen Republik nach Schweizer und US-amerikanischem Muster. 1848 Mitglied des Vorparlamentes in Frankfurt. Im April 48 einer der Führer des badischen Aufstandes (siehe → Hecker). Organisierte im September 48 einen neuen Aufstand in Baden, der ebenfalls niedergeschlagen wurde. Spielte eine führende Rolle in der badischen Revolution von 1849. War der prominenteste Gegner der Kompromißpolitik → Brentanos (siehe unter → Klub des entschiedenen Fortschritts). Nach der Niederlage hielt er sich einige Zeit in England auf und nahm später auf Seiten der Nordstaaten am amerikanischen Bürgerkrieg teil.

Sturmschritt Schrittart der → Infanterie beim Vorgehen zum Sturm. Der Rhythmus von 120–130 Schritt pro Minute wurde durch Trommelschlag von → Tambours vorgeben.

Stutzuhr Tisch-Uhr mit Federwerk; war meist als Pendeluhr ausgeführt, seltener als Unruhuhr.

suspendieren Des Dienstes entheben.

Taft Leichter Stoff aus Seide, leinwandartig gewebt.

Tambour Trommler bei der → Infanterie. Wie die Signalbläser übermittelten die Tambours Befehle, besonders im Gefecht.

Tirade Wortergüß, Wortschwall.

topographische Karte Geländekarte mit großem Maßstab (1 : 25 000 bis 1 : 100 000).

Tornister Soldatenranzen, gewöhnlich aus Kalbfell gefertigt und mit Holzeinlagen versteift. Enthielt Wäsche, Putzzeug und Reservemunition.

Train Truppe, die für den Nachschub sorgte.

Tresse Schmales Band oder Borte, meist mit Gold- oder Silberdraht übersponnen, zum Besatz von Uniformstücken.

Tschako Hohe, zylinderartige Kopfbedeckung von Soldaten, gewöhnlich aus Filz, mit Vorder- und meist mit Hinterschirm. Nach der Mitte des 19. Jahrh. in fast allen deutschen

Armeen durch die → Pickelhaube ersetzt.

Ulanen Mit Lanzen bewaffnete leichte oder mittelschwere → Kavallerie. Nach polnischem Vorbild mit viereckiger Kopfbedeckung.

vakant Frei, unbesetzt.

Versfuß Kleinste rhythmische Einheit eines Verses, mindestens zwei Silben.

Volksführer Badische Revolutionszeitung; bei den späteren Prozessen wegen Hochverrats galt teilweise das Abonnement dieser Zeitung schon als Beweis für revolutionäre Aktivität.

Volkswehr Teil des badischen Revolutionsheeres. – Eine der Forderungen, die die Landesversammlung am → Offenburger Sonntag beschlossen hatte, war die nach allgemeiner Volksbewaffnung und nach sofortiger Einberufung aller lediger Männer zwischen 18 und 30 Jahren als erstes Aufgebot. Jedoch verzögerte die Revolutionsregierung unter → Brentano die Aufstellung der Volkswehr; insbesondere wurden rund 10000 Freiwillige, die sich nach dem Offenburger Sonntag in verschiedenen Städten versammelten, wieder nach Hause geschickt. Genau können Anzahl und Stärke der dann tatsächlich aufgestellten Volkswehrbataillone nicht angegeben werden (nach vorsichtigen Schätzungen rund 40 Abteilungen mit zusammen mit 12000 Mann, eher weniger). Unzureichend bewaffnet und so gut wie nicht ausgebildet, spielte die Volkswehr bei den Kämpfen eine bedeutungslose Rolle.

weinseiden Zusammengezogen aus weinrot und seiden.

Willich, August (1810–1878) Ehemaliger preußischer Artillerieleutnant; verließ die Armee wegen seiner politischen Überzeugung. Mitglied des Bundes der Kommunisten. 1848 einer der Führer des badischen Aprilaufstandes (siehe → Hecker). Kommandierte als Oberst in der badischen Revolution 1849 eine → Freischar von etwa 800 Mann, die zum großen Teil aus Arbeitern bestand und als zuverlässig und diszipliniert galt. Ging nach der Revolution in die USA, wo er auf Seiten der Nordstaaten als Brigadegeneral am Bürgerkrieg teilnahm.

Zimmerkommandant Unteroffizier, der einer Soldatenstube zur Aufsicht zugeteilt war und dort gewöhnlich auch schlief.

Zivilkommissär Die Revolutionsregierung setzte über jedes → Bezirksamt einen Z., der mit weitgehenden Vollmachten ausgestattet war. Praktisch wurde Baden während der Revolution von den Zivilkommissären mehr oder weniger diktatorisch regiert. Ein demokratischer Anfang sollte durch die Wahl der → Landesversammlung erfolgen. – Unter Kommissär verstand man einen Beamten mit einem besonderen Auftrag, der durch den Zusatz gekennzeichnet wurde: Etwa ‚Kriegs-, Polizei- oder Postkommissär‘.

Zölibat Pflichtgemäße Ehelosigkeit besonders der katholischen Geistlichen. Gewöhnlich: Das Zölibat, im → Klerus jedoch: Der Zölibat.

Zoll Siehe → Maße und Gewichte.

Zündhütchen Kleines, mit Zündmasse gefülltes Kupferhütchen, mit dem die Pulverladung in einem der damals vorherrschenden Perkussionsgewehre gezündet wurde (Perkussion: soviel wie Schlag, Stoß). Das Z. wurde auf einen seitlich angebrachten Stift, das Piston, geschoben, das eine Bohrung zur Pulverkammer im Rohr hatte. Bei der Schußabgabe schlug der vorher gespannte Hahn auf das Zündhütchen, wodurch die Zündmasse explodierte und ihrerseits die Pulverladung zur Entzündung brachte.

Zündnadelgewehr Erste von hinten zu ladende → Büchse, die militärtauglich war. Es wurde eine Einheitspatrone verwendet, bei der Kugel, Pulverladung (der Treibsatz) und Zündsatz (eine Zündpille) in einer Papphülse untergebracht waren; die Zündpille lag stoßgeschützt in der Mitte der Pulverladung. Bei der Schußabgabe schlug eine durch eine Spiralfeder gespannte Nadel durch die Pulverladung auf die Zündpille. Das Gewehr besaß einen Dreh-Schiebe-Verschluß. Wurde er durch Zurückziehen geöffnet, spannte sich automatisch die Feder der Zündnadel. Dieses Verschlußsystem und die Einheitspatrone erlaubten eine für die damalige Zeit außerordentlich rasche Schußfolge (ca. 5 Schuß pro Minute). Zudem konnte das Gewehr im Liegen geladen werden, was der immer mehr sich durchsetzenden, aufgelockerten, auf Geländedeckung bedachten Gefechtsweise entgegenkam (und die durch das neue Gewehr auch wieder gefördert wurde). – Hinterlader mit beweglichen Verschlüssen waren seit wenigstens zweihundert Jahren bekannt. Jedoch erst, als die Voraussetzungen einer industriellen Massenfertigung gegeben waren und genaue Mechaniken billig und schnell hergestellt werden konnten, fanden Waffen wie das Zündnadelgewehr Eingang in die Armeen.

Zweimahdige Wiese Wurde zweimal im Jahr gemäht (siehe auch → Heuet).

Gernsbach und Umgebung

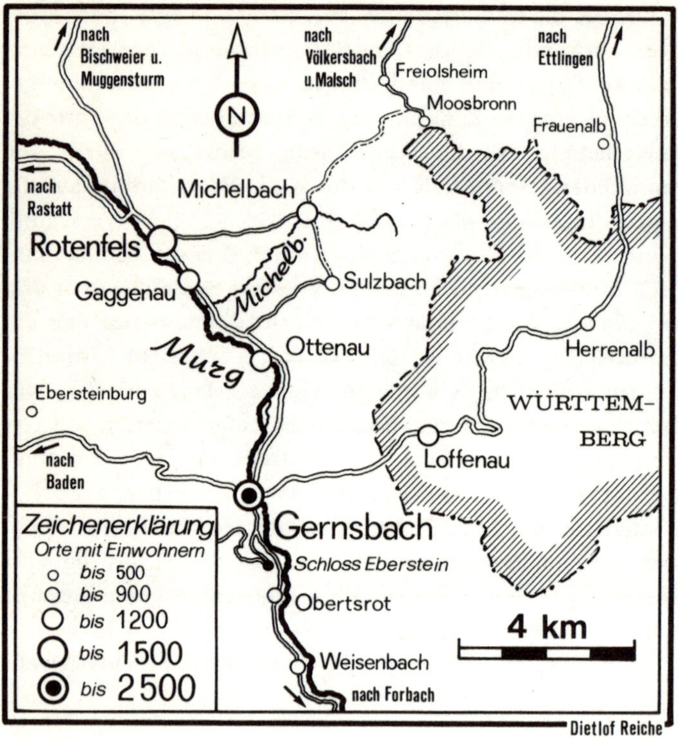

Philippsburg/Waghäusel

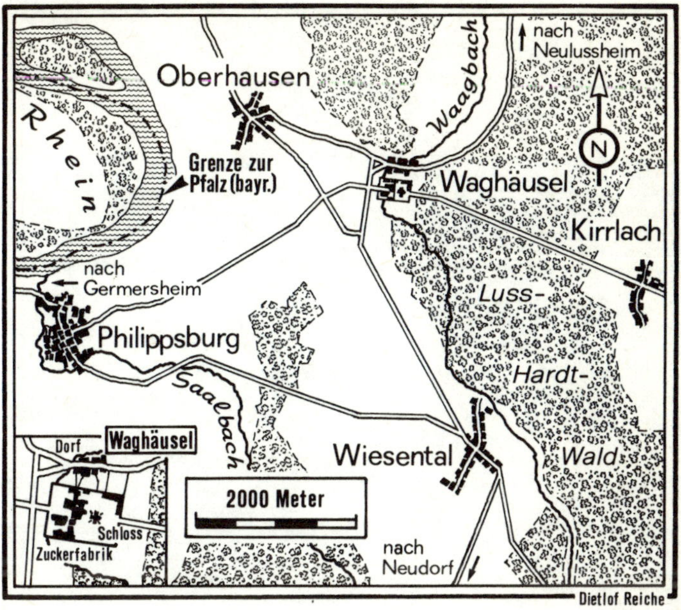

Baden 1849

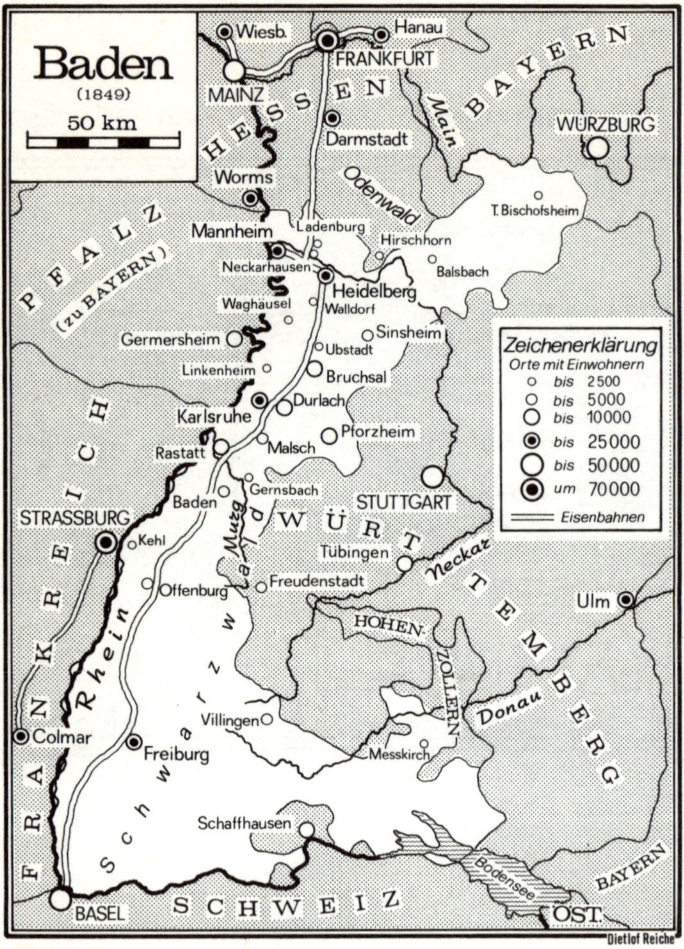
Baden
(1849)
50 km
Wiesb.
Hanau
FRANKFURT
MAINZ
HESSEN
BAYERN
Darmstadt
Main
WÜRZBURG
Worms
Odenwald
T. Bischofsheim
PFALZ
(zu BAYERN)
Mannheim
Ladenburg
Hirschhorn
Neckarhausen
Balsbach
Heidelberg
Waghäusel
Walldorf
Sinsheim
Germersheim
Ubstadt
Linkenheim
Bruchsal
Durlach
Karlsruhe
Pforzheim
Malsch
Rastatt
Gernsbach
Baden
STUTTGART
Zeichenerklärung
Orte mit Einwohnern
bis 2500
bis 5000
bis 10000
bis 25000
bis 50000
um 70000
Eisenbahnen
FRANKREICH
STRASSBURG
Kehl
WÜRTTEMBERG
Tübingen
Neckar
Murg
Freudenstadt
Offenburg
Ulm
HOHENZOLLERN
Rhein
Schwarzwald
Villingen
Donau
Colmar
Freiburg
Messkirch
Schaffhausen
Bodensee
BAYERN
BASEL
SCHWEIZ
ÖST.
Dietlof Reiche